방과후

after school

방과후

after school

히가시노 게이고 지음 | 구혜영 옮김

창해

1장

1

9월 10일 화요일, 방과 후.

머리 위에서 뭔가 떨어지는 소리가 났다. 반사적으로 얼굴을 드니 3층 창문에서 뭔가 검은 물체가 정면으로 다가오는 것이 아닌가. 황급히 몸을 피했다. 검은 물체는 방금 내가 서 있던 자리에 떨어지더니 쾅 하고 부서졌다. 제라늄 화분이었다.

방과 후, 학교 옆을 지나고 있을 때 순식간에 일어난 일이다. 어디선가 피아노 소리가 들려왔다. 나는 아주 잠깐 동안 제라늄 화분을 멍하니 바라보았다. 순간 무슨 일이 일어났는지 파악할 수 없었던 것이다. 겨드랑이 밑에 배인 땀이 팔을 축축이 적시고 나서야 정신을 차렸다.

나는 곧바로 달리기 시작했다. 학교 건물 안으로 뛰어들어 젖 먹던 힘까지 짜내며 계단을 올라갔다. 숨을 헐떡이며 3층 복도에 다다랐다.

심장박동이 빨라진 것은 달렸기 때문만은 아니다. 이제야 공포가 절정에 달했기 때문이다. 그 화분에 제대로 맞았다면…… 박살난 빨간 제라늄 화분이 떠올랐다.

그 창문이 있던 위치를 따져본다면 어느 교실에 해당할까? 나는 이과 실험실 앞에서 멈추었다. 안에서 약품 냄새가 섞인 공기가 새어나왔다. 슬쩍 들여다보니 문이 5센티미터 정도 열려 있기에 힘껏 열어젖혔다. 동시에 기분 좋은 미풍이 불어왔다. 맞은편 창문이 열려 있어서인지, 하얀색 커튼이 바람에 날렸다.

다시 복도를 걸어갔다. 화분이 떨어지고 나서 내가 이곳으로 달려오는 동안 얼만큼의 시간이 흘렀을까. 복도 양옆으로 늘어선 교실 어딘가에 화분을 떨어뜨린 인간이 숨어 있을 것 같은 기분이 들었다.

학교 건물은 L자 형으로 굽어 있다. 그 모퉁이를 지났을 때 나는 발을 멈추었다. 2학년 C반이라는 팻말이 붙은 교실에서 말소리가 들렸던 것이다. 나는 주저 없이 문을 열었다. 그러자 학생 다섯 명이 창가에 모여서 뭔가 쓰고 있는 모습이 보였다.

학생들은 느닷없이 들이닥친 침입자에 놀라 일제히 이쪽을 바라보았다. 나는 무슨 말이라도 해야 했다.

"뭐하고 있니?"

그러자 맨 앞에 있던 학생이 대답했다.

"문예부인데…… 시집을 만들고 있어요."

또박또박한 말투다. 마치 넌 방해하지 마, 하고 말하는 것 같다.

"혹시 여기 누가 들어오지 않았니?"

다섯 명은 얼굴을 마주본 후 고개를 저었다.

"복도를 지나간 사람도 없었니?"

학생들은 다시 서로를 바라보았다.

"없었지, 아마."

한 아이가 조그마한 목소리로 중얼거리는 게 들린다. 그러고는 다른 아이들을 대신하기라도 하듯 대답한다.

"없었던 것 같아요."

"그래…… 고마워."

나는 교실 안을 둘러본 후 문을 닫았다. 그즈음 또다시 피아노 소리가 귓가에 들려왔다. 그러고 보니 아까부터 계속 들려왔던 것 같다. 클래식에는 문외한인 나도 들어본 적이 있는 곡이다. 피아노 솜씨가 제법이군.

음악실은 맨 안쪽에 있다. 피아노 소리는 그곳에서 흘러나왔다. 교실 문을 죄다 열어가며 누가 있는지 확인한 결과, 마지막으로 남은 곳이 음악실이었다.

나는 거칠게 문을 열었다. 그러자 물의 잔잔한 흐름을 어지럽히고 아름다운 시설물을 박살내는 듯한 잡음이 났다. 피아노 소리는 숨을 죽인 것처럼 그쳤다.

피아노 연주자가 겁 먹은 내 쪽을 향해 있었다. 어디선가 본 기억이 난다. 2학년 A반 학생이다. 하얀 피부가 인상적이었지만 지금은 약간 창백하다. 나는 무심결에 "미안" 하고 말했다.

"혹시 여기에 누가 오지 않았니?"

실내를 둘러보면서 물었다.

긴 의자가 세 줄로 늘어서 있고 창가에는 낡은 오르간 두 대가 놓여 있다. 그리고 벽에는 음악계에 공적을 남긴 유명 작곡가들의 초상화가 걸려 있다. 마땅히 숨을 만한 장소는 못 되겠구나.

여학생은 아무 말도 하지 않고 고개를 저었다. 꽤 오랫동안 그랜드피아노를 치고 있었던 것 같다.

"그래……."

나는 뒤로 돌아 창가로 다가갔다. 운동장에서 동아리 활동을 하는 아이들의 달리는 모습이 보였다. 음악실을 나가면 바로 왼쪽에 계단이 있다. 아마 범인은 그쪽으로 도망쳤으리라. 그 정도 시간은 충분히 있었을 것이다. 문제는 그 사람이 누구냐 하는 점이지만⋯⋯.

그러다 문득 피아노를 치던 여학생이 가만히 나를 보고 있다는 것을 알아차렸다. 불안한 표정이다. 나는 웃는 얼굴로 말했다.

"아까 하던 연주, 계속해볼래? 좀 들어보고 싶은데."

여학생은 간신히 긴장을 풀고, 슬그머니 악보로 시선을 돌려 유연하게 손가락을 움직였다. 조용히 고조되는 음률⋯⋯. 쇼팽이다. 나도 알고 있는 유명한 곡이지만 기분이 개운하지 않다. 마음은 여전히 우울하다.

나는 지금부터 약 5년 전에 교사가 되었다. 딱히 교육에 흥미가 있었던 것도, 이 직업을 동경했던 것도 아니었다. 한마디로 말하자면 '개인적인 사정' 때문이었다.

나는 국립대 공학부 정보공학과를 졸업하고 모 가전제품 회사에 취직했다. 본사가 고향에 있다는 점이 그 회사를 선택한 이유 중 하나였는데, 나는 신슈信州 쪽에 있는 연구소에 배치되었다. 담당 업무는 광통신시스템 개발 설계로, 내가 희망하던 것과 그런대로 비슷해서 좋았다. 나는 3년 동안 그 회사에 근무했다.

평범한 일상에 변화가 찾아온 것은 4년째 되던 해였다. 도호쿠東北 지방에 새 공장을 지어 광통신시스템 개발원 대부분이 그곳으로 옮겨가게 된 것이다. 물론 나도 마찬가지였다. 나는 망설였다. 도호쿠는 너무 멀었으니까. 산 속에서 일생을 보내게 될지도 모른다며 회사 상사가 농담 반 진담 반으로 말하는 것도 기분 나빴다.

전직을 생각해보았다. 회사를 옮길까, 공무원이 될까. 하지만 어느 쪽도 순탄해 보이지 않았다. 그냥 단념하고 도호쿠로 갈 수밖에 없는 건가……

그렇게 체념한 나에게 교사가 되라고 권유한 사람은 어머니였다. 나는 대학에 다닐 때 수학교사 자격증을 따두었는데, 그것을 썩히는 것이 아깝다는 이유에서였다. 물론 어머니는 아들을 도호쿠라는 먼 곳으로 보내고 싶지 않았을 것이다. 하지만 실제로도 교사들의 급여가 당시 직장인의 수입과 비교했을 때 결코 나쁜 편은 아니었다.

하지만 교사 임용시험에 그렇게 간단히 합격할 만큼 현실은 녹록지 않다. 내가 그렇게 말하자 어머니는 사립학교라면 어떻게든 될지도 모른다고 말씀하셨다. 돌아가신 아버지가 사학재단협회에 그만한 연줄을 가지고 있었던 모양이다.

나는 교사라는 직업을, 특별히 하고 싶은 일은 아니지만 그렇게 싫지도 않다고 생각했다. 나이 든 어머니가 열심히 권하시는 말을 거스르면서까지 하고 싶은 일이 있었던 것도 아니었으니까. 결국 나는 우선 2~3년만 해보자는 가벼운 마음으로 어머니의 말에 따르기로 했다.

교사로 정식 임명된 것은 다음해 3월이었다.

세이카清華 사립 여자고등학교. 이곳이 나의 다음 직장이었다.

이 고등학교는 S역에서 5분 거리로, 주택가와 논으로 둘러싸인 기이한 곳에 있었다. 1학년은 모두 360명으로 45명씩 여덟 개 반이 있다. 20년 이상의 전통을 가진 데다 나름대로 높은 진학률을 유지하고 있었기에 현 내의 여자고등학교 중에서는 명문이라고 해도 무방했다. 사실 내가 지인들에게 세이카 여자고등학교 교사가 됐다고 했더니, 다들 하나같이 좋은 곳으로 결정됐다며 축하해주었다.

나는 회사에 사직서를 내고 4월부터 교단에 섰다.

아직도 첫날이 생생히 떠오른다. 분명 1학년 수업으로 나도 이제 막 이 학교에 왔으니 같은 신입생이라고 자기소개를 했던 기억이 난다.

그런데 겨우 첫 수업을 끝내고 나서, 나는 교사라는 직업에 자신감을 잃어버리고 말았다. 특별히 무슨 실수를 저지른 것도, 학생들을 다루기가 어려웠던 것도 아니다. 하지만 학생들의 시선을 참을 수 없었던 것이다.

나는 나 자신이 남의 시선을 끄는 사람이라고 생각하지 않는다. 오히려 남들 뒤에 숨어 있는 편이었는데 교사라는 직업은 그럴 수가 없었다. 학생들은 내가 하는 말 한마디 한마디에 반응하고 일거수일투족을 주목했다. 수업 내내 백 개 가까운 눈이 나를 지켜보고 있는 것이다.

학생들의 시선에 익숙해진 것은 2년 정도 전부터다. 신경이 무뎌져서가 아니라 학생들이 교사라는 존재에 그 정도로 흥미를 갖고 있지 않다는 사실을 알아차렸기 때문이다. 하지만 여고생들의 심리는 여전히 이해할 수 없었다.

어쨌든 그때부터는 놀라운 일이 끊임없이 일어났다. 어른스럽다고 생각했던 학생이 의외로 어리거나, 단순히 어리다고 생각했던 아이가 어른도 무색할 정도의 문제를 일으키는 식이었다. 나는 단 한 번도 학생들의 행동을 예측할 수 없었다. 그것은 1년째나 5년째나 별다른 차이가 없었다.

학생뿐 아니라 교사라는 사람들도 마찬가지였다. 다른 일을 하다 온 나는 그들을 별종으로 생각할 때가 많았다. 학생들을 단속하기 위해 아무 의미도 없는 노력을 끊임없이 기울이거나 날카로운 눈빛으로 복장이나 태도를 점검하는 것을 도저히 이해할 수 없었기 때문이다.

학교라는 곳에는 내가 이해할 수 없는 일이 너무 많이 일어난다. 이것이 5년 동안 학교를 다니면서 느낀 소감이다.

하지만 최근 들어 확실히 알게 된 사실이 하나 있다. 그것은 내 주변에 나를 죽이려는 사람이 존재한다는 점이다.

내가 그 살의를 처음 느끼게 된 것은 사흘 전 아침이었다. 장소는 S역 플랫폼.

나는 만원 전철에서 힘겹게 내린 다음 쏟아져나온 인파에 휩쓸려 흘러가듯 플랫폼 구석을 걷고 있었는데, 갑자기 누군가가 옆에서 나를 밀친 것이다. 갑작스럽게 생긴 일이라 균형을 잃고 바깥쪽으로 한두 걸음 비틀거리다가 선로로 떨어지기 직전에 가까스로 자세를 바로잡았다. 뒤에는 10센티미터 정도의 여유도 없었다.

큰일날 뻔했네. 대체 누구야?

그렇게 생각하는 순간 온몸에 소름이 돋았다. 내가 떨어질 뻔한 선로로 급행열차가 들어왔던 것이다.

간담이 서늘하다.

이건 누군가가 고의로 밀었다고밖에 볼 수 없다. 시간을 재면서 내가 방심하기를 기다렸다가……. 그런데 대체 누가? 유감스럽게도 범인은 수많은 사람들 속으로 사라져버린 뒤였다.

두 번째 살의를 느낀 것은 바로 어제다. 나는 수영을 좋아해 자주 수영장을 찾는다. 어제는 휴일이라 수영부 훈련이 없었기 때문에 혼자 수영을 하고 있었다.

50미터를 세 번 정도 왕복하고 나서 올라왔다. 양궁부를 지도해야 하기 때문에 너무 힘을 빼면 안 된다.

햇볕으로 뜨겁게 달궈진 바닥 위에서 마무리체조를 한 후 샤워를 했다. 9월이라고 해도 하루하루가 무더웠다. 샤워장 물은 더할 나위 없이 상쾌했다.

살의를 알아차린 것은, 물을 잠그고 몸을 다 닦았을 때였다. 나와 1미터 정도 떨어진 곳에 뭔가가 떨어져 있었다. 아니, 물이 발목 정도까지 차 있었기 때문에 잠겨 있었다고 해야 하나.

그것은 마치 주먹만 한 크기의 하얗고 작은 상자처럼 보였다. 다가가 천천히 살펴보았다. 그리고 나는 곧바로 샤워실에서 뛰쳐나왔다.

그것은 백 볼트짜리 가정용 연장 코드의 앞부분이었다. 하얀 작은 상자처럼 보였던 것은 테이블탭table-tap이었고 다른 쪽 코드는 탈의실 콘센트와 이어져 있었다.

물론 수영장에 들어가기 전에는 이런 것이 없었다. 그 말은 내가 수영을 하는 사이에 누군가가 장치해두었다는 것을 의미한다. 대체 무엇 때문에? 답은 명백하다. 감전사를 노렸음이 분명하다.

그런데 왜 내가 무사했을까? 혹시나 하는 마음에 두꺼비집을 살펴보았다. 그러자 예상대로 자동 전류 차단기가 내려져 있었다. 물속에서 전류가 과다하게 흘러 차단기 최대 전압을 넘어선 것이다. 하지만 차단기의 최대 전압이 조금만 더 컸더라면―. 나는 한기를 느꼈다. 그후 세 번째가 조금 전 떨어진 제라늄 화분이다.

지금까지 나는 세 번이나 운 좋게 살아남았다. 하지만 언제까지나 행운이 계속되지는 않을 것이다. 머지않아 범인은 네 번째 수단으로 나를 노릴 것이다. 그때까지 범인의 정체를 밝혀야 한다.

용의자는 학교라는 이름의 집단, 정체를 알 수 없는 사람들이 모인 집단이다.

2

9월 11일 수요일.

1교시는 진학반인 3학년 C반 수업이다. 진학반은 2학기가 되자 안절부절못하기 시작했고 다소나마 수업을 열심히 듣게 되었다.

드르륵 하고 문을 열자 떠들썩하게 의자를 움직이는 소리가 나더니 몇 초 뒤 학생 모두가 자리에 앉았다.

"차렷."

반장의 목소리가 울려퍼지자 하얀 블라우스 차림의 학생들이 일제히 바로 섰다. 경례. 학생들이 자리에 앉은 후, 교실은 또 한바탕 웅성거렸다.

　나는 곧바로 교과서를 폈다. 교사 중에는 수업을 시작하기 전에 학생들과 잡담하는 사람도 있다는데 나는 도저히 그럴 수 없었다. 정해진 일정대로 지껄이는 것도 고통스러운데 왜 쓸데없는 말까지 하는 걸까?

　수십 명의 주목을 받으면서 말하는 일을 고통스럽게 느끼지 않는 것도 하나의 능력이다.

　"52페이지부터."

　나는 건조한 목소리로 말했다. 이제는 학생들도 내가 어떤 교사라는 걸 파악했는지 아무런 요구도 하지 않는다. 수학 수업과 관련된 것 외에는 다른 말을 하지 않기 때문에 '기계'라는 별명이 붙었다는 사실도 알고 있다. '가르치는 기계'를 줄여 그렇게 말하는 것 같다.

　왼손에 교과서를, 오른손에 분필을 쥐고 수업을 시작했다. 삼각함수, 미분, 적분……. 학생들 중 몇 퍼센트가 내 수업을 이해하고 있을지 매우 의심스럽다. 내가 하는 말에 고개를 끄덕이고 필기한다고 해서 내용을 이해하고 있다고 말할 수는 없다. 시험 결과가 나올 때마다 충격을 받곤 했으니까.

　수업이 3분의 1 정도 진행되었을 무렵, 갑자기 교실 뒷문이 열렸다. 다들 뒤를 돌아보았다. 나도 칠판에 필기하던 손을 멈추고 그쪽을 보았다.

다카하라 요코高原陽子가 반 아이들의 시선을 받으면서 천천히 걸어 들어왔다. 시선은 왼쪽 끝 맨 안쪽에 있는 자기 책상을 향한 채였다. 물론 나는 쳐다보지 않았다. 정적이 감도는 가운데 그녀의 발소리가 울렸다.

"다음은 부정적분으로 치환하는 방법인데……."

요코가 자리에 앉는 것을 보고 나서 수업을 계속했다. 교실 분위기가 긴장됐다는 것을 느낄 수 있었다.

요코는 사흘 동안 정학 처분을 받은 터였다. 소지품에서 담배가 나왔나 본데 자세한 이야기는 모른다. 단지 오늘이 정학 후 첫 등교라는 점은 3학년 C반 담임인 나가타니長谷에게 들어서 알고 있었다. 1교시 시작 전에 나가타니가 나에게 말했다.

"아까 출석을 불렀는데 요코가 안 왔더군요. 이거 또 무단결석하는 게 아닐까 싶은데, 혹시 선생님 수업 중에라도 들어오면 따끔하게 혼 좀 내주세요."

"혼내는 건 잘 못하는데요."

나는 솔직하게 말했다.

"그러지 마시고 부탁 좀 할게요. 선생님이 작년에 요코 담임이셨죠?"

"네. 뭐, 그렇긴 한데."

"그러니까요……."

"하는 수 없지요, 뭐."

대답은 그렇게 했지만 나는 나가타니와의 약속을 지킬 마음이 전혀 없었다. 아까 말했듯이 혼내는 일이 서툴다는 이유도 있었다. 하지만 실은 다카하라 요코라는 학생을 다루기 어렵다는 것이 가장 큰 이유였다.

요코가 작년에 내가 맡았던 2학년 B반 학생이라는 것은 사실이다. 그때는 지금처럼 문제아가 아니었지만 신체적으로나 정신적으로 '어른스러운' 학생도 아니었다. 그 사건은 올해 3월, 종업식이 끝난 뒤에 일어났다.

'2학년 B반 교실로 와주세요.'

나는 퇴근하려고 자리로 돌아왔다가 가방 위에 붙어 있는 종잇조각을 발견했다. 이름은 적혀 있지 않았지만 매우 정중한 글씨였다. 누가 무슨 일로 나를 보자고 하는지 짐작조차 못한 채, 텅 빈 복도를 걸어가 교실 문을 열었다.

나를 기다리고 있던 사람은 요코였다. 요코는 교탁에 기대 앉아 있다가 나를 보고 얼굴을 돌렸다.

"너니, 날 부른 게?"

내가 물어보자 요코는 무표정한 얼굴로 고개를 끄덕였다.

"무슨 일이지? 수학 성적에 불만이라도 있는 거야?"

나는 어색하게 농담을 했다. 하지만 요코는 내 말을 무시하고 "선생님한테 부탁이 있어요" 하며 오른손으로 하얀 물건을 내밀었다. 봉투였다.

"뭐야, 편지?"

"아니에요. 한번 열어보세요."

봉투 안을 들여다보니 기차표가 들어 있었다. 꺼내서 유심히 보니 3월 25일 9시발 특급 승차권이었다. 행선지는 나가노長野였다.

"신슈에 가는데 선생님이랑 같이 가고 싶어요."

"신슈? 또 누가 가는데?"

"아무도 안 가요. 우리 둘만요."

요코는 잡담이라도 하는 듯 가벼운 말투로 대답했다. 하지만 그 표정은 보는 사람이 깜짝 놀랄 만큼 진지했다.

"놀랍네."

나는 일부러 과장된 표정을 지어 보였다.

"왜 하필이면 나지?"

"글쎄…… 저도 잘 모르겠어요."

"신슈에 왜 가는데?"

"그냥…… 그냥요. 같이 가주실 거죠?"

이미 결정된 듯한 요코의 말에 나는 고개를 저었다.

"왜요?"

그녀는 의외라는 듯 말했다.

"학교 규정상 학생과 그런 일을 할 수는 없어."

"그럼 여자는요?"

"뭐?"

놀라고 당황해서 요코의 얼굴을 바라보았다.

"아무래도 좋아요. 저는 3월 25일에 M역에서 선생님을 기다릴 거니까요."

"안 돼. 난 못 가."

"오세요. 기다릴 거예요."

요코는 내 대답을 기다리지도 않고 터벅터벅 걸어갔다. 그리고 교실 입구 쪽에서 뒤돌아보더니 "안 오시면 평생 선생님을 원망할 거예요" 하고 복도를 냅다 달리기 시작했다. 나는 기차표를 쥔 채 교단에 멍하니 서 있었다.

솔직히 3월 25일 당일까지 많이 망설였다. 물론 요코와 둘이서 여행할 마음은 털끝만큼도 없었다. 내가 망설였던 것은 그날 어떻게 행동해야 할지 몰라서였다. 즉, 요코의 말을 완전히 무시하고 무작정 기다리게 만들어야 할지, 아니면 일단 역에 가서 설득해야 할지 갈피를 잡을 수 없었던 것이다. 하지만 요코를 설득할 수 있을 것 같지 않아 역에는 가지 않았다. 뭐, 한 시간 정도 기다리다 포기하고 돌아가겠지 하며 얕잡아보았던 것이다.

하지만 막상 당일이 되자 불안한 마음에 안절부절못했다. 아침부터 시계만 보게 되었다. 시곗바늘이 9시를 가리키고 있을 때에는 나도 모르게 크게 한숨을 쉬기도 했다. 하루가 상당히 길었다. 그날 저녁 8시 무렵, 전화벨이 울리자 나는 수화기를 들었다.

"마에시마前島입니다."

"……."

전화기 너머로 느껴지는 기색을 보아 요코라고 직감했다.

"요코니?"

"……."

"아니, 지금까지 기다렸던 거야?"

요코는 잠자코 있었다. 하고 싶은 말이 있지만 아랫입술을 깨문 채 참고 있는 모습이 머릿속에 떠올랐다.

"할 말이 없는 것 같으니 이만 끊으마."

그래도 대답이 없어서 나는 수화기를 내려놓았다. 마음속에 뭔가 묵직한 것이 가라앉는 것 같았다.

봄방학이 끝나 아이들이 3학년이 되고 나서도, 나는 오랫동안 요코와 얼굴을 마주치지 않으려고 했다. 복도에서 마주칠 것 같으면 잽싸게 뒤돌아갔고 수업중에도 시선이 가지 않도록 안간힘을 썼던 것이다. 최근에는 그 정도로 민감하게 피하지는 않지만 내가 요코를 대하기 힘들어하는 데에는 이런 사정이 있었던 것이다.

게다가 또 한 가지, 요코가 복장이나 생활태도 때문에 문제아 취급을 받기 시작한 것이 그 무렵이었다는 사실도 마음에 걸렸다.

나는 결국 요코가 지각한 것에 대해 한마디 주의도 주지 못한 채 수업을 끝냈다. 가끔 지각하는 학생이 있긴 했지만 한 번도 주의를 준 적이 없기 때문에 다른 학생들은 이상하게 생각하지 않는 모양이었다.

교무실에 돌아가서 나가타니에게 그 사실을 말하자 그는 눈썹을 찡그리더니 "이것 참" 하고 중얼댔다.

"정학당하고 나서 등교하는 첫날부터 지각을 하다니, 필시 학교를 물로 보는 거예요. 그럴 때 호되게 야단쳐야 하는데……. 알겠습니다. 제가 점심시간에 불러서 따끔하게 얘기해두죠."

나가타니는 콧등에 맺힌 땀을 닦으면서 말했다. 나보다 두세 살 연상인데 언뜻 봐서는 차이가 더 나는 것 같다. 나이에 비해 새치가 많은데다 살이 쪘기 때문이리라. 그때 옆자리에 있던 무라하시村橋 선생이 말을 걸어왔다.

"다카하라 요코가 나왔어요?"

이 남자는 늘 입에 뭔가를 물고 있는 것처럼 말한다. 내가 정말 싫어하는 타입이다. 내가 "네" 하고 고개를 천천히 끄덕이자 "정말 어이가 없군" 하고 내뱉듯 말했다.

"대체 뭘 빼먹으려고 학교에 온 걸까요. 여기는 자기 같은 해충이 올 데가 아니라는 사실을 모르나? 사흘 정학은 너무 약해요. 일주일 아니, 한 달은 줘야지. 뭐, 그래도 변하는 건 없겠지만요."

그가 콧등 위 금테 안경을 살짝 누르면서 말했다. 해충, 진드기, 쓰레기—내가 딱히 정의파는 아니지만 무라하시의 이런 표현은 늘 불쾌했다.

"2학년 때는 그 정도로 나쁘진 않았는데요."

"중요한 시기에 비뚤어지는 경우가 있지요. 일종의 도피라고나 할까? 부모한테도 잘못이 있고요. 자식 관리를 소홀히 했으니까. 걔네 아버지, 뭐하는 사람이에요?"

"아마 K제과 임원일 걸요."

나는 확인하려는 듯 나가타니 쪽을 보았다. 그도 "맞아요" 하고 수긍했다. 그러자 무라하시는 찡그린 얼굴을 하고 납득했다는 듯 말했다.

"흔히 있는 경우네요. 아버지가 너무 바빠서 딸 교육에는 전혀 관심이 없다, 대신 용돈은 펑펑 준다. 제일 어긋나기 쉬운 환경이죠."

"그런가요?"

학생지도부 부장인 무라하시가 자신 있는 표정으로 언변

을 발휘했기 때문에 나와 나가타니는 그저 맞장구를 칠 수밖에 없었다.

하지만 요코의 아버지가 매우 바쁜 사람이라는 것은 사실인가 보다. 내 기억으로는 어머니가 3년 전에 돌아가셔서 가정부가 집안일을 맡아 하는데, 가정부와 둘만 사는 거나 마찬가지라고 요코가 말한 적이 있다. 그 이야기를 할 때 요코의 얼굴에는 어두운 그늘이 전혀 보이지 않았다. 속으로는 괴로웠을지도 모르지만 표정만큼은 밝았던 것으로 기억하고 있다.

"그럼 어머니는요?"

무라하시의 물음에 나가타니가 대답했다. 나가타니는 요코 어머니가 돌아가신 원인까지 알고 있었다. 위암이었다.

"어머니가 안 계신다? 그것 참 안됐네요."

무라하시가 고개를 몇 번 저으면서 일어나는데 2교시 시작을 알리는 종이 울렸다. 나가타니와 나는 각자 자리로 돌아가서 수업 준비를 하고 교무실을 나섰다.

우리는 복도를 걸으면서 대화를 나누었다.

"하여튼 무라하시 선생님은 융통성이 전혀 없어요."

"학생지도부니까요."

나는 적당히 맞장구를 쳤다.

"뭐 그렇긴 한데…… 요코가 담배 피우다 걸린 사건 있잖아요. 실은 화장실에서 담배 피우고 있던 걸 무라하시 선생님이 봤답니다."

"호오, 무라하시 선생님이?"

처음 듣는 말이었다. 그래서 요코를 신랄하게 깎아내렸던 걸까?

"사흘 정학 처분이 내려졌을 때도 그 선생님만 일주일로 하자고 주장했지요. 뭐, 최종 결정은 교장 선생님 의견대로 됐지만요."

"그렇군요."

"어쨌거나 요코가 문제아이긴 하지만 불쌍한 면도 있어요. 어떤 학생한테 들었는데, 그애가 변한 게 요 3월 말부터라고 하더군요."

"3월 말?"

등줄기가 오싹했다. 신슈 여행을 함께 가자는 부탁을 받았던 무렵이다.

"선생님도 아시다시피 요코네 집은 어머니가 돌아가시고 나서 줄곧 가정부가 집안일을 해왔는데요. 이번 3월에 그 사람이 그만두고 대신 젊은 가정부가 들어왔나 봐요. 그것뿐이라면 별 문제가 없는데, 아무래도 요코 아버지가 일부러 가정부를 자르고 어떤 젊은 여자를 데려왔다, 뭐 그런 식인 것 같더라고요. 그후로 요코가 삐딱해진 게 아닐까, 저는 그렇게 생각하고 있어요."

"……그렇습니까? 그런 일이 있었군요."

나가타니와 헤어진 후 요코의 오기에 찬 얼굴을 떠올렸다. 순수하기 때문에 절망했을 때의 반항도 그만큼 큰 것이다. 학생지도에 서툴긴 하지만 그런 이유로 문제아가 된 학생을 몇 명 알고 있었다.

문득 지난번 신슈 여행을 함께 가자고 부탁받았을 때가 떠올랐다. 어쩌면 요코는 그러한 가정환경의 변화를 괴로워한 나머지 여행을 생각했던 것이 아니었을까? 물론 여행을 하면서 나에게 상담을 하고 뭔가 조언을 들으려는 생각은 하지 않았으리라. 요코는 단지 자신이 앞으로 어떻게 해야 하는가와 관련해 도와줄 사람을 필요로 했던 것이 아니었을까?

하지만 나는 응하지 않았다. 아니, 응하기는커녕 차갑게 외면했다.

나는 요코가 3학년이 되고 나서 첫 수업을 했던 날을 떠올렸다. 문득 신경이 쓰여 그쪽을 보다가 고개를 든 요코와 눈이 마주쳤다. 그때의 시선은 지금도 잊혀지지 않는다.

찌를 듯한 시선이었다.

3

"무슨 일 있어요? 표정이 떨떠름하신데요."

3학년 교실 근처를 지나가는데 뒤에서 누군가 부르는 소리가 들렸다. 나를 이런 식으로 부르는 학생은 정해져 있다. 게이ヶイ 아니면 가나에加奈江다. 뒤돌아보니 예상대로 게이가 다가왔다.

"부부싸움이라도 하셨어요?"

"기분이 좋은가 보네."

그러자 게이는 고개를 숙이고 "전혀 그렇지 않은데요. 최악이에요. 도키타時田 선생님한테 또 한 소리 들었거든요" 하며 자신의 머리를 움켜쥐었다. 여성스러운 웨이브를 하고 있지만 학교에서 파마는 당연히 금지되어 있다.

"태어날 때부터 곱슬머리라고 아무리 말해도 도키타 선생님은 믿질 않아요."

도키타는 게이의 담임으로 역사를 가르치고 있다.

"당연하지. 1학년 때는 안 그랬잖아."

"너무 엄격하세요. 도무지 융통성이 없으시잖아요."

"화장은 안 했나 보네."

"그게, 눈에 너무 띄어서요."

게이는 여름방학 동안 화장을 하고 양궁부 연습에 참가했다. 그을린 피부에는 오렌지색 립스틱이 잘 어울린다고도 말했었다.

게이—본명은 스기타 게이코杉田惠子, 3학년 B반, 양궁부 주장. 소녀티를 완전히 벗어나 성숙한 여성으로 변화하고 있었다. 3학년치고는 상당히 어른스러운 편인데, 그런 아이들 중에서도 특히 도드라져 보였다.

게이도 내가 상대하기 어려운 학생 중 하나였다. 합숙훈련 이후로 대하기가 더 어려워져서 마주치기만 해도 바로 눈을 돌려버리기까지 했다. 그런데 게이는 무슨 생각을 하고 있는 건지, 합숙훈련 일에 대해서 아무 말도 하지 않았다. 마치 아무 일도 없었다는 듯이. 혹시 그 정도 일은 이 당돌한 아가씨에게 아무것도 아닌 걸까?

"오늘 연습에는 나오실 거죠?"

게이는 책망하는 듯한 눈초리로 나를 보았다. 최근 동아리 연습을 제대로 봐주지 못했던 것이다. 신변의 위험을 느껴서 방과 후에는 곧바로 집에 갔기 때문인데, 게이에게 그 사실을 말할 수는 없었다.

"미안하지만 오늘도 안 될 것 같아. 네가 잘 좀 봐주렴."

"아이, 이것 참. 요새 1학년들 자세가 흐트러지고 있는데. 내일은요?"

"내일은 갈 수 있을 거야."

"정말이죠?"

게이는 그렇게 말하고는 방향을 바꾸어 걸어갔다. 그 뒷모습을 보고 있자니 지난번 합숙훈련 때 있었던 일이 혹시 꿈은 아닐까 하고 생각하게 되었다.

세이카 여자고등학교에는 열두 개 운동부가 있다. 학교 교육방침상 학생들의 동아리 활동을 장려하고, 지원도 아끼지 않는다. 그래서인지 농구부나 배구부를 필두로 각 동아리들은 대단히 활발하게 활동하고 있었다. 현 대회에서 좋은 성적을 거두는 동아리도 매년 두서너 개는 있을 정도다. 그런데 이 정도로 활성화되었음에도 2년 전까지는 합숙훈련이 금지되어 있었다. 고만고만한 학생들을 함부로 외박시킬 수 없다는 단순한 이유 때문이었다. 이러한 생각을 바꾸기가 어려워서 해마다 '해보면 어떨까' 하는 의견이 나왔음에도 실현된 적은 없었다.

그래서 제안한 것이 모든 동아리의 합동합숙이었다. 개별 동아리가 단독으로 합숙하는 것이 보기에 안 좋다면 모든 동아리를 모아서 합숙하면 어떨까 하는 뜻에서였다. 그렇게 하면 행선지나 숙소는 학교 측에서 정하면 되고, 인솔 교사가 많아지기 때문에 조직적으로 감독할 수도 있다. 단체로 이용하기 때문에 비용 부담도 줄어들 것이다. 물론 반대의견도 있었지만 작년에 드디어 첫 번째 합숙훈련이 이루어졌다. 나도 양궁부 고문으로서 동행했는데 결과는 대성공이었다. 학생들의 반응도 매우 좋아서 당분간 계속 해보자는 쪽으로 의견이 기울었다.

그리고 올해 여름방학에 두 번째 합숙훈련이 실시되었다. 장소는 작년과 똑같이 현에서 운영하는 스포츠 레저센터로, 일주일간 시행하기로 했다.

하루 일정은 오전 6시 30분에 일어나 7시 아침식사, 8시부터 12시까지 연습, 12시부터 점심식사, 1시 30분부터 4시 30분까지 연습, 6시 30분부터 저녁식사 순이고 10시 30분에 취침하기로 되어 있었다. 일정이 상당히 빡빡했지만 각 동아리별로 알아서 휴식을 취하도록 했고 자유시간도 적지 않아 학생들의 불만은 거의 없었다. 특히 학생들은 저녁식사 이후부터 취침 전까지 시간을 즐기는 것 같았다. 학교에서는 맛볼 수 없는 친밀감과 연대감을 느끼고 있었으리라.

나는 책을 읽거나 텔레비전을 보면서 시간을 때우는 경우가 많았지만 훈련 내용을 검토하는 일만큼은 하루도 빠뜨리지 않았다. 그리고 그 사건은 사흘째 되던 날 밤에 일어났던 것으로 기억한다.

합숙훈련을 마친 후 나는 부원들의 실력 향상 정도와 앞으로의 일정을 체크하기 위해 식당에서 자료를 정리하고 있었다. 식당은 백 명 이상이 동시에 식사할 수 있을 정도로 컸다. 소등 후 30분 정도가 지났으니 11시 무렵이었을 것이다.

양궁은 부원들의 성적이 곧바로 득점으로 나타나는 경기여서 각자의 실력 향상 정도를 측정하려면 그날 득점을 확인하는 것이 가장 빠르다. 그래서 나는 각 부원의 사흘간 점수를 그래프로 만들어보기로 했다. 다음날 그 그래프를 아이들에게 보여줄 생각이었다.

그렇게 작업을 시작했는데, 얼마 지나지 않아 인기척을 느꼈다. 얼굴을 들어보니 테이블 맞은편에 게이가 서 있는 것이 아닌가.

"열심이시네요."

게이답게 당돌한 말투였지만 무슨 이유에서인지 평소의 익살맞은 분위기는 느낄 수 없었다.

"아니, 졸리지 않니?"

"네, 별로……."

게이는 내 옆에 앉았다. 탱크톱에 조깅팬츠 차림이 약간 자극적이었다.

"흐음, 그냥 자료 좀 정리하고 있어."

"내 기록은…… 아아, 이건가? 좀 아깝네요, 요즘 몸 상태가 안 좋았나 봐요."

게이가 노트를 들여다보면서 말했다.

"조만간 나아지겠지 뭐."

"가나에나 히로코弘子도 여전하네요, 폼은 근사한데."

"너희들이 활을 쏜다기보다 활이 자신을 쏘게끔 만드는 것 같아. 섣부른 판단이긴 하지만, 힘이 부족해서가 아닐까."

"결국은 트레이닝이……."

"그래, 그런 거야."

이쯤에서 대화를 끝내려고 다시 연필을 잡고 노트를 보았다. 게이는 전혀 갈 생각이 없는지 옆에서 턱을 괸 채 노트로 시선을 돌렸다.

"잠이 안 오니?"

아까와 똑같은 질문을 했다.

"잠이 부족하면 여름에는 못 버텨."

하지만 게이는 그 말에 대답하지 않고 "주스라도 드세요" 하면서 근처 자판기에서 캔음료 두 개를 사왔다. 그리고 의자에 앉아 조깅팬츠 아래로 드러난 맨다리를 대담하게 꼬았다. 나는 시선을 돌리면서 바지 주머니에 손을 넣어 지갑을 찾았다.

"괜찮아요, 주스 정도는 제가 쏠게요."

"그럴 수는 없지. 부모님한테 용돈 타서 쓰는 학생인데."

나는 지갑에서 백 엔짜리 동전 두 개를 꺼내 게이 앞에 놓았다. 게이는 동전을 흘깃 바라보았지만 챙기려 하지 않고 갑자기 이상한 질문을 했다.

"저기, 사모님이 걱정되세요?"

캔을 따서 마시던 나는 그 말에 목이 막히는 것 같았다.

"무슨 소리야?"

"진심이에요. 사모님이랑 사이가 어때요?"

"어려운 질문인데."

"걱정되지는 않지만 외로우세요?"

"외롭긴. 신혼도 아닌데 뭐."

"외롭지는 않지만 좀이 쑤시죠?"

"왜 그런 걸 묻지?"

"솔직하게 말해보세요. 그렇죠?"

"게이, 너 술 취했니? 어디서 술이라도 마셨어? 그리고 보니 술 냄새가 풀풀 나는데."

나는 게이의 얼굴에 코를 대고 냄새를 맡는 척했다. 하지만 게이는 웃으려 하지 않고 가만히 내 눈을 바라보았다. 그 진지한 눈동자에 온몸이 저려와 움직일 수 없었다.

2~3분인가, 2~3초인가 우리는 서로를 응시했다. 닭살스러운 말투를 쓰다 보니 둘 사이의 시간이 정지된 듯한 기분이 들었다.

게이가 눈을 감은 것이 먼저였는지 내가 게이의 어깨에 닿은 것이 먼저였는지 잘 기억나지 않는다. 단지 우리는 지극히 자연스럽게 서로 얼굴을 맞대었고 당연하다는 듯이 입술을 포갰다.

나 스스로도 이상하다 싶을 만큼 침착했다. 누가 갑자기 들어오지는 않을까 하고 귀를 기울일 정도였으니까. 게이도 긴장하지 않은 눈치였다. 그 증거로 그녀의 입술은 촉촉이 젖어 있었다.

"이럴 때 사과라도 해야 하는 건가?"

나는 입술을 뗀 다음 게이의 어깨에 손을 올린 채 물었다. 탱크톱 끈 위로 맨살을 드러낸 어깨가 내 손 안에서 점점 땀에 배어들게 했다.

"왜 사과를 해요?"

게이는 시선을 돌리지 않고 되물었다.

"나쁜 일도 아닌데요, 뭐."

"이런 짓을 하다니, 내가 왜 이러는지 모르겠어."

"좋아하지도 않는데, 뭐 그런 거요?"

"아니……."

나는 우물쭈물했다.

"그럼 왜요?"

"암묵적인 규칙을 어긴 것 같은 기분이야."

"그런 것 없어요."

게이는 여전히 내 눈을 응시한 채 강한 말투로 말했다.

"난 여태 규칙 같은 것에 얽매인 적이 없으니까요."

"대단하네."

나는 게이의 어깨에서 손을 내려놓고 캔음료를 단숨에 비웠다. 어느새 목이 바짝바짝 마르고 있었다.

그때 복도에서 발소리가 들려왔다. 슬리퍼를 끄는 소리다. 두 명 이상이 걷는지, 소리가 겹쳐서 날 때도 있었다. 우리가 떨어지자마자 식당 문이 열리고 두 남자가 들어왔다.

"뭐야, 마에시마 선생님이었군요."

키가 큰 남자가 말했다. 육상부 고문 다케이竹井다. 다른 사람은 무라하시였다. 무라하시는 운동부 고문은 아니지만 감독 담당으로 왔다.

"게이도 같이 있는 걸 보니 연습에 대해 논의하고 있었군요. 열심이시네요."

다케이가 내 앞에 펼쳐진 그래프와 노트를 보고 말했다.

"순찰중이세요?"

내가 묻자 두 사람은 "뭐, 그렇습니다" 하고 서로 마주보며 웃었다. 그러고 나서 식당 안을 대충 둘러본 다음 들어왔던 문으로 다시 나갔다. 게이는 두 사람이 나간 문 쪽을 한참 쳐다보다가 이윽고 내 얼굴을 보더니 "분위기 망쳤네" 하고 미소를 지어 보였다.

"졸리지?"

"네."

그러고는 게이가 일어났기 때문에 나도 테이블 위를 정리했다. 식당 앞에서 헤어질 때 게이가 내 곁에 바싹 다가와 말했다.

"그럼…… 다음에 또."

"뭐?"

나는 게이를 돌아보았다.

"그럼 선생님, 안녕히 주무세요."

게이는 새삼스럽게 또렷한 말투로 인사하더니 반대 방향으로 사라져갔다.

다음날 연습시간에 나는 게이의 얼굴을 마주볼 수 없었다. 꺼림칙한 것도 있었지만 실은 나잇값도 제대로 못하고 있는 나 자신에게 부끄러움을 느꼈기 때문이다. 그런데 나를 대하는 게이의 태도는 전날과 다른 게 없었다.

"1학년 미야사카宮坂가 몸이 안 좋다며 빠졌고 나머지는 전부 모였습니다."

출석보고할 때만 기묘하게 긴장된 말투를 쓰는 것도 평소와 똑같았다.

"컨디션이 안 좋아? 그거 안됐네. 감기인가?"

"여학생이 컨디션이 안 좋다고 하면 눈치채셔야지요."

나의 물음에 의미심장한 미소를 지으며 당돌하게 말하는 것 또한 여전했다.

게이는 오늘까지 한 번도 그날 밤 일을 언급하지 않았다. 그러다 보니 최근에는 나만 신경쓰고 있을지도 모른다는 생각을 하게 되었다. 아무렇지도 않다, 열 살 이상 어린 아가씨의 "그럼, 다음에 또" 하는 말에 휘둘리고 있는 것뿐이다.

나는 게이의 얼굴을 떠올렸다. 영리하게 보일 때도 있고 섹시하다는 인상을 받을 때도 있었다.

그런 생각을 하는 자신에게 놀라 어느 순간 '정신 차려' 하고 저도 모르게 말하고 있었다.

4

4교시가 끝나고 점심시간이 되었다. 신문을 읽으면서 아내가 만들어준 도시락을 먹은 다음 커피를 마시고 있는데 교무실 문이 열리더니 한 학생이 들어왔다. 다카하라 요코였다. 요코는 실내를 쓱 둘러보더니 나가타니를 발견하고 그쪽으로 걸어갔다. 도중에 나와 시선이 마주쳤지만 아무 반응도 보이지 않았다.

나가타니는 요코를 보더니 얼굴을 찡그리고는 잔소리를 하기 시작했다. 그의 자리는 나보다 책상 네 개 정도 앞이어서 표정이 잘 보였고 웬만한 대화도 잘 들렸다. 신문을 읽는 척하면서 그쪽을 살피니 무표정하게 눈을 내리깔고 있는 요코의 옆얼굴이 보였다.

정학이 끝난 다음날부터 지각이라니 말도 안 되는 소리다, 담배는 더 이상 피우지 않겠지, 조금만 있으면 졸업이니까 마지막까지 긴장을 늦추지 마라 등등, 나가타니의 잔소리는 지도를 한다기보다 하소연하는 것처럼 들렸다. 요코는 그의 말을 듣고 있는지 어떤지 여전히 반응이 없었다. 가타부타 말이 없으니 속을 알 수가 없었다.

나는 그녀의 옆얼굴을 보면서 이런저런 생각을 했다. 머리카락이 짧아졌다는 것을 알아차린 것이다.

이전에도 머리가 그렇게 긴 편은 아니었지만 지금처럼 짧지는 않았다. 전에는 컬이 조금 들어가 있었는데 지금은 전혀 없고 앞머리도 상당히 짧아졌다. 나는 이미지에 변화라도 주었나 보다 하고 생각했다.

그쪽에 정신이 팔려 있는데 누군가가 뒤에서 급히 어깨를 두드렸다. 돌아보니 마쓰자키松崎 교감이 누런 이를 드러내며 웃고 있었다.

"무슨 재미난 기사라도 실렸습니까?"

나는 끈적끈적한 그의 말투가 싫었다. 용건을 말하기 전에 꼭 이렇게 아부하듯이 서론부터 얘기하는 것 말이다.

"뭐 여전합니다⋯⋯. 무슨 일이십니까?"

내가 묻자 마쓰자키는 신문기사로 시선을 돌리면서 "아아, 교장 선생님이 부르십니다" 하고 반갑지 않은 소리를 했다. 나는 마쓰자키에게 신문을 넘기고 서둘러 교장실로 향했다.

교장실 문을 노크하니 "들어와요" 하는 소리가 났다. 방으로 들어가니 구리하라栗原 교장이 이쪽을 등진 채 담배연기를 내뿜고 있는 것이 보였다. 금연에 몇 번이나 실패한 모양이다.

교장은 의자를 돌려 나를 바라보더니 입을 열었다.

"양궁부는 좀 어떻습니까? 올해는 전국대회 출전을 노려야 하지 않겠습니까?"

저음이지만 잘 전달되는 목소리다. 젊은 시절 럭비부에서 활동하면서 단련했다고 들었다.

"고만고만……합니다."

그가 손가락에 끼우고 있던 담배를 재떨이에 비벼 끄기에 그만 피우려나 보다 했더니 재빨리 담뱃갑에서 한 개비를 더 꺼냈다.

"마에시마 선생이 고문이 된 지 몇 년째지요?"

"5년입니다."

"이제 슬슬 성과를 보일 때가 됐군요."

"열심히 하고 있습니다."

"그것만으로는 부족해요. 뭔가 눈에 보이는 성과를 내야지요. 양궁부가 있는 학교는 우리나라에 별로 없기 때문에 1등 하기가 쉽다고 말한 사람이 바로 마에시마 선생 아닙니까?"

"그건 사실입니다."

"그럼 힘 좀 써봐요. 3학년에 스기타 게이코라고 했던가, 그 선수는 어때요?"

"재능은 있습니다. 전국대회를 노리기에 가장 좋은 선수라고 봐도 될 것 같습니다."

"좋아요. 그 선수를 중점적으로 연습시키세요. 나머지 선수들은 적당히 해도 되니까. 아, 그렇게 싫은 얼굴은 하지 말고요. 선생님 방침에 간섭할 마음은 없으니까. 그저 어느 정도의 결실만 거둬주면 돼요."

"노력하겠습니다."

나는 이렇게 말할 수밖에 없었다. 운동부를 유명하게 만들어 학교를 홍보하겠다는 방식에는 그리 반발을 느끼지 않았다. 교육 재단도 '경영' 해야 한다는 대전제가 있는 이상 학교 홍보에 힘을 쏟는 것은 당연하다고도 생각했다. 하지만 교장의 노골적인 말을 듣고 있으면 왠지 따라가기 힘들다는 기분이 들었다.

"사실, 마에시마 선생을 보자고 한 건 다른 용건이 있어서입니다."

교장의 얼굴이 변하는 것을 보고 나는 이상하다고 생각했다. 표정이 갑자기 부드러워진 것이다.

"일단 앉지요."

교장은 옆의 응접세트를 가리키며 말했다. 내가 약간은 망설이듯 의자 끝에 걸터앉자 교장도 맞은편에 앉았다.

"뭐, 별다른 건 아니고 다카카즈貴和 때문에 그래요. 누군지 알지요?"

"알고 있습니다."

교장의 아들로 딱 한 번 만난 적이 있다. 명문 국립대학을 졸업하고 현지 기업에서 엘리트 코스를 밟고 있다고 들었는데 열정적이라는 인상은 받지 않았다. 오히려 야리야리하고 소극적인 것 같았다. 물론 인상과 성격이 반드시 일치하지는 않겠지만.

"그놈도 벌써 스물여덟이지요. 슬슬 좋은 짝을 맺어주려고 생각하고 있는데, 좀처럼 이렇다 할 며느리감이 안 보여요. 아비인 내가 아무리 마음에 든다 해도 본인이 사진만 보면 거절해버리니."

'그런 일이라면 당신 시력부터 재고 나서 나한테 상담하지 그래.'

나는 마음속으로 악담을 내뱉었다.

"그래서 말인데…… 이번에 내가 고른 사람이 누구라고 생각해요?"

"글쎄요."

교장이 누굴 골랐건 그게 나와 무슨 상관이란 말인가.

"아소 교코麻生恭子 선생이에요."

"호오……."

나의 반응에 교장은 만족한 듯했다.

"놀랐나요?"

"네. 아소 선생님 나이가 아마……."

"스물여섯이지요. 조금 견실한 며느리감이 좋을 것 같아서요. 실은 다카카즈한테 사진을 보여줬더니 상당히 마음에 든 모양이에요. 그래서 여름방학 때 아소 선생이 학교에 나온 날 이야기해봤는데, 한번 생각해보겠다고 하더군요. 다카카즈 사진이나 프로필도 이미 줬고."

"그렇군요, 그랬더니 뭐라고 했습니까?"

나도 모르게 답변을 재촉하는 것처럼 말해버렸다.

"그게 문제예요. 사진이랑 프로필을 준 지 벌써 3주나 지났는데 전혀 대답이 없으니. 은근슬쩍 속을 떠봐도 조금만 더 기다려달라면서 얼버무리기만 하고. 싫으면 싫다고 말하면 누가 잡아먹기라도 하는지 원, 도무지 그 속마음을 알 수 없어서 답답해요. 그래서 마에시마 선생을 부른 겁니다."

이야기를 듣다 보니 교장이 나를 찾은 목적을 알 수 있었다. 아소의 마음을 확인해달라는 것이다. 내가 알겠다고 했더니 교장은 만족했다는 듯 고개를 끄덕였다.

"역시 젊은 선생이라 그런지 눈치가 빠르군요. 아, 그런데 그건 어디까지나 부탁이고 이왕 하는 김에 아소 선생의 남자 관계도 좀 알아봐줬으면 해요. 그것도 아주 철저하게. 물론 여자 나이가 스물여섯 정도 되면 떠도는 소문 한두 개 정도 는 있겠지. 내가 그것까지 이해 못 할 정도로 나도 꽉 막힌 사람은 아니고, 문제는 현재니까."

"알겠습니다. 그런데 아소 선생님이 관심이 없다고 하면 그럴 필요까지는 없겠지요?"

"가망이 없다는 건가요?"

교장이 불쾌하다는 듯 말했다.

"그럴 가능성도 있다는 뜻입니다."

"음…… 좋아요. 그러면 뭐가 불만인지 확실히 알아보세 요. 가능한 한 긍정적으로 생각해볼 테니까."

"알겠습니다."

만약 다카카즈가 마음에 들지 않는다고 하면 어떻게 할 것 인지 물어보고 싶었다.

"다른 용건은 없으십니까?"

나는 약간 긴장된 목소리로 물었다.

"그런데, 요새 선생한테 무슨 일이라도 있어요?"

교장의 말투가 신중해졌다. 내 표정을 읽었으리라.

"누군가가 또 제 목숨을 노렸습니다."

"뭐라고요?"

"누군가가 저를 죽이려고 했습니다. 어제 학교 건물 옆을 걷고 있는데, 위에서 화분이 떨어졌습니다."

"……우연이지 않을까?"

그렇게 생각하고 싶은지 교장이 웃어 보였다.

"아무리 우연이라도 그런 일이 세 번이나 생기겠습니까?"

플랫폼에서 떨어질 뻔한 일, 수영장에서 감전사당할 뻔한 일은 이미 지난번에 교장에게 전했다.

"그래서?"

'뭐가 그래서야?'

나는 이렇게 말하고 싶은 것을 꾹 참고 경찰에 신고할까 생각하고 있다고 차분하게 의사를 전달했다. 그러자 교장은 담배를 재떨이에 걸치고 팔짱을 끼더니 어려운 질문을 받은 것처럼 차분한 표정으로 눈을 감았다. 나는 좋은 답변을 들을 수 없을 거라고 직감했다.

"조금 더 기다려보지요."

그런 교장의 말을 나는 받아들일 수 없었다. 교장은 눈을 감은 채 말을 이었다.

"이건 문제아들이 하는 짓거리 중 하나일 뿐이에요. 다른 학교, 특히 남자학교에서는 조폭들이나 할 법한 폭력사건이 생기는 경우도 있지요. 그런 일에도 경찰이 개입하는 건 좋지 않아요. 어디까지나 학생과 교사 사이에 대화가 부족해서 생기는 문제니까."

교장이 눈을 떴다. 무마하려는 듯한, 한편으로는 달래려는 듯한 눈초리다.

"애들이 하는 짓궂은 장난일 뿐이에요, 그저 단순한 장난 말입니다. 마에시마 선생을 죽일 생각이 전혀 없는데 그걸 진심으로 받아들여서 경찰에 신고한다면 나중에 웃음거리밖에 더 되겠어요?"

"하지만 범인의 수법으로 봐서는 진심이라고 생각할 수밖에 없습니다."

그러자 교장은 갑자기 험상궂은 표정을 지으며 테이블을 두드렸다.

"마에시마 선생은 학생을 못 믿는 겁니까?"

이 남자의 입에서 이런 말이 나오리라고는 짐작도 못 했다. 이런 상황만 아니었다면 웃음이 나왔을 것이다. 교장이 이런 변명거리를 생각했다는 것 자체가 경이적이었으니까.

"이거 봐요, 마에시마 선생."

또 목소리가 온화해졌다. 당근과 채찍을 번갈아 쓰려는 것 같다.

"앞으로 한 번만. 딱 한 번만 더 상황을 지켜봅시다. 그 다음에는 나도 아무 소리 안 할 테니까. 어때요, 그게 좋지요?"

그 한 번이 나에게 치명타가 되면 어떻게 할 것인가? 하지만 나는 아무 말도 하지 않았다. 납득해서가 아니라 포기했기 때문이다.

"앞으로 딱 한 번만입니다."

내가 다짐하자 교장은 마치 구원이라도 받은 듯 표정을 짓더니, 학교 교육에 대해 이야기하기 시작했다. 하지만 그런 공론은 듣고 싶지 않았다. "수업이 있어서 이만 실례하겠습니다" 하고 일어서서 교장실 문을 열고 나가는데 뒤에서 "우리 아들녀석 일, 잘 좀 부탁할게요" 하는 소리가 들렸다. 대답할 마음이 들지 않았다.

교장실을 나서자 오후수업 시작을 알리는 종이 울렸다. 나는 잰걸음으로 학생들 틈에 섞여 교무실로 돌아갔다.

구리하라 교장은 세이카 여고의 이사장이기도 하다. 말 그대로 독재자다. 교장의 기분에 따라 교사 한두 명은 목이 날아갈 수도 있고 교육방침도 얼마든지 갈아치울 수 있을 정도다. 그런데 학생들 사이에서는 평판이 그리 나쁘지 않았다. 게이도 예전에 "자기 욕심을 솔직하게 인정하니까 오히려 인간미가 느껴져서 좋아요"라고 말한 적이 있다.

사실 구리하라 교장은 우리 아버지의 전우이다. 두 분은 전쟁 후 사회가 혼란한 틈을 타서 뭔가 사업 구상을 세운 것 같았다. 아버지는 사업가가 되기 위해, 구리하라는 교육 사업을 하기 위해 그 계획을 실행했는데, 교장은 성공했지만 아버지는 실패한 것이다. 그 결과 아버지는 늙은 어머니와 약간의 빚을 남겨둔 채 돌아가셨다. 지금은 나보다 세 살 많은 형님 내외가 고향에서 시계방을 하면서 어머니를 모시고 있다.

어머니는 나에게 교사가 될 것을 권하고서 구리하라 교장에게 연락하신 모양이다. 그래서인지 세이카 여고에서 금방 나를 채용하고 싶다는 연락이 왔다.

이런 배경이 있어서인지 교장은 나에게 종종 속마음을 털어놓곤 했다. 나 역시 주어진 업무 외에도 교장을 위해 하는 일이 많았다. 아까 부탁받은 임무도 그중 하나다.

교무실에 들어가니 한 학생이 소리 높여 말하고 있었다. 무라하시와 이야기하는 중이었다.

"어쨌든 교실로 돌아가. 수업 끝나고 다시 얘기하자."

무라하시는 출입구를 가리켰다. 목소리가 약간 격앙되어 있었다.

"그전에 확실히 말씀해주세요. 선생님은 잘못한 게 없다는 말씀이시죠?"

무라하시는 나보다 키가 약간 작으니까 170센티미터 조금 못 될 것이다. 그런데 상대 학생의 키가 무라하시와 거의 맞먹었다. 어깨를 보니 한가닥했던 것 같다. 뒷모습을 보니 호조 마사미北條雅美였다.

"난 내가 잘못했다고는 생각하지 않아."

무라하시가 마사미를 똑바로 보았다. 마사미도 아마 강한 눈빛으로 노려보았을 것이다. 마사미는 "알겠습니다. 그럼 방과 후에 한 번 더 오겠습니다" 하고 목례한 다음 당당하게 교무실을 나섰다. 나와 주변에 있던 교사들은 그 모습을 한참 동안 멍하니 바라보았다.

"무슨 일 있었습니까?"

5교시 수업을 준비하고 있던 나가타니에게 물어보았다. 그러자 그는 무라하시의 눈치를 살피더니 작게 말했다.

"무라하시 선생님이 수업중에 학생 하나를 야단치면서 '이 자식들'이라고 했나 봐요. 그것 때문에 마사미가 항의하러 온 거예요. '자식'이라는 단어에 굴욕적인 뜻이 담겨 있다면서요."

"무슨……."

"별일 아닌 것 같지만 마사미도 그건 알고 있었을 거예요. 반은 고집 같은 거지요."

호조 마사미, 3학년 A반 반장으로 입학 이래 줄곧 수석을 차지해왔다. 세이카 여고 사상 최고의 재원이라는 말도 있다. 그저 떠도는 과장된 소문이 아니었다. 도쿄대를 목표로 한다는데, 만약 정말 그렇게 되면 그야말로 학교 설립 이후 최고의 쾌거이기 때문이다. 검도부 주장도 맡고 있는데 현에서 최고의 여자 검도선수로 통하고 있다. 남자로 태어났으면 얼마나 좋았을까 싶을 정도로 문무를 겸비한 실력자다.

그런 마사미가 올해 3월부터 이상한 활동을 하기 시작했다. 아니, '이상한'이라는 말을 잘못 썼다간 마사미에게 무슨 봉변을 당할지 모른다. 마사미는 '현재 입시정책은 낡아빠진 인습에 얽매여 학생의 인격을 무시하고 있다. 따라서 아무 효과도 없는 주입식 교육을 타파해야 한다'는 목적으로 이런 활동을 하는 것 같았다.

그렇다고 해서 수업을 빼먹거나 복장이나 머리모양에 관한 학교의 규율을 무시하지는 않았다. 그런 행동을 해도 아무 의미가 없다는 사실을 알고 있었기 때문이다.

마사미는 우선 1~2학년들을 움직여 '복장규제 완화를 위한 검토회'를 만들고 학생회를 통해 학교 측에 복장규제를 완화하라고 주장했다. 1~2학년에게 시킨 이유는 3학년들이 여러모로 바쁜데다 어차피 곧 졸업하는데, 하는 심정으로 열심히 활동하지 않을 것이라고 예상했기 때문인 것 같다. 현재는 조직을 구성해 활동하는 단체가 '복장 검토회'뿐이지만 조만간 '두발 검토회' 등도 만들 모양이다.

호조 마사미가 '암의 근원'이라고 부르며 비난의 화살을 쏘는 대상은 주로 학생지도부였고, 특히 엄하기로 유명한 무라하시에게 반발하는 경우가 많았다. 그전에도 무라하시가 3학년 A반 수업을 끝내고 교무실로 돌아오면 마사미가 뒤따라와서 수업중에 한 말이나 태도에 대해 날카롭게 항의하는 경우가 몇 번 있었다.

이런 이유로 학교 측은 마사미를 상당한 문제아로 보고 있었다. 하지만 마사미의 행동을 규제할 수 있는 것은 아무것도 없었다. 마사미의 방식은 정당하고 규칙에도 맞았으니까. 그리고 항의하는 내용도 정당한 경우가 대부분이었다. 거기다 성적까지 뛰어났으니 교사들 중에는 아무렇지 않다는 얼굴로 "마사미가 졸업할 때까지 조금만 참읍시다" 하고 말하는 사람도 있었다.

"그동안 오냐오냐 하며 받아줬더니 애가 아주 우쭐해 있는 거예요."

무라하시가 혼자 투덜대며 자리에 앉았다. 초조한 목소리였다. 2학기에 들어서도 마사미의 활동은 전혀 수그러들 태세를 보이지 않았다.

5교시 종이 울리자 교사들이 황급히 일어났다. 아소 교코가 일어나는 것을 보고 나도 자리에서 일어났다. 교무실에서 나와 10미터 정도 걸어가서 아소에게 말을 걸었다. 그녀는 긴 머리카락을 쓸어올리면서 내 쪽을 흘깃 바라보았다. 뭘

봐, 하는 듯한 차가운 눈.

"아까 교장 선생님이 부르셨는데……."

그러자 그녀가 멈칫했다. 내 말에 반응을 보이는 것이다.

"선생님 마음을 좀 물어봐달라고 하시더군요."

교장에게 불려갔을 때부터 서두는 이런 식으로 꺼내려고 생각하고 있었다. 우회적으로 돌려서 말하는 것에는 자신이 없다.

계단 앞에서 그녀가 멈춰 섰다. 나도 따라서 멈추었다.

"꼭 선생님한테 말씀드려야 하나요?"

차분한 말투. 나는 천천히 고개를 저었다.

"교장 선생님한테 의사를 전달해주기만 하면 돼요. 선생님이 직접 가셔도 되고요."

"그럼 제가 직접 갈게요."

아소는 계단을 올라가면서 내 얼굴에서 눈을 떼지 않았다. 그러자 마음속에서 악의가 솟구쳤다. 나는 계단을 올려다보면서 말했다.

"선생님 뒷조사도 같이 해달라고 부탁하시던데요. 무슨 소린지 아시죠?"

그녀의 발소리가 멈췄을 때 나는 계단을 내려가기 시작했다. 머리 위에서 초조한 침묵이 느껴졌다.

5

이날 6교시 수업은 1학년 A반이었다. 원래 나는 3학년 수업만 담당하는데 이 반만 예외였다. A반 학생들은 2학기가 되고 나서야 겨우 고등학교 생활에 적응했는지 침착해진 것 같다. 나이만 고등학생이지 중학생이나 다름없는 아이들이 시끌벅적하게 떠들기라도 하면 온 신경이 곤두서는 것 같다.

"그럼, 다음 연습문제를 앞에 나와서 풀어보자."

내 말이 떨어지자마자 학생들은 고개를 숙였다. 학생들 대부분이 수학을 어려워했다.

"1번 문제는 야마모토, 2번은 미야사카. 자, 어서."

출석부를 보면서 지명하자 야마모토 유카山本由香가 풀이 죽은 얼굴로 일어섰다. 동시에 여기저기서 안도의 한숨이 새어나왔다. 한심하다고 생각했지만 내가 고등학생이었을 때도 이랬던 기억이 떠올랐다.

미야사카 에미宮坂惠美는 무표정한 얼굴을 하고 칠판으로 향했다. 성적이 우수한 학생이다. 내 예상대로 왼손에 교과서, 오른손에 분필을 쥐고 문제를 척척 풀었다. 그 또래 여학생들이 좋아하는 동글동글한 글씨체다. 답도 정확하다.

나는 에미의 왼손이 마음에 들었다. 그런데 아직 하얀 붕대를 감고 있다. 양궁부원인데 이번 여름 합숙훈련 도중 왼쪽 손목을 삐었다고 한다. 손목을 처음 삐었을 때에는 나에게 혼날까 봐 생리중이라고 속이고 연습에 빠질 정도로 여린 구석이 있는 소녀다.

"손은 좀 괜찮니?"

문제를 다 풀고 자리로 돌아가는 에미에게 조용히 말을 걸자, 모기 목소리로 "네" 하고 대답했다.

칠판에 쓴 문제에 대해서 설명하려고 할 때, 배가 울릴 정도로 커다란 엔진 소리가 들렸다. 이 학교 담벼락이 워낙 건물에 바싹 붙어 있기 때문에 도로를 달리는 자동차 소음이 내내 들려오곤 했다. 하지만 이번 소리는 그런 것이 아니었다. 게다가 차가 벌써 지나갔을 법한데도 계속 소리가 울리고 있었다.

창문 밖으로 내다보니 오토바이 세 대가 도로를 달리고 있었다. 화려한 셔츠를 입고 풀페이스 헬멧을 쓴 젊은이가 머플러를 마구 휘날리고 있었다. 지금까지 한 번도 본 적이 없는 녀석들이다.

"폭주족인가?"

"우리 관심을 끌려는 것 같아."

"우와."

창가 쪽 학생들이 중얼거리기 시작했다. 이 교실은 2층에 있기 때문에 바깥이 잘 보인다. 다른 학생들도 밖을 내다보려 했다. 수업 분위기가 완전히 흐트러져버렸다.

나는 칠판 앞으로 돌아가 수업을 계속하려고 했다. 하지만 학생들은 창밖이 더 마음에 드는 모양이었다.

"야야, 저거 봐. 바보같이 손 흔드는 애도 있어."

학생들은 서로 곁눈질을 했다. 내가 주의를 주려는 순간, 한 학생이 말했다.

"어머, 저기 봐. 선생님이 가셨어."

그 말에 나도 모르게 밖을 보았다. 그러자 두 남자가 오토바이를 탄 녀석들에게 다가가는 것이 보였다.

뒷모습만 보고도 알 수 있었다. 무라하시와 체육교사 오다小田였다. 둘 다 손에 물통을 들고 있었다. 처음에 뭐라고 주의를 주었지만 그들이 전혀 가려고 하지 않자, 두 교사는 물통에 든 물을 오토바이에 쏟아부었다. 그러고 나서 오다가 녀석들을 잡으려 하자 그들은 무슨 뜻인지 모를 심한 욕설을 지껄이면서 사라져갔다.

"야호."

"역시 학생지도부~."

교실에 환호성이 울려퍼졌다. 더 이상 수업을 진행하기가 어려웠다. 결국 6교시 종료 직전에야 칠판에 적힌 문제풀이 설명을 끝낼 수 있었다.

교무실로 가자 아니나 다를까 동료교사 수십 명이 무라하시를 둘러싸고 있었다. 무라하시는 마치 영웅이라도 된 듯 굴고 있었다.

"폭주족들을 멋있게 쫓아내셨던데요."

나는 옆자리라는 점도 있고 해서 붙임성 있게 말을 건네보았다. 무라하시는 기분이 몹시 좋아 보였다.

"다른 학교에서도 흔히 쓰는 방법이죠. 효과가 있으니 다행이군요."

"앞으로 안 왔으면 좋겠어요."

호리堀라는 중년 여교사가 말했다. 그러자 무라하시가 진지한 표정을 지었다.

"도대체 뭐하는 녀석들일까요. 보나마나 시덥잖은 쓰레기 같은 놈들일 게 틀림없지만."

"우리 애들이 아는 놈들일지도 몰라요."

내가 말하자 "설마" 하고 주변에 있던 교사 두세 명이 웃었다. 하지만 무라하시는 특유의 차가운 말투로 대답했다.

"아니, 그러지 말라는 법도 없지요. 만약 그게 사실이라면, 그 학생은 바로 퇴학일 겁니다."

방과 후, 나는 오늘도 곧바로 퇴근하기로 했다. 어찌됐든 어제 있었던 화분 사건이 지금도 머릿속에서 떠나지 않고 있으니까. 학교 밖이 안전하다고 확신할 수는 없지만 교내에서 우물쭈물하고 있는 것보다는 나을 것이다. 하지만 벌써 사흘째 동아리 연습에 나가지 못하고 있다. 내일은 꼭 가야지.

내가 퇴근 준비하는 것을 보고 아소 교코가 다가왔지만 일부러 무시하기로 했다. 그녀 입장에서는 교장의 제안이 신데렐라가 될 수 있는 기회겠지만, 그보다는 아까 내가 한 말이 더 신경쓰였을 것이다.

하나둘씩 집으로 돌아가는 학생들 틈에 섞여 교문을 빠져나갔다. 항상 이때 오늘 하루도 끝났구나 하는 생각을 하게 된다. 여러 가지 일이 많아서였을까. 오늘은 여느 때보다 더 피곤했다.

정문에서 S역까지는 걸어서 5분 거리다. 짙은 남색 스커트에 흰 블라우스 차림을 한 학생들이 삼삼오오 걸어간다. 나는 학생들과 함께 걷다가 스포츠용품 판매점에 들를 일이 생각나서 중간에 빠져나왔다.

주택가를 벗어나 교통량이 비교적 많은 국도를 따라 걸으면 스포츠용품 판매점이 나온다. 그곳은 현 내에서도 보기 드물게 양궁용품을 취급한다.

"세이카 여고 선수들은 실력이 좀 늘었습니까?"

주인은 나를 보자마자 말을 걸었다. 내가 이 학교에 막 부임했을 때부터 알게 된 사이다. 나이는 나보다 서너 살 많을 것이다. 젊은 시절 하키를 해서인지 키는 작지만 균형 잡힌 체격을 유지하고 있다.

"생각처럼 잘 안 되네요. 아무래도 지도교사 실력이 부족한 탓이지요."

나는 애써 웃음을 지어 보였다.

"게이코는 어떤가요? 상당히 늘었다는 말을 들었는데."

교장과 똑같은 소리를 했다. 어쨌든 게이는 꽤 유명해진 것 같다.

"뭐, 그럭저럭해요. 어디까지 갈 수 있을지……. 1년 정도만 더 하면 좋아지련만."

"역시, 3학년이었군요. 그럼 이번이 마지막 기회겠네요."

"네."

나는 양궁용품을 사고 그와 이런저런 이야기를 나누다가 가게를 나섰다. 시계를 보니 약 20분 정도 지나 있었다.

9월이 되었지만 늦더위가 기승을 부려 꽤 더웠다. 나는 넥타이를 느슨하게 매만지고 걸어온 길을 되돌아갔다. 트럭이 지나가면서 일으킨 모래먼지가 끈적거리는 몸에 달라붙어 기분이 그다지 좋지 않았다.

모퉁이에 접어들자 나는 발을 멈추었다. 도로변에 세워져 있는 오토바이가 시선을 끌었기 때문이다. 아니, 정확히 말하면 오토바이에 걸터앉은 사람을 본 적이 있기 때문이다. 노란색 셔츠에 빨간 헬멧. 틀림없다. 점심시간에 왔던 3인조 중 한 사람이다. 게다가 그 녀석 옆에 서서 뭔가를 이야기하고 있는 사람은 우리 학교 학생이었다. 이미지를 바꾸려고 자른 짧은 머리가 인상적이다.

다카하라 요코였다.

저쪽에서도 내가 자신들을 보고 있다는 사실을 알아챘다. 요코는 조금 놀란 표정을 지었지만 이내 무시하듯 등을 돌렸다.

학교 밖에서 학생에게 주의를 주거나 뭔가 지시하는 것을 좋아하는 편은 아니었지만 이 상황만큼은 모른 척하고 지나칠 수 없었다. 나는 천천히 그쪽으로 다가갔다. 요코는 여전히 그 녀석들을 보고 있었다. 오토바이에 걸터앉은 녀석이 헬멧 속에서 나를 노려보는 듯했다.

"아는 사람이니?"

나는 요코의 등 뒤에서 물었다. 하지만 요코는 아무 반응이 없었다. 대신 젊은 녀석이 "이건 또 뭐야?" 하고 요코에게 물었다. 목소리가 의외로 어린애 같다. 고등학생 정도 될까.

요코는 여전히 그쪽을 바라보면서 "우리 선생님" 하고 툭 내뱉었다. 그 말을 듣자 헬멧을 쓴 녀석의 얼굴색이 변했다.

"뭐야? 그럼 점심시간에 물 뿌린 그놈이랑 한패잖아."

"그렇게 무식하게 말하지 좀 마. 나까지 같은 급으로 취급받잖아."

요코가 그 녀석에게 나무라듯 말했다. 나른한 목소리였다. 그 녀석은 요코의 목소리에 기세가 꺾였는지 "그러니까……"

하고는 뒷말을 잇지 못했다.

"어쨌든 이제 가봐. 무슨 말인지 알았으니까."

"그럼 생각해보는 거지?"

"그럴게."

의미를 알 수 없는 대화를 나눈 뒤 그 녀석은 땅이 울릴 정도로 요란한 소리를 내며 액셀러레이터를 밟았다. 그러더니 나를 보고는 "아까 그 선생들한테 내가 기억해두겠다고 전해주쇼" 하고 소리친 뒤, 소음과 배기가스를 요란하게 내뿜으며 사라졌다.

나는 요코에게 아까와 똑같은 질문을 했다.

"저 녀석이랑 아는 사이니?"

그러자 요코가 조금 전까지 오토바이가 있던 자리를 바라보면서 대답했다.

"같이 오토바이 타는 친구예요. 머리가 좀 비긴 했지만."

"오토바이? 너도 오토바이를 타니?"

나는 놀라서 물었다. 물론 교칙상 금지되어 있었다. 하지만 요코는 태연하게 말했다.

"네. 이번 여름에 면허증을 땄거든요. 바보 같은 아빠한테 사달라고 졸라서 지금 미친 듯이 달리는 중이에요."

무책임하게 느껴지는 말투였다. 요코는 입가에 미소까지 머금고 있었다.

"천박하게 말하는 거, 싫어하지 않았던가."

내 말에 요코는 다시 입을 삐쭉거렸다. 그리고 이번에는 쌀쌀맞은 투로 말했다.

"뭐, 다른 선생님들한테 꼰질러도 상관없어요."

"다른 선생님들한테는 얘기 안 할 거야. 하지만 들키기라도 하면 그날로 퇴학이야."

"그것도 좋네요. 어차피 이 주변에서만 탈 거니까 언젠가 들킬지도 모르겠지만요."

요코의 무책임한 태도가 당혹스러웠다. 나는 결국 이런 말을 하고 말았다.

"졸업 때까지 조금만 참으렴. 졸업하고 나서 실컷 타도 되잖아. 그렇지, 그땐 나도 좀 태워줄래? 기분 정말 좋겠다."

하지만 요코의 태도는 변하지 않았다. 그러기는커녕 내 얼굴을 째려보았다.

"그런 말 해도 하나도 안 어울리거든요."

"요코……."

"됐어요. 먼저 갈게요."

요코는 그렇게 말하더니 잰걸음으로 걷기 시작했다. 그리고 몇 미터 정도 가다가 발길을 멈추고는 나를 돌아보았다.

"솔직히, 내가 어떻게 되든 아무 상관 없잖아요."

순간 내 마음이 무거워졌다. 그 무거운 마음에 발이 떨어지지 않았다. 나는 요코가 뛰어가는 모습을 그저 멍하니 바라볼 수밖에 없었다.

'어떻게 되든 아무 상관 없잖아요.'

이 말이 몇 번이나 머리에 떠올라 지워지지 않았다. 어느새 저녁노을이 지고 있었다.

2장

1

9월 12일 목요일 6교시, 3학년 B반 교실.

미적분은 고등학교에서 마지막으로 극복해야 할 난관이다. 이것을 소화하지 못하는 사람은 대입시험 때 수학에서 좋은 점수를 받을 수 없다. 그런데 내 수업 방식에 문제가 있는 건지 지금껏 한 번도 미적분 시험에서 반 평균이 50점을 넘은 적이 없다.

칠판에 복잡한 미적분 공식을 필기하다가 가끔 학생들을 돌아보면, 다들 멍한 표정을 짓곤 했다. 1~2학년이라면 "왜 우리가 이런 걸 배워야 해요?" 하며 불평했겠지만 3학년이 되면 그런 생각조차 들지 않는 모양이다. 그저 '아, 네~ 알았으니까 그냥 선생님이 알아서 수업하세요' 하는 듯한 표정을 짓고 있었다. 현실을 깨달았다는 뜻일까.

학생들의 얼굴을 바라보다가 왼쪽 끝줄, 앞에서 네 번째에 앉은 게이에게 시선이 향했다. 게이는 턱을 괸 채 창밖을 보고 있었다. 다른 반 체육수업을 보는 건지 그 너머로 즐비하게 늘어선 집을 보는 건지 잘 모르겠다. 어쨌든 게이가 수업 시간에 딴짓하는 모습은 별로 본 적이 없었다. 내 시간에는 꽤 성실하게 수업을 듣는 편이었기 때문이다.

수업을 마무리하고 있는데 종이 울렸다. 학생들의 얼굴이 갑자기 밝아지더니 생기발랄해졌다. 나는 수업시간을 철저하게 지키는 편이라 "오늘은 여기까지" 하고 교과서를 덮었다. "차렷, 경례"를 하는 반장의 목소리도 활기찼다.

교실에서 나와 걸어가는데 게이가 쫓아왔다.

"선생님, 오늘은 오실 거죠?"

어제와 달리 약간 따지는 듯한 말투로 물었다.

"그럴 생각이야."

"생각이라뇨? 그럼 확실하진 않다는 거예요?"

"아니. 확실해."

"약속하셨어요."

게이는 자기 할 말만 하고 다시 빠른 걸음으로 교실로 돌아갔다. 창문 너머로 살펴보니 아사쿠라 가나에朝倉加奈江에게 다가가서 뭔가 이야기하고 있었다. 가나에는 양궁부 부주장이니 아마 연습에 대해 논의하고 있을 것이다.

교무실로 돌아가니 무라하시가 후지모토藤本라는 젊은 교사를 붙잡고 뭔가 말하고 있었다. 별생각 없이 엿듣다 보니 아무래도 이번에 실시한 쪽지시험 결과가 너무 나빠서 불평을 하고 있는 것 같았다.

무라하시는 푸념을 잘한다. 그는 나에게도 곧잘 불평불만을 늘어놓곤 했다. 학생들의 태도 불량, 교장의 이해력 부족, 적은 월급 등 그가 불만스럽게 여기는 대상은 하나둘이 아니다. 그리고 무라하시가 불평하는 모든 내용의 공통점은 그가 여고 교사가 된 것을 후회하고 있다는 점이었다.

무라하시는 국립대학 이과계열 대학원을 졸업했다. 전공은 나와 같은 수학이다. 나이는 나보다 두 살 위인데, 대학원 졸업 직후 곧바로 교사가 되었기 때문에 근속연수는 길다. 하지만 그 몇 년 사이에 무라하시는 몇 번이나 학교로 돌아가려고 했던 것 같다. 꿈을 접을 수 없었던 것일까. 그는 원래 수학과 교수가 되려고 했는데 사정이 있어 하는 수 없이 교사가 되었다는 이야기를 한 적이 있다. 하지만 그의 꿈은 번번이 좌절되었고 지금은 대학으로 돌아가기를 포기한 모양이다.

언젠가 무라하시가 나에게 해준 말이 있다. 수학교사들끼리 갔던 회식자리였던 것 같다.

"이봐요, 마에시마 선생님. 난요, 애들을 이해시키고 싶은 마음이 전혀 없어요."

그때 그는 약간 술기운이 오른 상태였다. 술 냄새가 내 귓가에 닿았다.

"그야 물론, 나도 처음 교사가 됐을 땐 의욕이 철철 넘쳤다고요. 이 어렵기 짝이 없는 수학이란 놈을 어떻게든 애들한테 잘 이해시키려고요. 아시겠어요? 근데 무리예요, 무리. 내가 암만 열과 성을 다해서 설명해줘도 10분의 1도 못 알아듣습디다. 아니, 못 알아듣는 게 아니라 처음부터 알려고도 하지 않아요. 처음부터 아무것도 안 묻는다고요. 난 애들한테 의욕이 부족해서라고 생각했어요. 내가 의욕만 보여주면 된다고 믿었지요. 그런데 그게 어디까지나 내 착각입디다."

"의욕의 문제가 아니었나 보죠?"

"저얼~대 아니죠. 애들 수준 자체가 결국 그 정도밖에 안 되는데 뭘. 걔네들 머리는 고등학교 수학을 이해할 수 있을 정도의 용량이 안 되는 거예요. 이해하고 싶어도 이해가 안 되는 거죠. 걔들한테는 내 수업이 무슨 외국인 교사가 하는 강의나 다름없다 이겁니다. 그러니 적극적인 의지가 생길 리 없죠. 생각해보면 걔들도 불쌍해요. 다들 완전히 멍해져선 50

분 동안 가만히 있어야 되니까요.

개중에 3분의 2는 꼴통이나 다름없어요. 아, 꼴통이라기보다 걔들 머리는 애당초 수학을 이해할 수 있는 머리가 아니라는 거지. 난요, 고등학교 2학년부터 모든 과목을 선택제로 해야 된다고 생각해요. 닭더러 날아보라고 한들 날 수 있나요? 그러니까 아예 처음부터 수학을 들을 수 있을 만한 애들만 뽑아서 제대로 가르치자는 거지요. 사실 난 그걸로 족하다고 봐요. 솔직히 꼴통한테 수준 높은 수학을 가르치는 건 수학의 가치를 떨어뜨리는 거지, 그렇게 생각하지 않아요?"

"글쎄……."

나는 쓴웃음을 지으며 입술에 잔을 댔다. 나는 수학이 수준 높다는 생각도, 무라하시처럼 교육 제도에 대한 생각도 해본 적이 없다. 나에게 학교 수업이란 그저 밥벌이 수단에 불과했으니까.

무라하시는 금테 안경을 고쳐 쓰면서 말을 이었다.

"여고 교사가 됐다는 것 자체가 실패죠. 커리어우먼 시대가 왔다고 백날 떠들면 뭐합니까. 여자들 대부분은 결혼하면 집구석에 틀어박히는데. 앞으로 대기업에 들어가서 남자 이상으로 능력도 쌓고 성공하겠다고 생각하는 계집애들이 우리 학교에 몇 명이나 되겠어요? 대부분은 여대나 전문대에 가서 적당히 놀다가 시집가기 전에 회사 좀 다니고, 좋은 남자 만나면 그냥 결혼이나 하겠다고 생각할 게 뻔하잖아요. 그런 애들한테는 고등학교도 노는 곳에 불과해요. 그런 애들을 앉혀놓고 공부를 가르치다니……. 대관절 내가 뭘 위해서 대학원까지 나왔는지…… 생각하면 할수록 인생이 지긋지긋합니다."

그는 말하는 도중에 꽤 흥분하더니 말을 마친 뒤에는 울분을 풀어내려는 듯 술을 들이부었다. 평소에도 투덜댈 때가 많긴 했지만 이 정도로 흐트러지는 경우는 없었다.

"쪽지시험이라도 치면 아잉~ 선생님~ 하면서 난리를 치는 주제에. 그렇다고 중간고사나 기말고사 전에 미리미리 열심히 공부해두는 것도 아니고. 이제는 기가 막히다 못해서 혼낼 엄두도 안 나요."

그랬던 무라하시가 7 대 3으로 가른 머리에 신경을 쓰면서 이번에는 후지모토를 붙들고 하소연하고 있는 것이다. 나는 그에게 잡히기 전에 트레이닝복을 가지고 교무실을 나섰다.

나는 늘 체육관 안에 있는 교원용 탈의실에서 옷을 갈아입는다. 탈의실은 콘크리트 블록을 겹겹이 쌓은 다섯 평 규모의 가건물이다. 실내에는 외벽과 같은 블록으로 세운 벽이 있고, 남성용과 여성용으로 구분되어 있다. 원래 창고였던 것을 개조했다고 하는데, 그래서인지 여자 탈의실 출입구는 가건물 뒤편에 있어서 구조가 특이하다. 그 자리에 원래 창문이 있었거나, 아니면 다른 용도로 사용했을 것이다.

교원용이라고 해도 체육교사에게는 체육교사용 탈의실이 따로 있기 때문에, 이곳을 이용하는 사람은 운동부 고문뿐이다. 그런데 동아리 연습에 참가하는 선생님은 거의 없기 때문에 이곳을 이용하는 사람은 결국 남녀를 합해도 몇 명에 불과하다. 연습 일정에 따라 가끔 나 혼자 쓸 때도 있다.

내가 옷을 갈아입고 있는데 후지모토가 들어오더니 한숨 섞인 웃음을 보였다. 그는 테니스부 고문이다. 오늘은 그와 나만 남자 탈의실을 사용하나 보다.

"무라하시 선생님 연설이 길어져서 나왔어요."

"그러면서 스트레스를 푸는 거겠죠."

"별로 좋은 방법은 아니네요. 운동으로 풀면 좋을 텐데."

"나름 인텔리라서 그런가?"

"히스테리 아닐까요?"

후지모토의 농담에 나는 웃으면서 탈의실을 나왔다.

학교 건물을 따라 운동장을 빙 돌아가면 궁도장이 나온다. 평소에는 학교 건물 뒤로 다니는데 어제 화분 사건이 떠올라 다른 길로 가기로 했다.

세이카 여고에 양궁부가 생긴 것은 지금부터 거의 10년 전이다. 궁도부 고문이었던 교사가 활 쏘기 연습의 일환으로 시작한 것이 계기가 된 것 같다. 양궁은 궁도처럼 거칠지 않으면서 게임 같은 요소도 지니고 있어서 신세대들 사이에서 인기가 있다. 그래서 2~3년 만에 동아리까지 생긴 것이다. 화려한 유니폼과 우아해 보이는 동작, 거기다 테니스나 농구처럼 힘들지 않다는 매력 덕분에 매년 신입부원이 많이 들어온다. 지금은 전체 동아리 가운데 다섯 손가락 안에 들어갈 정도로 자리를 잡았다.

나는 부임하자마자 양궁부 고문을 맡게 되었다. 대학 4년 동안 양궁부에서 활동한 덕분인 것 같은데, 마침 나도 양궁을 다시 접하고 싶은 생각이 있었기에 좋은 기회라 생각했다.

내가 고문이 된 후로 양궁부는 동아리답게 나름대로 형태를 갖추었고 공식 대회에도 나갈 수 있게 되었다. 성적이 그리 좋진 않지만 게이나 가나에처럼 재능을 타고난 학생도 있기 때문에 조만간 두각을 나타낼 것이라고 기대하고 있다.

궁도장에 도착해보니 회원들은 준비운동을 마치고 둥글게 모여 있었다. 주장인 게이가 뭔가 지시를 내리고 있었다. 아마 오늘 일정에 관해서일 것이다.

학생들은 재빨리 흩어지더니 50미터 라인에서 활을 쏘기 시작했다. 여느 때와 같은 방식으로 연습하고 있는 것 같다.

"이제 오셨어요?"

게이가 가까이 다가왔다.

"그동안 게으름 피우신 만큼 오늘은 제대로 봐주실 거죠?"

"게으름이라니? 그런 것 아니야."

"정말요?"

"당연하지. 그보다 다들 지금 컨디션은 어떠니?"

"으음, 그럭저럭요."

게이는 과장되게 얼굴을 찡그렸다.

"그럼 올해도 가망이 없겠구나."

한 달 후 현에서 개인선수권 대회가 열리는데 거기서 우수한 성적을 거두는 학생은 현 대표로 전국대회에 출전할 자격이 주어진다. 하지만 우리 세이카 여고는 아직 실력이 부족해 동아리가 결성되고 나서도 좋은 성적을 거둔 선수가 없다. 그것도 아예 화제에 올릴 수조차 없을 정도여서 전국대회 출전은 아직 멀었다는 느낌이 들었다.

"그렇게 말하는 넌 어때? 이번이 마지막 기회인데."

어제 교장과 나눈 대화와 스포츠용품 가게 주인과 나눈 잡담이 떠올랐다.

"어떻게든 이기고는 싶죠."

여전히 어른스럽게 말한 후, 게이는 50미터 슈팅 라인으로 돌아갔다. 예선까지는 하프 라운드 연습만 할 모양이다.

양궁 종목에는 올 라운드와 하프 라운드가 있다. 올 라운드는 남자 90미터·70미터·50미터·30미터, 여자 70미터·60미터·50미터·30미터를 각 36발씩 합계 144발을 쏘아 그 총점을 겨루는 것이며, 하프 라운드는 남녀 모두 50미터·30미터를 각 36발씩 쏘아 총 72발의 득점을 다투는 것이다. 점수는 과녁 중심에 맞히면 10점이고 중심에서 벗어날수록 9점, 8점 식으로 해서 1점까지 있다. 올 라운드는 1,440점, 하프 라운드는 720점이 만점이다.

전국대회는 올 라운드로, 현 대회는 하프 라운드로 진행된다. 올 라운드는 시간이 많이 걸리기 때문이다. 따라서 우리 학교는 우선 현 대회를 목표로 50미터와 30미터 연습을 철저하게 시키기로 했다.

나는 부원들이 나란히 사격하는 모습을 뒤에 서서 지켜보며 한 사람 한 사람의 양궁 방법, 실력 향상 정도 등을 확인해갔다. 역동적으로 쏘는 방법, 차분하고 안정적으로 쏘는 방법, 남자처럼 힘있게 쏘는 방법, 여자처럼 부드럽게 쏘는 방법…….

지금껏 학생들을 모두 같은 방식으로 가르치고 지도해왔는데 어느새 각자의 개성과 습관이 형성되었다. 각자 나름대로의 스타일을 가진다는 것은 좋은 현상이지만, 그 개성이나 습관이 좋은 방향으로 작용하는 경우가 드물다는 점이 우리 부원들의 문제이기도 하다.

기술적으로 볼 때, 강력함이라는 점에서는 역시 게이가 가장 안정되어 있는 듯하다. 부주장인 가나에도 실력이 꽤 늘고는 있지만 아직 전국대회에 나가기는 무리가 있을 것이다.

1학년들도 모두 비슷비슷하다. 다들 무모하게 활을 쏘고 있었다. 1학년들이 매번 생각하고 고민하며 활을 쏘기에는 아직 무리가 있는 것 같다.

그중에서도 특히 미야사카 에미가 필요 이상으로 골똘히 생각하는 모습이 눈에 띄었다. 화살을 딱 지어 메길 때까지는 좋은데 발사할 수가 없는 것이다. 활시위를 당기면 몸이 떨리는 것이 멀리서도 보일 정도였다.

"왜 그래, 무서워?"

내가 말하자 에미는 놀란 듯이 얼굴을 들었다. 숨을 멈춘 것을 알 수 있었다. 에미는 숨을 토해내더니 말했다.

"마지막에 마지막까지…… 망설이는 거예요."

역시 그렇군, 하고 나는 끄덕였다. 누구나 경험하는 일이다.

"너무 스트레스 받지 마. 어차피 스포츠일 뿐이니까. 정 무서우면 그냥 눈을 감고 쏘렴."

그러자 에미는 "네" 하고 조그만 목소리로 대답하더니 천천히 활시위를 당겼다. 에이밍(aiming 방향 설정), 풀드로(full draw 발사기회의 상태). 에미는 눈을 감고 활시위를 놓았다.

화살이 표적에 꽂히긴 했지만 중심에서 크게 벗어나 있었다.

"괜찮아, 그 정도면 됐어."

그러자 에미는 굳은 표정으로 끄덕였다.

50미터와 30미터를 다 쏜 후 10분 정도 휴식을 취했다. 나는 게이에게 다가갔다.

"다들 실력은 그런대로 괜찮아진 것 같은데."

"별로 신통치 않은 것 같은데요."

게이는 김 빠진 표정을 지었다.

"생각보다 좋은 편이야. 실망할 필요 없어."

"전 어때요?"

"그런대로. 합숙 때보다 좋아진 것 같아."

내가 대답하자 옆에 있던 가나에가 차가운 말투로 말했다.

"게이는 선생님한테 부적을 받고 나서부터 컨디션이 좋아졌어요."

"부적?"

"야~ 가나에, 너 쓸데없는 말 하지 마."

"뭐지? 난 그런 걸 준 기억이 없는데."

"아, 이것 말이에요."

게이는 퀴버(quiver 허리에 늘어뜨린 화살집)에서 화살 하나를 빼냈다. 그녀가 보여준 것은 검은 축에 검은 날개가 달린 화살이었다. 어디선가 본 적이 있는, 아니 그게 아니다. 바로 얼마 전까지 내가 애용했던 화살이다.

궁수들은 각자 자신의 화살을 가지고 있다. 화살은 길이, 두께, 당기는 상태, 날개의 각도, 자신의 활 쏘는 방법, 체력

등에 맞춰서 고른다. 그뿐 아니라 화살과 날개의 모양이나 색깔까지 자신의 취향에 맞게 여러 가지로 코디한다. 형태와 디자인이 완전히 똑같은 화살을 두 사람이 동시에 가지고 있는 경우는 거의 없다고 봐도 될 정도다.

요전에 나는 지금껏 쓰던 화살이 심하게 망가지는 바람에 새 화살을 마련했다. 그때 게이가 오래된 화살을 하나 가지고 싶다고 말해서 주었던 것이다. 몇 년 전부터 궁수들 사이에서는 자기가 쓰는 화살 외에도 전혀 다른 화살 하나를 액세서리 대신 가지는 것이 유행하고 있었다. 이것을 마스코트 화살이라고 하나 보다.

"오, 그래? 그 화살을 지니고 나서부터 컨디션이 좋아진 거야?"

"가끔요. 뭐, 운에 맡기는 거죠."

게이는 마스코트 화살을 퀴버에 다시 넣었다. 게이의 화살은 23인치, 나의 화살은 28.5인치다. 내 것이 유난히 길다.

"야, 넌 좋겠다. 선생님, 저한테도 행운의 화살 하나만 주세요."

가나에가 부러운 듯이 말했기 때문에 "그래, 알았어. 내 방에 있으니까 맘에 드는 게 있으면 가져가" 하고 대답했다.

10분간 쉴 생각이었는데 15분 정도가 지나서야 연습이 재개되었다. 손목시계를 보니 5시 15분이었다.

이번에 할 훈련은 웨이트트레이닝, 유연체조, 달리기였다. 오랜만에 훈련이 끝날 때까지 남아 있었는데 4백 미터 트랙을 다섯 바퀴 돌고 나니 역시 숨쉬기가 힘들어졌다.

달리던 도중 테니스부와 마주쳐 합류했다. 고문인 후지모토가 부원들을 이끌며 달리고 있었다.

"희한하네요. 마에시마 선생님이 달리기를 하시고."

호흡에 흐트러짐이 없다. 달리면서 말하는 것이라고 생각할 수 없는 목소리다.

"가끔은요……. 그런데…… 역시 힘드네요."

대답은 했지만 역시 숨이 끊겼다 이어졌다를 반복했다. 나는 "그럼 이만" 하고 먼저 달려가는 후지모토의 뒷모습을 별종을 보는 듯한 심정으로 바라볼 수밖에 없었다.

달리기를 끝내고 사격장으로 돌아가자마자 정리체조를 했다. 그리고 둥글게 모여 각자 득점을 발표하고 주장과 부주장부터 반성할 점을 이야기했다. 게이는 기본에 충실하자는, 그녀답지 않게 식상한 평가를 내렸다. 하긴 매일 그렇게 멋있는 말만 할 수는 없겠지.

연습 일정을 모두 마치고 손목시계를 보니 6시가 조금 지나 있었다. 요즘 해가 약간 짧아지긴 했지만 아직 충분히 밝았다. 아까부터 계속 저편에 있는 테니스코트가 눈에 들어왔다. 테니스부는 항상 우리보다 연습을 오래 한다.

"오늘 수고하셨어요."

탈의실로 돌아가는데 게이가 뒤쫓아오며 말했다. 허리에 퀴버를 늘어뜨린 채다.

"수고할 만큼 한 일은 없는데."

"에이~ 선생님이 곁에 계시는 것만으로도 좋은데요, 뭐."

그 말에 나는 가슴이 철렁했다. 게이는 조금 전까지 보이던 활달한 모습은 온데간데 없고 대신 묘하게 현실감 있는 목소리로 말했다.

"그래?"

나는 일부러 밝은 목소리로 대꾸했다. 그리고 연습에 관한 이야기를 조금 했는데 게이는 왠지 건성으로 듣는 것 같았다. 어느덧 우리는 탈의실 앞까지 오게 되었다.

"내일도 오실 거죠?"

"시간이 되면."

게이는 내 대답에 불만스러운 표정을 지은 후 휙 되돌아갔다. 아직 날이 밝으니 연습을 좀더 하려는 건지도 모른다. 나는 퀴버 속 화살이 게이의 발걸음에 맞춰 딸각딸각 소리내는 것을 들으면서 탈의실 문에 손을 댔다.

그런데 문은 꼼짝도 하지 않았다. 조금 힘을 주었지만 마찬가지였다.

"왜 이러지?"

내가 입구에서 우물쭈물하는 것을 보았는지 게이가 다시 돌아왔다.

"문이 안 열리네. 뭐가 걸려 있나?"

"이상하네요."

게이는 고개를 갸웃거리면서 탈의실 뒤로 돌아갔다. 나는 몇 번이나 문을 두드리고 들어올리기도 했지만 여전히 문은 열리지 않았다. 그때 게이가 급히 되돌아와서 말했다.

"선생님, 버팀목이 있어요. 뒤쪽 환기구에서 보여요."

"버팀목?"

'왜 그런 게 있지?'

나는 이상하게 생각하면서 게이를 따라 뒤쪽으로 갔다.

환기구는 네모진 작은 창으로 크기는 가로세로 모두 30센티미터 정도다. 위에 경첩이 붙어 있어서 바깥쪽으로 30도 정도까지 열 수 있게 되어 있다. 나는 게이가 말한 대로 안을 들여다보았다. 안이 어둑어둑해서 눈을 가늘게 뜨고 보지 않으면 제대로 확인할 수 없었다.

"정말이네. 도대체 누가 저런 짓을 했지?"

나는 환기구에서 얼굴을 떼면서 말했다.

"누구냐니…… 안에 있는 사람 아닐까요?"

게이가 내 얼굴을 빤히 바라보며 중얼거렸다.

"안에 있는 사람?"

왜냐고 물으려던 나는 "앗" 하고 작게 소리쳤다. 게이의 말은 당연하다. 버팀목은 안에서만 세울 수 있다. 여자 탈의실 출입구는 자물쇠로 잠겨 있으니까. 우리는 다시 앞문으로 돌아가서 문을 두드리기 시작했다.

"안에 누구 계십니까?"

불러보았지만 대답이 없다. 나와 게이는 얼굴을 마주보았다. 불길한 예감이 들었다.

"문을 부수는 수밖에 없겠는데."

내 말에 게이도 고개를 끄덕였고, 우리는 힘껏 문을 두드리기 시작했다. 대여섯 번 정도 두드리자 위쪽에서 퍽 하는 소리가 나더니 문이 안쪽으로 쓰러졌다. 요란한 소리와 함께 먼지가 일었다. 우리는 휘청거렸고 게이의 퀴버에서 화살이 쏟아졌다.

"선생님, 저기 누가……."

게이의 목소리에 나는 실내 귀퉁이를 보았다. 회색 정장 차림의 남자가 쓰러져 있었다. 환기구 바로 밑이라 밖에서는 보이지 않는다.

나는 그 남자를 본 적이 있다.

"게이야…… 전화."

나는 침을 삼키고 말했다. 게이는 나의 팔에 매달렸다.

"전화…… 어디로요?"

"병원. 아니 경찰에 연락해야 하나……."

"죽었어요?"

"아마 그런 것 같은데."

그러자 게이는 내 팔을 놓고 뻥 뚫린 입구로 나갔다. 하지만 몇 초 만에 돌아오더니 창백한 표정으로 물었다.

"누구예요?"

나는 혀로 입술을 축이며 대답했다.

"무라하시 선생님이야."

게이는 눈을 크게 뜨더니 아무 말도 하지 않고 달려갔다.

2

하교시각은 벌써 지났는데 교내에 남아 있는 학생이 많았다. 스피커로 계속 빨리 돌아가라는 안내방송을 하고 주의를 주어도 학생들은 전혀 돌아갈 기색을 보이지 않는다. 탈의실 주변은 구경꾼으로 가득했다.

게이가 경찰에 신고하러 가는 동안 나는 탈의실의 부서진 출입문 쪽에 서 있었다. 물론 안을 들여다볼 용기가 없었기 때문에 몸은 바깥을 향하고 있었다. 그러자 후지모토가 얼굴에 웃음을 띠우며 나타났다. 기분 좋게 땀을 흘렸다고 말했

던 기억이 났지만 확실하지는 않다―아니, 확실하지 않다기
보다 그의 말을 듣지 않았던 것이다.

나는 말을 더듬으면서 그에게 이 사실을 전했다. 제대로
설명하지 못해 두 번 되풀이했다. 그래도 이해가 안 간다는
듯 서 있는 그에게 나는 실내를 보여주었다.

후지모토는 소리나지 않게 비명을 질렀다. 손가락이 떨리
는 것이 보였다. 그런데 이상하게도 그가 그렇게 놀라는 모
습을 보는 동안 내 마음은 안정을 되찾았다.

나는 그를 남겨두고 교장이나 교감에게 연락하러 갔다. 그
게 지금부터 30분 전이었다.

수사관들이 이곳저곳 열심히 돌아다니고 있었다. 이 작은
건물에서 도대체 뭘 조사하는 것일까 하는 생각이 들 정도로
탈의실 구석구석을 부지런히 살피며 돌아보고 있었다. 그들
은 때로 이야기를 나누었는데 그 소리가 이쪽에는 들리지 않
았다. 먼발치에서 지켜보고 있는 우리로서는 그러한 대화 하
나하나가 의미 있는 것처럼 여겨져 긴장되었다.

이윽고 한 수사관이 이쪽으로 다가왔다. 나이는 서른 대여
섯 정도 됐을까. 키가 크고 체격도 좋은 남자였다.

이쪽에는 나 외에도 게이와 후지모토, 호리 선생이 있었
다. 호리는 국어를 가르치는 중년 여교사이자 배구부 고문이
다. 그녀는 여자 탈의실을 이용하는 사람 가운데 한 명인데,

들리는 바에 의하면 오늘 여자 탈의실을 이용한 사람은 호리 뿐인 것 같다.

그 형사는 잠깐 이야기를 하겠다고 말했다. 온화한 투로 말했지만 눈은 날카롭고 경계심이 가득했다. 영리한 개를 연상시키는 눈초리였다.

심문은 학교 내빈용 응접실에서 이루어졌다. 나와 게이, 후지모토, 호리가 순서대로 질문을 받았다. 먼저 지명된 것은 나였다. 내가 시신을 가장 먼저 발견했으니 당연한 일일지도 모른다.

응접실로 들어간 나는 좀 전에 본 형사와 마주앉았다. 그는 오타니大谷라고 자기 이름을 댔다. 그의 옆에 또 다른 젊은 형사가 기록을 하고 있었는데 그쪽은 신분을 밝히지 않았다.

"시신을 몇 시경에 발견하셨습니까?"

이것이 내가 받은 첫 질문이었다. 오타니는 뭔가를 찾는 듯한 눈으로 이쪽을 바라보았다. 나는 이때까지만 해도 앞으로 이 남자와 수차례 대면하게 되리라고는 생각지 못했다.

"동아리 연습이 끝나고 나서니까, 아마 6시 반쯤이었을 겁니다."

"아, 그렇군요. 무슨 동아리를 맡고 계십니까?"

"양궁부입니다."

도대체 이 사건과 동아리가 무슨 관계가 있을까 생각하면서 나는 대답했다.

"역시, 저도 궁도를 했던 적이 있습니다만…… 뭐 좋습니다. 그럼 시신을 발견했을 당시 상황을 되도록 자세하게 말씀해주시겠습니까?"

나는 동아리 연습이 끝난 후 시체를 발견해서 이곳저곳으로 연락을 취할 때까지 있었던 일을 꽤 정확하게 설명했다. 특히 탈의실 뒷문에 버팀목이 세워져 있던 상황은 상당히 자세하게 설명했다고 생각한다.

오타니는 내 이야기를 들은 후 팔짱을 낀 채 뭔가를 골똘히 생각했다.

"아무리 힘을 쥐도 문이 열리지 않았습니까?"

그가 질문했다.

"네, 그래서 두들겨보기도 했습니다."

"그런데 꿈쩍도 하지 않아서 기를 쓰고 덤볐단 말씀이시군요?"

"그렇습니다."

오타니는 수첩에 뭔가를 적었다. 안색이 나빠 보였다. 그는 어둡게 가라앉은 얼굴을 들고 다시 나에게 물었다.

"무라하시 선생님은 탈의실을 이용한 적이 있으십니까?"

"없었습니다. 무라하시 선생님은 운동부를 맡지 않으셨거든요."

"그럼 평소에는 탈의실을 안 쓰는데 하필 오늘만 왔었다는 거군요……. 무슨 일로 그랬을까요? 마에시마 선생님은 뭐 짚이는 게 없습니까?"

"네. 저도 그 점이 이상하다고 생각했습니다."

나는 솔직하게 내 의사를 밝혔다.

다음으로 오타니는 무라하시가 최근 들어 변했다거나 눈에 띄는 행동을 한 적은 없었느냐고 물었다. 나는 무라하시의 자존심 강한 성격이나 학생지도부 부장으로서의 엄격한 행동에 대해 숨김 없이 설명한 후, 특별히 변한 점은 없었던 것 같다고 매듭지었다.

오타니는 조금 유감스럽다는 표정을 지었지만 처음부터 그다지 많은 기대는 하지 않았던 것처럼 "그렇습니까?" 하고 고개를 끄덕일 뿐이었다.

"그런데 지금 말씀드리는 건 이 사건과 본질적으로 관련이 없을지도 모릅니다만……."

그는 이렇게 전제를 두고 화제를 바꾸었다.

"탈의실을 보고 나서 몇 가지 의문이 생겼는데 대답을 좀 해주시겠습니까? 뭐 대단한 일은 아닙니다."

오타니는 옆에 앉은 젊은 형사에게 하얀 메모지를 한 장 건네받아 내 앞에 내밀었다. 그리고 탈의실처럼 보이는 직사각형을 손으로 직접 그렸다.

[탈의실 단면도]

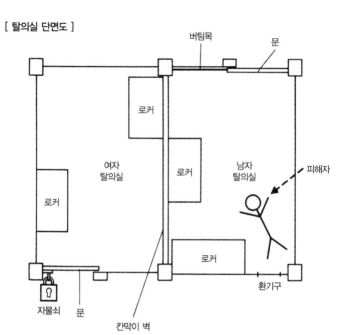

"우리가 도착했을 땐 현장이 이렇게 되어 있었습니다. 당연한 말이지만 버팀목은 떼어져 있었고요."

나는 그림을 보면서 고개를 끄덕였다.

"그래서 여쭤보는 건데, 여자 탈의실에는 자물쇠가 채워져 있었습니다만 남자 쪽은 어땠습니까? 자물쇠를 채우게 되어 있지 않습니까?"

나나 후지모토는 그 질문에 대답하기 어려웠다. 탈의실 문을 잠그지 않은 건 어디까지나 우리의 근무태만에 지나지 않았기 때문이다.

나는 얼버무리며 대답했다.

"일단 자물쇠는 채우게 되어 있는데……."

"일단……이라면?"

"아, 그게…… 그다지 습관이 되어 있지는 않습니다. 경비실에 매번 열쇠를 가지러 가거나 갖다놓는 게 귀찮으니까요. 그래도 지금까지 도둑이 든 적은 없었습니다."

내가 생각해도 뒷말은 변명처럼 들렸다.

"음, 그래서 무라하시 선생님도 자유롭게 드나들 수 있었군요."

오타니는 가벼운 말투로 대답했지만 이번 사건의 원인이 탈의실 문단속 문제에도 있다고 암시하는 듯했다. 나는 엉겁결에 목을 움츠렸다.

"그런데 남자 탈의실을 잠그지 않으면 아무리 여자 탈의실을 철저하게 단속해도 의미가 없지 않습니까?"

오타니가 한 질문은 당연한 말이었다. 탈의실 중앙이 블록 벽으로 붙어 있고 남녀로 나누어져 있다는 것은 앞에서 말했지만, 벽이 완전히 막혀 있는 것이 아니라 환기구 때문에 천장에서 50센티미터 정도 되는 틈이 있었다. 따라서 마음만 먹으면 칸막이를 넘어서 여자 탈의실로 침입하는 것도 가능했다.

"실은 이전부터 남자 출입구에도 자물쇠를 채우라고 여자 선생님들이 이야기했습니다만, 계속 미루기만 해서…… 앞으로 조심하겠습니다."

의외의 부분에서 나는 모범생처럼 기특한 말을 했다.

"그런데 버팀목 말입니다. 그건 이전부터 거기 있었습니까?"

"아니요. 본 적도 없습니다."

나는 고개를 저었다.

"그럼 누군가가 가지고 들어왔다는 말이군요."

이 말에 나는 무심코 오타니의 얼굴을 응시했다.

'누군가'라니? 무라하시가 아니라면 누구란 말인가? 하지만 오타니는 그리 대단한 말을 하려던 건 아니었다는 듯 태연한 얼굴을 하고 있었다. 그러다가 갑자기 뭔가 생각났는지 고개를 들었다.

"갑자기 다른 얘길 해서 죄송합니다만, 무라하시 선생님은 아직 미혼이신 것 같던데."

"……네, 그렇습니다."

"누군가 마음에 둔 사람이라도 있었습니까? 혹시 모르시나요?"

오타니는 과장되게 웃고 있었다. 이러한 이야기를 할 때의 버릇일까? 나는 그 표정에 불쾌감을 느꼈다.

"글쎄요, 들은 적 없습니다."

나는 일부러 딱딱한 표정을 지으며 대답했다.

"가볍게 사귀고 있는 여자친구라든가?"

"모릅니다."

"……그렇습니까?"

그의 얼굴에서 어느새 웃음이 사라졌다. 대신 납득이 가지 않는다는 눈으로 나를 보고 있었다. 내가 거짓말을 하고 있다고는 생각하지 않지만 무라하시에게 애인이 없다는 것은 믿을 수 없다는 눈초리였다.

"저기, 무라하시 선생님의 사인은 뭡니까?"

대화가 끊긴 틈을 타 이번에는 내가 질문했다. 오타니는 조금 허를 찔린 듯했지만 곧바로 "청산가리 중독입니다" 하고 간단히 대답했다. 나는 그 말을 듣고 입을 다물고 말았다. 너무나도 흔한 독극물이었기 때문이다.

"시체 근처에 종이컵이 떨어져 있었습니다. 식당 자판기의 주스컵인 것 같습니다만, 그 안에 청산가리가 섞여 있었던 게 아닐까 짐작하고 있습니다."

"자살……입니까?"

나는 아까부터 가까스로 참았던 질문을 입 밖으로 꺼냈다. 오타니의 얼굴이 분명 움츠러들었다.

"자살도 유력한 사인 중 하나이긴 합니다만, 지금 단계에서는 뭐라고 단언할 수가 없습니다. 물론 저도 차라리 자살이었으면 좋겠다고 생각합니다."

나는 그의 말투에서 타살을 예상하고 있다고 직감적으로 생각했다. 어떤 근거로 그렇게 생각하는지는 지금 이 자리에서 물어봤자 대답하지 않으리라.

오타니가 나에게 한 마지막 질문은 최근 주변에 뭔가 변한 점이 없었느냐는 것이었다.

"꼭 무라하시 선생님과 관련된 일이 아니라도 상관은 없습니다."

나는 내가 누군가에게 표적이 되고 있다는 사실을 이 형사에게 말해야 할까 말까 망설였다. 실제로 무라하시의 시체를 눈앞에서 목격했을 때 내 뇌리에 가장 먼저 떠오른 것은, 그가 나 대신 죽은 것은 아닐까 하는 두려움이었다.

'누군가가 제 목숨도 노리고 있습니다.'

이 말 한마디가 목구멍까지 올라왔다. 하지만 나는 오타니의 사냥개를 연상시키는 눈과 마주친 순간 그 말을 삼켜버렸다. 누구보다 예리하고 날카로워 보이는 이 사람에게 웬만해서는 내 신상을 알리고 싶지 않았던 것이다. 거기다 교장과 한 약속도 있었다.

나는 뭔가 알게 되면 알리겠다는 말만 했다.

질문이 끝나고 응접실에서 나오자 나도 모르게 크게 한숨을 쉬었다. 어깨가 심하게 당기는 듯한 느낌이 든다. 긴장해서인지도 모른다.

게이와 후지모토 그리고 호리가 옆방에서 대기하고 있었다. 내가 다가가자 세 사람 모두 안심했다는 듯 맞아주었다.

"정말 오래 하네요. 선생님은 무슨 질문을 받으셨어요?"

게이가 걱정스레 물었다. 어느새 교복으로 갈아입은 상태다.

"뭐, 여러 가지로. 그냥 아는 대로 대답하고 나왔어."

내게 뭔가를 더 물어보고 싶어하던 세 사람의 얼굴이 갑자기 굳었다. 아까 오타니 옆에서 기록을 하고 있던 젊은 형사가 내 뒤로 다가온 것이다.

"스기타 게이코 학생이죠? 잠깐만 실례합니다."

게이는 불안한 눈으로 나를 보았다. 잠자코 고개를 끄덕이자 게이도 수긍하더니 "네" 하고 똑 부러진 목소리로 형사를 향해 대답했다.

게이가 응접실에 들어가 있는 동안 나는 후지모토와 호리에게 이야기 나눈 내용을 대충 설명했다. 나와 이야기하는 사이에 두 사람의 얼굴에서 불안한 기색이 점점 사라져가는 듯했다. 아무래도 자신들에게는 귀찮은 일이 생길 리가 없다며 안심하는 것 같았다.

이윽고 게이도 돌아왔다. 그녀의 표정도 조금 누그러진 것 같다. 계속해서 후지모토, 호리 순으로 불려갔다.

호리가 나온 것은 8시가 지나서였다. 오늘은 더 이상 조사할 것이 없다고 해서 우리는 함께 귀가하기로 했다. 세 사람의 이야기를 들은 대로 정리하면 다음과 같다.

게이는 시체 발견 당시 그 자리에 있었던 인물인데, 그녀가 설명한 당시 상황이 내가 한 증언과 거의 일치했던 모양이다. 단지 그녀는 경찰에게 연락하는 역할만을 완수했을 뿐이다.

후지모토는 마지막으로 탈의실을 이용했기 때문에 불려온 것 같다. 형사가 한 질문의 핵심은 탈의실에서 옷을 갈아입을 때와 시체가 발견됐을 당시, 탈의실 내부에 변한 것이 없었는가 하는 점이었다. 그는 달라진 게 없다고 대답했다.

호리가 받은 질문의 90퍼센트는 출입구 자물쇠에 관한 것이었던 듯하다. 탈의실에 몇 시쯤 들어갔으며, 언제쯤 나왔느냐? 그리고 열쇠는 어디에 보관하고 있었는가? 이런 점과 관련해 조사를 받은 것 같다. 호리는 이렇게 대답했다.

"수업이 끝나자마자 바로 경비실에서 열쇠를 빌려 3시 45분쯤 탈의실에 들어갔다가, 4시쯤 나와서 문을 잠갔습니다. 열쇠는 제가 계속 가지고 있었고요."

물론 그 사이에 탈의실에 출입한 사람은 아무도 없었고 남자 탈의실에서도 아무 소리가 나지 않았다고 했다. 후지모토가 탈의실에서 나온 시각이 3시 30분경이었으니 이 점에 대해서는 문제가 없을 것이다.

그리고 호리는 출입구 부근에 있는 로커 일부가 흠뻑 젖어 있었다고 증언했다. 이 점에 대해서는 경찰도 이미 알고 있었다고 한다.

세 사람은 그 외에도 두 가지 공통된 질문을 받았다. 하나는 무라하시의 죽음에 대해서 뭔가 짚이는 점이 없냐는 것이고, 또 하나는 무라하시에게 애인이 없었느냐는 것이었다. 세 사람은 모두 '짚이는 것은 없다, 애인이 있는지는 모르겠다'고 대답한 것 같은데, 나는 어째서 오타니가 이토록 '애인의 유무'에 집착하는지 이해할 수 없었다.

"수사할 때 자주 쓰는 방법 아닐까요?"

후지모토가 경쾌한 말투로 말했다.

"그럴지도 모르죠. 그런데 집착이 좀 지나친 것 같은 느낌이 들어요."

내 말에 아무도 대꾸하지 않았다. 우리 넷은 아무 말도 하지 않고 나란히 정문으로 걸어갔다. 구경꾼들도 어느새 돌아가고 없었다.

"혹시 그 형사, 무라하시 선생님이 살해됐다고 생각하고 있는 건가?"

호리가 불쑥 중얼거렸다. 나는 무심코 멈춰 서서 그녀의 옆모습을 바라보았다. 내 몸과 붙어 있기라도 한 것처럼 게이와 후지모토도 발길을 멈추었다.

"어째서 그렇게 생각하세요?"

"왠지…… 그런 느낌이 들어서요."

그러자 후지모토는 "만약 그렇다면" 하고 분위기에 걸맞지 않게 큰 소리를 냈다.

"밀실 살인이란 소리군요. 이거 정말 드라마틱한데."

일부러 과장하는 말투. 하지만 나는 무라하시가 살해됐을 수도 있다는 가능성에 대해서는 심각하게 생각하고 싶지 않았다.

정문 앞에서 후지모토, 호리와 헤어졌다. 두 사람은 자전거로 출퇴근을 했다. 나는 게이를 마주보며 후 하고 한숨을 쉰 다음 천천히 걸어가기 시작했다.

"꿈을 꾸고 있는 것 같아요."

게이가 중얼거렸다. 하지만 그 목소리에 긴장감은 담겨 있지 않았다.

"나도 그래. 이게 도저히 현실이라고 믿어지지가 않는구나."

"정말 자살일까요?"

"글쎄……."

나는 모호하게 고개를 가로저으면서도 그럴 리는 없다고 생각했다. 무라하시는 자살할 사람이 아니다. 오히려 남에게 상처를 주면서까지 삶에 집착하는 편이었다. 그렇다면 역시 타살됐다고 생각할 수밖에 없다.

조금 전 후지모토가 말한 '밀실'이라는 단어가 떠올랐다. 분명 탈의실은 밀실이었다. 하지만 이전에 많은 사람들이 여러 가지 '밀실 살인'을 꾸몄듯 이번 사건에도 어딘가에 트릭이 숨어 있는 것은 아닐까? 그러고 보니 오타니도 밀실에 대해서는 왠지 여유 있는 태도를 보이는 것 같았다.

"버팀목은 분명히 세워져 있었죠?"

"당연하지. 그건 너도 알잖아?"

"그렇긴 하지만요."

게이는 다시 뭔가를 생각하는 듯했다.

그러는 동안 우리는 역에 도착했다. 게이는 나와 반대 방향으로 가는 전철을 타기에 우리는 개찰구에서 헤어졌다.

나는 전철 손잡이를 잡고 창밖으로 펼쳐진 야경을 바라보며 무라하시의 죽음에 대해 생각했다. 방금 전까지 내 곁에서 독설을 퍼부었던 남자가 지금은 이 세상에 없다. 인간의 삶이 결국 그런 것이라고 한다면 그만이지만, 무라하시는 실로 어이없는 죽음을 맞이했고 생의 여운도 없었다.

그렇다 하더라도 왜 무라하시는 탈의실에서 죽은 걸까? 가령 자살했다 하더라도 탈의실은 그가 죽을 장소로 택할 만한 곳이 아니다. 타살이라면 어떨까? 범인 입장에서 탈의실이 범행을 하기에 좋았던 걸까? 아니면 꼭 탈의실이어야 하는 무슨 사정이라도 있었던 걸까?

그런 식으로 머리를 굴리는 사이에 역에 도착했다. 나는 불안한 발걸음으로 플랫폼에서 내렸다. 몹시 피곤하고 지친 나머지 발이 묵직해져 있었다.

역에서 내가 사는 아파트까지는 걸어서 10분 정도 걸린다. 이 동네로 이사오면서 얻은 집으로 방 두 개에 거실과 부엌이 있다. 아이가 없어서 좁지는 않았다.

나는 무거운 발걸음으로 계단을 올라 벨을 눌렀다. 이렇게 늦게 퇴근하는 것도 오랜만이었다.

체인 잠금 장치와 열쇠가 풀리는 소리가 나더니 문이 열리고, 여느 때처럼 "이제 왔어요?" 하는 유미코裕美子의 목소리가 들렸다. 방 안에서 텔레비전 소리가 들렸다.

옷을 갈아입고 늦은 저녁식사를 하자니 어느 정도 안정이 되는 것 같았다. 내가 유미코에게 사건에 대해서 이야기해주자 그녀는 놀라서 젓가락질을 멈추었다.

"자살한 거예요?"

"글쎄…… 나도 자세한 건 모르겠어."

"내일 신문을 보면 알 수 있겠네요."

"그렇겠지."

나는 일단 그렇게 대답했지만 속으로는 내심 어떻게 될까 하고 생각했다. 경찰도 자살인지 타살인지 판단하기 어려운

게 아닐까? 오타니의 날카로운 눈매가 떠올랐다.

"가족 분들이…… 참 안됐네요."

"그렇지. 그나마 미혼이었던 게 다행이긴 하지만."

나는 유미코에게 누군가가 내 목숨도 노리고 있다는 말을 하려고 했다. 하지만 역시 그럴 수 없었다. 괜히 그녀에게 두려움만 안겨줄 뿐, 이야기를 한다고 해서 문제가 해결되는 것도 아니다.

그날 밤은 좀처럼 잠을 이룰 수 없었다. 무라하시의 주검이 얼핏얼핏 떠오른 탓만은 아니다. 그의 죽음이 의미하는 바를 생각하니 더욱 두려워졌다.

과연 무라하시는 살해당한 것일까? 그 범인은 혹시 내 목숨을 노리고 있는 사람과 동일범이 아닐까? 만약 동일범이라면 살해 동기는 뭘까?

내 옆에서 유미코가 고른 숨소리를 내며 자고 있었다. 그녀 입장에서는 일면식도 없는 남편 동료의 죽음 정도야 신문 사건사고 기삿거리 정도에 지나지 않을 것이다.

나와 유미코는 이전 회사에서 만났다. 그녀는 화장기 없이 수수하고 과묵한 아가씨였다. 유미코의 입사동기인 여직원들이 미혼 남자 직원들과 드라이브다 운동이다 해서 쓸데없이 싸돌아다니는 것에 비해 유미코는 상사 외의 남자 직원들과 거의 말을 하지 않았다. 나도 그녀에게 차를 타주고 나서 고작 한두 마디 대화를 나눈 정도였다.

"저런 여자는 안 돼. 아무리 꼬셔도 안 넘어오고 설령 넘어오는다 해도 귀찮거든."

그 사이에 사람들은 유미코를 이런 식으로 평가했다. 급기야 또래 직장 동료들의 모임에도 참석하지 않게 되었다.

이런 상황이다 보니 어느 날 내가 "퇴근길에 커피라도 한 잔 할래요?" 하고 말을 걸었을 때도, 속으로는 거절당할 거라고 생각했었다. 그런데 그녀는 받아들였다. 망설임 없는 모습이 놀라웠다.

커피숍에서는 거의 대화를 나누지 않았던 것 같다. 내가 가끔 말하면 그녀가 고개를 끄덕이는 정도였다. 적어도 그녀가 먼저 말을 한 적은 없었다. 하지만 나는 내가 그저 이런 식으로 함께 시간을 보낼 수 있는 여자를 찾고 있었다는 사실을 알아차리기 시작했다. 단지 함께 있다는 것만으로도 마음이 편해지는 여자 말이다.

나와 유미코는 교제를 시작했다. 단지 서로를 마주보기만 할 뿐이었지만 나름대로 서로를 이해할 수 있는 시간이었다. 나는 언젠가 유미코에게 "처음에 커피 한 잔 마시자고 했을 때 왜 따라온 거야?" 하고 물어본 적이 있다. 그러자 그녀는 잠시 생각한 후 "당신이 나한테 커피 마시자고 한 이유랑 똑같은 것 같은데요?" 하고 대답했다. 눈에 띄지 않는 사람들끼리 끌리는 부분이 있었는지도 모르겠다.

내가 회사를 그만두고 교사가 된 후에도 우리는 계속 만났다. 유미코는 나와 있을 때만 말이 조금 많아졌다는 점을 빼면 처음과 거의 변하지 않았다. 우리는 3년 전 소박한 결혼식을 올렸다.

나는 3년 동안 나름대로 평범한 생활을 보냈다. 하지만 유미코는 아니었을 것이다. 결혼하고 6개월 정도 지나 그녀가 임신했을 때였다.

"지울 거지?"

눈을 반짝이면서 기쁜 소식을 전하는 그녀에게 나는 아무 감정 없이 딱 잘라 말했다. 내 말의 의미를 이해할 수 없었는지 순간 그녀는 웃는 얼굴 그대로 얼어붙었다.

"지금 애를 낳을 순 없어. 그렇게 조심했는데 왜 실패했담?"

내 무뚝뚝한 말투가 슬프게 들린 건지 '실패'라는 말에 상처를 받았는지는 잘 모르겠지만 그녀는 눈물을 펑펑 쏟으며 울었다.

"요즘 생리 날짜가 들쑥날쑥하긴 했지만…… 그래도 우리 아기잖아요."

'아기'라는 단어의 울림이 나를 한층 신경질적으로 만들었다.

"안 되는 건 안 되는 거야. 애는 키울 준비가 되면 낳자. 지금은 너무 일러."

그날 밤 그녀는 훌쩍훌쩍 울었고, 다음날 함께 병원에 갔다. 의사의 만류에도 아이를 지우겠다는 나의 의지는 변하지 않았다.

겉으로 내세운 이유는 '생활이 어려워서'였지만 사실 내 본심은 아버지가 되는 게 반가운 일이 아니라는 데 있었다. 한 생명이 태어나고 그 인격에 내가 엄청난 영향을 끼친다고 생각하니, 아버지가 된다는 사실에 두려움 비슷한 것을 느꼈던 것이다.

이 일로 우리 사이에는 분명한 변화가 생겼다. 그녀는 걸핏하면 울었고 나 역시 줄곧 마음이 불편했다. 유미코는 그 뒤로도 1~2년은 부엌에서 멍하니 생각에 잠기는 경우가 많았다. 최근 들어 예전의 밝은 모습을 되찾은 것 같긴 하지만, 이 일과 관련해 그녀가 아직 나를 용서하지 않았을 수도 있다. 하지만 나도 그건 어쩔 수 없는 일이라고 생각했다.

그러니 아내에게 또 쓸데없는 걱정을 끼칠 필요는 없다는 것이 현재 내 생각이었다. 나는 이런저런 생각을 하다가 3시가 지나서야 겨우 꾸벅꾸벅 졸기 시작했다. 하지만 악몽을 꾸었기 때문에 전혀 숙면을 취하지 못했다. 하얀 손에 쫓기는 꿈을 꾼 것이다. 누구의 손인지 보려고 하면 할수록 그 얼굴은 뿌옇게 흐려졌다.

3

9월 13일.

"아, 오늘이 13일의 금요일이네."

출근하려는 찰나 유미코가 달력을 보면서 말했다. 나도 무심코 달력을 보았다.

"정말이네. 오늘은 일찍 퇴근해야지."

내 말투가 너무 진지했던 걸까. 유미코가 이상하다는 표정을 지었다.

학교로 가는 전철 안, 손잡이에 매달린 채 사람들 사이에서 시달리고 있는데 등 뒤에서 "무라하시 선생님이……" 하는 소리가 들려왔다. 마음이 불편해져서 고개를 돌리니 낯익은 교복이 눈에 들어왔다.

학생 세 명이 있었다. 그중 한 명은 알고 있다. 분명 2학년이다. 내 얼굴을 알고 있겠지만 그 자리에 내가 있다는 것은 알아차리지 못한 모양이다.

학생들의 수다 떠는 목소리가 점점 커져갔다.

"야, 솔직히 말해서 속이 다 후련하지 않냐?"

"난 별로. 그런 인간은 처음부터 그냥 씹으면 되니까."

"진짜? 난 무라하시 때문에 치맛단만 세 번이나 고쳤는데."

"네가 요령이 없으니까 그렇지."

"그런가……."

"야야, 어쨌든 그 왕재수가 죽은 건 진짜 잘됐다고 생각하지 않냐?"

"솔직히 맞는 말이야."

"만날 잘난 척만 하면서 여자나 밝히고."

"맞아. 솔직히 뭘 생각하는지 빤히 보이잖아. 우리 선배 중 한 명이 글래머 스타일인데 수업시간에 계속 슬금슬금 훔쳐봐서 책으로 가린대. 그러면 괜히 자기가 찔려서 딴 데 쳐다보는 척한다더라."

"뭐야, 진짜? 완전 재수 없다."

세 학생은 주변 사람들의 시선은 아랑곳하지 않고 시끌벅적하게 떠들어대며 웃었다.

역에 도착하자 나는 학생들을 따라 내렸다. 학생들의 옆모습을 얼핏 보았더니 깜짝 놀랄 정도로 천진난만했다. 만약 내가 죽었다면 무슨 소리를 들었을까. 갑자기 그들의 순진함이 무서워졌다.

어젯밤 사건은 오늘 아침 신문에 단신으로 실렸다. 신문 헤드라인은 '여고 교사가 자살?'이라고 되어 있었다. 물음표가 붙었다는 것은 아직 경찰도 결론을 내리지 못했다는 뜻이리라. 기사에는 상황에 대한 설명만 간단히 나와 있을 뿐, 특별히 중요하게 언급한 부분은 없었다. 밀실이라는 점도 물론 거론되지 않았다. 늘상 일어나는 사건이라는 인상을 받았다.

학교에 가면 여러 가지 질문을 받을 거라고 생각하니 왠지 기분이 우울해졌다. 동시에 발걸음도 무거워졌다.

교무실에 들어서자 후지모토가 교사 몇 명을 모아놓고 수군수군 이야기를 하고 있는 모습이 보였다. 나가타니와 호리가 이야기를 듣고 있었다. 아소도 그 자리에 함께 있는 것을 보니 왠지 묘한 기분이 들었다.

후지모토는 내가 자리에 앉는 것을 보더니 내 쪽으로 다가왔다.

"어제는 수고 많으셨어요."

그는 조용한 목소리로 인사를 건넸다. 평소처럼 웃는 얼굴은 아니지만 어제처럼 심각하지도 않았다.

"어제 그 형사 있잖아요, 거 뭐라더라? 오타니라고 했나? 아무튼 그 형사가 또 와 있어요."

"오타니 형사가요?"

"네, 경비실에서 얼핏 봤는데 분명히 어제 그 형사였어요."

"흐음……."

경비실에 무슨 볼일이지, 하고 생각할 겨를도 없이 오타니가 찾아온 목적을 직감했다. 여자 탈의실 자물쇠에 대해 탐문하기 위해서일 것이다. 그 똑똑한 형사는 빨리 밀실의 비밀을 풀려고 하는 것이다. 그 말은 경찰 측 입장이 타살로 기울고 있다는 사실을 의미했다.

수업이 시작되기 전에 교감이 공지사항을 전달했다. 지루하고 요령 없이 말하는 것은 여전하다. 교감이 한 말을 요약하면 우선 어제 사건에 대해서는 모두 경찰에게 맡겼다는 것 그리고 언론을 상대하는 것은 교장과 교감이 할 테니 다른 교사들은 쓸데없는 말을 하지 말라는 것 그리고 학생들이 동요하겠지만 교사답게 의연한 태도를 보였으면 한다는 것이었다.

직원회의가 끝나자 각 담임교사는 서둘러 교실로 향했다. 1교시 전에 아침조회를 하기 위해서다. 나는 올해 담임을 맡지 않았지만 그들과 함께 교무실을 나섰다. 교무실을 나서는데 마치 기다렸다는 듯 아소 교코가 일어나는 것이 보였다. 문을 닫으면서 살펴보니 아소는 후지모토에게 다가가서 뭔가 말하고 있었다. 진지한 표정을 보니 어제 사건에 대해 이야기하는 듯했다.

서둘러 교무실에서 나온 것은 들르고 싶은 곳이 있었기 때문이다. 경비실이다. 오타니가 어떤 탐문을 했는지 알아두고 싶었다.

경비실에서 반バン 씨가 잔디 깎을 준비를 하고 있었다. 밀짚모자를 쓰고 허리에 수건을 두른 모습이 잘 어울렸다.

"반 씨, 안녕하세요. 오늘은 덥네요."

내가 인사하자 반 씨는 햇빛에 탄 얼굴을 들고 "네, 덥네요" 하고 대답하면서 콧등에 맺힌 땀을 수건으로 닦았다.

반 씨는 수십 년간 학교에서 경비로 근무해왔다. 본명은 반도板東인데 그 사실을 알고 있는 학생은 거의 없을 것이다. 본인 말로는 49세라고 하지만 얼굴 주름의 깊이로 봐서는 예순 정도 되지 않을까 싶다.

"어젯밤에 꽤 시끄러웠지요?"

"그렇죠, 아무래도 이런 일이 처음이다 보니……. 오래 살다 보면 별일을 다 겪지요. 그러고 보니 마에시마 선생님이 시체를 처음 발견하셨다면서요?"

"네. 안 그래도 그것 때문에 형사한테 여러 가지 질문을 받았지요."

나는 아무렇지 않다는 식으로 맞장구를 쳤다. 그러자 반 씨는 "오늘 아침에도 형사가 여기 왔는데" 하고 의외로 간단히 대답했다. 나는 놀란 표정을 지었다.

"그래요? 뭘 묻던가요?"

"뭐 대단한 건 아니고 열쇠를 어떻게 보관하는지 묻던데요. 무단으로 가져갈 수 있느냐고요. 물론 철저하게 관리하고 있다고 대답했지요. 그게 내 일이니까."

반 씨의 착실함은 정평이 나 있었다. 열쇠 관리도 마찬가지다. 경비실에 열쇠를 보관하는 선반이 있긴 하지만 선반은 튼튼한 자물쇠로 잠겨 있고 그 열쇠는 반 씨가 늘 몸에 지니고 있다. 또 탈의실 열쇠를 빌릴 때에는 대출기록부에 이름을 기입하고, 반 씨가 이름과 본인이 일치하는지 확인하고 나서야 열쇠를 건네주도록 되어 있었다.

"그것 말고는 아무것도 안 물어보던가요?"

"네. 아니, 비상키가 어쩌고저쩌고 하긴 했어요."

"비상키요?"

나는 물으면서 속으로 '역시나' 하고 고개를 끄덕였다.

"탈의실 열쇠가 더 있냐고 물었거든요."

"그래서요?"

"그거야, 비상키 정도는 있다고 했지요. 안 그러면 열쇠가 없을 때 곤란하니까. 그랬더니 형사가 어디 있느냐고 묻던데요. 하여간 형사라 그런지 무지하게 집요합디다."

반 씨는 날짜 지난 신문을 접어서 선풍기 대신 얼굴에 대고 부채질했다. 그는 더위를 많이 타서 여름에는 항상 셔츠 한 장만 입었다.

"그래서 뭐라고 대답하셨어요?"

"뭐, 안전하게 잘 보관하고 있다고 했죠. 어디 보관하는지 궁금하냐고 물었더니 그 형사, 외부인은 절대로 못 가져간다고 장담할 수 있으면 말할 필요 없다고 하더라고요. 것도 실실 웃으면서. 젊은 양반이 보통내기가 아니더라고."

나는 만만한 상대가 아니라고 생각했다.

"형사가 물어보고 간 게 그것뿐이에요?"

"음, 그리고 탈의실 열쇠를 가지고 나간 사람이 누군지 조사하더군요. 기록부를 봤더니 호리 선생님이랑 야마시타山下 선생님밖에 없었어요. 뭐, 굳이 조사라고 할 것도 없었지만……."

호리와 야마시타 두 사람 다 평소 여자 탈의실을 이용한다.

"뭐, 그 정도 살펴물어보고 갔어요. 마에시마 선생님도 신경 많이 쓰이시겠어요."

"아뇨, 그런 건 아니고……."

너무 집요하게 물어본 탓일까. 반 씨가 조금 의심스럽다는 듯 쳐다보았다.

"어쨌든 제가 처음 발견했으니까요. 경찰이 어떤 식으로 생각하고 있는지 알고 싶어서요."

이런 식으로 의심받는다는 게 썩 좋은 기분은 아니기에 나는 대충 둘러댔다.

1교시는 3학년 B반. 평소 아무리 신문을 읽지 않는 학생들도 어제 사건은 알고 있을 것이다. 아니면 게이에게 이야기를 들었을지도 모른다. 학생들이 내가 사건과 관련해 무슨 이야기라도 해주기를 기다리고 있다는 것은 잘 알고 있다. 하지만 나는 평소보다 더 철저하게 수업을 진행했다. 동료

교사의 죽음을 안주 삼아 잡담할 기분이 아니었으니까.

수업 도중 게이를 슬쩍 바라보았다. 어제 헤어질 때는 안색이 아주 나빴는데 오늘은 그렇지 않았다. 그런데 얼굴은 이쪽을 향하고 있지만 눈은 칠판 너머 먼 곳을 바라보고 있는 듯해서 약간 걱정이 되었다.

나는 언제쯤 수업을 중단하고 딴 이야기를 해줄까 기다리며 눈을 빛내고 있던 학생들에게 연습문제를 풀라고 시키고, 창가에 서서 운동장을 바라보았다. 체육수업이 진행되고 있다. 다케이가 여학생들 앞에서 높이뛰기 시범을 보이고 있었다. 그는 체대를 졸업한 지 얼마 안 되었는데 현재 투포환 선수로도 활동하고 있다. 별명이 '그리스'인데 학생들에게 상당히 인기가 많았다. 포환을 던질 때의 굳은 표정이나 불끈불끈한 근육이 그리스 조각처럼 생겼다고 해서 붙은 별명인 것 같다.

교실 안으로 시선을 돌렸을 찰나였다. 눈 끝에 낯익은 사람의 모습이 들어왔다. 덩치가 큰 남자인데 왠지 모르게 방어 자세를 취하며 걸어가는 것처럼 보였다. 오타니 형사였다. 그는 학교 옆 건물 뒤쪽으로 걸어갔다. 그곳에는 탈의실이 있다.

나는 '밀실에서 어떻게 살인사건이 났는지 해결하려나 보군' 하고 생각했다.

오타니는 반 씨에게 열쇠 관리에 대해 여러 가지 물어보았다. 아마 호리가 잠근 자물쇠를 범인이 어떤 식으로 풀었다가 다시 채웠는지 생각하고 있을 것이다. 다만 그 방법이 무엇인지는 확실하지 않을 것이다.

"선생님……."

그때 내 곁에 앉아 있던 학생이 말을 걸었다. 칠판에 해답이 쓰여 있었다. 내가 멍하니 창밖을 보고 있자 참다못해 말을 건 모양이다.

"아, 그래. 미안하다. 자, 그럼 어디 한번 설명해볼까?"

나는 일부러 큰 소리로 말하며 교단에 올랐다. 그래도 머릿속은 여전히 혼란스러웠다. 대체 저 형사는 탈의실에서 뭘 조사하고 있는 거지? 그 점이 더 신경쓰였다.

수업이 끝나자 나는 자연스럽게 탈의실 쪽으로 향했다. 내 눈으로 현장을 한 번 더 확인하고 싶었기 때문이다.

탈의실에는 아무도 없었다. 줄이 쳐져 있고 '출입금지' 팻말이 걸려 있었다. 나는 남자 탈의실 입구 쪽에서 안을 들여다보았다. 먼지투성이에 풀풀 풍기는 땀 냄새는 예전 그대로였지만 무라하시가 쓰러져 있던 자리가 흰 분필로 그려져 있었다. 대충 형태만 그린 것에 지나지 않지만 그 모습을 보고 있자니 발견 당시의 충격이 되살아나는 것 같았다.

나는 여자 탈의실 입구를 돌아보았다. 문에 걸려 있어야 할 자물쇠가 없다. 경찰이 가지고 간 건가.

문에 아무런 잠금장치도 해두지 않은 건가? 그렇게 생각하며 문을 열고 닫았다가 들어올려 보기도 했다. 문은 의외로 튼튼했다. 별다른 점이 없는 것 같았다.

"장치는 없습니다."

갑자기 뒤에서 소리가 났다. 배를 울리는 듯한 목소리다. 나는 장난하다가 들킨 어린아이처럼 고개를 움츠렸다.

"우리도 나름대로 꽤 철저하게 조사했습니다."

오타니는 문에 손을 대면서 말했다.

"남자 탈의실 입구에는 안으로 버팀목이 있고 여자 탈의실에는 자물쇠가 걸려 있었습니다. 그럼 범인은 어떻게 들어왔다가 나갔을까? 확실히 미스터리지요. 정말 재밌습니다. 뭐, 마냥 재밌게 볼 수만은 없지만 말입니다."

오타니가 시니컬한 표정으로 웃어 보였다. 그의 눈에 주름이 잡혀 있었다. 어디까지가 진심인지 모를 남자다.

"범인……이라면 타살이라는 겁니까? 자살이 아니라?"

"당연히 타살이지요. 틀림없습니다."

나의 물음에 그는 웃는 표정 그대로 대답했다. 그 말투에서 묘한 자신감이 느껴져 나는 뭔가 알아냈냐고 물어보았다.

"일단 무라하시 선생님한테 자살할 만한 동기가 없고 자살

한다 해도 굳이 탈의실 같은 데를 자살 장소로 선택할 이유가 없다. 설령 여기서 자살했다 해도 밀실에서 죽을 필요는 없었다⋯⋯. 이 정황들이 전부 첫 번째 근거입니다."

아까도 생각한 거지만 이 남자, 도대체 어디까지가 진심인지 정말 종잡을 수가 없다.

"그럼⋯⋯ 두 번째 근거는?"

"저겁니다."

오타니는 탈의실 안을, 정확하게는 남자와 여자 탈의실 사이에 있는 벽을 가리켰다.

"누군가가 저 벽 위로 넘어간 흔적이 있습니다. 저 위는 먼지투성이인데 뭔가가 스쳤는지 먼지가 떨어져 있었습니다. 그래서 우린 범인이 저 칸막이로 남자 탈의실에서 여자 탈의실로 갔을 거라고 생각하고 있습니다."

"역시⋯⋯. 그런데 왜 그런 일을⋯⋯?"

"탈출해야 될 것 아닙니까."

오타니는 아무렇지 않다는 듯 말했다.

"그러니까 범인은 여자 탈의실 출입구 자물쇠를 어떤 방법으로 풀어놓고 남자 탈의실에서 무라하시 선생님을 만난 겁니다. 그리고 기회를 노렸다가 독살한 다음, 출입구에 버팀목을 세워놓고 칸막이를 넘어가 빠져나갔어요. 밖으로 나가고 나서 자물쇠는 당연히 원래대로 채워둔 거고요."

오타니의 말을 들으면서 그 행동 하나하나를 머릿속에 그려보았다. 분명 불가능한 일은 아니다. 하지만 자물쇠를 어떻게 풀었느냐가 문제였다.

"안 그래도 그게 골칫거립니다."

오타니는 말은 그렇게 했지만, 표정은 전혀 고민하는 것처럼 보이지 않았다.

"그때 열쇠는 호리 선생님이 가지고 있었습니다. 그래서 비상키를 썼을 가능성에 대해 생각했습니다. 우선 범인이 직접 비상키를 만들 수 있지요. 그러려면 원본이 필요한데, 그래서 경비실에서 열쇠를 가져올 수 있는지 없는지 조사해봤습니다만……."

오타니는 뭔가를 떠올린 듯 쓴웃음을 지으면서 머리를 긁적였다.

"반도 씨라고 했나? 하여튼 그분한테서 모든 걸 확인했습니다."

반 씨가 말한 대로라고 나는 마음속으로 고개를 끄덕였다.

"자물쇠만 가지고 비상키를 만들 수는 없습니까?"

"가능한 것도 있답니다. 납인가 뭔가를 흘려넣어서 만든다나? 그런데 이번 자물쇠는 그렇게 만들 수 없는 거라고 합니다. 굳이 자세하게 설명하진 않겠습니다만."

오타니는 주머니에서 담배를 꺼내 물었다가 곧바로 당황

해서 제자리에 돌려놓았다. 학교 안이라는 사실을 깜빡했나 보다.

"그래서 생각한 게 경비실에 있던 보조키인데, 반도 씨가 이것도 꺼내갈 수 없다고 단언했습니다. 그럼 지금까지 열쇠를 빌려갔던 사람을 의심할 수밖에 없지요. 그런데 조사해본 바로는 호리 선생님과 야마시타 선생님 외에는 없었습니다. 게다가 그 자물쇠는 2학기가 되고 나서 새로 바꾼 거라 범인이 옛날에 준비해뒀을 거라고 볼 수는 없고요."

"그럼 그 두 사람이 의심스럽다는 말씀입니까?"

내가 묻자 오타니는 당황하며 손을 내저었다.

"아니, 절대 그런 건 아닙니다. 아무리 그래도 그렇게 허술한 추리를 할 수는 없지요. 우리는 지금 두 사람이 열쇠를 빌려가서, 그걸 다른 사람한테 건네준 게 아닌지 조사하고 있습니다. 인근 열쇠 가게도 계속 탐문하고 있고요."

오타니의 표정은 여전히 자신감이 넘쳤다. 그래서 나는 문득 들었던 생각을 입 밖으로 꺼냈다.

"그렇게 여자 탈의실 자물쇠에만 얽매여 있어도 괜찮습니까? 범인이 남자 탈의실에서 탈출했을지도 모르는데."

그러자 오타니는 뺨 한 번 실룩이지 않고 눈만 말똥말똥하게 번득이며 말했다.

"그럼 그 버팀목을 밖에서 걸었다는 말씀이십니까?"

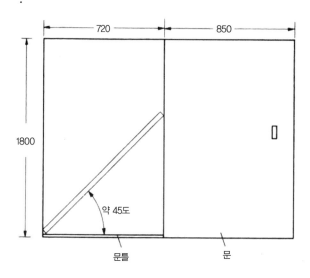

720   850

1800

약 45도

문틀   문

"그럴 수도 있지 않습니까?"

"아뇨, 불가능합니다."

"왜요? 예를 들어 막대기에 실을 묶어서 문틈으로 잡아당 긴다거나……."

내가 말하는 도중에 오타니가 고개를 가로저었다.

"무슨 고전 추리소설에나 나올 법한 방법 같습니다. 그런데 안 됩니다. 묶어둔 끈을 무슨 수로 꺼냅니까? 또 버팀목으로 쓴 건 그냥 원목 쪼가리인데 끈을 감아둔 흔적은 어디에도 없었습니다. 게다가 무엇보다 그 정도 길이밖에 안 되는 막대기로 출입문을 지탱하려면 안쪽에서도 힘이 꽤 필요해서 끈이나 철사를 사용하지 않는 한 도저히 불가능합니다."

"그 정도 길이밖에 안 되는 막대기라……. 길이가 그렇게 중요합니까?"

"물론입니다. 막대기가 필요 이상으로 길면 당기고 나서도 풀기 쉽습니다. 길이가 딱 맞아야 제일 튼튼하고, 버틸 때 힘도 거의 안 들어갑니다. 이번에 쓰인 막대기는 버틸 때 45도 각도에서 문을 미는 식으로 돼 있어서 힘이 정말 많이 필요했을 겁니다. 그렇잖아도 확인해보니 막대기 맨 앞쪽과 문에 오목하게 파인 부분이 있었습니다."

"그렇습니까……."

역시 프로는 프로다. 이 정도는 엊저녁에 벌써 조사해뒀을 것이다.

"지문에서는 아무것도 안 나왔습니까?"

텔레비전에서 본 추리 드라마를 떠올리면서 물어보았다. 하지만 오타니는 고개를 저었다.

"일단 자물쇠에선 호리 선생님 지문만 나왔습니다. 문에 꽤 여러 사람 지문이 묻어 있긴 했는데 새로 발견된 건 마에시마 선생님이나 후지모토 선생님 것 정도입니다. 여자 탈의실에서도 호리 선생님과 야마시타 선생님 것만 나왔고……. 버팀목이 워낙 고목이라 검출되지 않았나 봅니다."

"그럼 범인이 닦아낸 겁니까?"

"아마 장갑을 꼈겠지요. 아니면 손가락 끝에 김 같은 거라도 붙이고 있었거나. 어쨌든 범인도 필사적이었을 테니까 그 정도 주의는 기울였을 겁니다."

"종이컵…… 같은 건 조사해보셨습니까?"

그러자 오타니는 비아냥거리는 듯한 미소를 지었다.

"그 컵은 물론 청산가리부터 목격자까지 지금 다 수사하고 있습니다. 솔직히 말해서 아직 단서는 없습니다. 이제부터 시작이지요. 다만……."

그는 거드름을 피우듯 말을 잘랐다.

"어제 감식원이 이 탈의실 뒤에서 이상한 걸 발견했습니다. 이번 사건이랑 관계가 있는지 없는지는 잘 모르겠지만 조금 신경이 쓰이는 건 사실입니다."

그는 양복 주머니에서 명함 크기만 한 흑백사진을 꺼내 보여주었다. 직경이 3밀리미터 정도 되는 작은 고리를 이은 쇠사슬이 찍혀 있었다.

"거의 실물 크기니까 몇 센티미터 정도 되는 쇠사슬일 겁니다. 흙이 약간 붙어 있긴 한데 때나 녹도 거의 없고, 떨어진 지 그렇게 오래된 것 같지도 않아 보입니다."

"범인이 떨어뜨렸을까요?"

"가능성은 있다고 생각합니다. 혹시 본 적 있습니까?"

나는 고개를 저었다. 오타니는 사진을 넣으면서 이것에 관한 수사도 시작했다고 말했다.

"아, 그렇지. 그리고 피해자의 옷 주머니에서도 이상한 게 나왔습니다."

"이상한 거라니요?"

"이거 말입니다."

오타니는 히죽히죽 웃으며 검지와 엄지로 고리를 만들었다.

"콘돔입니다."

"설마……."

그럴 리가 없다고 생각했다. 무라하시의 이미지와 도저히 맞아떨어지지 않았으니까.

"무라하시 선생님도 남자니까 그럴 수 있지요. 사실, 그게 나왔기 때문에 만나는 여자가 있었던 건 아닐까 싶어서 어제 그런 질문을 했던 겁니다. 그런데 다들 짚이는 게 없다고 하더군요. 뭐, 여기에 초점을 맞춘다고 해서 이번 사건의 핵심에 다가갈 수 있을지는 모르겠지만……."

"범인이 여자라고 보고 계속 조사하겠다는 말씀이군요."

"네. 하지만 콘돔에서는 지문이 전혀 검출되지 않아서…… 그게 좀 마음에 걸립니다."

그렇게 말하는 오타니의 표정이 지금까지와 달리 엄숙해 보였다.

4

경찰 수사는 점심때가 지나서 본격적으로 시작되었다. 오타니가 학생지도부에 사정 청취를 요청해온 것이다. 나는 오타니의 의도를 알 것 같았다. 무라하시는 학생들 사이에서 꽤 무서운 교사로 통했던 만큼, 그를 원망하는 아이들도 많았다. 아마 오타니는 무라하시에게 불만을 가지고 있던 학생들을 조사해, 그것을 기초로 수사를 진행하려고 한 것은 아닐까?

경찰 입장에서는 그런 식으로 수사하는 것이 당연하겠지만, 학교 입장에서는 달갑지 않았다. 학생을 경찰에 넘기는 셈이 되기 때문이다. 내가 차를 마시면서 학생지도부가 형사에게 뭐라고 말할지 고민이겠구나 생각하고 있을 때, 마쓰자키 교감이 다가와서 교장이 부른다는 말을 전했다. 마쓰자키는 마른 편인데 오늘은 어깨가 처져 있어 더 말라 보였다.

교장실로 가니 구리하라 교장이 꽁초가 가득 찬 재떨이를 앞에 두고 팔짱을 낀 채 눈을 감고 있었다. 명상에라도 빠져 있는 것처럼 보인다.

"아무래도······."

교장이 천천히 눈을 뜨고 내 얼굴을 바라보았다.

"사태가 좋지 않군."

"학생지도부가 사정 청취를 받고 있습니까?"

내가 물어보자 교장이 작게 고개를 끄덕였다.

"경찰놈들, 아무래도 무라하시 선생이 살해당했다고 생각하고 있는 모양이에요. 근거는 모르겠지만."

초조한 말투였다.

교내에서 살인사건이 일어났다면 일단 학교의 신뢰도가 곤두박질친다. 교장 입장에서는 교내를 샅샅이 뒤지고 다니는 형사들이 무척이나 거슬리는 존재일 것이다.

나는 조금 전 오타니와 나눈 대화를 생각하면서 타살설의 근거를 이야기했다. 의외로 교장은 심각하게 반응하지 않았다.

"뭐야, 고작 그 정도로? 그럼 자살했을 가능성도 아직 남아 있다는 말 아닙니까?"

"물론 그렇습니다만……."

"그렇지. 무라하시 선생은 자살한 게 틀림없어요. 경찰은 동기가 없다고 했지만 무라하시 선생이 의외로 신경질을 잘 냈으니까. 교육에 대해서 여러 가지 고민도 했던 모양이고."

교장은 스스로를 납득시키듯 말했다. 그리고 뭔가 생각난 듯이 불안한 표정으로 나에게 물었다.

"아참, 지난번 그 얘기 말입니다. 마에시마 선생이 누군가의 표적이 되고 있는 것 같다던 말……. 그 얘긴 아직 형사한테 안 했죠?"

"네, 아직 안 했습니다."

"음, 상황을 좀더 지켜보는 편이 좋을 거예요. 지금 경찰한테 말하면 그놈들 짓이라고 무라시 선생 사건이랑 바로 연결시킬 거니까. 그러면 일만 더 꼬이게 될 테고."

교장은 그렇게 말했지만 사실 두 사건 사이에 아무 관련이 없다는 보장은 없었다. 구리하라는 그 가능성에 대해서는 전혀 생각하지 않는 것 같았다. 아니면 외면하고 있는 건가.

"내 얘기는 끝났어요. 새로 뭔가를 알게 되면 일러주지요."

"알겠습니다."

나는 교장실 문을 열고 밖으로 한걸음 내디뎠다가 다시 돌아서서 말했다.

"저, 아소 선생님 일로 드릴 말씀이……."

그러자 교장은 오른손을 내저었다.

"그 얘기는 당분간 하지 맙시다. 한가하게 아들놈 혼담 이야기나 하고 있을 기분이 아니니까."

"그럼 가보겠습니다."

나는 교장실을 나섰다.

교무실로 돌아와 5교시 수업 준비를 하고 있는데 후지모토가 황급히 다가왔다. 사람은 좋지만 그의 넘치는 호기심만큼은 감당할 길이 없다.

"교장 선생님이랑 무슨 얘기 하셨어요? 혹시 이번 사건?"

"아, 아니요. 신경이 많이 쓰이시나 보죠?"

"당연하지요. 제 주변에서 이런 일이 일어난 게 처음이라서요."

'참 좋으시겠어요. 그렇게 속이 편하니.'

나는 이렇게 말하고 싶었다. 그때 후지모토의 얼굴을 보고 문득 뭔가를 떠올렸다. 나는 주위를 둘러본 다음 목소리를 낮추었다.

"저, 오늘 아침에 보니까 아소 선생님이 무슨 얘기를 하시던데요."

"아소 선생님요? 아, 1교시 시작 전에 한 그 얘기? 사건이랑 관련해서 이상한 질문을 하더라고요. 그런데 뭐, 별로 대단한 건 아니었어요."

"뭔데요?"

다시 주위를 살펴보았다. 아소는 보이지 않았다.

"아니 뭐, 혹시 무라하시 선생님 소지품 중에 없어진 게 없느냐고 물어보더라고요. 아무리 생각해도 물건이 없어졌다는 이야기는 못 들어서, 들은 적 없다고 대답하긴 했는데."

후지모토의 말투가 내게 동의를 구하는 것 같았기에 "그렇군요" 하고 대답했다. 그녀는 대체 무엇 때문에 그런 질문을 했단 말인가. 이런 궁금증을 후지모토에게 물었더니 "뭐, 강도 짓이라고 생각한 게 아닐까요?" 하고 고개를 갸웃거릴 뿐이다.

후지모토가 다른 곳으로 가자 기다렸다는 듯이 호리가 다가왔다. 그녀는 나보다 주위가 더 신경쓰이는지 여기저기를 두리번거리더니 무슨 새로운 정보라도 들어왔냐며 속삭였다. 나이도 먹을 만큼 먹은 사람이 동료 교사의 죽음에 호기심 어린 태도를 보이는 것이 왠지 어처구니없어 나도 모르게 "글쎄요" 하고 퉁명스럽게 대답했다.

"형사는 무라하시 선생님한테 애인이 있다고 생각하는 모양이던데, 그건 어떻게 됐어요?"

호리가 다시 물어보았다.

"글쎄요……. 아직 확실한 근거는 없는 것 같던데요."

"흐음, 그래요……. 그렇군요."

호리는 다시 목소리를 낮추었다.

"아, 사실 내가 알고 있는 게 있어서요."

"네……?"

나는 그녀의 얼굴을 돌아보았다.

"알고 있다니…… 뭘요?"

"얼마 전 동창회에 갔다가 들은 얘기거든요. 무라하시 선생님이 웬 젊은 여자랑 T마을의…… 거 뭐라더라, 요상한 여관들이 많은 데……."

"모텔 밀집지역."

"맞아요, 거기. 그 주변을 걷고 있는 걸 졸업생 중 누가 봤나 봐요."

"세상에……. 그게 정말입니까?"

만약 그 말이 사실이라면 역시 무라하시에게 여자가 있었다는 것이 된다. 나는 왠지 가슴이 두근거리는 것을 느꼈다.

"그런데, 그 상대방 여자 말인데요."

"네."

나도 모르게 호리의 이야기에 휘말려 무심결에 몸을 내밀었다.

"그걸 봤다는 사람 말로는, 이름은 모르겠지만 분명 우리 학교 교사였다고 하던데요. 그래서 나이나 체격 같은 걸 물어봤더니, 아무래도……."

그녀는 곁눈질로 아소의 책상을 흘깃 바라보았다.

"농담……이시죠?"

"아니에요, 틀림없어요. 아소 선생님 말고는 나이대나 체격이 맞는 사람이 없는데요, 뭐."

"왜 형사한테 말하지 않으셨어요?"

그러자 호리는 얼굴을 찌푸리면서 대답했다.

"우연히 만나서 같이 걷기만 했을 수도 있잖아요? 게다가 둘이 정말로 그런 사이라면 벌써 소문이 났을 테고, 아소 선생님이 먼저 자수했겠죠. 아무래도 제3자가 말할 내용은 아닌 것 같아서. 그래도 만약 이 사실이 중대한 의미를 가지고 있다면 말해야겠지만……. 그래서 마에시마 선생님한테 말 씀드리는 거예요. 판단 좀 해달라고."

"그렇군요."

즉, 자기가 한 말 때문에 귀찮은 일에 휘말리고 싶지 않다 는 이야기였다. 그렇다고 해도 무라하시와 아소라니. 실로 뜻밖의 소식이었다.

당사자가 자리로 돌아왔기 때문에 이야기는 중단됐지만, 나는 5교시 종이 울릴 때까지 그녀의 하얗고 단정한 얼굴이 신경쓰였다. 아마 아소도 그러한 낌새를 눈치챘을 것이다. 하지만 한 번도 이쪽으로 눈길을 돌리지 않았다. 그게 오히 려 부자연스러웠다.

아소가 처음 이 학교에 온 것은 3년 전이다. 큰 키에 투피 스가 잘 어울리는 아가씨로 여대를 갓 졸업한 분위기가 넘쳐 흘렀다.

처음에는 성숙한 여성이라는 인상을 받았다. 실제로도 그 녀는 말수가 적고 그 나이대 특유의 화려함도 갖추지 않았기 때문에 나 말고도 그렇게 생각한 사람들이 많았을 것이다. 하지만 그것은 우리 눈에만 보이는 겉모습에 불과했다는 사 실을 얼마 지나지 않아 알게 됐다. 그녀는 우리의 상상을 훨 씬 뛰어넘는 위험한 여성이었다. 좋게 말하면 모험을 즐기는 여자라고나 할까.

내가 아소의 본성을 알게 된 것은 그녀가 부임한 지 1년 정도 지났을 무렵이다. 그해 봄, 1박 2일 일정으로 교직원 워크숍을 갔을 때로 기억한다.

이즈伊豆로 가는 식상한 코스였지만 별다른 불만은 없었다. 모두들 밤에 있을 자유시간을 기대하고 있었기 때문이다. 술자리로 분위기를 한껏 띄운 뒤, 각자 자유롭게 밤을 보내는 것이다. 2차를 나가는 사람도 있고 밤거리를 구경하러 가는 사람도 있다. 성인용 비디오를 가지고 와 방에서 노는 사람도 있었다.

그때 아소가 나에게 한 가지 제안을 했다. 술자리 내내 옆에 앉아 있던 그녀가 "이 뒤로 잠깐 나가볼래요?" 하고 귓속말을 한 것이다. 이상한 생각을 한 건 아니지만 나는 한 가지 조건을 달았다. 동료교사인 K도 함께 가자고 한 것이다. K가 아소에게 호감을 가지고 있다는 사실을 알았기 때문이다.

K는 성격이 내성적이어서 말도 못하고 심각하게 고민만 하고 있었는데, 내가 그의 고민을 해결해주겠다며 분수에 맞지 않게 중계자 역할을 자처하고 나선 것이다.

그녀는 흔쾌히 허락했다. 그래서 우리 세 사람은 숙소에서 수백 미터 떨어진 곳에 있는 스낵바에 갔다. 그녀가 숙소 주변에 있다가 다른 교사들과 마주치는 게 싫다고 했기 때문이다.

스낵바에서 그녀는 곧잘 수다를 떨었다. K와 나도 기분이 매우 좋아서 유쾌한 대화를 나누었다.

한 시간 정도 지났을 때, 나는 먼저 들어가겠다며 일어섰다. 물론 둘만의 시간을 가지라는 의미였다. 내성적인 K도 내 의도는 눈치챘을 터이니, 이 기회를 놓칠 리 없었다.

K는 한밤중이 되어서야 숙소로 돌아왔다. 소리를 내지 않도록 조심하면서 내 옆자리에 누웠는데, 매우 흥분한 상태라는 것을 그의 숨소리로 알 수 있었다. 아니나 다를까 다음날 버스 안에서 뜻밖의 이야기를 듣게 되었다.

"교코 씨랑 잘될 것 같아."

그는 조금은 자랑하는 기분으로, 조금은 수줍어하면서 이야기를 꺼냈다. 전날 밤 두 사람은 스낵바를 나온 뒤, 인적이 없는 도로를 함께 걸었다. 그러다가 아소가 조금 피곤하다고 했기 때문에 두 사람은 도로 옆 풀숲에 나란히 앉았다.

"분위기도 좋았고 술기운도 있었으니까."

K는 변명을 하는 것처럼 목소리를 가늘게 했다. 그리고 혼잣말을 하듯 "잘하면 끝까지 갈 뻔했는데" 하고 고백했다.

그 정도에서 끝났다면 K의 용기나 아소가 벌인 뜻밖의 대담함에 혀를 내두르는 것으로 마무리되었겠지만, 정말 놀라운 일은 워크숍이 끝난 다음에 일어났다.

K가 그녀에게 청혼했던 모양이다. K는 워낙 순수한 사람이었기에 그의 입장에서는 당연한 제안이었을 것이다. 하지만 아소는 거절했다. 게다가 예의를 갖추지도 않았다. 우리 집에 와서 홧김에 술을 들이켜던 K의 말에 따르면 '비웃으면서' 거절했던 모양이다.

"'장난이었다고 했잖아요. 장난을 진심으로 받아들이면 곤란해요'라고……. 그야말로 귀찮다는 얼굴을 하더라."

"그래도…… 너한테 조금은 호의를 가지고 있지 않았을까?"

내 말에 그는 술잔을 들이켜던 손을 멈추었다. 그리고 슬픈 눈으로 말했다.

"누구라도 좋았대. 사실은 결혼한 네가 제일 마음에 들었는데 나도 상관없었다고 말했어."

즉, 그녀는 처음에 나를 유혹했던 것이다.

결국 K는 집안 형편을 비롯한 여러 가지 개인적인 사정으로 학교를 그만두었다. 고향으로 돌아가는 그를 배웅하러 갔을 때, 그는 창밖으로 몸을 내밀며 말했다.

"교코 씨는 불쌍한 여자야."

그 다음부터 나는 아소를 좋게 생각할 수 없었다. 친구를 대신해 증오감을 느끼게 된 것이다. 그러한 기분이 상대방에게 전해지지 않을 리 없다. 결국 나와 그녀는 거의 대화를 나누지 않게 되었다.

그런 그녀가 교장의 아들과 결혼할지도 모른다니. 그리고 교장은 나에게 그녀의 남자관계를 조사해달라고 했다. 이런 이상한 상황이 또 어디 있단 말인가. 그녀가 신데렐라의 꿈을 이룰 수 있을지 없을지는 내 손에 달려 있는 셈이다.

기다려라⋯⋯.

갑자기 어떤 생각이 뇌리를 스쳤다.

3장

1

13일의 금요일 수업은 어쨌든 무사히 끝낼 수 있었다. 사실 끝나자마자 집에 가고 싶었지만, 게이와 한 약속도 있고 대회도 얼마 남지 않아서 동아리 연습을 게을리 할 수 없었다.

문제의 탈의실은 사용이 금지된 상태다. 그렇지 않아도 당분간 사용하고 싶지 않았기 때문에 나는 체육교사용 탈의실을 쓰겠다고 이야기해둔 상태였다.

거기서 옷을 갈아입고 있는데, 다케이가 땀으로 범벅이 되어 들어왔다. 그는 근육이 잘 발달된 몸 위로 흐르는 땀을 닦은 다음 러닝셔츠를 벗고 트레이닝셔츠로 갈아입었다.

"벌써 끝났어요?"

내가 물었다.

다케이는 육상부 고문인데 항상 러닝셔츠에 짧은 팬츠 차림으로 해가 질 때까지 트랙을 달린다.

"아니요. 지금부터 가을 시합 일정이랑 축제 관련 회의가 있어서요."

"축제⋯⋯."

그러고 보니 축제가 있었다. 여러 가지 사건으로 워낙 정신이 없다 보니 별로 중요하지 않은 일은 아무래도 깜빡하기 십상이다.

"축제에서 제일 인기 있는 게 각 동아리별 대항 경기잖아요. 그것과 관련해서 이야기 좀 하려고요."

"아하⋯⋯. 그런데 올해 종목이 뭐였더라?"

들은 기억은 있는데 생각이 나지 않았다. 작년에는 '유치찬란 패션쇼'였다.

"올해는 가장행렬이에요. 각 동아리 지도 선생님들도 분장을 해보자는 이야기가 있던데, 그건 좀 그렇지 않나요?"

도대체 누가 그런 말을 꺼냈을까.

"선생님네는 뭘 하기로 했어요?"

그러자 그는 머리를 긁적이면서 대답했다.

"그게⋯⋯ 말도 안 되는 소리긴 한데 '거지 패거리'라나요.

얼굴에 진흙을 바르고 누더기 차림으로 건들건들 걸어가는 건데 아이들이 히피의 선구자 같아서 멋있다고 하더라고요."

"선생님도 하세요?"

"사실…… 제가 거지 두목이래요. 그렇다고 해도 다른 거지보다 좀더 더러운 정도겠지만."

"거참……."

'딱하게 되셨네요.'

나는 웃으면서 뒷말을 속으로 삼킨 후, 도대체 양궁부는 뭘 해야 할까 걱정이 되기 시작했다. 축제와 관련해서 게이에게 아직 아무 이야기도 듣지 못했다.

궁도장에 가서 게이에게 물어보니 그녀는 또랑또랑한 말투로 대답했다.

"아, 저희는 서커스할 거예요."

"서커스?"

"서커스단 분장을 하는 거예요. 맹수 조련사라든가 기술사라든가."

"호오…… 그럼 난 뭘 하지? 설마 사자인형 탈을 쓰라고 하는 건 아니겠지?"

"그것도 좋네요. 그런데 그것보다 더 좋은 게 있어요. 선생님은 피에로를 하세요."

"피에로라……."

얼굴은 하얗게, 코는 빨갛게 칠하라고? 이거 다케이를 비웃을 처지가 아닌 듯하다.

"그냥 피에로가 아니에요. 술병을 든 술주정뱅이 피에로예요."

"술주정뱅이 피에로⋯⋯."

이미 예전부터 요즘 학생들의 감성을 따라가기는 불가능하다고 포기하긴 했지만 다케이의 말을 새삼 실감했다.

동아리 연습은 정각에 시작했다. 사격을 시작하기 전에 게이의 지시에 따라 모든 부원이 2인 1조를 이루었다. 1학년은 가능하면 2~3학년과 조를 짜야 한다는 조건만 빼고 대부분 자기 마음에 드는 사람들끼리 조를 짰다.

게이는 나에게 조를 짜서 훈련하겠다고 지난번에 미리 말해두었다. 한 달 앞으로 다가온 현 대회를 대비해 특수훈련을 하겠다는 것이다.

"지금까지 자기가 기록한 점수는 스스로 확인하고 있겠지? 그런데 자기 점수를 자기만 알고 있으면 아무래도 게으름을 피우게 돼. 점수가 아무리 나빠도 남들은 모르니 괜찮다고 생각해서 나태해질 수도 있고. 또 점수를 계산하기 모호한 상황이 발생했을 때, 예를 들어 화살이 10점과 9점 사이에 꽂혔을 때 아무 생각 없이 높은 점수로 계산해버리기도 하지. 그래서 앞으로는 같은 조원이 자기 점수를 계산하게 할 거야. 그러면 다들 지금보다 진지하게 훈련할 수 있겠지. 상대방의 자세도 지적해줄 수 있고 아직 시합에 익숙하지 않은 1학년들은 1 대 1로 배울 수도 있고."

게이는 모범답안을 찾아낸 것처럼 눈을 반짝이며 열정적으로 말했다. 나는 '승자는 언제나 한 사람'이라고 생각하는 쪽이라 적극적으로 찬성하지는 않았지만, 자주성이 최우선이기에 굳이 반대하지도 않았다.

즉시 조별 연습이 시작되었다. 게이의 상대는 1학년인 미야사카 에미로 여름방학 때 삐었다는 왼쪽 손목이 아직 덜 나아서 안타까웠다. 그래도 현재 에미의 컨디션을 보니 현 대회까지는 어떻게든 나을 듯 보인다. 과녁에 대한 공포심도 많이 줄어든 것 같다.

현 대회에서 상위권에 입상해야 전국대회에 출전할 수 있는데 열심히 활을 당기는 부원들을 뒤에서 지켜보고 있자니 모두에게 참가 기회를 주고 싶었다. 하지만 그와 동시에 대다수가 실력 부족이라는 사실도 알게 되었다.

"왜 이렇게 침울한 얼굴을 하고 계세요?"

내가 주었던 화살을 만지작거리면서 게이가 다가왔다.

"내가 너무 기대를 하고 있나 보다. 그게 아무래도 얼굴에 드러났겠지."

"선생님도 어쩔 수 없이 긴장하시네요. 그보다 선생님도 가끔은 양궁을 좀 하시는 게 어때요? 그래, 이참에 시범 한번 보여주세요."

그러고 보니 최근에는 활을 거의 잡지 않았다. 그럴 기분이 들지 않아서일 것이다. 어쩌면 이런 때일수록 기분 전환이 필요하지 않을까?

"좋아. 오랜만에 예술이 뭔지 한번 보여줄까?"

내가 50미터 라인에 서자 부원들이 모두 연습을 멈추고 이쪽을 주목했다. 과녁을 겨냥하기만 해도 심장박동이 빨라지는 체질인데, 그렇게 많은 학생들이 주목하고 있으니 긴장감이 상당했다.

"실패해도 웃으면 안 돼."

학생들을 바라보며 농담도 해보았다.

나는 과녁을 향해 활을 겨냥한 다음 천천히 당겼다. 왼쪽 어깨가 약간 올라갔다. 초보 때부터 굳어버린 나쁜 버릇이라 잘 고쳐지지 않는다. 과녁의 중심을 향해 과감하게 활을 당기자 등 근육이 긴장했다. 궁도에서 말하는 '회會'의 상태다. 화살이 일정하게 당겨지면 클리커(clicker 화살을 일정하게 당기기 위해 활에 부착하는 도구)라는 금속판이 떨어져 찰카닥 소리를 낸다. 이 소리와 함께 활이 날아간다.

부원 모두가 지켜보는 가운데 화살은 공기를 가르며 과녁을 향해 날아갔다. 팡 하는 소리가 나더니 화살은 과녁의 중

심인 노란색 부분에 꽂혔다. 흔히 금빛의 작은 과녁이라고
부르는 부분이다.

"나이스 슈팅!"

박수가 쏟아졌다. 첫 발부터 명중하자 단번에 마음이 편해
져서 나머지 다섯 개도 모두 성공시켰다. 세어보니 10, 9, 9,
8, 8, 7로 51점이었다. 오랜만에 하는 것치고는 그런대로 괜
찮았다.

"선생님, 저희한테도 긴장했을 때 실수 안 하는 방법 좀 알
려주세요."

게이가 말했다. 다른 학생들도 호기심 어린 표정으로 나를
바라보았다.

"그런 건 없어. 옛날, 아시아 대회에서 우승한 스에다末田
라는 선수가 '과녁을 겨누고 쏘면 화살은 그쪽으로만 간다'
는 말을 했다고 하긴 하는데, 그런 표현은 달인이 돼야 쓸 수
있지."

스에다 선수가 남겼다는 명언은 내가 학생 때 들은 것이
다. 내가 활을 내려놓을 때까지 그 정도 수준에 도달하지 못
했던 것처럼, 지금 내 말을 듣고 있는 부원들도 무슨 뜻인지
모르겠다는 얼굴이다.

"대신 이것만큼은 확실하게 말할 수 있어. 우리같이 평범
한 사람은 승부를 겨룰 때, 뭔가 의지할 곳이 필요하지. 그런

데 사실 시합 중에 누구를 의지할 수 있겠니? 그래서 선수들은 시합 때가 되면 고독해져. 그럼 우린 어떻게 해야 할까? 난 각자 자신의 노력을 믿는 수밖에 없다고 생각해. 놀고 싶은 것도 꾹 참아가며 그렇게 열심히 연습했으니까 분명 좋은 결과가 나올 거라고 믿는 거지."

"그게 가능한가?"

2학년 중 누군가가 중얼거렸다. 그러자 가나에가 그 학생을 보며 "믿을 수 있게 될 때까지 노력해야지" 하고 말한 다음 동의를 구하려는 듯 나를 보았다.

"그래, 가나에 말이 맞아. 활을 당기기 전에 눈을 감고 지금까지 열심히 노력해온 시간들을 가만히 떠올려보면 자신감이 불끈불끈 생길 거야."

내가 이야기를 마무리하자 학생들이 모두 "고맙습니다" 하고 고개를 숙였다. 교실에서 말하는 것보다는 편했지만 그래도 긴장해서인지 겨드랑이가 땀으로 흠뻑 젖었다.

그 다음날도 계속 2인 1조로 훈련을 실시하기로 했다. 2학년들은 서로 워낙 친하기 때문에 조별 훈련을 하면 오히려 그 점이 방해되지는 않을까 계속 신경이 쓰였다. 그런데 게이는 오늘 훈련에 만족했는지, 훈련이 끝난 뒤 부원들에게 내일부터는 이 방식대로 훈련을 진행하겠다고 말했다.

연습이 끝난 후 나는 옷을 갈아입고 학교 정문에서 게이를 기다렸다. 가나에와 함께일 거라고 생각했는데 에미와 함께 나타났다. 두 사람이 훈련 때처럼 평소에도 같이 다니나 보다.

"우와~ 선생님, 감동이에요. 저희 기다리신 거예요?"

게이는 과장된 표정을 지었다. 에미가 약간 의심스럽다는 표정을 짓고 있는 것이 마음에 걸렸다.

"아, 할 얘기가 좀 있어서."

나는 두 사람과 보조를 맞추며 걷기 시작했다.

우리는 2인 1조로 훈련하는 방식에 대해 이야기를 나누기 시작했다. 나는 이 훈련 방식에 대해 게이가 어떻게 생각하는지 확인했다. 기본적으로는 학생들의 자주성에 맡길 테니 별다른 제재는 가하지 않겠다며 미리 생각해둔 대로 이야기를 마무리지었다.

"그리고 이건 다른 얘긴데, 너희 반 부담임이 아소 선생님이니?"

나는 두 사람이 이상하게 여기지 않도록 아무렇지 않은 것처럼 화제를 바꾸려고 했다. 다행히 타이밍을 잘 맞췄는지 게이는 별로 이상하게 생각하지 않고 "네" 하고 고개를 끄덕였다.

"아소 선생님이랑 이야기 많이 하니?"

"뭐, 좀 하는 편이에요. 같은 여자끼리라 편한 것도 있고요."

"이성 얘기도?"

내 말에 게이가 깔깔 웃었다.

"이성이라고 하니까 딱딱하게 느껴지네요. 남자 애기 말씀 하시는 거죠? 가끔 해요. 주로 선생님 학교 다닐 때 이야기 같은 거요. 아무도 없으니까 하는 말인데, 아소 선생님도 학 생 땐 꽤 노셨나 봐요. 물론 플라토닉이었지만."

'그런가.'

나는 속으로 중얼거렸다.

"지금 사귀는 사람은 없대? 그런 이야기는 안 물어봤어?"

"사귀는 사람요? 그게……."

게이는 걸으면서 고개를 갸웃거렸다. 그 옆모습이 너무 진 지해 보여서 조금 놀랐다.

"없는 것 같은데요. 근데 왜 그런 걸 물어보세요?"

"아니, 실은 아소 선생님한테 선을 주선할까 해서."

나는 되는 대로 말했다.

"정말요? 헤헤, 재밌다. 그런데 그런 건 당사자한테 직접 물어보는 게 낫잖아요?"

"그렇긴 한데 직접 물어보기 좀 그렇잖아."

나는 적당히 둘러댄 후, 역시 게이에게 물어봤자 소용이 없다고 후회했다. 아소처럼 만만치 않은 여자가 아이들에게 자신의 사생활을 이야기할 리 없다.

조금 전 나는 한 가지 가설을 세웠다. 호리가 동창에게 들었다는 이야기—무라하시가 아소를 닮은 여성과 모텔 근처를 걷고 있었다—가 발단이 되었다.

나는 조금 더 자세한 이야기를 들어볼까 해서 호리에게 그 동창의 연락처를 물어보았다. 하지만 그 사람은 규슈의 대학에 가 있어서 쉽게 연락이 닿을 것 같지 않았다. 그래서 하는 수 없이 혼자 가설을 세운 것이다.

내가 세운 가설은 아소와 무라하시가 특별한 관계였다는 것이다. 이 가설이 마냥 엉뚱한 생각이기만 할까?

서른이 넘은 싱글 무라하시와 스물여섯 아소.

나는 충분히 있을 수 있는 일이라고 생각했다. 단지 두 사람의 마음, 특히 아소가 무라하시를 진심으로 사랑했을까 하는 점은 매우 의심스러웠다. 나는 그냥 서로 즐기는 정도의 사이였을 거라고 추리했다.

만약 둘 사이가 심상치 않았다면? 조금 엉뚱하긴 하지만 그런 경우 아소에게 무라하시를 살해할 동기가 생긴다. 그 점은 매우 중요하다. 만약 그게 사실이라면 그녀는 나도 죽여야 하기 때문이다.

아소는 이번 여름 교장에게서 며느리가 되어주지 않겠냐는 제안을 받았다. 구리하라 집안은 교육재단 경영을 중심으로 번영해온 재산가다. 아소 입장에서는 틀림없이 승낙하고 싶을 것이다. 하지만 그녀는 대답을 미루고 있었다.

아마 상대방을 애타게 하려는 의도도 있을 것이다. 하지만 자기 신상을 깔끔하게 정리할 시간이 필요해서가 아닐까 하고 나는 생각했다. 자신의 남성 편력을 아는 사람의 입을 막을 시간 말이다. 그리고 내가 그 첫 번째 사람일 것이다. 나는 K와 그녀의 관계를 아는 유일한 사람이다. 그녀 입장에서 보면 귀찮은 존재다.

하지만 나는 운이 좋아서 목숨을 구했고 보이지 않는 살인자를 경계하게 되었다. 그래서 그녀는 두 번째 대상을 먼저 없애기로 한 것이다.

게다가 후지모토에게 들으니 아소는 이 사건에 꽤 관심을 가지고 있는 모양이었다. 내가 아는 그녀는 이런 일에 관심을 보일 여자가 아니다. 나는 내가 한 추리를 어느 정도 확신하고 있었다.

"그런데, 어제 사건 있잖아요……."

역에 도착하자 게이는 내 속마음을 읽은 듯이 화제를 바꾸었다.

"다들 자살이 아니냐고 수군대요. 어떻게 생각하세요?"

시체를 발견한 사람 중 한 명이기 때문일까. 게이의 목소리가 낮게 가라앉았다.

"다들이라…… 너희들은 어디서 그런 얘기를 듣니?"

"후지모토 선생님이요. A반 친구가 말해줬거든요."

후지모토의 태평한 얼굴이 떠올랐다. 고민이 없는 그가 부러울 따름이다.

"그렇구나. 난 잘 모르겠는데. 어쨌든 경찰이 자살이라고 결론내지 않았다는 사실은 분명해."

"흐음……. 그럼 그 밀실 수수께끼는 풀렸어요?"

게이는 무거워 보이는 가방을 다른 손으로 바꿔 들면서 아무렇지 않게 말했다.

이러한 질문들이 바로바로 입 밖으로 나온다는 점을 헤아리면 게이도 사건 현장의 불가사의한 상황이 신경쓰이는 모양이다.

"아, 그 밀실? 경찰은 아무래도 열쇠를 여러 개 썼다고 보는 모양이야. 경비원한테 여러 가지 물어본 것 같던데."

"열쇠 여러 개……."

"대신 범인한테 비상키를 만들 기회가 있었는지 여부는 아직 수사중인 것 같아."

게이는 뭔가 생각에 잠긴 듯했다. 내가 이야기를 너무 많이 한 건가? 조금은 후회가 되었다.

우리는 개찰구를 빠져나와 평소처럼 양쪽으로 갈라졌다. 에미도 게이와 같은 방향으로 가는 것 같다. 에미는 헤어질 때 "안녕히 가세요" 하고 작은 목소리로 인사했는데, 오늘 처음으로 그 아이의 목소리를 들은 것 같다.

나는 플랫폼으로 내려가서 전철이 들어오는 방향을 따라 끝까지 걸었다. 환승하기 편해서이다. 나는 항상 페인트칠이 벗겨진 의자에 앉는데 오늘은 그 줄의 바로 오른쪽 끝에 앉았다.

맞은편 플랫폼에는 게이와 에미가 서서 이야기하고 있었다. 게이는 가방을 늘어뜨리고 에미의 얼굴을 똑바로 보며 이야기했고, 에미는 줄곧 고개를 숙인 채 가끔 대꾸만 하는 정도였다.

무슨 이야기를 하고 있을까 생각하는 사이에 반대편에 전철이 들어왔다. 전철이 지나갈 때 게이가 창문 너머로 손을 흔드는 모습이 보였다. 나도 가볍게 손을 들어 인사했다.

오토바이 소리가 들린 것은 그 직후였다. 나는 반사적으로 소리나는 쪽을 바라보았다. 오토바이 두 대가 노선을 따라 들어와서 멈추었다. 혹시나 해서 바라보니, 예상대로 한 대는 지난번에 요코와 함께 있던 녀석의 오토바이였다. 빨간 헬멧도 기억났다. 문제는 다른 한 대다. 예전에 학교에 왔던 무리의 것과 다른 듯했다. 검은 헬멧에 검은 라이더 셔츠, 온통 검은색투성이다. 운전자의 체격도 남자가 아니었다……

분명 요코다. 그러고 보니 이 주변을 달릴 때도 있다고 했었다. 그렇다면 특히 선로변에서 발견될 가능성이 크다. 그녀의 될 대로 되라던 표정이 눈에 선했다.

오토바이를 탄 두 사람이 길거리에서 한참 이야기를 나누더니, 요코가 먼저 출발했다. 올 여름에 면허를 땄다고 했는데 실력은 수준급이었다. 순식간에 시야에서 사라졌다.

빨간 헬멧을 쓴 젊은이도 곧바로 달리기 시작했다. 배기음은 여전히 뼛속에 사무치는 듯했다. 내 곁에 있던 몇 사람도 얼굴을 찡그렸다.

나는 그때 뭔가 이상한 광경을 보았다. 하얀 세단이 빨간 헬멧을 쓴 녀석의 뒤를 따르듯 지나갔던 것이다. 우연일지도 모른다. 하지만 내게는 그 차의 속도와 지나가는 타이밍이 뭔가 의미 있는 것으로 여겨졌다.

불길한 예감이 들었다.

2

다음날인 9월 14일 토요일, 3교시 수업이 끝난 직후 내 예감이 적중했음을 알았다. 수업을 마치고 교무실로 돌아가니 마쓰자키 교감과 나가타니가 서서 이야기를 하고 있었다. 둘 다 팔짱을 낀 채 뭔가 생각에 잠긴 모습이었다. 그 옆을 자연스레 지나가려고 하자 교감이 "아, 마에시마 선생, 잠깐만요" 하고 불러세웠다.

"무슨 일이십니까?"

나는 두 사람의 얼굴을 번갈아보았다. 그다지 기분 좋은 표정이 아니었다.

교감은 뭔가 망설이면서 조심스레 말을 꺼냈다.

"실은 오늘도 형사가 와 있는데……."

"아……."

알고 있었다. 정문 옆 주차장에 낯익은 회색 차가 있었기 때문이다. 오타니는 늘 그 차를 타고 다녔다.

"조금 어려운 부탁을 하더군요."

"……무슨 말씀이신지?"

"학생한테 직접 이야기를 듣고 싶다는군요. 게다가 교사 없이 단독으로……."

나는 무심코 나가타니를 보았다.

"누구 말입니까?"

그러자 나가타니는 신경이 쓰이는 듯 주변을 살피더니 조그마한 목소리로 말했다.

"다카하라 요코요."

나도 모르게 휴 하고 한숨이 나왔다. 역시, 하고 속으로 중얼거렸다.

"그런데 형사가 왜 요코를?"

그러자 교감이 숱 적은 머리카락을 손으로 만지며 말했다.

"어제 학생지도부와 이야기할 때 그 학생이 거론된 것 같아요. 무슨 이야기를 했는지는 모르겠지만."

어렴풋이 상상이 되었다.

형사는 평소 무라하시 선생을 싫어했던 학생이 없느냐고 질문했을 것이다. 학생지도부는 학생 몇 명을 명단에 올렸을 것이고, 거기 요코의 이름도 있었을 것이다.

"그래서 저한테 무슨 일을……."

나는 마쓰자키를 바라보았다.

"난 기본적으로는 우리가 경찰 수사에 협조해야 한다고 생각해요. 그런데 학생이 경찰 조사를 받았다고 하면 학교 신뢰도에 문제가 생기지요. 게다가 자신이 의심받고 있다는 사실을 알면 그 학생도 마음에 상처를 입을지 모르고요."

"압니다."

대뜸 신뢰 운운하는 것이 다소 마음에 걸리긴 했지만 나는 동의했다.

"그래서 교장 선생님과 어떤 식으로 일을 진행해야 할지 상의했더니 우선 형사들의 의도를 확실하게 파악하라고 말씀하시더군요. 그러고 나서 학생을 만나게 할지 말지 판단하라고요."

"그렇군요."

"그래서 선생님들 중 한 분이 먼저 형사를 좀 만났으면 하는데, 일단 요코 담임인 나가타니 선생한테 부탁드렸더니……."

"제가 만나서 될 일이 아닌 것 같습니다."

교감이 이야기하는 도중에 나가타니가 끼어들었다.

"제가 이 사건을 완전히 파악하고 있는 것도 아니고, 요코 담임이라고 해봤자 2학기가 시작된 지 얼마 되지도 않았습니다. 게다가 개 성격도 아직 파악을 못 하고 있는 상태라……."

말투에 감정이 가득 배어 있다. 무슨 말을 하고 싶은지 알겠다.

"그래서 제가 마에시마 선생님을 추천했어요. 마에시마 선생님은 시체를 처음 발견했으니까 이번 사건과 어느 정도 관련이 있고, 2학년 때 요코를 맡기도 하셨으니 제격이라고 생각합니다만."

예상했던 대로다.

"어떨까요?"

교감도 옆에서 내 표정을 살피며 물었다.

평소의 나라면 그건 좀, 하고 넌지시 거절했을 것이다. 여기서 받아들이면 앞으로도 경찰과 학교 사이에 끼어 귀찮은 일을 도맡아할 게 뻔했기 때문이다. 하지만 왠지 모르게 이번 사건이 나와 어떠한 관계가 있는 듯 느껴진다. 마쓰자키나 나가타니가 생각하는 것 이상으로 사건과 깊은 관계가 있을지도 모른다.

내가 승낙하자 교감과 나가타니는 감사의 말을 늘어놓았다. 그 표정에는 한결같이 안도하는 기색이 담겨 있었다.

4교시는 자습을 시키고 나는 응접실로 향했다. 뭔가 중대한 임무를 부여받았다는 기분이 들었지만, 한편으로는 수업이 자습으로 대체됐으니 애들은 좋아하겠구나 하는 실없는 생각도 했다.

응접실 문을 열고 내가 얼굴을 내밀자 오타니는 의외라는 얼굴을 했다. 요코를 기다리고 있었기 때문일까. 나는 교장을 비롯한 학교 측 의견을 전달하고 경찰이 무슨 목적을 가지고 있는지 알고 싶다는 뜻을 전했다. 오타니는 평소와 달리 셔츠를 입고 넥타이도 번듯하게 매고 있었지만, 늘 그렇듯 내 이야기를 듣는 태도에서 도무지 진지함이라고는 찾아볼 수 없었다.

"무슨 말씀이신지 잘 알았습니다."

오타니는 내 이야기를 다 듣더니 양복 주머니에서 하얀 종이를 꺼냈다.

"이건 어제 학생지도부의 오다 선생님이 주신 자료입니다. 최근 3년 동안 퇴학이나 정학 처분을 받은 학생들 명단을 뽑은 거지요."

"블랙리스트라도 되나 보죠?"

나는 그 종이를 대충 훑어보았다. 열아홉 명의 이름이 나와 있었다.

"어디까지나 참고자료일 뿐입니다. 굳이 이렇게까지 조사하고 싶지는 않지만요."

그렇다고 해도 형사로서는 이 자료에 관심을 보일 수밖에 없을 것이다. 나는 반박할 수도, 그렇다고 동의할 수도 없어서 잠자코 있었다.

"저희 입장에서도 이런 자료는 형식적으로만 가지고 있었으면 합니다. 피해자의 행적을 조사하고 목격자를 찾는 식으로 조사하고 싶은데, 그렇게 해서는 도무지 물증이 안 나오니 답답할 따름이죠. 용의자가 학교 사람일 게 틀림없는데 정말 안타깝습니다."

오타니의 말투는 평소와 달리 초조해 보였다. 수사가 자꾸 지체되어 안달하는 마음과 요코에게서 빨리 이야기를 듣고 싶은 마음이 섞여 있는 것 같았다.

"여자에 관한 건 어떻게 됐습니까?"

나는 어제 오타니가 한 말을 떠올리면서 물었다.

"무라하시 선생님의 애인을 찾고 있다고 들었는데."

"아, 그거요?"

오타니는 가볍게 맞받아쳤다.

"그것도 조사해봤습니다. 아니, 지금도 조사중이긴 합니다. 무라하시 선생님 주변에 있던 여자들도 다 알아봤고요. 아직까지는 주변에 그럴 만한 사람이 나오지 않고 있습니다."

"여자 선생님들도 다 조사했습니까?"

나는 이렇게 말하고 나서 너무 구체적으로 언급했다 싶어 바로 후회했다. 그러자 오타니는 "호오" 하고 호기심 어린 표정으로 내 얼굴을 바라보았다.

"뭐 짚이는 거라도 있습니까?"

"아니, 전혀요. 그래도 요즘은 교사끼리 결혼하는 경우가 많이 있으니까……."

답변하기가 힘들었다. 아소의 일이 아직 내가 가정한 대로 밝혀지지 않은 만큼 지금은 말할 시기가 아니다.

"역시나……. 젊은 여선생님이 몇 분 계시긴 한데, 물론 그분들도 어제 다 조사했습니다. 그런데 다들 아니라고 하시더군요."

"거짓말을 한 건지도 모르잖습니까?"

"당연히 그럴 가능성도 있지요. 그런데 그분들은 이 사건과 관계가 없었습니다."

"무슨 말씀이신지?"

"다들 범행 추정시각의 알리바이가 뚜렷했습니다. 단골 찻집에 있었던 분도 계시고, 영어회화 동아리에서 아이들을 지도하던 분도 계셨고요. 다른 분들도 모두 증인이 있었습니다."

'그런가…….'

아소가 영어회화 동아리의 고문이라는 사실을 잊고 있었다. 꽤 활발하게 활동하는 동아리로 하교 때까지 철저히 공부한다는 이야기를 들은 적이 있다. 그렇다면 그녀는 범행을 저지를 수가 없다⋯⋯. 나의 추리는 벌써 무너졌다.

오타니가 계속 말을 이었다.

"무라하시 선생님의 여자 관계는 앞으로도 계속 조사하겠지만, 거기에 얽매여 있다간 수사에 혼선을 빚을 우려가 있습니다. 다른 가능성에도 관심을 가져야지요."

"그래서 요코를 주목한 겁니까?"

나는 냉정한 투로 말했지만 오타니는 신경쓰지 않았다.

"요코 학생은 가장 최근에 징계를 받았습니다. 게다가 징계를 받은 이유도 무라하시 선생님께 담배 피우던 현장을 들켰기 때문이지요."

"그렇긴 하지만 겨우 그 정도 일로, 설마⋯⋯."

그러자 오타니는 의외라는 얼굴로 나를 보았다. 그리고 평소 자주 짓던 의미심장한 미소를 입가에 띠었다.

"마에시마 선생님은 모르시나 보군요. 무라하시 선생님이 담배를 발견하고 나서 요코 학생한테 어떤 식으로 제재를 가했는지⋯⋯."

"제재요⋯⋯?"

처음 듣는 말이었다. 학생에게 어떤 제재를 가하는 것은 교육방침상 금지되어 있다.

"이겁니다, 이거."

오타니는 기름기로 착 달라붙은 자신의 머리카락을 움켜쥐었다.

"양호실로 데리고 가서 평소 그 학생이 자랑하던 머리를 자른 모양입니다. 정학당한 것보다 그게 더 원한을 갖게 해 '죽이고 싶다'고 결심하게 되지 않았을까요?"

나도 모르게 속으로 소리를 지르고 말았다. 그러고 보니 요코는 정학이 끝나고 처음 등교했던 날 쇼트커트를 하고 오지 않았던가. 이미지를 바꾸기 위해서가 아니었다. 무라하시에게 머리를 무참히 잘렸던 것이다.

그건 그렇고 이 형사는 언제, 어디서 이 정보를 얻었을까. 말하는 투를 보아하니 요코의 주변 친구들을 통해 들은 것 같은데, 나도 모르는 내용을 이렇게 짧은 시간 안에 얻어내다니…… 갑자기 이 남자가 두려워졌다.

"그렇다고 해도, 그것만으로는 아직……."

"그것뿐만이 아닙니다."

오타니는 소파에 기대 담배를 물었다.

"가와무라 요이치川村洋一라는 사람을 아십니까?"

"가와무라?"

나는 그가 입을 우물우물할 때마다 아래위로 움직이는 담배를 보면서 고개를 저었다.

"요코 학생 친구입니다. 오토바이를 타고 다니더군요."

"아……."

어제 전철역 플랫폼에서 본 광경이 떠올랐다. 요코와 그 녀석 그리고 하얀 세단……

오타니는 나의 반응을 즐기려는 듯 담배에 불붙이는 시간까지 재가며 여유를 부렸다.

"가와무라 군은 R동네 수리공장 아들인데, 알고 보니 동네 건달이었습니다. 학교도 안 가고요. 요코 학생이랑 오토바이 매장에서 만났다고 했습니다. 어느 쪽이 먼저 말을 걸었는지는 모릅니다만."

"무슨 말을 하고 싶으신 겁니까?"

강한 어조로 말할 생각이었는데 스스로도 알아챌 만큼 목소리에 힘이 없었다. 그러자 오타니는 몸을 일으켜 거무스름한 얼굴을 쑥 내밀었다.

"수리공장에는 청산가리가 있습니다."

"그, 그게……."

어쨌다는 말입니까 하는 뒷말이 입 밖으로 나오지 않았다.

"청산가리는 보관이 까다롭습니다. 그래도 가와무라한테 그 정도 일은 식은 죽 먹기죠."

"요코가 청산가리를 부탁했다는 말이라도 하시려는 겁

니까?"

"상황이 그렇다는 겁니다. 전 사실을 말했을 뿐이고요. 그 일이 사건과 관계가 있는지 없는지는 지금부터 판단하려고 합니다."

오타니의 입에서 우윳빛 담배연기가 후 하고 뿜어져나왔다.

"다카하라 요코를 만나게 해주시겠습니까?"

나는 오타니의 얼굴을 보았다. 날카로운 사냥개의 눈이다.

"그 학생한테 뭘 물어보고 싶으신 겁니까?"

이 한마디는 형사의 요구를 받아들였음을 의미했다. 오타니의 눈빛이 부드러워졌다.

"일단 알리바이부터 확인하고 두세 가지 질문을 할 예정입니다."

"알리바이라……"

내 입으로 직접 말하고 보니 실감이 났다. 설마 진짜 형사의 입을 통해 이 말을 들을 거라곤 생각해본 적이 없었다. 그렇다. 이것은 꿈이 아니다.

"대신 두 가지 조건이 있습니다."

나는 간신히 목소리에 힘을 주어 또박또박 말했다.

"첫째, 저도 그 학생이랑 함께 자리하도록 해주세요. 물론 중간에 절대 말참견은 하지 않겠습니다. 둘째, 그 학생의 오토바이와 관련된 이야기는 당분간 학교 측에 밝히지 말아주세요. 그 학생이 범인이라고 밝혀지면 어쩔 수 없지만……."

오타니는 내 이야기에는 관심이 없다는 듯, 자신이 뿜어내는 담배연기가 사라지는 것을 멍하니 지켜보고 있었다.

"저는 마에시마 선생님이 좀더 쿨한 분이라고 생각하고 있었습니다."

"네?"

"좋습니다. 그 조건은 받아들이죠."

교무실로 돌아온 나는 교감과 나가타니에게 사정을 이야기한 후, 그들과 함께 교장실로 향했다. 근심스러운 표정으로 내 이야기를 듣고 있던 구리하라 교장도 결국에는 "어쩔 수 없군" 하고 중얼거렸다.

4교시 수업 도중 나가타니가 요코를 부르러 갔다. 어떤 방법으로 불러낼지 생각하는 것만으로도 마음이 무거워졌다.

5~6분 후, 나가타니가 요코를 데리고 교무실에 들어섰다. 눈을 살포시 바닥으로 향한 채 입술은 굳게 다물고 있었다. 나나 교감 앞에서도 무표정이었다.

나는 이 어색한 상황에서 벗어나고자 요코의 손을 잡고 재빨리 교무실을 나왔다. 응접실로 향하는 동안 요코는 나보다 2~3미터 뒤에서 따라왔다. 응접실 앞에서 내가 "있는 그대로 솔직하게 말하면 돼" 하고 말을 걸었지만 미동도 하지 않왔다.

오타니와 마주했을 때에도 차가운 표정은 변하지 않았다. 등골을 쭉 펴고 상대의 가슴팍을 응시한 채였다. 오타니도 그 정도 반응은 예상했다는 듯 예정대로 질문을 해나갔다.

"그저께 수업이 다 끝나고 나서 어디서 뭘 했는지 말해볼래?"

오타니는 세상 돌아가는 이야기라도 하는 듯한 말투로 물었다. 요코는 그와 완전히 대조적인 무거운 목소리로 대답했다. 내 쪽은 한 번도 돌아보지 않았다.

그녀는 그저께 수업을 마치자마자 집으로 돌아갔다고 했다.

"집에는 몇 시쯤 도착했지?"

"4시 정도……였던 것 같아요."

요코의 집은 S역에서 전철로 네 정거장 더 가야 있다. 수업이나 홈룸(homeroom 담임교사의 지도 아래 이루어지는 학급 내 학생 자치 활동)이 3시 30분경 끝났으니 4시라는 말은 타당성이 있었다.

"누구랑 같이 갔니? 아니면……."

"혼자 갔는데요."

오타니는 요코의 행동을 증명할 수 있는 사람이 있는지 확인하는 모양이었다. 전철 안에서 누군가를 만나지는 않았나? 역에서는? 집 앞에서는? 드디어 요코가 증인 두 명의 이름을 언급했다. 이웃에 사는 노부부 같은데 귀가했을 때 인사를 나누었다고 했다.

"집에 돌아가고 나서는?"

"글쎄요, 뭐 딱히⋯⋯. 그냥 제 방에 있었어요."

"계속?"

"네."

"거짓말이군."

나는 그 말에 놀라 얼굴을 들었다. 동시에 요코의 얼굴색이 변하는 것을 눈치챘다.

오타니는 여전히 표정 변화가 없었다. 지금까지 질문하던 것과 완전히 똑같은 얼굴로 이야기했다.

"5시쯤 학교에서 널 봤다는 사람이 있어. 다른 동아리 부원인데 분명히 너였대. 문제는 널 본 장소가 사건이 발생한 탈의실 근처라는 거야."

나는 아연실색했다. 이런 이야기는 조금 전까지도 들은 바가 없었다. 아무래도 오타니는 이 사실을 '결정적 단서'로 제시할 생각이었던 것 같다. 그렇다고 해도 그런 목격자가 있었으리라고는⋯⋯.

"어때? 집에 돌아가고 나서 한 번 더 학교에 왔었지?"

오타니의 말투가 부드럽다. 어쨌거나 말하기 쉬운 분위기를 만들려고 노력하는 것이리라. 하지만 눈빛은 결코 부드럽지 않다. 사냥개의 눈, 형사의 눈이다. 나는 요코를 바라보았다. 요코는 큰 눈을 더욱 크게 뜨고 테이블 위의 한 곳을 바라보았다. 온몸이 인형처럼 굳어 있다. 마침내 입술을 움찔 움찔 움직이기 시작했다.

"집에 갔다가…… 두고 온 물건이 있어서 학교로 되돌아왔어요."

"호오…… 그게 뭘까?"

"학생수첩이에요. 책상서랍 속에……."

요코의 목소리가 희미하게 흔들렸다. 나로서는 도울 방법이 없었다. 그저 바라보기만 할 뿐이었다. 오타니는 위압적으로 말했다.

"학생수첩? 일부러 가지러 올 정도로 중요한 물건은 아니라고 생각하는데."

머지않아 내 수중에 사냥감이 들어온다, 그는 그렇게 생각했을 것이다. 하지만 요코는 정색을 하고 자세를 고쳐 앉으며 천천히 말했다.

"학생수첩 안에 오토바이 운전면허증이 들어 있어요. 누가 보기 전에 가지고 와야겠다고 생각해서 학교로 돌아왔던 거예요."

만약 이것이 순간적으로 한 거짓말이라면 요코의 빠른 두뇌 회전에 혀를 내두르지 않을 수 없다. 귀가했다가 다시 학교로 돌아온 사실을 숨긴 이유가 무엇이냐는 의문에도 대답할 수 있는 아주 근사한 답변이었다.

오타니도 순간적으로 할 말을 잃은 듯했다. 하지만 곧바로 말을 돌려 화제를 바꿨다.

"하긴, 오토바이는 분명 금지돼 있으니까. 그럼 탈의실 근처에 있던 이유를 말해볼래?"

"탈의실은…… 그냥 지나갔을 뿐이에요."

"지나갔을 뿐이라. 뭐 좋아. 그럼 그 다음에는?"

"집에 갔어요."

"몇 시에 나와서 몇 시쯤 도착했지?"

"5시 넘어서 학교에서 나왔으니까 5시 30분쯤 집에 도착했을 거예요."

"증인은 있어?"

"……아니요."

결국 요코에게는 확실한 알리바이가 없는 셈이다. 오타니는 자신의 생각대로라고 판단했는지, 만족해하며 수첩에 끊임없이 메모를 했다.

그 다음에 한 질문은 대부분 가와무라 요이치에 관한 것이었다. 얼마나 사귀었느냐, 요이치의 집에 간 적은 있느냐 하는 내용이었다. 청산가리의 반출 가능성을 알아보려는 게 분명했다.

요코는 요이치와는 오타니가 생각하는 그런 사이가 아니

라고 말했다. 최근 알게 돼서 적당히 만나는 것뿐이라고도 했다. 하지만 오타니는 요코를 바보 취급하듯 건성으로 받아쳤다. 요코의 답변을 믿지 않는 것이리라.

"여러 가지로 무척 고맙군. 도움이 많이 됐어."

오타니는 정중하게 고개를 숙이더니 그대로 얼굴만 이쪽을 향했다. 이만하면 됐다고 말하는 눈이었다. 요코가 자리에서 일어서자 나도 몸을 일으켰다.

"아, 잠깐만."

요코가 문 손잡이에 손을 댔을 때 오타니가 목소리를 높여 말했다. 요코가 뒤를 돌아보자 그는 입가에 웃음을 머금은 채 물었다.

"무라하시 선생님이 없으니까 기분이 어때?"

느닷없이 그런 질문을 받으면 바로 대답할 수 있을 리 없다. 그녀가 입을 떼려 하자 오타니는 손을 저으며 말했다.

"아니, 됐어. 그냥 물어본 것뿐이야."

나는 이제 그만 좀 하라고 소리를 지르고 싶은 심정이었다.

응접실에서 나온 요코는 한마디도 하지 않고 교실로 돌아갔다. 그녀의 뒷모습에서 나에게도 항의하는 분위기가 느껴져 말을 걸 수 없었다.

나는 교장실로 가서 교장, 교감과 나가타니에게 취조 내용을 전했다. 요코가 오토바이 타는 남자애와 만나고 있다는 사실은 말했지만, 그녀가 오토바이를 타고 있다는 것은 말하지 않았다. 세 사람도 거기까지는 생각하지 못한 듯했다.

"알리바이가 모호하다는 겁니까?"

나가타니가 한숨 섞인 소리로 말했다.

"솔직히 알리바이 같은 건 뚜렷한 사람이 더 보기 드뭅니다."

나는 진심을 담아 말했지만 아무도 동의하지 않았다. 위안으로밖에 들리지 않은 모양이다.

"어쨌든 일이 진행되는 상황을 지켜보는 수밖에 없겠구만."

한참 침묵을 지키던 교장이 말했지만, 결국 이것이 오늘의 결론이었다.

교감과 나가타니가 나갔지만 나는 교장의 지시로 그 자리에 남았다. 교장은 어서 앉으라며 소파를 가리켰다.

"어떻게 생각해요?"

구리하라 교장은 재떨이를 끌어당기면서 물었다.

"어떻게……라니, 말씀하시는 의미가……."

"요코 학생이 진짜 범인이냐는 겁니다."

"모르겠습니다."

"누군가가 선생님 생명을 노리고 있다고 말했잖습니까? 요코한테 원망을 산 적은 없어요?"

"없다고 말할 수는 없습니다."

"하긴 뭐, 교사니까."

교장은 알았다는 듯 고개를 몇 번이나 끄덕이면서 담배에 불을 붙였다.

"경찰한테 누군가가 선생님 생명을 노리고 있다는 얘기는 했나요?"

"아닙니다, 최근에는 그런 일이 없어서 상황을 조금 더 지켜보려고……."

"흠, 기분 탓일지도 모르지요."

"꼭 그런 것도 아닙니다만……."

나는 우물거리다가 만약 이 자리에서 경찰에게 그 사실을 이야기하겠다고 하면 교장이 어떤 반응을 보일지 상상해보았다.

아마 나를 위협하든지 내 기분을 맞추든지 해서 어떻게든 입을 막으려고 할 것이다. 지금대로라면 '살인사건일지도 모르는 것'이, 확실한 살인사건이 되어버리기 때문이다.

교장실을 나서니 이미 홈룸도 끝나서 집으로 돌아가는 학생들이 보이기 시작했다. 기분은 찝찝하지만 이런 날 일찍 집에 가봤자 좋을 것도 없다고 생각하니 동아리 훈련에 참가하고 싶어졌다. 토요일은 별다른 일이 없으면 동아리 활동을 하지 않는다.

도시락을 가져오지 않았기 때문에 나는 학교 밖에서 식사를 하기로 했다. 역 앞에는 음식점이 많다.

교문을 나와 5미터 정도 걸었을 때 왼쪽 옆길에서 사람 그림자가 스르륵 비쳤다. 엷은 색 선글라스가 가장 먼저 눈에 들어왔다. 그는 내 옆에 오더니 "잠깐만요, 요코가 부릅니다" 하고 목소리를 죽이며 말했다. 그 오토바이 일행과 한 무리라는 걸 금세 알 수 있었다.

용건이 있으면 그쪽에서 직접 찾아오라고 대꾸하고 싶었지만 길거리에서 말싸움을 하는 꼴도 좋아 보이지 않아서 우선 따라가기로 했다.

도중에 "네가 가와무라 요이치인가?" 하고 물어보자 그는 순간 멈칫했지만 뒤도 돌아보지 않고 계속 걸었다. 그의 얼굴을 헬멧 너머로밖에 본 적이 없지만 목소리는 희미하게 기억났던 것이다.

인도를 벗어나 백 미터 정도 걸으니 사방이 10미터 정도 되는 공터가 나왔다. 옆에 작은 공장이 있는지 절삭기나 프레스 소리가 들려왔다. 아무래도 공장에서 폐기하는 물품들을 모아두는 곳으로 사용하는 것 같았다.

오토바이 세 대가 얌전한 말처럼 나란히 서 있는 것이 보였다. 그 옆에는 사내 두 명이 목제 팰릿pallet 위에 걸터앉아 담배를 피우고 있었다.

"데리고 왔어."

가와무라의 말을 신호로 두 사람은 일어났다. 한 녀석은 머리카락을 빨갛게 물들였고 다른 한 녀석은 눈썹이 없었다. 둘 다 나와 키가 비슷했다.

"요코는 없는 모양이구나."

나는 주위를 둘러보면서 말했지만 그렇게 놀라지는 않았다. 요코가 이런 식으로 나를 불러내리라는 생각은 하지 않았기 때문이다. 이 녀석들이 나에게 무슨 볼일이 있는지가 흥미 있었기 때문에 따라온 것이다.

"요코는 안 와."

가와무라는 그렇게 말하더니 내 목덜미를 와락 잡았다. 그는 나보다 키가 10센티미터 정도 작아서 아래에서 위로 올려다보는 자세가 되었다.

"당신, 상당히 치사한 방법을 쓰는데."

"무슨 소리야?"

나는 불편한 자세로 대답했다. 빨간 머리가 내 오른쪽으로, 달마 눈썹이 왼쪽으로 비집고 들어오는 것이 보였다.

"시치미 떼지 마. 요코가 선생놈을 죽였다고 경찰한테 까발린 주제에."

"내가 아냐."

가와무라의 손이 내 목에서 떨어졌다. 그 순간 오른발이 걸려서 나는 네 발로 기는 자세가 되었다. 이번에는 왼쪽 옆구리를 한 방 걷어차여 위를 향해 벌러덩 눕는 자세가 되었다. 충격으로 순간 숨이 막혔다.

"경찰이 우리 있는 데로 왔어. 당신 말고 우릴 아는 놈이
있느냐 말이야."

"그건……."

사실과 다르다고 말하려 했는데 달마 눈썹에게 명치 끝을
걷어차여 목소리가 나오지 않았다. 가와무라가 배를 잡고 웅
크린 채 엎드린 내게 다가오더니 라이더 부츠 발뒤꿈치로 뒷
머리를 짓밟았다.

"도대체 왜 요코가 범인이냐고. 날라리라고 귀찮은 일은
죄다 떠넘겨도 된다는 거야?"

"뭐라고 말 좀 해봐, 이 새끼야."

달마 눈썹도 내 머리와 옆구리를 걷어차면서 소리쳐댔다.
공장 기계음과 그들의 목소리가 섞이는 바람에 귀가 울렸다.

그때 어렴풋이 여자 목소리가 들렸다. 뭐라고 하는지는 알
수 없었다. 하지만 그들이 공격을 멈추었다.

"요코……."

가와무라의 목소리에 나는 얼굴을 들었다. 요코가 화난 표
정으로 다가오는 것이 보였다.

"니들 지금 뭐하는 거야? 누가 이런 짓 해달라고 부탁이라
도 했어?"

"요코, 이 새끼가 널 경찰한테 팔아넘긴 놈이야."

"내가 아니야."

온몸의 통증을 참으면서 나는 간신히 일어섰다. 목덜미가 무거워서 균형을 잡을 수 없다.

"경찰이 요코를 미행하고 있어. 그러는 사이에 너희들 존재도 알게 된 거야."

"시끄러워, 이 새끼. 말도 안 되는 소리 하지 마."

"정말이야. 어제 너랑 요코가 S역 근처에 있었지? 흰색 세단이 너희를 미행하는 걸 내가 봤어."

가와무라와 요코가 서로를 마주보았다. 내 말이 사실이라는 것을 알아차린 듯하다.

"그래도…… 요코를 꼰질렀으니까 그 짭새들이 미행하는 거 아냐?"

"형사한테 내 얘기를 한 사람은 학생지도부 선생님이야. 이 선생님은 관계 없어."

가와무라가 말문이 막혔는지 선글라스를 끼고 있는데도 당황하는 기색이 보였다.

"뭐야 요이치, 얘기가 다르잖아."

달마 눈썹이 말했다. 빨간 머리도 재수 없다는 듯 돌을 걷어찼다. 둘 다 내 쪽을 보려고 하지 않았다.

"니들도 남들 말에 순순히 넘어가지 마. 부탁할 게 있으면 내가 직접 할 거니까."

요코의 말에 달마 눈썹과 빨간 머리는 질렸다는 얼굴을 하더니, 각자 오토바이를 타고 떠났다. 요란한 배기음이 뱃속으로 스며드는 것 같다.

"가와무라, 너도 그만 가. 이건 내 문제니까."

"그래도……."

"난 끈질긴 건 질색이야."

요코가 그렇게 말하자 가와무라는 단념했다는 듯 한숨을 쉬고 오토바이를 탔다. 그리고 포기한 듯이 액셀러레이터를 밟더니 나와 요코 사이로 빠져나갔다.

공터에는 나와 요코만 남았다.

"이런 델 어떻게 알게 된 거야? 저 녀석들이 너한텐 비밀로 하고 날 여기로 데려온 거지?"

나는 목덜미를 주무르면서 물었다. 걷어차인 부분이 아직 얼얼하고 화끈거렸다.

"역 근처에서 얼핏 들었어요. 마에시마 선생님이 불량배들한테 끌려갔다고요. 그래서 금방 여기인 줄 알았어요. 걔들, 여기서 자주 모이거든요."

요코는 여전히 내 눈을 외면한 채 말을 이었다.

"쟤들이 한 짓은 제가 사과할게요. 죄송해요."

"됐다. 그것보다 넌 언제까지 저런 깡패놈들이랑 어울릴 작정이냐? 빨리 정리하는 게 좋을 거다."

그러자 요코는 그런 설교 따위는 듣고 싶지 않다고 말하려
는 듯 고개를 몇 번 가로저었다.

"제 일에는 참견하지 마세요. 선생님이랑 아무 상관도 없
잖아요."

그녀는 이렇게 말하고 지난번처럼 달려가기 시작했다. 나
는 그때처럼 멀어져가는 요코를 그저 바라볼 수밖에 없었다.

3

9월 17일 화요일은 아침부터 비가 내렸다. 우산을 쓰고 걷
는 걸 좋아하지 않지만 이날만큼은 반가웠다. 다른 사람들에
게 얼굴을 보이지 않아도 되기 때문이다. 나는 전철 안에서
시종일관 고개를 숙이고 있었다.

"어떻게 된 거예요, 그 얼굴?"

교무실에서 가장 먼저 마주친 사람이 후지모토였다. 그는
워낙 목소리가 크기 때문에 옆에 있던 교사 몇몇이 이쪽을
쳐다보았다.

"어제 자전거를 타다가 넘어졌어요. 하마터면 큰일날 뻔
했죠."

나는 광대뼈 옆에 붙인 반창고를 꾹 눌렀다. 토요일 사건

의 후유증이다. 어제가 경로의 날(일본의 공휴일로 노인을 공경하고 장수를 기원하는 날이다. 9월 셋째주 월요일)이라 출근하지 않았는데, 그동안 얼굴 붓기가 어느 정도 빠져 다행이다.

후지모토는 이상하다는 표정을 지었지만 "몸조리 잘 하세요" 하고 말할 뿐 더 이상 물어보지 않았다.

첫 수업은 홈룸이다. LT(Long Time의 앞글자에서 따온 말)라고도 하는데, 담임을 맡지 않은 나에게는 공강인 셈이다. 나는 상처가 아파 얼굴을 찡그리면서 다음 수업을 준비했다. 아니, 준비하는 척했다. 그러면서 머릿속으로는 무라하시가 살해된 일을 생각했다.

오타니는 학생 중에 범인이 있다고 생각하는 모양이다. 첫 번째 용의자가 다카하라 요코다. 분명 요코라면 죽이고 싶을 정도로 무라하시에게 원한을 갖고 있을지 모른다. 청산가리를 쉽게 손에 넣을 수 있는데다 알리바이도 모호하고 무엇보다 요코를 탈의실 근처에서 보았다는 목격자까지 나왔으니, 증거자료는 충분한 셈이다. 오타니가 밀실 트릭을 풀고 그것이 요코와 연결되기만 하면 요코는 즉시 중요한 참고인, 아니 용의자가 되는 것이다.

솔직히 나는 요코가 범인인지 판단할 수가 없다. 요코는 그 정도 일을 저지를 수 있는 대담함과 도저히 할 수 없을 것 같은 미숙함을 동시에 지니고 있기 때문이다. 성격과 범죄 가능성을 연관짓는 것이 잘못된 방법일는지 모르지만.

나는 오히려 아소가 살해했을 가능성이 더 크다고 보고 있다. 다만 무라하시와 그녀가 특별한 관계였는지 여부는 아직 명확하게 밝혀지지 않았고, 더욱이 그녀에게는 알리바이가 있다. 그래서인지 오타니 측은 아예 그녀를 제외하고 수사를 진행하는 것 같았다.

이런 식으로 머리를 굴리고 있었던 탓에 갑자기 교무실 문이 드르륵 하고 열리자 깜짝 놀랐다. 문 쪽을 바라보니 한 학생이 실내를 두리번거리고 있었다. 3학년 A반의 호조 마사미다. 누군가를 찾고 있는 듯 보였는데 나와 눈이 마주치자 곧장 이쪽으로 다가왔다.

"누굴 찾으러 왔니?"

나는 1교시 수업이 아직 끝나지 않았을 텐데 하고 생각하면서 물어보았다.

"선생님이요. 선생님한테 말씀드릴 게 있어서 왔어요."

그 나이에 어울리지 않게 차분한 목소리였지만, 마사미와는 잘 어울렸다. 나는 마사미의 목소리에 약간 긴장했다.

"나한테?"

"사실 지난번 사건을 처리한 방식 중에서 받아들일 수 없는 점이 있어서요. 그래서 저희 담임이신 모리야마森山 선생님께 여쭤봤더니 그 일에 관한 거라면 마에시마 선생님이 가장 잘 알고 계실 거라고 하셔서, 담임 선생님한테 허락받고 왔어요."

마사미는 그토록 긴 문장을 통째로 암기하는 듯한 말투로 줄줄 읊어댔다. 말만 추려서 들어보니 마치 군인 같다. 그녀가 검도부 주장이라는 사실이 새삼 떠올랐다. 그런데 다른 교사들은 이번 사건의 뒤처리를 나에게 완전히 떠맡기려는 건가? 뭐, 이렇게 할 수밖에 없는 사정이 있다는 건 알지만 기분이 썩 좋지는 않았다.

"내가 모든 걸 알고 있는 건 아니지만, 대답할 수 있는 범위 내에서는 알려주지. 궁금한 게 뭐니?"

나는 옆에 있는 의자를 당겨 앉으라고 권했다. 하지만 마사미는 선 채로 말을 꺼내기 시작했다.

"토요일 수업이 끝나고 나서 경찰을 봤어요."

다른 학생들은 감히 교사 앞에서 이런 말투를 흉내조차 낼 수 없을 것이다.

"그래. 분명 그날 경찰이 오긴 했어……. 그런데 그게 어때서?"

"요코를 조사했다고 들었는데요."

"응……. 그렇긴 한데 조사는 아니야. 그냥 이야기를 들어보려 한 거야."

그런데 마사미는 내 말에 대꾸도 하지 않고 따지듯 물었다.

"혹시 학교에서 요코가 수상하다고 말했어요?"

"수상하다고 말한 게 아니야. 경찰 측에서 옛날에 퇴학이나 정학처분을 받은 학생 명단을 달라고 하기에 보여준 것뿐이야. 그 부분은 학생지도부 오다 선생님이 더 잘 알고 계실 거고."

"그럼 그 내용에 관한 건 오다 선생님한테 여쭤볼게요."

"그러렴."

나는 마사미의 기세에 압도되어 쩔쩔맸다.

"그런데 요코가 조사받는 곳에 선생님도 같이 들어가셨다면서요? 경찰이 요코를 수상하다고 여기는 무슨 증거라도 있어요?"

"아니, 그런 건 없어."

"그럼 아직 확실하지도 않은 상태에서 요코를 형사한테 보내신 거네요."

마사미의 도전적인 태도가 무엇을 의미하는지 알 수 있었다.

"그때 요코를 형사랑 만나게 해야 할지 말아야 할지 선생님들도 상당히 망설였어. 그렇긴 하지만 일단 형사가 세운 추리도 일리가 있었고, 알리바이만 물어볼 거라고 했기 때문에 만나게 한 거야."

"그런데 결국 알리바이는 없었다는 거군요……."

"……잘 아는구나."

"짐작이 가요. 토요일 방과 후에 형사가 학교 안을 돌아다

넜다는 사실은 알고 계시죠?"

토요일 방과 후라면 내가 오토바이 무리에게 둘러싸여 있었을 때다. 나는 아니, 하고 고개를 저었다.

"그때 형사가 발레부랑 농구부에 들러서, 혹시 요코한테 교사용 여자 탈의실 열쇠를 빌려준 적이 없는지 물어보고 다녔대요."

내 예상대로 오타니는 밀실 수수께끼를 푸는 것이 사건을 해결하는 결정적인 방법이라고 생각하는 것 같다. 만약 요코가 열쇠를 빌렸다는 사실이 드러나면 비상키를 만드는 것도 가능했을 것이다.

"그래서 탐문 결과는 어떻게 됐니?"

나는 심장이 두근대는 것을 느끼며 물어보았다.

"발레부, 농구부 선생님이랑 부원들은 열쇠를 빌려준 기억이 없다고 했대요. 발레부에 친구가 있어서 걔한테 물어봤는데……."

"그랬니?"

나는 일단 안심했다. 그런데 눈앞에 있는 마사미의 표정은 별로 밝아 보이지 않았다. 오히려 우울해 보였다. 왜 그러냐는 눈빛으로 올려다보니 마사미 특유의 또박또박한 말투로, 하지만 애써 감정을 억누르는 목소리로 대답했다.

"형사가 그런 식으로 묻고 다니는 바람에 사람들이 다 요코를 이상하게 봐요. 요코를 범죄자처럼 보고 있다고요. 앞으로 요코의 혐의가 벗겨진다고 해도, 사람들이 요코를 보는 시선은 쉽게 바뀌지 않을 거예요. 그래서 항의하러 온 거예요. 왜 학교에서는 형사를 통제하지 않는지, 왜 그렇게 쉽게 요코를 형사한테 보냈는지, 퇴학이나 정학당한 애들 명단은 왜 보여준 건지⋯⋯. 학교가 학생들을 신뢰하지 않는다는 게 저로선 상당히 유감스러워요."

마사미가 뱉어내는 말 한마디 한마디가 예리한 바늘처럼 내 마음을 찔렀다. 변명이라도 해야겠다고 생각했지만 무슨 말을 해도 꼴사나운 신음소리만 날 것 같아서 나는 잠자코 있었다.

"이걸 말씀드리고 싶었어요."

마사미는 가볍게 고개를 숙여 인사한 다음 몸을 휙 틀어 문을 향해 두세 걸음 걸어갔다. 그런데 도중에 멈춰 서더니 마사미답지 않게 얼굴에 홍조를 띠고 말했다.

"저랑 요코는 중학교 때부터 아주 친한 친구 사이예요. 전 무슨 일이 있어도 요코한테 아무 죄가 없다는 걸 밝혀낼 거예요."

나는 돌아서서 가는 마사미의 등을 바라보았다. 그때 1교시 종료를 알리는 종이 울렸다.

"흐음, 그런 일이 있었네요."

게이는 줄자로 내 몸을 재면서 말했다. 너무나 서투른 손 놀림이다. 가장행렬 때 입을 피에로 의상 건으로 옷 치수를 재고 싶다기에, 점심시간에 동아리방으로 간 것이다.

"마사미가 진짜 날카로운 지적을 했지 뭐냐. 뭐, 맞는 말이긴 하지만."

"그렇다고 해도 마사미랑 요코가 그렇게 친한 사이였다는 말은 처음 듣는데요."

"집도 가깝고 중학교도 같이 다녔나 봐. 요코가 변하고 나서는 사이가 조금 멀어졌나 본데……."

"그런데 마사미는 요코를 계속 친구로 생각했다는 말이네요."

게이가 내 가슴둘레를 쟀다. 나는 간지럼을 참으며 허수아비처럼 서 있었다.

"그건 그렇고 피에로가 뭐니? 내가 어릿광대랑 어울린다는 거야?"

축제는 다음 일요일이다. 축제가 가까워져서인지 학교 분위기가 어수선하다. 이번 메인 이벤트는 가장행렬인데 각 동아리마다 꽤 열심히 준비하고 있는 것 같다.

"에이, 그래도 선생님은 나은 편이에요. 다른 애들한테 들어보니까 후지모토 선생님은 여장하시는 것 같던데요? 여장

보단 피에로가 낫죠? 선생님은 둘 중에 뭐가 더 나으세요?"

"둘 다 싫어."

"보는 사람 입장에선 피에로가 나아요."

게이는 자기만의 독특한 방법으로 나를 격려하면서 치수를 모두 쟀다.

"메이크업용 화장품도 저희가 준비할 테니까, 어쨌거나 선생님은 그날 늦지 않게 오시기만 하면 돼요."

"난 아무것도 준비할 게 없다고?"

"네. 마음의 준비만 하고 오세요."

게이는 내 치수를 노트에 적으면서 가볍게 대답했다.

나는 윗도리를 입고 동아리방을 나서다가 마침 안으로 들어오던 부원과 부딪쳤다. 1학년인 미야사카 에미다. 에미가 술병을 들고 있는 것을 보고 내가 말했다.

"이건 뭐니? 대낮부터 술판이라도 벌이려는 거야?"

에미는 대답 대신 희미한 웃음을 지으며 고개를 수그렸다. 그러자 방 안에서 게이의 목소리가 들렸다.

"선생님 소도구 중 하나예요. 술병을 늘어뜨린 술 취한 피에로. 전에 말씀드렸잖아요."

"내가 이걸 드는 거야?"

"네, 마음에 안 드세요?"

게이가 다가와 에미의 손에서 그 병을 받아들고 술 마시는 시늉을 했다.

"진짜 웃길 거예요."

나는 그 술병을 손에 들고 살펴보았다. '고시노칸바이越乃寒梅'라는 상표가 붙어 있다. 니가타新潟 산 명주다.

피에로 분장을 하고 병나발 부는 내 모습을 상상해보았다. 갈지자로 걷기도 할 것이다. 나는 무심코 게이에게 말했다.

"게이야, 사람들이 나라고 알아볼 수 없도록 분장해줘야 된다."

그러자 게이는 물론이죠, 하고는 고개를 힘차게 끄덕였다.

4

9월 19일 목요일.

그저께와 어제에 이어 오랜만에 별문제 없는 하루가 이어졌다. 형사들도 보이지 않았고 학교는 축제용 마스코트 인형을 속속 만들어내며 분주한 나날을 보냈다. 세이카 여고는 일단 학교의 기능을 회복한 것 같았다.

무라하시가 담당했던 수업 배정도 일단락되었다. 나는 3학년 A반 수업을 맡게 되어 이전보다 일정이 조금 빡빡해졌지만 어쩔 도리가 없었다. 오다는 학생지도부 부장으로 발령받았다.

무라하시 살해사건에 대해서는 학생이나 교사 모두 비슷한 속도로 잊어갔다. 불과 며칠 만에 한 남자가 사람들 기억 속에서 완전히 잊혀지게 된 것이다. 이번 사건으로 새삼 자신의 존재가치를 생각해보게 되었다.

나는 무라하시의 죽음 이후 완전히 변한 사람이 한 명 있다는 사실을 알아차렸다. 내가 워낙 주의 깊은 눈으로 보고 있기 때문에 다른 사람들보다 눈에 더 띄는 건지도 모르겠지만, 그 변화는 명확했다.

바로 아소 교코였다. 그녀는 사건이 발생한 뒤로 교무실의 자기 자리에 멍하니 앉아 있는 경우가 많아졌다. 게다가 가끔 사소한 실수를 하기도 했다. 수업을 빼먹거나 답안지를 어디 두었는지 잊어버리는 등 자질구레한 실수를 반복하는 것은 예전의 그녀에게서는 생각할 수 없는 일이었다. 거만하게 보일 정도로 자신감에 넘치던 눈도 최근에는 왠지 불안해 보였다.

무라하시가 죽은 이후부터다. 역시 뭔가가 있었던 것일까? 나는 그렇다고 확신했다. 하지만 아무리 추리해봐도 무슨 일이 있었는지 도저히 알 수가 없었다.

가장 그럴듯한 추리는 그녀와 무라하시가 연인 관계였으며 무라하시가 죽은 일로 충격을 받았다는 것이다. 이 경우,

아소의 마음이 어느 정도로 진심이었는지가 관건이다. 그런데 그녀의 평소 행실을 감안해서 생각해보면 도저히 무라하시와의 결혼을 진지하게 고민했다고 볼 수는 없었다. 특히 요즈음은 구리하라 교장의 아들 다카카즈와 혼담까지 오가고 있지 않은가. 오히려 무라하시가 없어져서 후련하다고 생각하고 있지는 않을까?

그렇다면 또다시 아소가 범인이라고 가정하게 된다. 나로서는 이 추리가 가장 그럴싸했다. 그런데 그녀는 범인이 아니다. 완벽한 알리바이가 있기 때문에 그 점에 대해서는 의심할 여지가 없다.

기다려라.

나는 책상에서 고개를 들고 아소를 바라보았다. 그녀는 여전히 우울한 얼굴로 시험지를 채점하고 있었다.

공범일 가능성은 전혀 생각할 수 없는 것일까? 범인 말고도 무라하시를 미워한 사람이 있다면 그럴 가능성도 있을 텐데.

아니, 역시 아니야, 하고 나는 고개를 절레절레 흔들었다. 만약 공범의 소행이라면 아소에게도 어떤 '역할'이 주어졌을 것이다. 그런데 무라하시가 살해되었을 때, 아소는 단지 영어회화 동아리에서 수업을 진행했을 뿐이다. 그녀가 독극물을 입수하고 무라하시를 탈의실로 불러내는 일을 맡아준다 해도 진범 입장에서는 별로 수지가 맞지 않는 거래였을 것이다.

공범설을 주장하려면 아소의 지시대로 움직일 수 있는 사람이 있어야 한다. 이것이 내가 내린 결론이었다. 하지만 그런 사람이 과연 존재할까? 유감스럽지만 그 점에 관해서는 짐작조차 할 수 없었다.

추리의 한계를 느꼈을 때 4교시 시작을 알리는 종이 울렸다. 아소가 자리에서 일어나는 것을 보고 나도 따라 일어섰다.

이번 시간에는 3학년 A반 수업이 있다. 무라하시의 수업을 물려받은 셈이 됐지만 그래도 첫 수업이라 그런지 복도를 걸어가는 동안 조금은 긴장이 되었다. 역시 나는 교사라는 직업이 어울리지 않는다는 사실을 절실히 깨달았다.

종이 울린 직후라 아직은 교사들이 각 반에 들어가지 않은 탓일까. 3학년 B반과 C반 앞을 지나는데 떠들썩한 이야기 소리가 들려왔다. 3학년이라도 수업 시작 전에는 1~2학년과 별 차이가 나지 않는구나 생각하며 쓴웃음을 지었다. 복도를 돌아가자 갑자기 조용해졌다. 3학년 A반이라는 푯말이 걸려 있다. 역시 1등 진학반답다.

수업을 진행하면서도 그 인상은 변하지 않았다. 내가 하는 말에 보이는 반응부터가 다르다. 강하고 빠르다. 문제 푸는 모습을 옆에서 지켜보니 끈기가 있고 불안해하지도 않는다. 이러한 점을 직접 확인하고 나니 역시 무라하시의 영향력이 대단했다고 인정할 수밖에 없었다.

하지만 마사미는 이날만큼은 생기가 없어 보였다. 얼굴을 보면 분명 내 설명을 듣고 있는 것이 분명한데 집중을 하지 못했다. 문제를 약간 꼬아서 갑자기 물어보니 답변을 하긴 했지만 별로 만족스럽지 않았다.

역시 무라하시가 수업을 진행하지 않아서 적극적인 의지가 생기지 않나 보구나, 나는 그렇게 생각하고 있었다. 하지만 그건 완전히 잘못된 판단이었다. 수업이 후반으로 접어들 무렵, 나는 별 생각 없이 마사미의 노트를 쳐다보다가 그 사실을 알아차렸다.

직사각형 도형이 눈에 들어왔다. 평소 같으면 그냥 지나쳤을 것이다. 하지만 나는 그 도형이 무엇을 의미하는지 예리하게 눈치챘다.

그것은 탈의실 단면도였다. 남자와 여자 탈의실 출입구도 그려져 있었다. 마사미는 수학 수업을 포기하고 밀실 수수께끼를 풀려고 했던 것이다. 도형 옆에 뭔가 의미 있는 듯한 글이 쓰여 있었다. 그중에는 '열쇠는 두 개'라고 적힌 부분이 있었는데, 마사미가 내 시선을 눈치챘는지 노트를 탁 하고 덮었다.

열쇠는 두 개……. 무슨 의미일까? 밀실 수수께끼를 푸는 핵심 중 하나일까, 아니면 별뜻 없이 그냥 써놓은 문장일까?

다른 사람도 아닌 마사미가 쓴 글이니만큼 나는 신경이 쓰여 견딜 수 없었다. 수업이 후반부에 접어들자 나는 마사미만큼이나 집중할 수 없었다.

점심을 먹을 때도 그랬다. 나도 모르게 "열쇠는 두 개, 열쇠는 두 개" 하고 몇 번이나 중얼거렸는지 모른다. 가끔 젓가락질을 멈추는 바람에 식사 시간이 평소보다 두 배 가까이 걸렸다.

'좀 있다가 마사미한테 직접 물어봐야겠다.'

식사를 끝냈을 때에는 이런 생각까지 들었다. 학생들의 젊고 유연한 두뇌가 때로는 우리 같은 성인의 그것을 훌쩍 넘어서기도 한다.

그런데 그 계획이 틀어져버렸다. 여느 때처럼 신문을 읽고 있는데 교감이 다가와서 오타니가 왔다고 알려준 것이다. 교감은 곧장 응접실로 와달라는 오타니의 말을 전하며, 당연하다는 듯 물었다.

"오늘은 또 뭣 때문에 왔답니까?"

"글쎄…… 저도 잘 모르겠습니다."

교감은 형사의 방문에는 전혀 관심이 없는 듯했다.

응접실로 가니 오타니가 창가에 서서 운동장을 바라보고 있었다. 그의 뒷모습에서는 늘 힘이 느껴졌다.

"이렇게 가만히 운동장을 보는 것도 참 좋군요."

오타니는 그렇게 말하면서 소파에 앉았다. 그런데 안색이 나빠 보였다. 뭘 저렇게 낙담하고 있는 걸까 하는 생각이 들 정도였다.

"뭐라도 알아냈습니까?"

내가 먼저 재촉하듯 말을 꺼내자, 아니나 다를까 그가 쓴 웃음을 지었다.

"굳이 알아냈다고 하면 그렇다고 할 수도 있습니다만……."

그는 말끝을 흐린 후 질문을 던졌다.

"다카하라 요코 학생, 오늘은 학교에 왔습니까?"

"왔습니다. 그애한테 무슨 할 이야기라도 있습니까?"

"아니, 뭐 대단한 건 아닌데……. 사실 알리바이를 좀 확인해두고 싶어서요."

"이상한 말씀이시군요. 요코한테는 알리바이가 없었잖습니까? 없는 알리바이를 어떻게 확인합니까?"

내가 되물었다. 그러자 오타니는 머리를 짚으며 이걸 어떻게 설명한담, 하고 중얼거렸다.

"이걸 보세요. 요코 학생한테는 분명 4시까지 알리바이가 있습니다. 방과 후 곧장 집으로 갔고 옆집 사람과 인사도 했다고 말했지요. 그런데 수사 결과, 그 시간대가 엄청 중요한 걸로 밝혀졌습니다."

"4시 무렵이 말입니까?"

"그때라고 할까, 뭐 어쨌든 방과 후 말입니다······."

오타니는 괴로운 듯 힘겹게 말을 이었다. 아무래도 수사가 진전될수록 그의 예상을 빗나간 결과가 나온 듯하다.

"어쨌든 요코 학생을 만나게 해주시겠습니까? 자세한 상황은 그때 얘기하지요."

"알겠습니다."

오타니가 무엇을 알아냈는지 몹시 궁금했지만, 나는 요코가 하는 이야기와 비교하면서 듣는 편이 낫겠다고 생각해서 망설이지 않고 일어섰다.

교무실로 돌아가서 나가타니에게 사정을 이야기하자 그는 불안한 듯이 물었다.

"그 형사, 요코가 범인이라는 증거라도 잡은 게 아닐까요?"

"아니, 그렇진 않은 것 같은데요."

나는 아까 형사의 모습을 보고 나름대로 추측하여 형세가 약간 바뀐 것 같다고 알려주었다. 하지만 나가타니는 여전히 걱정스러운 얼굴로 "뭐, 일단 요코를 불러오지요" 하고 교무실을 나섰다.

나는 응접실 소파에 앉아서 요코가 오기를 기다렸다. 오타니와 얼굴을 마주하기가 거북할 것 같아서 신문을 가져갔는데, 그는 조금 전처럼 창가에 서서 학생들의 움직임을 살피고 있었다.

10분 정도 지났을까, 갑자기 복도 쪽이 떠들썩해졌다. 여학생 목소리와 남자 목소리가 들렸다. 자세히 들어보니 남자 목소리의 주인은 나가타니인 것 같다. 여학생은 누구지, 하고 생각하는 사이에 노크 소리가 강하게 들렸다.

"들어오세요."

내 대답이 채 끝나기도 전에 문이 힘차게 열렸다. 들어온 사람은 뜻밖에도 요코가 아니라 마사미였다. 나가타니가 마사미를 쫓아왔는지 뒤에 서 있었고, 나가타니 바로 뒤에 요코가 있었다.

"무슨 일이에요?"

나는 나가타니에게 물었다. 그는 "아니, 그게……" 하고 입을 열었지만 "정식으로 항의하러 왔어요" 하는 마사미의 목소리에 완전히 기가 꺾였다.

"항의라니? 무슨 소리야?"

내가 묻자 마사미는 큰 눈을 부릅뜨고 오타니를 바라보더니 "요코한테 혐의가 없다는 걸 제가 입증하겠어요" 하고 당돌하게 말했다. 그녀의 얼굴이 순식간에 홍조를 띠었고, 실내 분위기가 긴장 모드로 바뀌었다.

"호오, 이것 참 재미있군."

오타니가 창가에서 걸어와 소파에 풀썩 앉았다.

"그래, 어디 한번 들어보자. 네가 어떻게 입증할 건데?"

그의 말에 천하의 마사미도 표정이 굳어졌다. 하지만 기죽지 않았다는 것만으로도 대단했다. 그녀는 또박또박 대답했다.

"제가 밀실 수수께끼를 풀어볼게요. 제 얘기를 들으시면 요코한테 혐의가 없다는 걸 아실 거예요."

4장

1

침묵이 실내를 뒤덮었다. 그 자리에 있던 수십 명의 귀에는 운동장에서 뛰어노는 학생들의 목소리만 들려왔다. 이마에서 땀이 송글송글 솟아 관자놀이로 몇 방울 흘렀다. 별로 덥지도 않은데 왜 이렇게 땀이 나는지…….

마사미는 그 자리에 가만히 선 채 내 얼굴을 바라보았다. 아마 10초도 지나지 않았을 텐데 몇 분이 흐른 것처럼 느껴졌다.

마침내 마사미가 침묵을 깨고 입을 열었다.

"제가 밀실 수수께끼를 풀어서 요코에게 아무런 혐의가 없다는 걸 증명하겠습니다."

마사미는 한마디 한마디를 곱씹듯이 말했다. 그 모습이 마치 자신의 추리와 의지를 일부러 확인하는 것처럼 보였다.

"어쨌든……."

나는 가까스로 말을 꺼냈다. 목소리가 약간 갈라졌다.

"어쨌거나 앉아보렴. 이야기는 천천히 들어보자."

"그래. 이런 데서 떠들고 있으면 다른 학생들도 이상하게 생각하니까."

나가타니는 마사미의 등을 밀면서 안으로 들어왔다. 요코도 따라 들어왔다.

요코가 문을 닫고 나서도 마사미는 앉으려고 하지 않았다. 입술을 꼭 깨문 채 강한 의지를 담은 큰 눈으로 가만히 오타니를 바라보았다.

"밀실 트릭을 풀었다고?"

오타니가 마사미의 시선에 응답하듯이 물었다. 그러자 마사미는 눈을 떼지 않고 천천히 고개를 끄덕였다.

"왜 네가 굳이 그런 걸……. 넌 이번 사건이랑 무슨 관계니?"

그러자 마사미는 요코를 흘깃 보면서 대답했다.

"요코는…… 아무 혐의도 없다고 믿고 있으니까요. 애는 살인을 저지를 만한 사람이 아니에요. 밀실 수수께끼를 풀면 뭔가 알 수 있지 않을까 해서…… 설령 알아낼 수 있는 게 없다고 해도 요코의 혐의를 풀 계기 정도는 마련할 수 있을 거라고 생각했어요."

요코는 그저 고개만 숙이고 있었다. 그러니 요코가 어떤 표정을 짓고 있는지 보일 리 만무했다.

또다시 짧은 침묵이 우리를 감쌌다. 숨이 막힐 것 같은 느낌. 무슨 말이라도 해야겠다고 생각했을 때 휴 하고 바람 부는 소리가 났다. 오타니가 크게 한숨을 내쉰 것이다.

그는 어정쩡하게 웃으며 나를 쳐다보았다.

"학생도 참, 별 한심한 소릴 다 하는군. 마에시마 선생님, 제가 그렇게 못 풀어서 안달했던 밀실 트릭을 이 꼬마 아가씨가 풀었답니다. 이러니 사람들이 우릴 세금 도둑이라고 부르죠. 뭐 어쩔 수 없는 일이긴 하지만."

나는 이 상황에서 오타니에게 어떤 표정을 짓고 무슨 말을 해야 좋을지 몰랐다. 그래서 하는 수 없이 마사미에게 물어보았다.

"네가 정말 풀었니?"

"네, 풀었어요. 지금 여기 있는 사람들 앞에서 설명할 수 있어요."

마사미는 내 눈을 똑바로 보고 말했다.

"……그래."

나는 일단 솔직하게 말하고 나서 이 상황을 어떻게 수습해야 할지 고민했다. 마사미가 이 사건에 개입하고 나서부터 사태가 급변하고 있다. 어쨌든 마사미의 말을 먼저 들어보아야 할 것이다.

"일단 이 학생이 하는 얘기를 한번 들어보는 게 어떻겠습니까?"

나는 오타니를 바라보았다.

"하는 수 없죠, 들어보는 수밖에."

그는 꼬고 있던 다리를 풀면서 평소와 달리 진지한 말투로 대답했다.

"대신 트릭을 푸는 건 사건 현장에서 하게 해줍시다. 그게 실제 상황에 비춰서 설명하기가 훨씬 편할 테니까."

마사미는 자리에서 일어선 오타니를 긴장된 눈빛으로, 그러면서도 똑바로 바라보았다. 당황하는 나가타니나 나의 모습과는 사뭇 대조적이었다.

밖으로 나오니 어느새 해가 지고 가랑비가 내리기 시작했다. 우리는 축축하게 젖은 잡초를 밟으면서 말없이 체육관 뒤를 걸었다. 체육관 안에서 누군가를 부르는 소리와 신발이 마루에 스치는 소리가 들려왔다. 불투명 유리창이 닫혀 있었기 때문에 안에서 어떤 훈련이 진행되고 있는지는 확인할 수 없었다.

탈의실 앞에서 우리는 마사미를 기준으로 원을 그리듯이 멈춰 섰다. 그중에는 호리도 포함되어 있었다. 마사미가 부탁해서 온 것이다.

마사미는 한참 탈의실을 바라본 후 이쪽을 돌아보며 "그럼 시작할게요" 하고 마치 공연이라도 하는 것처럼 입을 열었다.

"다들 아시다시피 이 탈의실에는 출입구가 두 개 있어요. 하나는 남성용, 하나는 여성용이죠. 실내는 나뉘어져 있지만, 보시는 것처럼 칸막이를 이용해 사람이 자유롭게 드나들 수 있기 때문에 실질적으로는 경로가 두 개라고 볼 수 있어요."

마사미는 매끄럽게 말했다. 머릿속으로 몇 번이나 반추한 것이 틀림없다. 그리고 자신이 완전히 납득한 뒤에 이런 자리를 마련했을 것이다. 충분히 그러고도 남을 아이다.

그런데, 하고 마사미는 목소리를 높여 남자 탈의실 출입구를 가리켰다.

"남자 탈의실 안에는 버팀목이 있었어요. 그러면 범인은 이쪽으로 빠져나갈 수가 없지요. 그럼 당연히 여자 탈의실 출입구로 나갔다고 생각할 수밖에 없는데, 이쪽엔 자물쇠가 채워져 있었어요."

마사미는 그렇게 말하면서 뒤로 돌아가 여자 탈의실 출입구 앞에 섰다. 우리도 뒤를 따라갔다. 사정을 잘 모르는 사람이 이 광경을 보면 분명 이상하게 생각했을 것이다.

"열쇠는 호리 선생님이 계속 가지고 계셨어요. 그럼 범인은 어떻게 이 자물쇠를 열었을까요? 전 비상키를 썼을 가능성이 제일 크다고 생각해요. 그래서 형사님한테 여쭤보고 싶은데……."

그렇게 말하고 마사미는 오타니를 바라보았다.

"비상키에 관해서는 충분히 조사하셨을 거라고 생각하는데, 결과가 어떻게 나왔어요?"

갑작스런 질문에 오타니도 놀란 모양이다. 하지만 곧바로 자세를 바꾸더니 애써 미소를 지으며 대답했다.

"유감스럽게도 별다른 단서는 없어. 일단 범인한테 비상키를 만들 기회가 없었을 거고, 이 근처에 있는 열쇠가게도 샅샅이 뒤졌는데 아무것도 안 나왔거든."

"그렇군요."

마사미는 자신감에 차서 대답했다.

"그럼 범인은 도대체 어떻게 자물쇠를 열었을까? 수업시간에도 저는 그 생각만 했어요. 그리고 저 나름대로 한 가지 결론을 얻었습니다."

마사미는 그 자리에 있던 모두의 얼굴을 둘러보았다. 그 모습을 보니 마사미가 웅변대회에 나갔던 일이 생각났다.

"자물쇠는 처음부터 잠겨 있지 않았던 거예요. 그러니까 범인이 굳이 열려고 애쓸 필요도 없었던 거죠."

"그럴 리가 없어!"

내 옆에 있던 호리가 날카로운 소리로 말했다.

"내가 틀림없이 열쇠로 잠갔는데 무슨 소리니? 자물쇠를 잠그는 게 완전히 습관이 됐을 정도라 그걸 잊어버렸을 리 없어."

"그건 선생님 생각이죠. 그런데 실제로 자물쇠는 잠겨 있지 않았어요."

무슨 바보 같은 소리냐고 호리가 항의하는 것을 제지하며 내가 다시 물었다.

"그게 무슨 말이니? 자물쇠에 무슨 장치라도 돼 있었다는 거야?"

그러자 마사미가 고개를 흔들면서 대답했다.

"그런 장치가 있었다면 경찰이 벌써 옛날에 조사했겠죠. 장치가 없어도 이 트릭을 성공시킬 수 있어요."

마사미는 손에 들고 있던 봉투 안에서 자물쇠를 꺼냈다. 조금 전 경비실에서 빌려온 것이었다.

"이건 지난번 것과 같은 자물쇠예요. 이게 그때처럼 호리 선생님이 오시기 전까지 출입구에 채워져 있었다고 해봐요."

그러더니 마사미는 손에 들고 있던 자물쇠를 철제 출입구에 걸고 찰칵 하고 잠갔다.

"이러면 남자 탈의실 출입구로는 당연히 드나들 수 있어요. 그때 호리 선생님이 열쇠를 가지고 오신 거예요."

마사미가 호리에게 열쇠를 건넸다.

"제가 범인이라고 치고, 범인은 호리 선생님한테 안 들키도록 탈의실이 보이지 않는 곳에 숨어 있었던 거예요."

마사미는 그렇게 말하면서 탈의실 모퉁이에 숨어 얼굴만 내밀었다.

"호리 선생님, 죄송하지만 그때 하신 것처럼 자물쇠를 열고 안으로 들어오실래요?"

호리는 당혹감을 감추지 못하고 나를 바라보았다.

"마사미가 말하는 대로 해주세요."

내 말에 호리가 간신히 앞으로 나아갔다. 호리는 우리가 지켜보는 앞에서 자물쇠를 풀었다. 그녀는 문을 열고 철제문에 자물쇠를 건 다음 탈의실 안으로 들어갔다.

마사미는 호리가 안으로 들어가는 것을 확인하더니 봉투에서 또 다른 자물쇠를 꺼냈다. 출입구에 걸려 있는 것과 똑같이 생긴 것이다.

나는 앗 하고 속으로 소리를 질렀다. 밀실 트릭에 어떤 장치가 숨어 있는지 빤히 보였기 때문이다.

마사미는 철제문에 걸려 있던 자물쇠를 빼고 그 자리에 자신이 들고 온 자물쇠를 걸었다. 그리고 실내를 향해 말했다.

"선생님, 됐어요. 밖에 나가서 자물쇠 좀 잠가주세요."

[자물쇠 트릭]

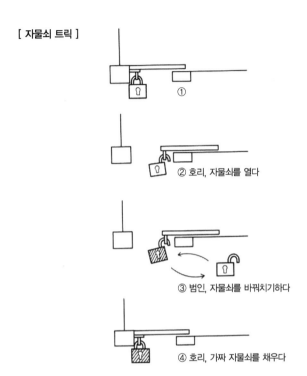

① 호리, 자물쇠를 열다 ②

③ 범인, 자물쇠를 바꿔치기하다

④ 호리, 가짜 자물쇠를 채우다

　　호리는 미심쩍은 얼굴을 하고 나오더니 우리가 지켜보는 가운데 그곳에 걸려 있던 자물쇠로 문을 잠갔다. 마사미는 꼼꼼히 확인하고 나서 이쪽을 바라보았다.

　　"이제 아시겠죠? 호리 선생님은 범인이 바꿔치기한 가짜 자물쇠로 문을 잠근 거예요. 진짜 자물쇠는 이미 열린 채 범인 손에 있었던 거예요."

"무슨 말이야?"

호리는 뭐가 뭔지 모르겠다는 얼굴로 마사미에게 물었다. 마사미는 한 번 더 천천히 설명했다.

"음…… 그럴 듯하구나."

호리는 설명을 다 듣더니 감탄했다는 듯 말했다.

"내가 자물쇠를 풀고 나서 그걸 그냥 철제문에 걸어놓는 버릇이 있긴 한데, 범인이 그걸 이용했다는 소리구나."

그러고는 한풀 꺾인 표정을 지었다.

자신에게도 이 사건에 대한 책임이 어느 정도 있다고 생각했기 때문이리라.

"맞아요. 그러니까 범인은 호리 선생님의 평소 습관을 알고 있는 사람이에요."

마사미는 자신 있다는 투로 말했다.

"넌 그걸 어떻게 알았니?"

오타니가 마사미에게 물었다. 자신도 미처 풀지 못한 트릭을 아마추어가 해결했는데도 목소리가 놀라울 정도로 침착했다. 마사미는 오타니를 돌아보며 입가에 미소를 띠고 천천히 대답했다.

"저도 지금까진 몰랐는데 방금 알게 된 거예요. 그런데 호리 선생님한테 이런 습관이 있을 거라는 건 확신하고 있었어요. 왜냐하면, 그렇지 않으면 이 밀실 수수께끼는 절대로 풀수가 없으니까요."

"흠, 통찰력 하나는 귀신같구나."

오타니는 묘한 말투로 말하고는 질문을 던졌다.

"그래서, 범인이 그 다음에는 어떻게 했니?"

"간단해요."

마사미는 다시 한 번 열쇠를 꺼내 출입구에 걸려 있는 자물쇠를 열었다.

"일단 이렇게 자물쇠를 풀어놓고 남자 탈의실에서 무라하시 선생님과 만났을 거예요. 그리고 나서 선생님을 속여 독을 먹인 다음, 문에 버팀목을 끼우고 칸막이를 넘어가 여자 탈의실 출입구로 빠져나갔겠죠. 물론 그땐……."

마사미는 또 다른 자물쇠를 꺼내면서 말을 이었다.

"진짜 자물쇠로 잠갔을 거예요. 이렇게 하면 밀실이 완벽하게 갖춰지죠."

마사미는 어떠냐고 묻는 것처럼 우리를 바라보았다. 듣고 보니 간단한 트릭이다. 하지만 내가 맡았다면 사흘 밤낮을 생각해도 아마 밝혀낼 수 없었을 것이다.

"궁금한 게 또 있으세요?"

마사미의 말에 나는 가볍게 손을 들고 물어보았다.

"일단 너의 추리는 훌륭하구나. 그런데 네 말이 진실이라는 증거는 있니?"

그러자 마사미는 없다고 태연스레 대답했다.

"그렇긴 하지만, 아까도 말씀드렸듯이 이것 말고는 이 문제를 풀 방법이 없어요. 다른 방법이 없는 이상 제가 말씀드린 걸 정답이라고 생각하는 게 당연하지 않아요?"

"하지만……."

나는 반론하려고 했다. 그런데 뜻밖에도 오타니가 나를 제지했다.

"증거는 없어도 근거가 될 만한 건 있지."

그의 말에 나와 마사미는 놀라서 오타니를 바라보았다. 그가 침착한 목소리로 말했다.

"호리 선생님, 그날 로커 중 일부가 젖어 있어서 쓸 수 없었다고 하셨지요?"

호리는 잠자코 고개를 끄덕였다. 나도 그 이야기는 들은 적이 있다.

"젖은 로커는 아마 출입구 근처에 있었을 겁니다. 그래서 호리 선생님이 어쩔 수 없이 안쪽 로커를 썼다고 하셨는데, 실은 이게 범인이 의도적으로 조작한 겁니다. 그러니까 범인 입장에서는 호리 선생님이 출입구 근처에 있는 것 자체가 매우 불리한 상황이었다는 거지요. 뭔지 아시겠습니까?"

오타니는 우리를 차례대로 보며 말했다. 마치 학생의 대답을 기다리는 교사 같은 표정을 짓고 있었다.

"아, 알겠어요. 자물쇠를 바꾸다가 들킬 수도 있어서군요."

마사미가 대답했다. 역시 마사미다웠다. 그녀의 말에 우리도 고개를 끄덕이며 납득했다.

"그렇지. 어쨌든 이런 근거가 있으니까 나도 네 추리가 맞다고 생각해."

나는 오타니의 반응이 의외라고 생각했다. 당연히 뭔가 반론을 제기할 것이라고 예상했는데.

"제가 한 추리를 이해하셨다면……."

마사미는 처음 지었던 그 진지한 표정을 다시 지으며 말했다.

"요코의 알리바이가 성립되는 거죠?"

"당연히 그렇게 되는구나."

오타니가 굳은 얼굴로 대답했다. 하지만 나는 두 사람 사이에 오가는 대화의 의미를 알 수 없었다. 밀실과 알리바이 사이에 무슨 관계가 있지? 그리고 왜 그것이 '당연'하다는 거지?

"범인한테는 아마 방과 후의 알리바이가 없을 거예요."

마사미는 나를 포함해 이번 사건을 잘 이해하지 못한 사람들에게 말했다.

"왜냐하면, 이 밀실 트릭을 실현시키려면 수업이 다 끝난 다음 탈의실 근처에 숨어서, 호리 선생님이 오실 때까지 기다려야 하거든요. 그런데 요코는……."

마사미는 아까부터 줄곧 입을 다문 채 우리 뒤에 서 있던 요코를 바라보았다. 그녀는 마치 자신과 아무 관계 없는 이야기를 듣는 것처럼 가만히 마사미를 바라보고 있었다.

"요코는 그날 곧바로 집에 갔다고 했어요. 그리고 옆집 아줌마, 아저씨에게 인사도 했고……."

"그래."

오타니가 감정을 억누르는 듯한 목소리로 대답했다.

"분명 요코한테는 알리바이가 있어. 그런데……."

그가 엄한 눈으로 마사미를 바라보며 말했다.

"그건 어디까지나 네가 한 추리가 옳을 경우에 한해서야. 물론 나도 이 추리가 꽤 설득력이 있다는 점은 인정해. 하지만 학생은 이번 사건이 단독 범행이라고 단정하고 있어."

"공범의 짓일 가능성도 있다는 겁니까?"

나도 모르게 오타니에게 질문했다.

"없다고 단정할 수는 없습니다. 수사회의를 할 때도 분명 단독 범행설이 유력하긴 했습니다. 아무리 친한 사이라도 살인까지 돕진 않을 테니까요……. 그런데 그 추리도 어디까지나 우리 상식으로 생각한 것일 뿐입니다. 다만……."

오타니는 여기까지 말하고 요코를 바라보았다.

"지금까지의 수사 결과로 봐선 요코 학생한테 살인을 도울 만한 친구가 있었다고 생각하지 않습니다. 그런 의미에서 제가 그동안 요코 학생한테 함부로 대했던 점 사과하도록 하겠습니다."

그의 말투는 여전히 무뚝뚝했지만, 이날만큼은 어느 정도 배려가 담겨 있었다. 마사미의 설명을 들을 것도 없이 오타니는 이미 자기 나름대로 밀실 수수께끼를 풀고 있었던 것이다.

나는 확신했다. 오타니는 오늘 그 증거와 요코의 알리바이가 성립하는지 여부를 확인하러 온 것이다. 마사미가 트릭의 비밀을 설명할 때 놀라움이나 동요를 보이기는커녕 즉석에서 '물에 젖은 로커'라는 증거물까지 제시하지 않았는가.

"문제는 누가 자물쇠를 바꿨느냐 하는 겁니다."

오타니는 건조한 목소리로 말했다. 아마 그 자리에 있던 사람 중 몇 명은 그의 말에 새로운 용의자를 떠올렸을 것이다. 요코는 여전히 말이 없었다.

2

마사미가 밀실 트릭을 해명한 당일 방과 후, 나는 동아리 훈련에 참가하지 않고 곧바로 퇴근하기로 했다. 지금쯤이면 소문이 상당히 퍼졌겠지. 아마 부원들이 자세한 이야기를 들으려고 나를 기다리고 있을지도 모른다. 나는 그게 몹시 성가셨다. 게다가 오늘부터는 축제 준비까지 해야 해서 연습을 빨리 끝낼 거라고 했었다.

나는 S역으로 가다가, 집에 돌아가는 학생 수가 상당히 적다는 사실을 알아차렸다. 축제가 다가오면서 행사 준비나 마스코트 인형 제작 때문에 학교에 늦게까지 남아 있는 학생들이 많은 듯하다.

S역에 도착한 나는 평소대로 정액권을 보여주고 개찰구를 나가려다가 무심코 매표소를 보고 깜짝 놀랐다. 오타니가 거기 있었기 때문이다. 오타니는 자동매표기 앞에 줄을 서서 요금표를 살펴보고 있었다.

나는 그가 표를 사서 개찰구를 통과할 때까지 기다렸다가 다가가서 말을 걸었다. 그는 나를 발견하자 반갑게 손을 들면서 다가왔다.

"아까는 감사했습니다. 이제 들어가십니까?"

"네, 오늘은 좀……. 형사님도 지금까지 학교에 계셨습니까?"

"아, 네. 조사해보고 싶은 게 있어서요. 뭐 그렇게 중요한 건 아닙니다."

그의 목소리는 가라앉지는 않았지만 평소처럼 박력 있는 울림은 느껴지지 않았다. 진범일 거라고 생각했던 다카하라 요코의 알리바이가 입증되는 바람에 맥이 풀린 건지도 모르겠다.

오타니와 나는 플랫폼을 향해서 함께 걸었다. 몇 정거장까지는 같은 방향이었다.

"아니, 그렇다 치더라도 오늘은 제가 완전히 졌습니다. 설마 학생이 이 사건의 수수께끼를 풀 거라고는 생각도 못 했는데."

오타니는 플랫폼을 천천히 걸으면서 말했다. 장난스럽게 머리도 긁적였다. 나는 표면적인 대화는 사절하겠다는 뜻으로 물어보았다.

"형사님은 언제 그 트릭을 알아차리셨습니까?"

내 마음이 통했는지 그의 거무스름한 얼굴에서 형식적인 웃음이 사라졌다. 하지만 그는 아무 말도 하지 않았다. 우리는 말없이 플랫폼 맨 끝에 있는 의자에 앉았다.

이윽고 오타니가 입을 열었다.

"이전에 선생님한테 보여드렸던 사진 있죠. 거 왜, 탈의실 옆에 떨어져 있던 작은 쇠사슬 사진 말입니다. 얼마 전에 그게 뭔지 결과가 나왔습니다."

"아……"

그리 마음에 담아두고 있지 않았는데 오타니의 말을 듣고 보니 생각났다.

"뭐였습니까?"

나의 질문에 오타니는 기묘하고 의미심장한 미소를 지었

다. 그 표정이 너무 어색했다.

"등잔 밑이 어둡다고 해야 할지……. 수사관이 비상키를 찾다가 발견했습니다. 자물쇠를 사면 당연히 열쇠도 같이 들어 있을 텐데, 요즘 나오는 자물쇠 중에는 열쇠에 작은 쇠사슬이 달려 있는 것도 있습니다. 한마디로 아무것도 아니라는 거죠. 포장지에 '키홀더 부착'이라고 돼 있는 걸 보면, 아마 그런 거였을 겁니다."

"그게 저 쇠사슬입니까?"

그러자 오타니가 고개를 끄덕여 보였다.

"문제는 그 자물쇠인데, 자세히 조사했더니 탈의실에서 사용된 거랑 똑같은 물건이라고 밝혀졌습니다. 그래서 생각했죠. 누군가가 똑같은 자물쇠를 준비했다, 왜일까……. 그러자 곧바로 '혹시 자물쇠를 바꿔치기하려고 준비한 건 아닐까' 하는 생각이 들었습니다. 자물쇠와 열쇠를 완전히 통째로 바꾸면 뒷일은 범인이 의도한 대로 되니까요. 그런데 도대체 언제 어떻게 바꿨을까 생각하니 거기서 추리가 막히더군요. 괜히 생색내려는 말 같습니다만, 이걸 알아내느라 상당히 골머리를 썩었습니다. 그러다가 자물쇠만이라면 바꿀 기회가 있었을지도 모른다는 사실을 알아차리게 된 겁니다."

"호리 선생님이 탈의실에 있을 때……라는 말이군요."

"그렇습니다. 물론 호리 선생님이 자물쇠를 열고 나서 어떻게 하시느냐에 따라 이 추리의 성립이 물거품될 수도 있긴 하지만, 저도 마사미 학생처럼 자신은 있었습니다."

"영감이 좋으시군요."

내가 말하자 오타니는 억지웃음을 지어 보였다.

"그렇게 좋은 것만은 아닙니다. 그만큼 골머리를 썩었다는 소리니까요. 게다가 저한테는 자료도 상당히 많았고요."

"자료……라고요?"

그가 고개를 끄덕였다.

"가령 여자 탈의실 로커 중 일부가 젖어 있었다는 정보가 있었지요. 자물쇠랑 탈의실 전체도 일단 전문가가 모두 조사했고요. 그런 정보를 토대로 수사하다 보면 설령 밀실 수수께끼를 풀 직접적인 단서는 못 찾더라도 여러 가지 대안은 보이게 마련입니다. 예를 들어서 범인의 행동이나 상황 같은 걸 모든 시각에서 한정시키다 보면 대략적인 윤곽은 잡힌다는 겁니다."

그러고 보니 지난번에 내가 버팀목을 바깥에서 세울 수 있는 방법은 없을까 하고 물었을 때, 오타니가 그 자리에서 반론을 제기한 적이 있다. 나는 그때 과연 경찰이라 다르긴 다르구나 하고 감탄했었다. 내가 이 이야기를 꺼내자 오타니는 아무렇지도 않다는 듯 대답했다.

"버팀목은 맨 먼저 조사했습니다. 그런데 버팀목 말고도 밀실을 만들 수 있는 트릭이 수사본부 내에서도 꽤 많이 나왔습니다."

"네? 진짜요?"

나는 어떻게든 쥐어짜내려고 상당히 노력했지만 아무것도 떠오르지 않았는데.

"워낙 의견들이 많이 나와서요. 황당하기 짝이 없는 것도 있고 상당한 설득력을 가진 것도 있었습니다. 우선 첫 번째가 자살설입니다. 무라하시 선생님이 스스로 밀실을 만들고 음독했다는 건데, 다음으로 나온 의견이 자살할 생각은 없었지만 독이 들어 있는 줄 모르고 마셨다는 겁니다. 첫 번째 의견을 수정한 거죠."

그 정도 가설은 나도 생각한 적이 있다. 하지만 그 가설대로라면 왜 무라하시가 하필 탈의실에 버팀목을 세우고 독을 마셨을까 하는 의문이 생긴다.

"맞습니다. 무라하시 선생님 본인이 직접 버팀목을 세웠다는 가설이 많이 나오는데, 솔직히 그 점은 아직도 의문입니다. 범인의 지시로 그랬다……? 그것도 어색하고요."

오타니가 말을 마치자 전철이 들어오고 있다는 안내방송이 나왔다. 우리는 일단 이야기하던 것을 멈추고 일어섰다. 전철이 미끄러지듯 들어온다. 올라타니 마침 빈자리 두 개가 나란히 있었다.

나는 자리에 앉은 다음 주위를 살피면서 낮은 목소리로 물었다.

"그것 말고 또 무슨 트릭이 있었습니까?"

"아무래도 비상키가 제일 중요합니다. 그리고 기계적인 장치 같은 거…… . 말하자면 버팀목을 바깥에서 세우는 방법이랄까? 문틈으로 어떻게 한 건 아닐까 하는 생각은 전에도 말씀드렸지요? 그밖에도 환기구를 어떤 식으로 사용한 건 아닐까 하는 아이디어도 나왔습니다. 하지만 그 정도 길이의 막대기는 원격조종을 하기에는 아무래도 무리가 따르지요."

막대기가 필요 이상으로 길어서 문에 받치기가 상당히 힘들다는 말은 지난번에 오타니에게 들었다.

"이런 식으로 하나둘 걸러내다 보면, 결국 어떻게든 여자 탈의실 출입구로 들어갔다고 생각할 수밖에 없습니다. 한 가지 생각에 확신을 갖기까지 온갖 우여곡절을 겪은 셈이지요. 그런 만큼…… ."

오타니는 여기까지 말하고 나서 뭔가 주저하듯 입을 다물었다. 이쪽 반응을 살피기 위해 뜸을 들이는 경우도 있긴 하지만, 이번에는 그답지 않게 침묵을 지켰다.

"그런 만큼, 뭡니까?"

나는 물어보았다.

오타니는 한순간 망설이는 표정을 지었지만, 곧바로 입을 열었다.

"신경이 쓰입니다. 마사미 학생이 그 트릭을 알아차렸다는 사실 자체가······. 우연히 알았다면 상관은 없겠지만."

나는 오타니의 말뜻을 알아차렸다. 그는 마사미를 의심하고 있는 것이다. 진짜 범인이 경찰의 눈을 속이기 위해 스스로 트릭을 밝힌다는 것은, 충분히 있을 수 있는 이야기다. 역시 이 남자는 천상 형사구나, 하는 생각이 들었다.

"일단 의심하기 시작하면 한도 끝도 없지요."

오타니는 이 한마디로 모든 상황을 정리했다.

"그런데 마사미 학생은 알리바이가 있습니다. 그날 방과 후 검도 연습을 하느라 계속 도장에 있었다더군요. 실은 조금 전까지 그걸 조사했습니다."

"아, 역시."

나는 그의 말에 고개를 끄덕이면서, 아마 이 남자는 수사 초기 단계 때 틀림없이 나도 의심했을 거라는 확신이 들었다. 내가 진짜 범인이고 게이가 날 도왔다고 생각하면 밀실 트릭 따위는 처음부터 존재하지 않기 때문이다.

하지만 오타니는 전혀 그런 기색을 보이지 않았다. 표정을 숨기는 건 저 남자의 전공이다. 알리바이가 있는지 여부부터 재빨리 확인하고 나서 혐의가 없다고 판단한 것이다. 그날 나와 게이 모두 동아리 훈련에 참가하고 있었다는 사실을 주지했을 것이다.

"조금 신경쓰이는 일이 있긴 합니다만."

"뭡니까?"

팔짱을 낀 채 눈을 감고 있던 오타니가 그 자세 그대로 물었다.

"청산가리 말인데, 입수 경로를 파악해서 범인을 찾을 수는 없습니까? 요코 학생 같은 경우는 쉽게 청산가리를 구할 수 있는 경로가 있다고 들었는데."

예를 들어 부모들 직업을 모조리 조사할 수도 있다. 부모의 직업 여부에 따라 청산가리 같은 독극물을 의외로 쉽게 구할 수도 있다고 생각했기 때문이다. 나는 이 생각을 오타니에게 말해보았다.

"도금공장이나 수리공장 집 학생이라면 청산가리를 손에 넣기가 식은 죽 먹기겠죠. 물론 그것도 조사하고 있는데, 아직까진 이렇다 할 관계자가 안 나오고 있습니다. 그리고 제 개인적인 생각인데, 청산가리 입수 경로로 범인을 찾기는 좀 무리일 것 같습니다."

"그럼……?"

"어디까지나 제 직감이긴 하지만, 제가 봤을 때 이번 범인은 일을 침착하게 처리하는 스타일 같습니다. 살해도구로 청산가리를 썼다는 건 상대방이 저항하지 않는다거나 성공을 확신한다는 이유도 있겠지만, 적어도 그 방법이 실패할 염려가 없다고 믿었기 때문이라고 생각합니다. 그러니까 범인은 어떤 특수한 사정으로 우연히 청산가리를 구한 게 아닐까요?"

그는 청산가리를 입수한 방법까지는 조사할 길이 없다고 덧붙였다.

"그런데 이번에 밀실 트릭이 밝혀지면서 범인 후보가 상당히 좁혀지지 않았나 하는 생각이 듭니다. 아까 마사미 학생도 말했지만, 그 트릭은 호리 선생님이 자물쇠를 푸는 습관을 알아야 생각해낼 수 있는 것입니다. 그렇게 보면 방과 후 항상 학교에 남아 있는 학생들, 더 구체적으로는 각 동아리 부원들이 제일 수상하다는 말이 됩니다."

오타니는 내가 양궁부 고문을 맡고 있다는 사실을 알면서도 마치 세상 돌아가는 이야기를 하듯 가볍게 말했다. 오늘만큼은 내 반응을 살피고 즐기려는 듯한 모호한 분위기가 느껴지지 않았다.

"그럼 내일부터는 각 동아리 부원들을 조사하실 겁니까?"

"일단은 그렇습니다. 그래도……."

오타니는 더 이상 말을 잇지 않았다.

나는 그가 수사 원칙상 더 깊게 이야기할 수 없어서 입을 다문 것이 아니라고 생각했다. 아직은 생각을 입 밖에 꺼낼 정도로 그의 머릿속이 정리되지 않았을 것이다.

내 생각을 증명하듯, 그는 중간에 내릴 때까지 팔짱을 낀 채 줄곧 뭔가를 골똘히 생각했다.

3

9월 20일은 아침부터 비가 내렸다. 그 소리가 잠을 깨운 탓일까, 평소보다 10분 일찍 일어났다. 이렇게 일찍 일어나 주면 나는 고맙지, 하는 유미코의 말을 들으면서 아침식사를 했다.

조간신문을 보았지만 이 사건에 관한 기사는 전혀 없었다. 당사자에게는 중요한 일인데 제3자 입장에서 보면 토막기사 만도 못한 사건에 불과하다. 솔직히 학교 내에서도 언제 그런 사건이 있었냐는 분위기를 보이고 있지 않은가?

나는 토스트를 한입에 넣으면서 신문을 덮었다.

"참, 여보. 요새 시작한 아르바이트는 어때? 이제 좀 익숙해졌어?"

"뭐, 그럭저럭요."

유미코는 특별히 좋다고도 싫다고도 하지 않는다.

그녀는 이번 봄부터 가까운 마트에서 일하고 있다. 집안 형편이 어려워진 건 아니지만 종일 집에만 있으니 지루하다기에 한번 해보라고 권했다. 계산원으로 근무하고 있는데 가사일을 소홀히 할 정도로 피곤해하지도 않았고, 요즘 들어서는 예전에 비해 얼굴색이 더 좋아졌을 정도다.

그리고 일을 시작한 뒤부터 유미코의 옷이나 액세서리가 많아졌다. 금전적 여유가 생긴 덕분일까. 유미코의 성격상 옷이나 액세서리에 관심이 없을 거라고 생각했기 때문에 나는 의외라고 느꼈다.

하지만 눈에 띄게 사치스러워진 것도 아니어서 그냥 그런가 보다 하고 넘기기로 했다.

"너무 무리하지 마. 돈 때문에 일하는 것도 아니니까."

"알았어요."

유미코는 작은 목소리로 대답했다.

평소보다 한 타임 빠른 전철을 탔을 뿐인데 전철 안은 놀라울 정도로 한산했다. 매일 이 정도로만 일찍 일어나도 출근하기가 한결 편하겠지만, 아침시간 5분은 점심때의 30분에 맞먹을 정도로 큰 비중을 차지한다.

S역에 도착하자 반대편 플랫폼에도 전철이 들어오더니 여고생들이 한꺼번에 쏟아져나왔다. 역 입구에서 학생 무리에 섞였을 때 누군가 등을 두드리며 말했다.

"어, 선생님. 웬일로 이렇게 일찍 오세요?"

목소리를 듣고 누군지 금방 눈치챘지만 일단 뒤를 돌아보았다.

"아, 게이구나. 너도 저것 타고 왔니? 일찍 일어났구나."

그러고 보니 그동안 아침 전철역에서 한 번도 게이를 만난 적이 없다.

"일찍 일어나는 새가 벌레를 잡는다잖아요. 그런데 어제 무슨 일 있으셨어요? 저희 연습하는 데에도 안 오시고."

게이는 주변에 있던 학생 서너 명이 이쪽을 바라볼 정도로 크게 말했다. 나는 주위 시선을 의식하면서 자그마한 소리로 물었다.

"뭐, 그냥 좀⋯⋯. 그보다 게이야, 어제 그 사건 때문에 학교에 무슨 소문 같은 것 나지 않았니?"

"소문? 모르겠는데요. 왜요?"

게이는 의아해하며 되물었다.

"여기서 말하긴 좀⋯⋯."

나는 게이의 등을 밀면서 역 밖으로 나왔다. 비는 여전히 내리고 있었다. 학생들의 알록달록한 우산이 역 앞에 가득했다. 나와 게이도 그 무리에 합류해 걸어갔다.

나는 게이에게 어제 밀실 트릭이 밝혀졌다고 말했다. 벌써 학생들 사이에 소문이 퍼졌을 거라고 생각했는데 그렇지 않은 것 같다.

"정말요? 마사미가 그 밀실을? 이야, 대단하네요. 역시 전교 1등은 다르구나."

게이는 이야기를 다 듣더니 감탄사를 연발하며 우산을 빙글빙글 돌렸다.

"그래서, 형사도 그 추리를 인정했어요?"

"일단은……. 그런데 범인이 누군지 모르는 한 추리는 미완성일 뿐이야."

"역시 진범이 누군지가 중요하죠?"

"그렇지."

이렇게 이야기를 나누며 걷는 사이 우리는 학교에 도착했다. 교무실로 향하는데 게이가 갑자기 생각났다는 듯 말을 꺼냈다.

"축제 준비를 해야 하니까 점심시간에 잠깐 동아리방으로 와주세요."

아마 가장행렬 준비 때문일 것이다.

"에휴, 알았다."

내가 진절머리난다는 얼굴로 대답하자 게이가 장난스럽게 웃었다.

교무실에 들어가보니 평소 분위기와 별반 다를 게 없었다. 정보통인 후지모토가 나를 보고도 다가오지 않는다는 것은, 마사미가 트릭을 풀었다는 소문이 아직 나지 않았다는 뜻이었다.

'다행이군.'

나는 안도하면서 자리에 앉았다. 책상서랍을 열고 볼펜을 꺼내 1교시 수업을 준비했다. 빨간펜이 필요해서 다시 서랍을 열다가 문득 손을 멈추었다.

그렇다. 어제는 서랍을 잠그지 않았던 것이다. 최근 2주 동안 나는 퇴근 전에 반드시 책상서랍을 자물쇠로 잠갔다. 신변에 위험을 느끼고 나서부터다. 누군지도 모르는 범인이 독이 든 캔디를 서랍 속에 숨겨두거나, 서랍을 여는 순간 안에서 칼이 튀어나오도록 장치를 해둘지도 모르는 일이다. 어쨌든 심리적 불안감 때문에 관리를 철저히 할 수밖에 없었다.

그런데 어제는 자물쇠를 잠그지 않았다.

왜지? 대답은 명백하다. 내가 예전처럼 예민하지 않기 때문이다.

학교 건물을 따라 걷다가 머리 위에서 화분이 떨어진 때가 불과 열흘 전이다. 눈앞에서 제라늄 화분이 박살나던 소리와, 그 파편과 흙이 사방으로 흩날리던 광경은 지금도 내 뇌리에 선명하게 새겨져 있다. 그 순간 이전부터 느껴왔던 막연한 불안감이 실체가 뚜렷한 공포로 바뀌었다. 그리고 그 공포는 무라하시가 독살되면서 정점에 달했다. 다음 희생자는 내가 아닐까. 그런 생각이 내 마음을 계속 짓누르고 있었기에, 나답지 않게 이번 사건의 진상을 밝히는 데 적극적인 의욕과 관심을 보인 것이다.

하지만 최근 2~3일간, 나는 무라하시 사건과 나 자신을 별개로 생각했다는 점을 인정하지 않을 수 없었다. 오타니의 말을 듣고 있어도 그것이 나와 관련된 사건이라는 생각은 전혀 들지 않았고, 화분 사건 이후로 신변의 위험을 느끼지 못했기 때문이다.

'어쩌면 이게 다 기분 탓일지도 몰라.'

이런 식으로 묻어버려도 될 것 같은 느낌이 들기 시작했다.

점심시간이 되자 나는 게이와 약속한 대로 양궁부 동아리 방으로 향했다.

비는 그칠 줄 몰랐다. 우산을 쓰고 바짓단을 적시면서 갔더니 게이와 가나에, 에미가 있었다.

"무슨 비가 이렇게 많이 온담? 하늘에 구멍이라도 난 것 같아요."

나의 젖은 옷차림을 보고 게이가 재미있다는 듯 말했다.

"오늘은 연습을 못 하겠네."

"오히려 잘됐어요. 하루종일 축제 준비를 할 수 있으니까요."

가나에가 대답했다. 왜 그러냐고 물으니 가나에는 게이와 얼굴을 마주보면서 이렇게 말했다.

"날씨가 좋으면, 왠지 연습해야 할 것 같은 기분이 들어서 축제 준비가 잘 안 되거든요. 날씨가 아깝잖아요."

나는 고개를 끄덕이며 방 안을 둘러보았다. 빨갛고 파란 천을 이어서 만든 화려한 의상이나 사자인형 같은 비품들이 옷걸이에 걸려 있다.

운동부 학생들은 일반 학생들처럼 행사를 통해 자신들의 존재가치를 알릴 기회가 별로 없다. 그런 만큼 학교 축제 때 하는 동아리 대항 경기를 매우 중요하게 여기고 있었다.

하지만 학생들에게는 이것 말고도 다른 경기가 있다. 현 대회, 더 나아가 전국체전이라는 목표가 있다. 시간은 부족 하지만 어느 것도 소홀히 할 수 없다.

날씨가 아깝다는 가나에의 말이 학생들의 그러한 심정을 여실히 보여주고 있었다.

"하루 정도는 푹 쉬고 나서 행사를 준비하는 것도 좋은 방 법이야."

나는 힘들어하는 아이들에게 격려의 말을 해준 뒤, 게이에 게 물었다.

"그런데 날 왜 부른 거니? 아무래도 피에로 때문인 것 같 긴 하다만."

"아, 맞다, 우리 지금 이러고 있을 때가 아니야. 에미, 빨리 가서 그 상자 좀 갖고 와."

게이의 말에 에미는 골판지로 된 작은 상자를 가지고 왔 다. 게이가 약간 거친 손놀림으로 뚜껑을 열자 그 안에 하얀 병과 립스틱이 들어 있었다. 게이는 그것을 책상 위에 꺼내면서 말했다.

"메이크업 세트예요. 먼저 얼굴에 이 파운데이션을 하얗게 바르세요. 목까지 바르시는 게 좋을 거예요. 그 다음에 아이라이너로 눈을 십자 모양으로 그리고 립스틱으로 마무리하세요. 입술은 웬만하면 화려하게 그려야 돼요. 입술선 밖으로 나오게요. 아셨죠? 코는 마지막에 동그랗게 칠하기만 하면 돼요."

메이크업 이야기를 하니 갑자기 말이 많아졌다. 게이는 나는 신경도 쓰지 않고 재빨리 말했다. 나는 "게이야, 잠깐만" 하고 게이의 얼굴 앞에 손바닥을 내밀었다.

"지금 나더러 화장을 하라고?"

나는 황당한 나머지 당혹감을 감추지 못하고 물었다.

그러자 게이는 재미있다는 듯이 내 어깨를 톡톡 두드리며 말했다.

"아, 제가 어떻게든 도와드리고 싶은데요. 저희는 그날 엄청 바빠서 그럴 시간이 없을 것 같아요. 그러니까 지금부터 연습해두세요."

가나에가 손거울을 가지고 와서 내 앞에 내려놓았다.

"자요, 선생님 힘내세요!"

거울 한쪽 구석에 피에로 만화가 붙어 있다. 그대로 따라서 분장하라는 말인 것 같다.

"어쩔 수 없군, 그럼 한번 해볼까?"

내 말에 게이와 가나에는 손뼉을 치며 좋아했다. 이상하게, 평소 얌전하던 에미까지 웃고 있었다.

그리고 몇십 분이 지났다. 나는 그때까지 거울 앞에서 악전고투를 면치 못하고 있었다. 파운데이션을 바르는 것까지는 좋았는데 아이라이너나 립스틱을 바르는 건 만만치 않은 작업이었다. 온 얼굴이 낙서투성이가 되는 것이 보기에 딱했던지 게이가 도와주었다.

"아마 당일엔 잘하실 거예요."

게이는 익숙한 손놀림으로 피에로의 눈과 입을 매끄럽게 그려갔다. 분장이 너무 잘 되자 오히려 신경이 쓰였다.

"아, 맞다. 지금 선생님한테 부탁해보자."

내 얼굴이 서서히 피에로로 변해가는 것을 보고 있던 가나에가 뭔가 생각났다는 듯 일어섰다. 그리고 선반에서 나의 활 케이스를 꺼내는 모습이 거울에 비쳤다.

"그때 약속하셨잖아요. 선생님이 오래 쓰셨던 화살 한 개를 마스코트로 주신다고요. 이거 제가 가져도 되지요?"

가나에는 케이스에서 검은 화살 하나를 꺼내 흔들었다. 나는 입 주위를 빨갛게 칠하고 있었기 때문에 고개만 살짝 끄덕여 보였다.

"자, 다 됐어요. 정말 잘 어울린다."

게이는 만족스럽다는 듯이 팔짱을 꼈다. 거울에 비친 내 얼굴이 트럼프 카드의 조커처럼 기분 나쁘게 변해 있었다. 싸구려 느낌이 나는 립스틱을 지나칠 정도로 빨갛게 칠해서 그런 것 같다.

"배부른 소리 마세요. 아무도 선생님이라고 눈치챌 수 없을 만큼 멋있게 화장해드렸더니만."

게이가 입을 삐죽댔다. 그것은 사실이다. 나조차 거울에 비친 얼굴이 나라고 생각되지 않았으니까.

"거기다 옷을 입고 모자까지 쓰면 더 완벽해져요. 그럼 창피한 것도 덜하실 거고."

"글쎄…… 어떨까 모르겠네. 아이쿠, 알았으니까 이제 화장 좀 지우자. 좀 있으면 수업인데."

게이는 지금 이 모습 그대로 수업을 하는 건 어떻겠냐는 둥 이러쿵저러쿵 떠들면서 내 얼굴에 클렌징크림을 바르고는 티슈로 닦아내기 시작했다.

"어떻게 화장하는지 아시겠죠? 혼자 하실 수 있죠?"

파운데이션을 지우고 나서도 게이는 집요하게 물어보았다.

"도저히 안 되겠다 싶으면 맨얼굴 그대로 나가셔도 돼요, 선생님."

가나에는 내게 얻은 화살에 재빨리 흰 매직으로 'KANAE'

라고 이름을 쓰면서 말했다.

"뭐, 어떻게든 되겠지."

못 믿겠는데, 하고 학생들이 중얼거리는 소리를 뒤로한 채 동아리방을 나섰다. 비는 어느새 그쳐 있었다.

나는 체육관 옆으로 돌아갔다. 운동장을 가로질러 가면 훨씬 빠르지만 비가 와서 운동장이 질퍽해졌기 때문에 피해가기로 한 것이다.

체육관 처마 밑에는 축제용 마스코트 인형이 만들다 만 상태로 놓여 있었다. 포스터물감을 발라 거의 다 완성한 것도 있고, 아직 뼈대에 신문지만 붙여 놓은 것도 있었다.

2~3년 전까지만 해도 딱 보면 어떤 캐릭터를 본뜬 것인지 한눈에 알 수 있었는데, 올해 사용하는 인형들은 모두 처음 보는 것들이어서 세대 차를 실감하지 않을 수 없었다.

체육관 처마 밑에서 나온 나는 우산을 펴려던 손을 멈추었다. 체육관 뒤쪽에 어떤 여학생이 있었기 때문이다. 나는 우산을 쓰고 천천히 다가갔다. 그 학생은 꽃무늬 우산을 어깨에 짊어진 채 그 자리에 가만히 서 있었다.

나는 10미터 정도까지 다가가서야 그 학생이 누구인지 알았다. 그와 동시에 여학생도 인기척을 느끼고 뒤돌아보았다. 서로 눈이 마주치자 나는 무심결에 발길을 멈추었다.

"뭐하고 있니?"

"……."

요코는 아무 말도 하지 않았다. 무언가를 말하고 싶어하는 눈빛이었지만 입은 굳게 다문 채였다.

"탈의실 보는 거야?"

요코는 잠자코 있었지만, 탈의실을 보고 있었던 게 틀림없다. 가뜩이나 낡은 탈의실이 비에 젖어 한층 음침해 보였다.

"탈의실에 뭐가 있니?"

다시 한 번 물어보았지만 이번에도 반응이 없다. 요코는 질문에 대답하지 않고 눈을 내리깐 채, 잰걸음으로 내 옆을 스쳐 지나갔다. 마치 나는 보이지 않는다는 듯.

'요코야……'

나는 차마 소리내어 부르지 못하고 속으로 중얼거렸다. 요코는 한 번도 뒤돌아보지 않고 학교 쪽으로 사라졌다.

9월 21일 토요일, 방과 후.

나는 교무실 창가에 서서 운동장을 바라보았다. 체육복을 입은 여학생들이 평소보다 훨씬 많다. 2백 미터 트랙을 임시로 그려놓고 학생들이 몇 명씩 짝지어 배턴 릴레이를 하고 있었다. 달리는 모습만 보고도 그 학생들이 육상부가 아님을 알 수 있었다. 내일 있을 축제에 대비해 일반 학생들끼리 모여서 연습하고 있는 것이다.

그 가운데 게이도 보였다. 내일 4백 미터 릴레이에 나간다고 했다. 중학생 때 연식 테니스를 했기 때문에 다리 하나만큼은 자신 있을 것이다.

"마에시마 선생님, 내일 잘 좀 부탁할게요."

뒤를 돌아보니 트레이닝복 차림을 한 다케이 선생이 하얀 치아를 드러내며 말했다.

"너무 기대하지 마세요. 전 어디까지나 올림픽 정신으로 참가할 거예요."

"아이고, 무슨 말씀을. 다들 기대가 큰데요, 뭐."

내일 열릴 경기에 대한 이야기였다. 교사 대항 릴레이가 있는데 거기 한번 나가보라고 다케이가 권했던 것이다.

"그런데 마에시마 선생님은 피에로라면서요?"

다케이는 터져나오는 웃음을 억지로 참으면서 말했다. 눈을 보니 상당히 즐거워하는 듯했다.

"선생님도 알고 계셨어요? 이거 괜히 마음이 뒤숭숭한데요. 벌써 소문이 다 퍼졌나 봐요."

"그야 당연하죠. 제가 거지 분장을 하는 것도 모르는 학생이 없을 정도예요. 후지모토 선생님은 여장, 호리 선생님은 바니 걸을 한다는 건 비밀로 해두는 게 훨씬 재밌을 텐데, 어떻게 된 게 벌써 다 알려졌네요."

"누가 얘기하고 다니나 봐요."

"그러게요. 이런 건 소문나면 재미없는데."

다케이가 진지한 얼굴로 말했다.

그가 자기 자리로 돌아가자 나는 궁도장으로 발걸음을 돌렸다. 우리 동아리 학생들도 내일 축제 준비 때문에 바쁜 것 같았다.

"아마 오늘은 다들 연습을 못 할 거예요."

게이의 예상이 맞았다. 역시 학생들은 학교 행사를 가장 우선시하고 있고, 나도 그게 좋다고 생각했다.

궁도장 구석에 놓여 있는 술병이 눈에 들어왔다. 내일 내가 쓸 소품이다. 그 병은 이 넓은 궁도장 안에서 묘한 존재감을 지니고 있는 듯 보였다.

"저 병은 깨끗하게 씻었지?"

옆에 있는 가나에에게 물어보니 물론이죠, 라는 답변이 돌아왔다.

나는 하늘을 올려다보았다. 오늘은 구름이 잔뜩 끼어서 흐리지만 내일은 아쉽게도 개일 듯하다.

4

9월 22일 일요일.

거추장스러운 비가 그치고 마치 여름을 연상시키는 강렬한 태양이 운동장 위로 쏟아져내렸다. 하늘은 저절로 눈에 스며들 만큼 맑았고 바람은 시원했다. 날씨도 축제를 축복해주는 듯하다.

나는 평소보다 30분 일찍 학교에 도착해 체육교사용 탈의실에서 옷을 갈아입고 얼른 운동장으로 나갔다. 학생들은 벌써 어지러울 정도로 분주하게 움직이고 있었다. 한 무리는 짧게는 일주일에서 길게는 열흘에 걸쳐 제작한 마스코트 인형을 화려한 무대로 운반하고 있었다. 그 가운데에는 3미터가 넘는 커다란 인형도 있었다.

운동장 구석구석에는 응원 안무를 연습하는 학생들이 보였다. 응원은 주로 2학년들이 맡았다.

그 옆에서 달리기 연습을 하는 학생들도 있었다. 릴레이 경주의 배턴터치 연습을 하고 있는 것 같다. 준비운동 대신 조깅을 하는 학생도 있었다. 2인3각 경기나 지네 경주(열한 명씩 나란히 서서 앞뒤로 발을 묶은 다음, 앞사람 어깨를 짚고 지네처럼 달리는 경기) 연습에도 여념이 없었다.

"날씨가 맑아서 다행이네요."

텐트 밑에서 멍하니 운동장을 바라보고 있는데 다케이가 다가왔다. 얼굴에 기분 좋은 웃음이 가득했다. 이 축제를 가장 기대하고 있는 사람은 어쩌면 다케이가 아닐까.

"그렇네요. 이맘때 항상 비가 많이 와서 걱정했는데."

"다행이죠."

다케이는 하늘을 올려다보면서 고개를 몇 번 끄덕였다.

육상부원 한 명이 운동장에 흰 선을 긋고 마지막 마무리 작업을 시작했다. 몸을 풀고 있던 부원들도 모두 자기 자리로 돌아갔다.

8시 30분이 되어 교사들이 교무실로 모이자 마쓰자키가 주의사항을 언급했다. 부상에 주의할 것, 축제 분위기에 들뜬 나머지 학생들이 도를 넘는 행동을 못 하게 할 것. 이 두 가지 사항을 특히 유념해서 학생들을 지도했으면 좋겠다는 내용이었다. 항상 듣는 뻔한 이야기다.

8시 50분, 종이 울리자 입장하는 문으로 모이라는 교내방송이 나왔다. 집합 5분 전이다. 우리도 교무실을 나섰다.

그리고 잠시 후, 모래먼지를 일으키면서 학생과 교사 1,200명이 입장을 시작했다. 운동장에 정렬이 끝나자 교장이 축사를 전했다. 스포츠맨십, 연습한 노력에 대한 성과, 팀워크 등 진부한 말만 나열해대는 통에 교사인 나조차 졸릴 지경이었다.

축사가 끝나자 이번에는 심판위원장을 맡은 다케이가 경기 진행 방식을 설명했다. 경기는 학생 전원을 여덟 개 팀으로 나누어 진행한다. 1~3학년 A반이 한 팀, B반이 한 팀…… 하는 식으로 팀을 편성했다. 각 학년별 유대를 돈독하게 하기 위해 이런 식으로 팀을 짠 것이다.

응원이나 마스코트 인형 만들기도 모두 팀 단위로 이루어 졌다. 경기 종목은 50퍼센트가 릴레이나 단·중거리 경주, 30 퍼센트가 지네 경주나 2인3각 줄넘기처럼 약간의 재미를 더 한 것, 20퍼센트는 도움닫기 높이뛰기 같은 필드 경기와 창작 댄스로 구성되었다. 경기 종목은 모두 20개. 따라서 모든 경기를 약 10분에서 15분 단위로 해야 한다.

"……오늘 축제는 전부 밀도가 상당히 높은 프로그램으로 구성했으니까 학생 여러분은 집합시간을 꼭 지켜주세요. 또 입장과 퇴장은 빨리빨리 진행하세요."

다케이의 의욕 넘치는 목소리가 운동장에 울려퍼지고 나서 준비체조가 시작되었다. 1,200명이나 되는 여학생들이 유연하게 몸을 움직이자, 초가을의 싸늘한 바람도 그 열기로 인해 어느새 미지근하게 느껴질 정도였다.

체조가 끝나고 학생 전원이 한 바퀴에 2백 미터 정도 되는 필드 트랙을 둘러싸자 곧바로 안내방송이 흘러나왔다.

"백 미터 경주 예선에 출전하는 사람은 지금 입장하는 문

앞에 모여주세요."

축제 실행위원 중 한 명인 2학년 학생이 방송을 했다. 그 안내멘트 한마디에 지금부터 시작이야, 하는 분위기가 솟구쳤다.

내가 텐트 아래의 맨 구석 의자에 앉아서 학생들을 지켜보고 있는데 테니스복 차림을 한 후지모토가 옆에 와 앉았다.

"학생들의 블루머(ブルマー- 무릎 위나 아래를 고무줄로 졸라매는 여성용 운동 팬츠) 차림은 언제 봐도 보기 좋지요."

그는 대뜸 이렇게 말했다. 입장하는 문 쪽을 바라보고 있었다.

"테니스복 차림도 좋잖아요."

"테니스복? 에이~ 저건 별로 섹시하지가 않아요. 뭐니 뭐니 해도 블루머가 좋죠."

앞에 앉아 있던 호리가 뒤를 돌아보았지만 후지모토는 신경쓰지 않았다. 그저 이 남자의 뻔뻔함이 부러울 따름이다.

"그건 그렇고, 술주정뱅이 피에로를 연기할 각오는 되셨어요?"

백 미터 경주에 나가는 선수들이 입장하는 모습을 바라보면서 후지모토가 물었다. 나는 한숨을 쉬었다.

"어휴, 말도 마세요. 전 벌써 단념했으니까. 그냥 말 그대로 광대짓이나 실컷 하다 들어올 수밖에요. 후지모토 선생님은 어때요? 여장한다는 소문이 파다하던데."

"선생님도 들으셨어요? 거참 이상하네, 어디서 소문이 새 어나갔담? 일급비밀이었을 텐데."

"그런 소문이야 어떻게든 퍼지게 마련이죠. 선생님도 제가 피에로 하는 걸 알고 있었잖아요. 다케이 선생님이 하신다는 거지 분장도 벌써 애들이 기대하고 있을 정도인데요."

"미리 알면 가장행렬의 재미가 덜할 텐데."

"다케이 선생님도 그렇게 말했어요."

그런 대화를 나누는 사이에 시작을 알리는 권총 소리가 울리더니 백 미터 경주에 참가한 첫 번째 조가 달리기 시작했다.

자지러지는 환호성이 터져나왔다. 한쪽에서는 도움닫기 높이뛰기 시범경기가 시작되었다. 약동하는 학생들.

세이카 여고 축제가 드디어 시작되었다.

10시 55분에 시작할 4백 미터 릴레이 예선을 앞두고 입장하는 문을 체크하기로 했다.

점호를 한 뒤, 학생들을 정렬시키는데 뒤쪽에 게이가 보였다. 게이는 나와 눈이 마주치자 생긋 웃어 보였다. 나도 살짝 미소를 지었다.

"선생님은 안 나가세요?"

차례를 기다리고 있는데 게이가 곁에 다가와서 물었다. 내가 후지모토는 아니지만, 블루머 아래로 시원하게 뻗은 다리가 눈에 들어왔다. 순식간에 합숙날 밤의 기억이 되살아났다.

"교사 대항 릴레이에만 나갈 거야. 그러면 바로 다음이 피에로네."

나는 게이의 허벅지에서 눈을 돌리며 말했다.

"아 참, 피에로 때문에 상의할 일이 있거든요. 이따 점심 드시고 동아리방으로 좀 와주실래요?"

"동아리방? 알았다."

"꼭이에요. 까먹으시면 안 돼요."

게이의 다짐을 듣는 찰나, 4백 미터 릴레이 시작을 알리는 방송이 나왔다. 게이는 자기 자리로 돌아갔다.

"선수 입장!" 하는 소리와 함께 입장하는 문을 통과할 때 나는 "얘들아, 힘내!" 하고 응원했다. 게이와 게이 주변에 있던 학생 수십 명이 나를 보고는 "네" 하고 힘차게 대답했다.

게이가 속한 팀은 마지막으로 출전했다.

3학년은 여덟 개 반이 있는데 두 팀으로 나뉘어 예선이 진행된다. 네 팀 가운데 우승하는 두 팀이 결승에 진출한다. 게이는 마지막 주자였다. 게이에게 배턴이 넘어왔을 때는 2등이었는데, 게이는 그 자리를 지켜주었다. 골인한 후 이쪽을 향해 빨간 배턴을 흔드는 것이 보였다.

12시 15분에 교사 대항 릴레이가 시작되었다. 후지모토의 젊음이 유난히 돋보였다. 아무리 열심히 해도 그를 이길 수는 없을 것이다.

"수고 많이 하셨어요."

릴레이를 힘겹게 끝내고 자리로 돌아오자 다케이가 웃으면서 맞아주었다. 그는 릴레이에 참가하지 않았다.

"뭘요. 후지모토 선생님 들러리만 해주다 말았는데요, 뭐."

"아니, 무슨 말씀을요. 엄청 잘 뛰시던데요. 아직도 건재하십니다."

그는 한바탕 아부를 늘어놓더니 소리를 낮추며 말을 이었다.

"할 말이 좀 있는데……. 괜찮으시죠?"

"……네. 뭔데요?"

나는 주저하면서도 고개를 끄덕였다.

경기장을 빙 둘러 걸으면서 이야기를 들었다. 운동장에서는 이제 곧 4백 미터 릴레이 결승전이 열린다. 게이도 나갈 것이다.

이야기를 다 들은 나는 조금 놀라서 그의 햇볕에 그을린 얼굴을 보았다.

"진심이세요?"

"물론이죠."

그는 개구쟁이 같은 얼굴을 하고 웃었다.

"겨우 1년에 한 번뿐인 행사 아닙니까. 이왕 놀 거면 제대로 놀아야죠. 좋지 않아요?"

"그렇긴 한데……."

"곤란하세요?"

"아니, 곤란할 것까진 없고요……."

"그렇담……."

"잘될까요?"

"물론이죠. 일단 저한테 다 맡기세요."

다케이의 흥분한 말투에 나도 모르게 웃음을 지었다.

그의 몸은 말할 것도 없이, 방금 그가 제안한 내용에서도 젊은 교사다운 신선함이 느껴졌다. 나도 그 젊음을 만끽하고 싶은 마음에 선뜻 대답했다.

"좋아요, 그렇게 하지요."

4백 미터 릴레이 결승전에서 게이가 속한 팀은 결국 2위로 입상했다. 안타까워하는 선수들 사이에서 게이만 마냥 웃고 있었다. 게이는 나와 다케이를 향해 웃으면서 오른손을 가볍게 들어 보였다.

점심시간이 되자 교사들은 늘 하던 대로 교무실에서 도시락을 먹었다. 교사들 모두 운동복 차림이라는 것만 제외하면 평소와 다를 바 없는 광경이었지만 왠지 모르게 들떠 있는 것처럼 보였다. 교사들끼리 대화도 많이 나누었다. 대화 내용은 주로 교사 대항 릴레이에서 후지모토가 1등으로 완주한 것과 축제가 끝난 후 어디서 한잔 할까 하는 것이었다. 어느 팀이 우승할지에 관한 이야기는 아예 화제에 오르지도 않았다. 가장행렬 이야기가 나오자 내 옆에서 식사하고 있던 후지모토가 나에게 물어보았다.

"마에시마 선생님은 술 취한 피에로라면서요. 그런데 진짜 술을 마셔요?"

"에이, 설마요. 당연히 물이죠."

"그럼 물을 술처럼 벌컥벌컥 마시는 거예요?"

"대본에 그렇게 나와 있으니까 그렇게 해야죠. 왜요?"

"아니, 좀 전에 잠깐 그 얘기가 나왔거든요. 그래서 그냥 여쭤본 거예요."

"흐음……."

나는 더 이상 묻지 않았다.

점심식사가 끝나자 나는 게이에게 들은 대로 곧장 양궁부 동아리방으로 갔다. 벌써 부원들 수십 명이 와서 의상이나 소도구를 마지막으로 점검하고 있었다.

방 입구에 가로세로 각각 1미터 정도 되는 큰 상자가 놓여 있었는데, 파란색 그림물감으로 화려하게 칠해져 있었다. 마치 마술상자 같다. 옆에 가서 자세히 보니 목제로 만들어 꽤 튼튼해 보였다.

이런 건 언제 다 준비했을까?

"그 상자 진짜 잘 만들었죠?"

게이가 다가와서 말했다. 종이로 만든 검은색 비단모자를 쓰고 있었다. 옷차림으로 봐선 서커스단 단장이나 마술사 같다.

"언제 만들었어?"

"어제요. 선생님은 먼저 가셨잖아요. 그래서 다케이 선생님이 만들어주셨어요. 종이를 붙이고 색칠까지 하고 나니까 저녁때가 됐더라고요."

"흐음……. 그런데 이건 대체 어디 쓰는 거냐?"

내가 물어보자 게이는 아이 참~ 하고 아양을 떨면서 되물었다.

"모르시겠어요?"

"모르니까 물어보지. 얼핏 봐선 마술상자 같은데."

"제대로 보셨네요."

게이가 손뼉을 치며 말했다.

"그럼 이 상자 안에서 뭐가 나오게요?"

"호오, 뭔가 나온다는 소리구나. 가만 있자, 크기가 이 정도 되면……."

퍼뜩 머리에 떠오르는 것이 있었다. 고개를 들어보니 게이가 히죽히죽 웃고 있었다.

"혹시, 설마……."

"눈치채신 거 같은데요?"

"뭐야, 나더러 이 안에 들어가라고? 장난해, 지금?"

"맞아요. 제가 마술사인데 하나둘셋을 세면 선생님이 상자 안에서 튀어나오는 거예요. 정말 재밌겠죠?"

"그거야 뭐, 재미는 있겠지."

나는 팔짱을 끼며 떨떠름한 표정을 지었다. 가나에와 다른 부원들도 웃으면서 다가왔다. 다들 벌써 완벽하게 분장을 마친 것 같았다.

"선생님, 그냥 눈 딱 감고 상자 안에 들어가세요. 이게 양궁부 가장행렬의 메인이거든요."

가나에가 말했다.

"알았다, 알았어, 내가 너희들한테 완전히 졌다."

나는 포기했다는 듯이 말했다.

"정말 해주시는 거죠?"

게이가 내 얼굴을 빤히 올려다보았다.

"별수 있니? 어쩔 수 없잖아."

앗싸, 하고 학생들은 단체경기에서 이겼을 때처럼 까불며 떠들어댔다. 게이도 웃으면서 내 팔을 잡았다.

"그럼 각오 단단히 하고 들어가세요. 순서를 설명해드릴게요."

방 안에는 빨강 파랑의 화려한 의상들이 여기저기 널려 있었다. 게다가 달콤한 향기가 평소보다 훨씬 진하게 풍겼다. 아마 화장품 향일 것이다. 구석에 골판지 수십 개가 쌓여 있었는데 게이가 그중 하나를 꺼내왔다. 거기에는 매직으로 '피에로'라고 쓰여 있었다.

"이게 피에로의 가장행렬 세트예요. 이것만 있으면 아무나 피에로가 될 수 있어요."

딱히 되고 싶진 않은데, 하고 중얼거리며 나는 상자를 열어보았다. 먼저 나온 것은 황색 물방울이 그려진 청바지였다. 같은 무늬의 모자도 보였다. 모자에는 쭈글쭈글한 황색 털실이 빽빽하게 붙어 있었다. 가발 겸용인 것 같다. 파운데이션과 립스틱 같은 화장품도 있었다.

"오늘 마지막 프로그램이 창작댄스죠? 그때 저희는 1학년 교실에서 옷을 갈아입을 거예요. 그동안 선생님도 어디 적당한 데서 옷 갈아입으시고 그 상자 안에 숨으시면 돼요."

1학년 건물은 입장하는 문 옆에 있다. 입장하는 순간까지 변장한 모습을 보이지 않으려고 그곳으로 정한 것이다.

"그럼 난 혼자서 분장하라고?"

"저희랑 같이 갈아입을 순 없잖아요. 저야 괜찮지만."

"바보 같은 소리 하지 마."

내가 투덜대자 게이가 내 어깨를 톡톡 두드렸다.

"제대로 하셔야 돼요. 메이크업하는 방법도 다 알려드렸으니까."

"상자는 어디 둘 건데?"

"1학년 건물 뒤에요. 피에로 분장세트랑 술병도 같이 넣어둘 거예요. 미리 말씀드리는데 괜히 어슬렁어슬렁 돌아다니시다가 다른 사람들한테 들키면 안 돼요."

내가 교사라는 사실조차 잊게 만드는 말투다. 잔소리를 퍼부을 기분이 아니어서 이해했다는 척 그저 알았다고만 대답했다.

오후 행사는 1시 30분부터 시작되었다. 첫 번째 종목은 도움닫기 높이뛰기 결승전이다. 스웨덴릴레이(sweden relay, 1천 미터의 거리를 네 명의 주자가 100미터, 200미터, 300미터, 400미터 순으로 계주하는 메들리 릴레이의 하나) 8백 미터 릴레이가 다음 순서로 이어졌다.

나는 게이와 가나에 일행이 있는 B팀에서 지켜보기로 했다. 그 아이들이 3위 정도는 가능할지도 모른다고 말했다.

"선생님은 좋겠어요. 담임을 안 맡으셨으니까 어느 반이 이기건 상관없잖아요."

게이가 말했다.

"뭐, 그렇긴 한데 솔직히 담임 선생님들도 순위에는 별로 관심이 없는 것 같더라. 너희 반 선생님은 뭐라고 하시니?"

"맞다. 그러고 보니 도키타 선생님이 계속 안 보여요."

게이가 말하자 가나에도 맞장구치면서 밉살스럽게 말했다.

"뭐 보나마나 텐트 밑에 있겠죠. 교장 선생님이나 손님들 한테 알랑방귀나 뀌고 있을 테니까."

"그래도 아소 선생님은 꽤 열심이신데요. 저기 보세요."

게이가 응원석 앞쪽을 가리켰다. 긴 머리카락을 뒤로 묶은 뒷모습이 보였다. 학생들과 똑같이 하얀 체육복을 입고 있어서 눈에 잘 띄지 않지만 분명 아소였다.

2시 15분이 되자 손님들과 교직원이 함께하는 게임이 시작되었다. 방법은 간단하다. 코스 중간에 떨어져 있는 카드를 주워 거기 나와 있는 사람이나 물건을 먼저 대동하고 돌아오면 된다. 여기 참가하는 사람들은 교사 대항 릴레이처럼 체력이 강해야 하는 경기에 나갈 수 없는 사람들, 즉 연배가 있는 손님이나 교직원들이다.

시작을 알리는 권총 소리가 울리자 교사와 학부모들이 달리기 시작했다. 카드를 보자마자 옆에 있던 학생을 데리고 달리는 사람도 있고, 자신이 찾아야 하는 물건을 큰 소리로 떠들어대는 사람도 있다. 대걸레처럼 찾기 귀찮은 물건이 걸려 곧바로 창고로 뛰어가는 사람도 있었다.

모두들 한바탕 웃는 시간이 연출되었다. 그 다음으로 1학년들의 트로이카 경주가 시작되었다. 한 사람이 타이어 위에 올라타면 두 사람이 타이어를 끈으로 잡아끌고 달리는, 상당히 힘든 경기다.

"저기 봐, 에미가 나왔어."

게이가 가리키는 방향을 바라보니 에미가 타이어에 걸터 앉은 채 덩치 큰 학생 둘에게 끌려가는 것이 보였다. 하얀 치아를 드러내며 천진하게 웃는 얼굴에서 여고생의 상큼한 분위기가 느껴졌다.

2시 45분, 학생 대 직원의 장애물경주가 시작되기 전에 3학년들을 모두 입장하는 문 앞에 집합시키라는 지시가 내려왔다. 마지막 프로그램인 창작댄스를 준비하기 위해서다.

"다들 무슨 나들이라도 가는 차림이구나."

내가 놀리듯이 말했지만 게이는 그 말에는 대답하지 않고 나에게 한번 더 다짐을 받았다.

"가장행렬 준비 잘하세요. 긴장하시면 안 돼요."

"알았다. 걱정하지 마라."

나는 호언장담했지만 게이는 불안한 얼굴로 돌아갔다.

3시 정각이 되자 3학년들이 입장했다. 그와 동시에 나는 자리에서 일어섰다. 학생들이 운동장에 줄지어 서자 창작댄스 음악이 흘러나왔다. 운동장 가득 울려퍼지는 음악을 들으면서 나는 빠르게 걸어갔다.

3시 20분이 되자 행진곡과 함께 안내방송이 나왔다.

"자, 그럼 오늘의 마지막을 화려하게 장식할 하이라이트를 소개하겠습니다. 지금부터 각 동아리에서 준비한 가장행렬이 시작됩니다. 과연 누가 어떤 분장을 하고 있는지, 여러분은 눈치채셨습니까? 잘 찾아보세요. 선생님들도 계신답니다."

유령, 인디언과 기병대 등이 선두로 등장했다. 폭소와 갈채가 쏟아졌다. 피날레를 장식하는 프로그램에 걸맞게, 운동장에 모여 있던 사람들의 흥분은 최고조에 달했다.

"다음은 양궁부에서 준비한 서커스단입니다. 입장하세요."

화려한 음악과 함께 사방으로 폭죽이 터지자 화려하게 치장한 수십 명이 입장하기 시작했다. 맹수 훈련사가 선두에 섰다. 한 사람이 커다란 훌라후프를 높이 들자 사자로 분장한 사람이 빠져나가는 묘기를 선보였다. 이어서 레오타드(leotard 소매 없이 몸에 꼭 끼는, 아래위가 붙은 옷)를 입은 세 사람이 등장해 줄타기와 공중그네 시범을 보였다.

이번에는 마술사 분장을 한 무리가 입장했다. 전원이 망으로 된 타이와 검은 턱시도, 검은색 가면까지 쓰고 요염하게 걸어 들어왔다. 장내에 환호성이 가득했다. 마술사들은 큰 마술상자를 누르고 있었다. 안에 뭔가가 들어 있다는 것을 한눈에 알 수 있었다. 마술사들은 그 상자로 딱히 뭔가를 하지는 않고 그저 웃는 얼굴로 트랙을 따라 걸어갔다. 그들은 운동장 거의 한가운데에 왔을 때 멈춰 섰다. 그러자 검은색 비단모자를 쓴 마술사가 지팡이를 들고 상자 옆에 섰다. 마술사는 관객들을 향해 사방으로 인사한 후 천천히 지팡이를 치켜들었다.

"하나, 둘, 셋!"

그 소리와 함께 상자 뚜껑이 안쪽에서 열리며 물방울 무늬 의상을 입은 피에로가 상자 밖으로 뛰어나왔다. 그때 재빨리 안내방송이 나왔다.

"네~ 피에로가 등장했습니다. 이 피에로는 도대체 누구일 까요?"

피에로는 얼굴을 빨갛게 물들이고 코와 입도 빨갛게 그렸다. 거기다 모자까지 쓰고 있어서 누구인지 알아채기가 쉽지 않을 것이다. 하지만 몇몇 학생이 "야, 마에시마 선생님도 제법이다" 하고 웅성거렸다.

피에로는 술병을 들고 걸어갔다. '술 취한 피에로'로 설정 했기 때문에 이리 흔들 저리 흔들 하며 갈지자로 비틀비틀 걸었다. 그 세심한 연기에 운동장은 큰 박수와 웃음소리가 가득했다.

비단모자를 쓴 마술사가 비틀거리는 피에로를 나무라듯 뒤 쫓아갔다. 하지만 피에로는 술병을 쥔 채 이리저리 도망쳤다. 학부모와 교직원들이 있는 텐트 앞까지 도망친 피에로는 꾸벅 인사를 하고 나서 손에 든 술병을 높이 들어올렸다. 그리고 천천히 뚜껑을 열더니 관객들 앞에서 병째 마시기 시작했다. 그 우스꽝스러운 모습에 모두들 웃음을 아끼지 않았다.

그런데 다음 순간 이상한 일이 벌어졌다. 병에서 입을 뗀 피에로가 갑자기 웅크리더니 그 자리에 주저앉은 것이다. 그리고 목을 움켜쥐면서 쓰러지더니, 손발을 버둥거리며 몸부림쳤다.

이때까지만 해도 사람들은 그것이 피에로의 연기라고 생각했다. 나도 그랬으니까. 그의 서비스 정신으로 무장한 오버 연기에 감탄하고 있었던 것이다.

마술사로 분장한 게이도 웃으면서 피에로에게 다가갔다. 버둥거리던 피에로의 손발이 차차 잦아들더니 온몸을 움찔거렸다. 게이가 그의 손을 잡아 일으키려고 했다. 하지만 그 순간, 게이의 안색이 크게 변했다. 게이는 피에로의 손을 놓고 비명을 지르면서 뒷걸음질쳤다. 이상한 공기의 흐름을 느꼈는지 관객석에서도 웃음소리가 그쳤다.

나보다 한걸음 먼저 달려나온 사람은 후지모토였다. 그는 여장용 드레스를 걸친 우스꽝스러운 차림이었지만, 어느 누구도 그런 사실을 신경쓰지 않았을 것이다.

"마에시마 선생님, 정신 차리세요!"

후지모토가 피에로를 안아 일으키자 사람들이 그 주변을

에워쌌다.

나는 전속력으로 달려 원 안으로 비집고 들어갔다.

"아냐, 나는 여기 있어요!"

사람들이 나를 보았다.

거지 분장을 한 내 모습에 모두들 놀란 모양이다. 그리고 그 사람이 나라는 것을 알자 모두들 숨을 삼켰다.

"다케이 선생님!"

나는 숨을 헐떡이며 외쳤다.

1

두 사람이나 살해되었다. 한 사람은 수학교사, 다른 한 사람은 체육교사다. 이것으로 나는 두 번이나 인간의 죽음과 마주하게 되었다. 게다가 이번에는 사람이 죽어가는 과정까지 적나라하게 목격했다.

학생들이 패닉 상태에 빠진 것은 말할 필요도 없다. 울음을 터뜨리는 학생들도 있었다. 하지만 나를 놀라게 한 것은 울고 있는 학생들보다 시체를 보고 싶어하는 학생들이 더 많다는 사실이었다. 몇몇 사람을 제외하고 학생들을 모두 귀가시키기로 했지만, 집에 가려고 하지 않는 학생들이 많아서 교사들의 속을 썩였다.

오타니의 얼굴은 여느 때 이상으로 험악해졌다. 말투는 딱딱하고 후배 형사들에게 지시를 내릴 때에도 눈에 띄게 초조해했다. 천하의 오타니도 두 번째 살인은 전혀 예상치 못했던 것 같다.

나와 오타니는 관객석 텐트 아래에서 몇 번째인지 모를 대면을 했다. 하지만 예전처럼 학교 측과 경찰 측 입장을 조율하기 위해서가 아니었다. 이 사건과 가장 관련이 깊은 사람으로서 오타니를 만난 것이다.

나는 오타니에게 사건 발생 과정을 간단히 설명했다. 간단히 설명할 수 있는 내용은 아니지만 우선 그렇게 했다. 그러자 그가 의심스럽다는 표정을 지었다.

"다케이 선생님이 양궁부 가장행렬에 참가했다는 겁니까?"

"네."

"거참 이상하네. 어째서죠?"

"저랑 역할을 바꾸기로 했거든요. 원래 피에로 역을 맡은 사람은 저였습니다."

설명을 해줘도 오타니는 제대로 이해를 못하는 모양이다. 그래서 나는 오전에 열린 교사 대항 릴레이가 끝나고 나서 점심시간이 되기 전에, 다케이가 서로 역할을 바꾸자고 제안했다는 이야기를 했다.

"그냥 애들을 한번 웃겨주고 끝내는 정도로는 솔직히 약하잖아요? 전 그렇게 생각하는데. 이왕 할 거면 애들이 기절초풍하게 만드는 건 어때요? 애들은 피에로가 당연히 마에시마 선생님이라고 믿고 있잖아요. 그런데 내가 피에로라는 것이 밝혀지면 분명 다들 놀랄 거예요."

나는 다케이의 이러한 제안을 받아들이기로 했다. 그의 젊은 분위기를 함께 느끼고 싶어서였다.

역할을 바꾸는 것은 의외로 간단했다. 피에로 분장이 끝나면 학교 건물 뒤편에 있는 마술상자에 들어가 기다리기로 이미 이야기되어 있었기 때문이다. 3학년 학생들이 창작댄스를 하는 동안 다케이가 피에로 분장을 해서 가장행렬 준비를 마치고, 상자 안에서 기다리기만 하면 되는 것이다. 메이크업은 내가 해주었고 의상도 꼭 맞았다. 나와 다케이는 얼굴 윤곽이나 체형이 비슷하기 때문에 얼핏 봐서는 구분할 수 없을 것이다.

다케이가 맡기로 했던 거지 역할은 당연히 내가 하기로 했다. 얼굴을 지저분하게 분장하고 누더기 의상을 걸치면 다케이처럼 보이지 못할 것도 없다. 다만 함께 등장하는 육상부원들의 눈까지 속일 수는 없을 것이다.

"선생님은 어디에든 끝까지 숨어 있다가 입장하기 직전에 육상부 애들이랑 합류하시면 돼요. 뭐, 들키면 그냥 역할을 바꿨다고 말하면 그만이고. 그런데 의외로 잘될지도 모르겠어요."

다케이는 이 상황을 즐기는 듯했다.

이유야 어찌되었든 일단 피에로 역할을 바꾸는 것은 성공적이었다. 하지만 이 장난에 이토록 무서운 결말이 기다리고 있을 거라고는 나도, 다케이도 예상하지 못했다.

오타니는 담배를 몇 개비나 연달아 피우면서 내 이야기를 듣고 있었다. 애들처럼 행동하는 교사에게 넌덜머리가 난 건지, 그의 안색이 밝지 않았다.

"그럼⋯⋯."

그는 머리를 쥐어뜯으면서 물었다.

"선생님 말고는 피에로 정체가 다케이 선생님이라는 사실을 아무도 몰랐다는 소리군요."

"그렇죠."

오타니는 코로 한숨을 내쉬었다. 그리고 오른쪽 팔꿈치를 책상에 올려놓더니 두통을 없애려는 듯 주먹으로 머리를 짓눌렀다.

"마에시마 선생님. 이건 엄청나게 중요한 사건입니다."

"알고 있습니다."

태연하게 대답하려고 했는데 나도 모르게 뺨이 떨렸다. 오타니가 목소리를 깔며 말했다.

"선생님이 방금 말씀하신 게 사실이라면 오늘 범인이 노린 사람은 다케이 선생님이 아니라 마에시마 선생님입니다."

나는 고개를 끄덕이면서 침을 삼켰다. 그러자 목울대가 위아래로 움직였다.

"대체 이게 무슨 일인지."

오타니가 어이없다는 듯 중얼거렸다.

"저도 잘 모르겠습니다. 그런데……."

나는 고개를 가로젓다가 곁눈으로 구리하라를 흘깃 살펴보았다. 교장은 옆 텐트 아래쪽에 무기력하게 앉아 있었다. 그의 얼굴은 기분이 안 좋다기보다 망연자실한 것처럼 보였다.

나는 이전에도 오타니에게 누군가가 내 생명을 노린 적이 있다는 이야기를 하려고 했었다. 교장과는 이미 "한 번만 더 이런 일이 생기면 경찰에게 말하겠다"고 했으니 더 이상 감출 이유도 없다.

"실은……."

나는 그동안 참아왔던 입을 열었다. 플랫폼에서 누군가가 밀어서 떨어질 뻔했던 일, 수영장 샤워실에서 감전사할 뻔했던 일, 머리 위에서 화분이 떨어진 이야기를 되도록 자세히, 그리고 객관적으로 설명했다. 말을 하다 보니 그 당시의 공포가 선명하게 되살아났다. 여태껏 잘도 참고 있었구나, 내가 느끼기에도 이상할 정도였다.

오타니의 얼굴에 놀라는 기색이 그대로 나타났다. 그리고 내 이야기를 다 듣자 초조함을 애써 억누르는 목소리로 책망하듯 말했다.

"그걸 왜 이제 말하십니까? 진작 이야기해주셨으면 희생자가 안 나왔을지도 모르는데."

"죄송합니다. 우연일지도 모른다고 생각했거든요."

나는 이렇게 대답할 수밖에 없었다.

"뭐, 이제 와서 말해봤자 어쩌겠습니까. 어쨌든 지금 하신 얘길 들어보니 범인이 노린 사람은 마에시마 선생님이라는 게 확실하군요. 그럼 어디 순서대로 이야기 좀 들어봅시다. 우선 가장행렬 말인데, 그건 원래 축제 때마다 하는 겁니까?"

"아니요. 올해가 처음입니다."

나는 해마다 축제의 마지막 프로그램은 여러 동아리가 참가해서 공개 경합을 벌이는 식으로 운영되는데, 올해는 운동부 연합회에서 가장행렬로 정했다는 점을 오타니에게 설명했다.

"그래요. 그럼 마에시마 선생님이 맡은 동아리는 언제 피에로를 하기로 정했습니까?"

"저도 정확하게는 모르겠습니다. 제가 들은 게 일주일 정도 전이었던 것 같습니다."

"피에로 역할을 하게 됐다는 사실도 그때 아셨습니까?"

"네."

"축제 때 뭘 하는지는 각 동아리 외에는 비밀이겠지요?"

"일단은……."

내가 확신 없는 말투로 대답하자 오타니는 재빠르게 물었다.

"일단은, 뭡니까?"

"각 동아리 학생들이 친한 친구들한테 슬쩍슬쩍 이야기해서인지, 제가 피에로를 한다는 사실은 전부터 꽤 소문이 나 있었습니다. 저뿐만 아니라 다른 선생님들도 각자 어떤 역할을 맡았는지 다 알려져버렸고……."

결국 이것이 비극의 원인이었다. 범인은 내가 피에로를 연기한다는 사실을 알고, 소품으로 사용할 술병에 일부러 독을 넣었다. 또 내가 피에로를 한다는 소문만 퍼지지 않았다면 다케이가 역할을 바꾸자고 제안하지도 않았을 것이다.

"대충 사정은 알겠습니다. 범행을 꾸밀 기회는 누구한테나 있었다는 거군요. 그럼 문제는 누가 독극물을 넣었나 하는 점인데, 축제를 하는 동안 그 병은 어디에 두셨습니까?"

"마술상자 안에 넣어서 1학년 건물 뒤에 뒀습니다. 가만, 그게 몇 시쯤이더라? 애들한테 물어보면 알 수 있긴 한데, 그 전에는 양궁부 동아리방에 있었을 겁니다."

"그럼 독극물을 넣을 기회가 두 번 있었던 셈이군요. 그 병이 동아리방에 있었을 때랑 학교 건물 뒤에 있었을 때."

"아, 잠깐만요. 방금 기억난 게 하나 있습니다."

나는 술병의 상표를 떠올리며 말했다. 점심시간 동아리방에서 보았을 땐 분명 '고시노칸바이'라는 상표가 붙어 있었다. 그런데 다케이가 쓰러졌을 때 옆에 구르고 있던 병에는 전혀 다른 상표가 붙어 있었다. 결국 범인은 원래 있던 병에 독극물을 넣은 것이 아니라 미리 독극물이 든 병을 준비해두었다가 틈을 봐서 바꾼 것이다.

"사람 말고도 바뀐 게 또 있었군요."

오타니가 말했다.

"지금 말씀하신 게 사실이라면 그 병을 학교 건물 뒤에서 바꿨다는 소리가 됩니다. 시간은 학생들한테 물어봅시다."

그리고 그는 뭔가 들여다보려는 듯 내 표정을 살피더니 더욱 목소리를 낮추며 물었다.

"그런데 살해동기 말입니다. 뭐 짚이는 것 없습니까? 어떤 사람한테 원한을 산 적이 있다거나……."

단도직입적인 질문이었다. 오타니는 상대방이 누구냐에 따라 말하는 방법을 바꾸기도 하는데, 나에게는 굳이 돌려 말할 필요가 없다고 생각했나 보다.

"글쎄요. 전 남들한테 원한을 사지 않으려고 항상 조심하면서 살아왔다고 생각하는데……."

나는 여기까지 말하고 나서 다음 말을 어떤 식으로 이어가야 할지 망설였다. 하지만 결국 내 생각을 솔직하게 말하기로 했다.

"저도 모르게 남한테 상처 준 적이 있을지도 모르죠. 누구나 그렇잖습니까?"

"호오…… 알고 보니 꽤 솔직한 분이시군요."

오타니는 차갑게 말했지만 그게 불쾌하다고 느껴지지는 않았다. 그는 내 시선을 피하더니 뭔가 생각난 것처럼 말했다.

"선생님이 작년에 요코 학생의 담임을 맡으셨지요?"

순간 심장이 덜컥 내려앉더니 심하게 쿵쿵거렸다. 아마 얼굴에도 나타나지 않았을까? 나는 되도록 평정심을 유지하며 되받아쳤다.

"그 학생이 무슨 동네북입니까? 일단 지난번 사건 땐 요코한테 알리바이가 있었습니다. 마사미의 추리가 옳다고 가정했을 경우이긴 하지만요."

어쩌면 일부러 그런 식으로 말했는지도 모르겠다.

"분명 그렇긴 한데 어쨌든 그 학생이 의심스러운 건 지금도 마찬가지입니다. 게다가 말씀하신 것처럼 알리바이가 완벽한 것도 아니거든요. 그러니 이번에도 당연히 배제할 수는 없지요. 요코 양이 어떤 학생이고 선생님과의 사이가 어땠는지 진실을 듣고 싶습니다."

오타니는 천천히, 차분하게 말하면서 내 눈을 뚫어지게 쳐다보았다. 나는 당혹감을 느낌과 동시에 망설였다. 요코가 나에게 특별한 학생이라는 뜻은 아니다. 하지만 이번 봄 요코는 나에게 둘만의 여행을 제안했고, 역에서 끝까지 나를 기다렸지만 허탕을 쳤으며, 그 뒤로 나를 보는 눈이 달라져 버렸다. 그 눈에는 증오가 담긴 듯했고, 때로는 슬픔을 호소하는 것 같기도 했다. 오타니에게 이 이야기를 할 생각은 없었다. 설령 요코가 범인이라는 최악의 상황이 발생한다 해도 나와 요코의 문제만큼은 스스로 정리할 생각이었다.

"요코는 제가 가르치는 학생 중 한 명일 뿐, 그 이상도 그 이하도 아닙니다."

나는 의연하게 대답했다고 생각했다. 오타니도 그러냐고 말할 뿐, 더 이상 요코에 대해서 묻지 않았다.

"그럼 다른 걸 물어보겠습니다. 원한과는 별도로 선생님이 자기를 방해한다고 생각하는 사람은 없습니까? 선생님이 죽는 게 그 사람에게 이익이 되거나, 선생님이 살아 있으면 손해인 사람 말입니다."

내가 죽으면, 하는 말에 나는 다시 긴장하고 말았다. 지금 현재의 삶이 죽음과 나란히 놓여 있다고 생각하니 공포가 생생하게 되살아났던 것이다.

그런 사람은 없습니다—나는 이렇게 대답하려고 했다. 이런 이야기는 그만하고 싶다는 마음이 강하게 일었던 것이다. 하지만 갑자기 누군가의 얼굴이 뇌리를 스쳐 지나갔다. 이런 질문을 받으면 당연히 떠오르는 인물이었다. 나는 그 사람의 이름을 말해야 할지 망설였다. 하지만 그렇게 망설이다 보니 결국 오타니에게 털어놓을 수밖에 없었다.

"뭔가 생각나셨습니까?"

저녁놀이 역광으로 비쳐 오타니의 표정은 보이지 않았지만, 틀림없이 목표물을 잡기 직전의 사냥개 같은 눈을 하고 있을 것이다. 그리고 내가 동요하고 있다는 것도 알아차렸을 것이다. 나는 하는 수 없이 단념하며 말했다.

"확실하진 않습니다. 그냥 억측입니다."

하지만 그가 그 정도로 물러날 리 없었다. 오타니가 이야기를 재촉하듯이 나를 바라보았기 때문에 나는 교장을 살짝 돌아보고 나서 과감하게 그 이름을 밝혔다. 예상대로 오타니도 조금은 놀란 것 같다.

"아소 선생님이?"

"네."

나는 조그맣게 중얼거렸다.

"그 영어 선생님이…… 어째서요?"

그 질문에 대답하려면 아소와 교장 아들의 혼담 이야기를 해야 한다. 더욱 괴로운 일은 옛날 그녀에게 실연당한 친구 K의 이야기도 해야 한다는 것이다. 요컨대 내가 아소의 남성 편력을 안다는 사실은, 그녀가 신데렐라의 꿈을 이룰 기회를 놓치게 될 수도 있다는 것을 의미했다.

"과연, 그럼 아소 선생님은 동기가 있는 셈이군요."

오타니는 미처 깎지 못한 수염을 비비면서 말했다. 까끌까끌한 소리가 들렸다.

"그런데 그게 사람을 죽일 정도의 이유가 되는지는 의문입니다."

"맞습니다. 그렇다고 해서 쉽게 판단할 수 있는 사항도 아닙니다."

아소가 도대체 어떤 여자인지 먼저 알아야 한다. 그런데 나로서는 짐작조차 할 수가 없다.

"이왕 이야기하셨으니 말인데, 좀 확인해보고 싶은 게 있어서……."

경찰이 다케이를 살해한 범인과 무라하시를 죽인 범인이 동일하다고 생각하는지가 궁금했다. 그 대답에 따라 이야기가 달라질 수도 있다.

나의 질문에 오타니는 팔짱을 꼈다.

"솔직히 말하자면 이 자리에서 단정해 이야기할 수 있는 사안은 아닙니다. 그런데 의사는 다케이 선생님 사인이 십중팔구 청산가리 중독이라고 했습니다. 무라하시 선생님과 같지요. 편승 살인일 가능성도 없다고 할 수는 없습니다만, 이번 경우는 동일범의 소행으로 봐도 될 거라고 생각합니다."

당연한 추리다. 누구라도 그렇게 생각할 것이다. 하지만 그렇게 되면 또다시 아소가 범인 후보에서 제외된다.

"아소 선생과 무라하시 선생이 특별한 관계였다고 가정하면, 지난번 사건의 살해동기도 이번이랑 같다고 생각합니다. 그런데 그때 아소 선생에게는 확실한 알리바이가 있었습니다."

아소는 방과 후 영어회화 동아리를 지도하고 있었다고 했다. 그리고 그 사실을 알려준 사람이 바로 오타니였다.

"그렇습니다."

오타니는 억지로 미소를 지으며 고개를 가볍게 젓고는 크게 한숨을 내쉬었다.

"아소 교코라는 이름을 맨 처음 떠올린 게 그 일 때문이었습니다. 물론 방금 흥미 있는 이야기를 또 하나 들었으니 다시 조사할 생각입니다만."

그의 말투에서 아소의 알리바이를 무너뜨리기는 불가능할 거라는 분위기가 느껴졌다. 그렇다면 공범설이나 지난번 사건과 별개로 생각할 수밖에 없지만, 지금으로서는 양쪽 모두 가능성이 희박하다.

"그것 말고는 짚이는 게 없으십니까?"

오타니가 물었지만, 나는 고개를 저었다.

무라하시와 나는 수학교사라는 점을 빼면 어떠한 공통점

도 없다. 요코나 아소 모두 범인이 아니라면, 범인은 대체 우리 두 사람의 어떤 면에서 공통점을 발견해 살해할 생각을 했을까? 범인에게 직접 물어보고 싶은 심정이었다.

"됐습니다. 오늘은 여기까지 하지요. 뭐 다른 생각이 나면 빨리 연락해주십시오."

시간이 아깝다고 생각했는지 오타니는 이렇게 말하고 모두를 해산시켰다. 나는 예의상 좀더 생각해보겠다고 대답하긴 했지만 그럴 자신이 없었다.

나 다음으로 불려간 사람은 게이였다. 게이가 오타니와 이야기를 나누는 동안 나는 조금 떨어진 의자에 앉아서 그 모습을 바라보았다. 게이의 안색은 창백했고 한기를 느꼈는지 몸을 떨고 있었다.

나와 게이가 학교를 나선 것은 6시가 훌쩍 지나서였다. 오타니와 이야기를 끝내고 나서 이번에는 신문기자에게 취재 고문을 당했기 때문이다. 그런 카메라 불빛은 난생 처음 받아보았다. 한참 동안 눈앞에 잔광이 어른거렸다.

"선생님, 좀 위험한 것 같은데요."

게이가 잔뜩 긴장한 얼굴로 말했다. '위험하다'는 말로 그 무거운 어색함을 풀어주려고 했나 보다.

"응…… 뭐 그렇긴 하네."

이 한마디를 꺼내는데도 혀가 꼬였다. 내게는 그것을 볼썽

사납다고 생각할 여유조차 없었다.

"짚이는 것…… 없지요?"

"아……."

"범인한테 직접 물어보는 수밖에 없겠네요."

"그렇지."

나는 걸으면서 가까운 아파트 단지의 창문을 바라보았다. 일요일 저녁이니 온 가족이 모여 저녁식사를 하거나 텔레비전을 보고 있으리라. 창문으로 새어나오는 불빛이 평범하고 일상적인 행복을 상징하고 있는 것 같다. 도대체 왜 내가 이런 어이없는 일에 휘말려야 하는지…… 화가 난다기보다 한심하게 느껴졌다.

"그런데 넌 형사랑 꽤 오랫동안 이야기하는 것 같던데……."

"아, 그게…… 하도 여러 가질 물어봐서요. 동아리방에 있던 마술상자를 언제 건물 뒤쪽으로 옮겼는지도 물어보던데요. 점심시간 끝나고 바로 옮겼으니까 1시 정도였을 거라고 대답은 했지만요."

그게 사실이라면 병을 바꾼 시각은 오후 경기가 진행되고 있을 때라는 뜻이다. 이 내용만 가지고 병이 바뀐 시간대를 짐작할 수는 없다.

"그것 말고는?"

"마술상자를 1학년 건물 뒤쪽에 둔 걸 아는 사람이 누구냐고⋯⋯."

"그렇구나. 그래서 뭐라고 했어?"

"그야 뭐 당연히 양궁부 전부라고 했죠. 그리고 1학년 교실에서 가장행렬을 준비하고 있던 다른 동아리 애들도 알고 있었을지 모른다, 옮길 때 누군가 봤을지도 모른다, 그렇게 말했어요."

결국 이 정보로도 범위를 좁힐 수 없다는 건가. 오타니가 게이의 말을 듣고 머리를 쥐어뜯는 모습이 저절로 그려졌다.

2

나는 7시경 집에 도착했다. 예정대로라면 축제가 끝난 후 동료 교사들과 뒤풀이가 있기 때문에 10시가 넘어서야 귀가했을 것이다. 유미코는 왜 이렇게 빨리 왔냐며 놀라겠지. 아마 그 이유까지 알면 틀림없이 몇 배는 더 놀랄 것이다.

벨을 누르고 나서 잠시 기다렸다. 이런 일은 드문데, 혹시 외출중인가 싶어 바지 주머니에 손을 넣고 열쇠를 찾는데 찰칵 하고 문 여는 소리가 났다.

"어서 와요. 일찍 왔네."

유미코는 얼굴에 홍조를 띠고 있었다. 햇빛 탓일지도 모르지만 숨이 조금 거친 것이 눈에 보였다.

"응, 뭐."

지금 바로 이야기하면 충격을 받겠지. 어디서부터 어떤 식으로 말해야 할까. 전철 안에서 계속 생각했지만 결국 방 안으로 들어갈 때까지 좋은 생각이 떠오르지 않았다.

나는 윗도리를 벗다가 무심코 장식장 위에 놓인 전화기를 보고 깜짝 놀랐다. 수화기가 떨어져 있고 커버도 벗겨진 채 널브러져 있었다.

"전화하고 있었어?"

내가 묻자 유미코는 옷장에 윗도리를 걸면서 "아뇨. 왜요?" 하고 되물었다. 수화기가 떨어져 있다고 말하자 유미코는 당황해하며 제자리로 돌려놓았다.

"아까 점심때 엄마하고 통화했었어요. 그런데 상당히 세세한 것까지 신경쓰네."

그녀는 평소와 달리 심기가 불편한 듯한 목소리로 대답했다. 분명 신경이 예민해진 것은 사실이었다. 내 집인데도 어딘지 모르게 여느 때와 달라 보였다.

그때의 예민했던 감각으로 짐작하자면, 당시 유미코의 태도는 평소와는 많이 달랐다. 하지만 입 밖으로 말하지는 않았다.

유미코는 곧바로 저녁식사를 준비했다. 오늘은 내가 뒤풀이에 갈 거라고 생각해서 많이 준비하지 않았으리라. 채소 반

찬이 여느 때보다 간결하게 차려져 있었다.

나는 신문을 보았다. 오늘 사건을 어떤 식으로 말하면 좋을지 전혀 떠오르지 않았다. 하지만 말해야만 한다. 나는 유미코가 자리에 앉아 그릇에 밥 담는 것을 보면서 입을 열었다.

"오늘 가장행렬이 있었는데……."

"말했잖아요."

된장국을 담아주던 유미코가 대답했다.

"다케이 선생이 살해됐어."

"넷?"

유미코는 손을 멈추더니 눈을 크게 뜨고 나를 바라보았다. 내가 하는 말의 의미를 제대로 이해할 수 없었던 것이다.

"다케이 선생이 살해됐어. 독극물을 마셨거든."

나는 가까스로 감정을 억누르며 말했다. 유미코는 눈 하나 깜짝하지 않고 그저 입만 뻥긋했다. 하지만 소리는 나오지 않았다.

"다케이 선생이 가장행렬에서 피에로 역할을 했었어. 그때 술병에 든 물을 마셨는데…… 그 안에 청산가리가 들어 있었던 모양이야."

"누가 그런 짓을……."

유미코는 간신히 물었다. 나는 고개를 가로저었다.

"몰라. 형사는 무라하시 선생을 죽인 사람의 소행일 거라고 생각하는 것 같던데……"

"무서워요. 이러다가 그놈 손에 누가 또 죽는 건 아닐까요?"

유미코는 눈썹을 찡그리며 불안하다는 표정을 지었다.

"다음은 내 차례야."

나는 이 얘기가 유미코를 더 큰 두려움으로 빠뜨릴 거라는 것을 알면서도 말했다.

그 말에 유미코의 표정이 굳었다. 된장국과 밥에서 피어오르는 김을 사이에 두고 우리는 한참 동안 서로를 바라보았다. 이윽고 유미코가 조심조심 입을 열었다.

"무슨 소리예요?"

나는 숨을 크게 들이마신 다음 말했다.

"사실 내가 피에로를 맡기로 했었어. 범인이 노린 건 나였지. 그러니까 반드시 날 한 번 더 죽이려 들 거야."

"거짓말……"

유미코는 목이 메었다.

"정말이야. 나랑 다케이 선생 말고는 피에로 역이 바뀐 걸 아무도 몰라. 당연히 범인도……"

또다시 침묵이 이어졌다. 유미코는 허공을 응시하다가 문득 생각났다는 듯 물어보았다.

"뭐 짚이는 거라도 없어요?"

그러고는 약간 충혈된 눈으로 나를 바라보았다.

"없어. 그러니까 일이 이 모양 이 꼴이지."

"당신을 싫어하는 학생이라든가……."

"원한을 가질 정도로 나한테 관심 갖고 있는 애들은 없어."

그때 갑자기 요코의 얼굴이 떠올랐다. 오타니는 이번 사건을 수사할 때에도 요코의 일거수일투족을 신중하게 조사할 것이다. 아니, 알리바이 정도는 이미 조사했을지도 모르겠다.

"그래서…… 앞으로 어떻게 되는 거예요?"

"어떻게 되다니?"

"학교요. 쉴 거예요?"

"아니, 아직까진 아무 말도 안 나오고 있어. 되도록이면 혼자 행동하지 말자고 하긴 했지만."

"그래요……."

몹시 괴로워할 거라고 생각했는데 유미코는 의외로 침착했다. 그리고 뭔가 골똘히 생각하는 듯 입을 다물고 초점 없는 시선으로 손바닥을 바라보았다.

9월 23일 월요일, 추분.

이날은 축제와 상관없이 학교가 쉬는 날이다. 보통 때라면 10시까지 이불 속에서 뭉그적거리다 천천히 일어나 늦은 아침식사를 했겠지만 오늘은 7시 30분에 일어났다.

어젯밤 쉽게 잠들지 못할 것 같아서 술에 물을 타 꽤 많이 마셨는데, 결국은 이 때문에 심장이 벌렁거려 몇 번이나 뒤척거리고 말았다. 그래도 2~3시경에는 꾸벅꾸벅 졸기라도 한 것 같은데 새벽녘이 되자 잠이 완전히 깨고 말았다.

잠을 제대로 못 잤으니 기분은 당연히 최악이었다. 화장실에서 세수를 하면서 거울에 비친 모습을 보니, 기력이라곤 찾아볼 수 없었다.

"일찍 일어났네요."

아직 자고 있을 줄 알았는데 어느새 유미코가 옷을 갈아입고 옆에 서 있었다. 유미코의 얼굴에도 피곤이 덕지덕지 묻어 있었다. 머리를 뒤로 묶었는데 몇 가닥이 흐트러져 한층 여위어 보인다.

나는 현관에서 신문을 가져와 거실에 앉았다. 우선 사건사고 기사를 살폈다. '피에로 독살?'이라는 장난스런 제목으로 기사가 실려 있었다. 생각보다 작았다.

기사는 어제 우리가 형사에게 증언했던 내용들을 그대로 전달하고 있을 뿐이었다. 원래 진짜 피에로 역할을 내가 맡기로 되어 있었다는 사실은 실리지 않았다. 아마 경찰이 이 사실을 매스컴에 알리지 않은 듯하다.

우리는 빵과 커피로 식사를 했다. 대화도 별로 나누지 않았고 음식도 별맛이 없었다. 그때 전화가 울렸다. 유미코는 곧바로 자리에서 일어나더니 수화기를 들기 전에 살짝 손목시계를 살폈다.

그녀는 정중한 말투로 상대편과 서너 마디 이야기를 나누다가, 송화기 부분을 손으로 막고 나를 돌아보며 작은 소리로 말했다.

"교감 선생님이에요."

마쓰자키의 목소리는 어제와 마찬가지로 기운이 빠져 있었다. 그는 늘 하는 뻔한 말로 내 기분을 물어본 뒤, 본론을 꺼냈다.

"사실, 아까 사친회師親會의 혼마本間 씨한테서 전화가 왔어요."

"아……."

사친회 임원을 맡고 있는 학부형이다. 하필 이런 때에 무슨 일이지?

"어제 축제가 한창 진행되고 있을 때 그 병을 봤다는군요."

"병을 봤다니…… 어떤 병을 말씀하시는 건지……."

"글쎄, 확실하게 단정할 수는 없지만, 자기가 본 게 범인이 준비한 병은 아닌가 싶다고 하던데요."

"네? 어디서 봤답니까?"

"창고에서 봤다는군요. 경기에 나갔다가 대걸레를 가져오라는 쪽지 때문에 창고에 갔나 본데, 그때 거기 병이 있었다고요."

"……."

만약 그 병에 정말 독이 들어 있었다면, 병을 바꾼 것은 그 이후인 셈이다. 그러면 범행시각이 상당히 좁혀진다. 나는 필사적으로 물었다.

"경찰한테 그 이야기를 하셨습니까?"

사람들이 이 사건에 관한 일은 다 나에게 떠넘기려고 했지만, 내 입장에서는 이런 식으로 이야기를 전해 듣고 중간에서 쓸데없이 시간을 낭비하는 것보다 스스로 움직이는 것이 오히려 편하다. 초조해할 필요가 없기 때문이다.

"알겠습니다. 제가 연락해보겠습니다."

내 말에 교감은 살았다는 듯이 고맙다는 인사를 늘어놓았다. 나는 시간이 아까워 혼마 씨 연락처만 묻고 재빨리 수화기를 내려놓았다.

S경찰서에 전화를 거니 다행히 오타니는 자리에 있었다. 그는 내 목소리를 듣더니 그렇잖아도 지금 막 학교에 가려던 참이라고 했다. 어제보다 목소리가 밝았다.

나는 교감에게 들은 이야기를 그대로 전해주었는데, 예상대로 오타니는 크게 반응했다.

"중요한 단서군요. 덕분에 수사에 상당한 진전을 보일 것 같습니다."

그의 말투에 실린 열기가 전화선을 통해 그대로 느껴지는 것 같았다. 빨리 조사하고 싶다고 하기에, 나는 혼마의 연락처를 가르쳐주었다. 혼마는 자영업을 하고 있으니 당장이라도 학교에 올 수 있을 것이다.

나는 전화를 끊고 유미코에게 학교에 가야 한다고 전했다. 그러자 유미코는 당황한 모습을 보였다.

"그래도 오늘 하루 정도는 집에 있는 게⋯⋯."

"어차피 휴일이잖아. 아마 범인도 오늘은 학교에 안 올 거야."

빵을 커피에 적셔 입 안에 쑤셔넣고는 급히 옷을 갈아입었다. 어쨌거나 하루종일 집에서 아무것도 하지 않고 뒹구는 것보다 몸을 조금이라도 움직이는 게 나을 것이다. 청바지 차림을 하니 마음이 한결 가벼워지는 것 같았다. 휴일에 출근하는 게 몇 년 만인가, 하고 잠깐 기억을 더듬어보았다.

"저녁때까진 올게."

그렇게 말하고 신발을 신는데 거실에서 또 전화가 울렸다. 유미코에게 맡기고 나가려다가 유미코가 통화하는 소리를 듣고 발을 멈추었다. 집에서 온 전화 같다.

"아주버님이세요."

유미코가 나를 불렀다. 형이 전화를 하는 경우는 거의 없지만 왜 전화했는지 대충 짐작이 갔다.

수화기를 드니 형의 둔탁한 목소리가 들려왔다. 붙임성 없이 무뚝뚝하게 말하지만 역시 그 목소리에는 그리움이 묻어 있다.

예상대로 형은 오늘 아침 신문기사를 보고 전화를 걸었다. 너희 학교에 살인사건이 났던데 너는 괜찮니? 어머니가 걱정하시니까 가끔은 집에 와서 얼굴도 좀 비추고 해라—형은 평소 말수가 적기 때문에 말 한마디 한마디가 상당히 마음에 와닿았다. 나는 걱정하지 말라고 간단하게 대답했다.

현관으로 갔을 때 또다시 전화벨 소리가 들렸다. 나는 고개를 절레절레 흔들며 다시 들어갈까 말까 망설였다. 그런데 유미코가 나를 부르지 않기에 그대로 문을 열고 밖으로 나갔다.

그런데 아파트 계단을 내려오는 동안 방금 걸려온 전화가 계속 신경쓰였다. 전화를 받은 유미코의 목소리가 유난히 작아서 들리지 않았던 것이다.

3

학교에 도착하니 주차장에 경찰차 두 대가 서 있었다. 경찰차 말고도 수십 대가 주차되어 있었는데, 어쩌면 그 차들도 모두 경찰이 타고 온 것일지 모르겠다.

운동장을 두리번거렸지만 오타니 일행은 보이지 않았다. 흙먼지를 뒤집어쓴 마스코트 인형이 마치 시간이 멈춘 것처럼 어제부터 줄곧 하늘을 향하고 있을 뿐이었다.

1학년 건물 1층에 흰 옷을 입은 남자의 모습이 어른거렸다. 제복을 입은 경찰관도 보여서 나는 그쪽으로 걸어갔다.

건물 입구로 가보니, 대청소할 때 쓰는 청소도구나 운동장을 고르게 만드는 기구 등을 보관하는 창고 앞에 놀랄 정도로 많은 남자들이 모여 있었다. 힘깨나 쓸 것 같은 남자들 사이에 사친회 임원인 혼마도 있었다. 유난히 마르고 왜소해 보였다.

내가 다가가려고 하자 곧바로 젊은 경찰관이 막아서며, 관계자 외에는 들어갈 수 없다고 위협적인 눈으로 내려다보았다. 나는 순간 뒷걸음질쳤다.

"아, 마에시마 선생님."

그때 오타니가 손을 번쩍 들어 아는 척을 해주었다. 오늘 그는 여느 때보다 활기가 넘쳐 보인다.

"수고 많으십니다."

내가 머리를 조아리자 오타니는 별 말씀을, 하고 손을 저었다.

"선생님이 좋은 정보를 주셨습니다. 덕분에 상당한 수확을 얻을 수 있을 것 같습니다."

그가 하얀 치아를 보이며 말했다. 그러고 나서 옆에 있는 세면대에서 손을 씻었다.

"혼마 씨한테서 대충 이야기는 들었습니다."

오타니는 혼마가 해준 이야기를 간단하게 설명하기 시작했다. 그는 말하면서 손수건으로 손을 닦았는데, 그 손수건이 너무 하얘서 뜻밖이었다.

오타니가 한 이야기는 교감에게서 들은 것과 거의 똑같았다. 혼마는 경기 때 세 번째 조로 나갔는데, '대걸레'를 가져오라는 지령을 받았다고 한다. 근처에서 응원하고 있던 학생에게 대걸레가 어디 있느냐고 물으니 웃으면서 창고에 있다고 대답했단다. 하지만 대걸레를 생각만큼 쉽게 찾지 못했다. 그런데 그때 구석에 놓여 있던 봉투가 눈에 들어온 것이다. 혼마는 봉투가 유난히 새것이어서 신경이 쓰였다고 말했다. 내친 김에 봉투 안을 들여다보니 오래된 술병이 들어 있었고, 그 병에는 2홉 정도 되는 액체가 담겨 있었다. 혼마는 누군가가 여기 짐을 뒀나 보다 하고 일단 대걸레를 챙겨 나갔는데, 왠지 계속해서 신경이 쓰였다고 했다.

"프로그램 일정을 보니 교직원들이랑 손님들이 함께하는 장애물경주는 오후 2시 15분부터라고 돼 있더군요. 예정대로 이 시간에 진행됐습니까?"

오타니는 어제 축제 프로그램 일정이 적힌 옅은 녹색 팸플릿을 보면서 나에게 물었다.

"거의 제시간에 진행됐을 겁니다."

"그럼 범인이 병을 바꿔치기한 건 2시 15분 이후라는 얘기가 되겠군요. 그런데 그 창고 자물쇠는?"

"글쎄요……. 사실 창고 문은 거의 잠근 적이 없습니다. 적어도 저는 열쇠가 잠겨 있는 걸 본 적이 없고요."

"역시, 그럼 범인도 그 점을 이용했겠군요."

오타니는 무슨 말인지 알겠다는 듯 몇 번이고 고개를 끄덕였다.

"아, 그리고 진짜 술병 말인데, 그 마술상자가 놓여 있던 곳에서 몇 미터 떨어진 풀숲에 숨겨져 있었습니다. 범인도 그걸 가지고 돌아다닐 수는 없으니까 그렇게 한 것 같습니다."

"지문은요?"

"몇 개 있긴 했습니다. 그런데 양궁부 부원들과 선생님 것만 있었습니다. 범인이 그런 어이없는 실수를 할 리 없지요."

그때 건물 안에서 제복 차림의 경찰이 나오더니 오타니를 찾았다. 오타니는 대답 대신 방금 씻은 오른손을 들더니 나를 보았다.

"어쨌든 이쯤에서 사건을 한번 정리해보겠습니다. 제3의 희생자를 내지 않기 위해서라도요."

이만, 하고 말하며 오타니는 발길을 돌렸다. 나는 그의 넓은 등을 바라보면서 그가 언급한 '제3의 희생자'라는 말을 곱씹었다.

수사관들이 활발하게 움직이는 것을 보고 나는 교무실로 향했다. 내가 도울 만한 일이 없는 것 같고 혼자 천천히 생각하고 싶은 것도 있었기 때문이다.

교무실에는 아무도 없었다. 나는 휴일근무를 거의 하지 않는 편인데, 휴일에 누군가 한 명은 항상 교무실에 나와 있다는 이야기를 들은 적이 있다. 하지만 오늘은 아무도 그럴 마음이 들지 않았을 것이다. 나는 자리에 앉아 일단 책상서랍을 열고 축제 프로그램 일정표를 꺼냈다. 이 서랍도 오늘부터 다시 잠그는 게 좋을 것 같다.

일정표를 펼쳐서 책상 위에 놓고 한참을 바라보았다. 어제 축제를 떠올리니 학생들의 땀과 열정이 가득한 분위기가 마음속에 서서히 되살아났다. 감상에 젖으려고 떠올린 것은 아니지만.

14:15　교직원, 학부모와 함께하는 장애물경주

14:30　트로이카 경주(1학년)

14:45　학생 대 직원 대항 장애물경주

15:00　창작댄스(3학년)

15:20　가장행렬(운동부)

혼마가 장애물경주 때 세 번째 조로 나갔다고 했으니, 창고에서 병을 발견한 것은 아마 2시 20분 정도일 것이다. 그리고 다케이가 피에로 가장행렬을 하기 위해 건물 뒤편으로 간 시각이 창작댄스 시작 전이니까 3시 무렵이다. 결국 범인은 이 40여 분 사이에 병을 바꿔치기한 셈이 된다.

'병을 바꾸는 데 걸리는 시간이…….'

나는 머릿속으로 범인의 행동을 계산해보았다. 창고로 갈 때까지 2분, 창고에서 학교 건물 뒤쪽까지 걸어서 2분, 병을 바꾸고 진짜 술병은 풀숲에 숨긴 다음 멀쩡한 얼굴로 자리에 돌아올 때까지 3분, 모두 더하면 7분이다. 하지만 실제로는 일이 이렇게 계산대로 진행되지 않았을 것이다. 남의 눈에 띄어서도 안 되고 지문 같은 흔적이 남지 않도록 신중하게 행동해야 하니, 아마 범인은 범행을 저지를 때 15분 정도 여유 시간을 두지 않았을까.

다음으로 범인의 심리를 추측해보았다. 장애물경주는 범인도 보고 있었을 텐데, 그렇다면 혼마가 창고에 대걸레를 가지러 가는 것도 분명히 확인했을 것이다. 범인은 틀림없이 창고에 숨겨둔 독이 든 병을 신경썼을 테니, 적어도 장애물경주가 열리는 동안은 창고에 가지 않는 편이 좋겠다고 판단하지 않았을까? 누가 언제 또 들어올지 모르기 때문이다.

내가 언제 가장행렬을 준비할지 범인이 몰랐다는 사실도 주목해야 할 것이다. 3시 20분부터 가장행렬이 시작됐기 때문에 그보다 조금 전일 거라고 짐작할 수는 있겠지만, 5분 전인지 20분 전인지는 알 수 없다. 이런 점에 비추어볼 때 범인이 완전범행을 준비하려면, 적어도 30분 전인 2시 50분 정도에는 병을 바꿔놓아야 한다고 생각하는 게 타당할 것이다. 그렇다면 범인이 행동할 수 있는 시간은 장애물경주가 끝나는 2시 30분부터 50분까지 20분 정도에 불과하다.

그렇게 생각하면 범인은 2시 30분에 트로이카 경주가 시작되고 얼마 지나지 않아 행동을 개시해야 한다. 반대로 말하면 이 시간대에 알리바이가 있는 사람은 일단 범인이 아닌 셈이다.

다카하라 요코는 어떤가? 요코는 3학년이기 때문에 3시부터 시작되는 창작댄스에 나갔을 것이다. 창작댄스에 나가는 학생들은 프로그램이 시작되기 전 입장하는 문에 집합해서 인원 확인을 하기 때문에 학생 대 직원 대항 장애물경주가 시작되는 2시 45분에는 그 근처에 있었다는 말이 된다. 하지만 이것만으로는 알리바이가 성립되지 않는다.

'더 자세한 이야기를 당사자한테 직접 들어야겠군.'

나는 창밖 풍경을 바라보면서 생각했다. 어제는 그렇게 좋던 날씨가 오늘은 거짓말같이 흐렸다. 마치 지금 나의 심경을 나타내는 것 같았다.

수면부족 때문일까, 의자에 기대자마자 서서히 졸음이 쏟

아졌다. 하품을 크게 한 번 하니 눈에 눈물이 핑그르르 고였
다. 밤에는 심신이 그렇게 피곤해도 잠이 오지 않더니, 아이
러니하다.

나는 한참을 그렇게 졸다가 복도에서 저벅저벅 들려오는
발소리에 잠이 깼다. 교무실 앞에서 소리가 딱 멈추었다. 순
간 정체 모를 불안감이 내 마음을 짓누르며 공포심을 불러일
으켰다.

깜짝 놀랄 정도로 문이 힘차게 열리더니 제복을 입은 경찰
관이 들어왔다. 그는 실내를 한참 두리번거리더니 나를 향해
인사를 하고 말했다.

"저, 실례지만 수사에 협조 좀 해주시겠습니까? 여쭤보고
싶은 게 있습니다만."

시계를 보니 내가 교무실에 들어온 지 한 시간이 훨씬 지
나 있었다. 별로 오래 있었던 것 같지 않은데 나도 모르게 잠
이 깊게 들었던 모양이다. 나는 알았다는 뜻으로 목덜미를
문지르면서 일어섰다.

그는 나를 창고 옆에 있는 작은 회의실로 데리고 갔다. 학
생회 간부들이 모일 때 자주 쓰는 방이다. 창문 하나 없이 사
방이 벽으로 둘러싸여 있어 그저 삭막하기만 한 방이지만,
와이셔츠 소매를 걷어올린 형사들과 건조한 분위기가 묘하
게 맞아들어 이곳이 교내라는 사실을 잊을 정도였다.

형사 세 명이 회의실 책상 앞에 머리를 맞대고 앉아 작은 소리로 이야기를 하고 있었다. 내가 들어가자 오타니를 제외한 형사 두 명은 허둥지둥 나갔다. 오타니는 조금 여유 있게 웃음을 짓더니 "수사에 진전이 보입니다" 하고 의자를 가리키며 앉으라고 권했다. 나는 자리에 앉았다.

"뭐 새로 발견된 거라도 있습니까?"

"이겁니다."

오타니가 발밑에서 큰 비닐봉투에 담긴 종이봉투를 들어올렸다.

"이게 발견됐습니다. 뭐, 말할 필요도 없이 그 술병을 넣었던 봉투입니다. 아까 혼마 씨한테도 확인했는데 틀림없다고 하더군요."

"그게…… 어디서 나왔습니까?"

"그건 나중에 말하고…… 그보다, 이 봉투를 본 적이 없습니까? 어디서 누가 가지고 있는 걸 봤다거나."

흰색 봉투에 짙은 남색 체크무늬가 자잘하게 그려져 있고 한가운데에 'I LIKE YOU!!'라고 작게 인쇄되어 있었다. 우리 학생들이 쓰기에는 조금 밋밋하다는 느낌이 들었다.

"본 적 없습니다."

나는 고개를 가로저었다.

"일단, 우리 학교는 사복을 가지고 오는 걸 금지하고 있으니까요."

"아니, 굳이 학생으로 제한할 필요는 없습니다."

그렇다고 해도 나는 지금껏 남이 무슨 물건을 들고 다니는지 주의 깊게 본 적이 없다.

"후지모토 선생님한테 물어보는 게 좋겠습니다. 그 선생님은 그런 일에 상당히 관심이 많으시니까."

"알겠습니다. 그럼 그렇게 하죠. 아, 이건 좀 다른 얘기인데 이 학교 건물 서쪽에 작은 가건물이 있지요?"

"아…… 체육창고 말씀입니까?"

그가 갑작스럽게 화제를 바꾸자 나는 약간 망설이면서 대답했다.

"네. 허들이나 배구공 같은 게 보관돼 있더군요. 그것 말고도 골판지 상자가 수십 개 쌓여 있던데 그건 다 어디에 쓰는 물건입니까?"

"골판지요?"

나는 오타니에게 되묻고 나서 아 하고 고개를 끄덕였다.

"쓰레기 상자용 골판지 말이군요. 원래 행사를 한번 끝내고 나면 쓰레기가 엄청 나오지 않습니까? 그래서 올해부터 준비한 겁니다."

"아, 올해 처음 준비하신 겁니까? 학생들은 그걸 알고 있었습니까?"

"네?"

이상한 질문이었다. 내가 어물쩍대자 오타니가 느긋한 말투로 다시 물었다.

"체육창고에 골판지가 있고, 그걸 쓰레기 상자로 쓴다는 사실을 학생들이 알고 있었느냐는 겁니다."

"아마 모를 겁니다. 처음부터 쓰레기 상자를 준비해놨다고 하면 애들이 쓰레기를 함부로 버리니까요. 비밀로 할 정도로 중요한 내용은 아니지만……."

"알겠습니다. 그런데 이것 말입니다."

오타니가 그 봉투를 다시 꺼내며 말했다.

"실은 그 골판지 상자 중 하나에서 나왔습니다. 왜 범인은 이걸 그런 곳에 버렸을까요? 아마 이 봉투로 꼬리가 잡힐 거라는 생각은 안 했기 때문에 이걸 버릴 만한 곳을 생각했을 겁니다. 그런데 교실이나 교무실은 전부 잠겨 있고 소각장까지는 너무 멀지요. 그래서 쓰레기를 처리하는 골판지 상자에 버리기로 했다, 이겁니다. 그럼 이런 일을 생각할 만한 사람이 누구겠습니까?"

"교사……라는 겁니까?"

내 입으로 말하면서도 얼굴이 굳어지는 것을 느낄 수 있었다. 동시에 손바닥에 땀이 배어나왔다.

"성급한 판단은 금물입니다만, 저는 적어도 학생들이 할 만한 행동은 아니라고 생각했습니다."

　나는 아소 교코를 생각했다. 오타니도 그녀를 염두에 두고 있는 게 틀림없다. 아까 교무실에서 생각한 범행 시각을 다시 떠올려보았다. 어설프긴 하지만 나의 추리에 따르면 범행 시각은 2시 30분부터 50분까지다. 이 시간에 아소는 무엇을 하고 있었을까?

　문득 허들을 넘던 그녀의 모습이 떠올랐다. 그렇다, 학생 대 교사 대항 장애물경주에 참가하고 있었다.

　"혹시 프로그램 팸플릿 가지고 계십니까?"

　내가 잠자코 있다가 갑자기 말을 꺼내자 오타니가 당황스러워하더니 양복 주머니에서 녹색의 일정표를 꺼내주었다.

14:45 학생 대 직원 대항 장애물경주

　"아소 선생님은 2시 45분부터 경기에 참가했습니다. 그 말은, 트로이카 경주가 시작될 때부터 입장하는 문 쪽에 대기하고 있었다는 거죠."

　나는 프로그램 일정표를 살펴본 뒤, 얼굴을 들고 오타니에게 보여주면서 말했다. 오타니도 범행시각과 관련해서 어느 정도 추리를 세우고 있을 것이다. 비록 나의 추리와 다소 차이가 나더라도 이 말이 무슨 의미인지는 알 것이다.

"아소 선생님은 범인이 아니라는 겁니까?"

그가 힘들게 입을 열었다.

"말도 안 되는 일입니다. 적어도 현 시점에서는."

나는 그렇게 말하면서 뭔가 깊은 불안감이 엄습하는 것을 느꼈다.

4

9월 24일 화요일.

학교는 마치 계엄령이 선포되기라도 한 것처럼 긴박한 분위기에 휩싸여 있었다. 평소 같으면 동료 교사들끼리 잡담하느라 교무실이 떠들썩했겠지만, 오늘은 모두 조개처럼 입을 꽉 다물고 있어서 숨이 막힐 것 같았다. 학생들도 충격을 받았는지 오늘만큼은 기분 나쁠 정도로 조용했다.

단 한 사람, 교감 마쓰자키만이 평소보다 심하게 떠들었다. 그의 전화는 아침부터 요란하게 울려댔다. 매스컴에서 걸려온 전화도 있지만 대부분은 학부형들이 건 것이다. 저쪽에서 무슨 말을 하는지는 확실하지 않지만, 어쨌든 교감은 계속해서 사과하고 있었다.

학교 분위기가 이렇다 보니 수업이 제대로 진행될 리 없었다. 교사들은 시간이 되면 담당 교실로 가서 기계적으로 교과서를 설명하다가 돌아왔다.

4교시가 끝난 직후 형사들이 오자 팽팽하던 긴장감이 극에 달했다. 그들은 마치 당연하다는 듯 응접실에 진을 치더니, 누군가를 사정 청취하고 싶다는 의견을 전해왔다. 그 사람의 이름을 듣고 교감과 다른 선생들이 아닌 밤중에 홍두깨라는 반응을 보였지만, 나는 어느 정도 예상하고 있었다.

바로 아소 교코였다. 나는 그녀를 슬쩍 쳐다보았다. 갑작스럽게 호출된 아소는 주저하지 않고 일어서기는 했지만, 창백해진 안색으로 마치 몽유병 환자처럼 교감을 따라갔다. 여느 사람들이라면 왜 자기가 불려가는지 얼떨떨하게 생각할 텐데, 그녀는 그런 모습을 보이지 않았다. 하지만 충격을 감추지 못하고 있다는 느낌은 강하게 들었다.

다른 교사들은 말없이 아소를 배웅하다가, 그녀의 모습이 사라지자마자 여러 가지 추측을 해댔다. 물론 대부분은 언급할 만한 가치도 없는 중상모략에 불과했지만, 오다가 이야기한 한 가지만큼은 나의 관심을 끌었다.

"어제 형사가 갑자기 찾아왔어요."

오다는 내 곁에 다가오더니 다른 교사들에게는 들리지 않을 정도로 작게 속삭였다.

"형사가 오다 선생님을요?"

뜻밖의 말에 나는 깜짝 놀라서 되물었다. 그가 고개를 끄덕였다.

"별 희한한 걸 묻더라고요. 그저께 축제 때 학생 대 직원 대항 장애물경주에 나왔던 것 같은데, 그때 아소 선생님도 같이 나왔냐고요. 그래서 같이 나갔다고 했더니 이번에는 입장하는 문에서 줄 서고 있을 때 혹시 늦게 오진 않았느냐고 묻더라고요. 그렇게 세세한 건 기억이 안 난다고 말하려다가, 생각해보니 분명 그랬던 거예요. 아소 선생님이 하도 안 와서 순서를 바꾸려고 했던 기억이 났거든요. 다행히 제시간에 와서 별일은 없었지만. 그게 이번 사건이랑 무슨 관련이 있을까요?"

그가 고개를 갸웃하기에 나도 잘 모르겠다고 둘러댔지만, 오다의 증언이 수사에 중요한 의미를 지니고 있다는 점은 말할 필요도 없을 것이다. 어제 오타니와 이야기를 나눌 때까지만 해도 아소에게 알리바이가 있다고 생각했지만, 이 이야기를 듣고 나서 생각이 바뀐 것이다. 그리고 그 결과, 오늘 아소가 형사에게 불려갔다.

아소가 불려가고 10분 정도 지났을 무렵 교장이 나를 불렀다. 무거운 마음으로 교장실에 가니, 예상대로 구리하라는 무뚝뚝한 얼굴을 하고 있었다.

"무슨 일입니까?"

그가 신음하는 듯한 목소리로 물었다.

"왜 아소 선생님이 체포된 겁니까?"

"체포된 건 아닙니다. 그저 사정청취일 뿐입니다."

서둘러 말했지만 구리하라는 분하다는 듯 고개를 가로저었다.

"말장난할 기분이 아니에요. 오타니라는 형사가 자세한 사정은 선생님한테 물으라고 교감한테 말했다더군요. 왜 하필 아소 선생님인지 이야기 좀 해봐요."

그는 애써 차분하게 말하려 했지만, 빨갛게 물든 이마와 귓불을 보니 초조함이 정점에 달한 듯하다. 사태가 이렇게까지 된 이상 어떤 변명도 통하지 않으리라. 나는 과감하게 모든 것을 밝히기로 마음먹었다. 그래서 아소 교코라는 여자의 본모습에서부터 술병이 바뀐 것까지, 하나도 숨기지 않고 털어놓았다. 구리하라의 심기가 더욱 불편해질 것이라는 점도 이미 각오하고 있었다.

이야기를 듣는 동안에도, 다 듣고 나서도 교장은 줄곧 팔짱을 긴 채 눈을 감고 있었다. 고뇌에 가득 찬 표정을 지으며 꼼짝도 않다가, 분노가 어느 정도 가라앉았는지 마침내 입을 열었다.

"그럼, 남자관계를 숨기려고 사람을 죽였다는 겁니까?"

"아직 밝혀진 건 아닙니다."

"나도 아소 선생님한테 남자가 전혀 없을 거라는 생각은 안 했지만, 어쨌든 내 기대를 벗어난 건 분명하군."

"……."

"알고 있으면서 왜 그동안 아무 소리 안 한 겁니까?"

"전…… 중간에서 남에 대해 이러쿵저러쿵 이야기하기 싫었습니다. 게다가 아소 선생님이 지금 누굴 만나고 있는지도 모르고, 교장 선생님도 아소 선생님을 마음에 두고 계시는 것 같아서……."

"됐습니다. 내가 사람 보는 눈이 없다는 소리겠지."

교장은 내가 마지막에 한 말을 빈정거림으로 받아들였는지 얼굴을 찡그리며 말했다.

"그럼 전 이만……."

나는 용건이 끝났다고 생각해 일어나려고 했다. 그런데 교장이 "잠깐 기다려요" 하며 날 막았다.

"마에시마 선생 생각은 어때요? 선생님도 아소 선생님이 범인이라고 생각해요?"

"잘 모르겠습니다."

교장 앞이라고 해서 일부러 마음을 숨기는 것이 아니었다. 모르겠다는 것이 내 솔직한 심정이었다.

"아소 선생님이 분명 이번 사건에서 불리한 입장에 처한 건 맞습니다. 그런데 지난번 사건 때는 완벽한 알리바이가 있었잖습니까. 형사들도 이 점 때문에 긴가민가하고 있습니다."

"음…… 알리바이라……."

"게다가 이번 사건에는 이상한 점이 한두 가지가 아닙니다. 범인이 왜 그렇게 여러 사람들 앞에서 살인을 했을까 하는 것도 그중 하나고요."

나는 그제야 줄곧 마음에 담아두기만 했던 의문을 입 밖으로 꺼냈다. 범인은 고약한 취미를 가진 듯하다. 이 대담한 살인 방식에는 아소가 꾸민 일이라고 생각하기에는 납득하기 힘든 뭔가가 있다. 그러니까, 만약 아소가 범인이라면 이런 식으로 살인을 하지는 않았을 것이다.

"알았어요. 어쨌든 당분간은 어떻게 할지 파악 좀 해봅시다."

교장은 괴로운 표정을 지었지만 역시 학교의 최고 어른답게 행동했다.

교장실을 나와 교무실로 돌아가는데 게시판 앞에 학생들이 모여 있는 것이 보였다. 나도 발길을 멈추었다. 게시판을 확인하는 순간 가슴이 덜컥 내려앉았다. 어제 오타니가 보여준 그 봉투 사진이 붙어 있고, 사진 옆에는 다음과 같은 문구가 쓰여 있었다.

'이 봉투를 본 적이 있는 분은 S경찰서로 연락주시기 바랍니다.'

이것도 일종의 공개수사인가? 어쨌든 한 학교에서 살인사건이, 그것도 두 번씩이나 발생하고 보니 경찰들도 수사하는 데 여러 가지 방법을 적용하나 보다.

모여 있던 학생들 중에는 내가 아는 얼굴도 있었기 때문에 봉투를 보고 뭔가 짚이는 것이 없느냐고 직접 물어보았다. 학생들은 한참을 생각했지만 역시 기억나는 건 없다고 대답했다.

교무실로 돌아온 나는 우선 아소의 자리를 살폈다. 하지만 그녀는 자리에 없었다. 아직 응접실에서 형사와 이야기하는 중인가? 하지만 책상이 깔끔하게 정리돼 있는 것이 이상하게 마음에 걸렸다. 나는 후지모토의 자리로 가서 아소가 어디 갔느냐고 조용히 물었다.

"아까 들어왔는데 바로 조퇴한 것 같아요. 교감 선생님한테 말하는 것 같던데, 복도에서 안 만났어요? 방금 나갔는데."

그도 주변을 의식하는 듯 작은 목소리로 대답했다.

나는 일단 내 자리로 돌아가 5교시 수업을 준비했다. 하지만 머릿속이 정지된 듯했다. 무라하시와 다케이의 주검이 정지 화면처럼 뇌리에 떠올랐다가 사라졌다.

나는 교무실을 뛰쳐나갔다. 복도를 가로지를 때 종이 울린 것 같았지만 내 귀에는 전혀 들어오지 않았다. 나는 곧장 정문으로 갔다. 정문 근처에 아소의 뒷모습이 보였다.

아소는 멈춰 서더니 뒤를 돌아보았다. 그녀의 단정한 얼굴이 순간 놀라움으로 일그러졌다.

우리는 몇 초 동안 아무 말 없이 서 있었다. 아소는 할 말을 찾지 못한 것 같았고, 나 역시 왜 그녀를 쫓아왔는지 이유를 알 수 없었다.

"무슨 일이죠?"

아소가 굳게 다물고 있던 입을 열었다. 평소와 별반 다를 게 없는 목소리였다. 뜻밖이다. 아마 아소가 이 상황에서 할 수 있는 유일한 말이었으리라.

"아소 선생님이 죽였어요?"

그녀는 내 질문이 너무 의외였는지 눈을 크게 뜨더니 무슨 소리냐는 듯 웃으려 했다. 하지만 그 웃음은 도중에 사라지고 딱딱하게 굳은 화난 표정으로 바뀌었다.

"이상하네요. 마에시마 선생님이 그런 걸 다 물어보시고. 형사한테 저에 대해서 말한 사람이 선생님이죠?"

"제가 선생님한테 방해되는 존재인 건 사실이잖아요. 전 그 사실을 말했을 뿐이에요."

"그럼 제가 지금 여기서, 나는 범인이 아니라고 하면 믿으실 건가요?"

내가 대답을 못 하고 망설이자 그녀는 입매를 일그러뜨리며 나를 비웃었다.

"당연히 안 믿으시겠지요. 그 형사들도 그랬어요. 저는 저한테 죄가 없다는 걸 입증할 수가 없어요. 그게 너무 분해요. 그저 마냥 기다리고 있을 수밖에……."

아소는 말을 하다가 목이 메었다. 내가 처음 본 그녀의 눈물이었다. 울분에 찬 눈물이 볼을 적시는 것을 보니 내 마음도 흔들렸다.

"지금은 어떤 말을 해도 소용이 없네요. 말하고 싶지도 않고요. 대신 선생님한테 이것 하나만 충고하고 싶어요."

아소가 몸을 돌리면서 말했다.

"날 아무리 조사해도 나오는 건 없을 거예요. 진실은 다른 곳에 있으니까."

그녀는 내 대답을 기다리지 않고 몹시 불안한 발걸음으로 흔들리듯 멀어져갔다.

내 마음은 여전히 불안정한 상태였다.

5

이날부터 모든 동아리 활동이 중단되었다. 하교시각도 당연히 빨라져서 4시 30분 이후에는 학교에 남아 있는 학생들이 없었다. 사태가 이렇다 보니 교사들도 학교에 남아 있기를 꺼렸다. 평소 6시 정도까지는 사람들로 북적이던 교무실도 금방 조용해졌다.

형사들만 학교 안을 열심히 돌아다녔다. 그들 중 몇 명은 단서를 찾으려고 이곳저곳을 사냥개처럼 끊임없이 살피고 다녔다. 몇몇 젊은 형사들은 쓰레기통을 죄다 뒤엎기까지 하는 것 같았다.

6시가 지나자 나도 퇴근하기로 했다. 오타니가 말을 걸어올 거라 생각했는데 보이지 않았다. 경찰서로 돌아갔는지도 모르겠다. 젊은 형사가 S역까지 배웅해주었다. 나와 나이차는 별로 나지 않지만, 형사로 살면서 몇 차례 경험했을 위험이 그를 보통 사람들과 다르게 만들었다. 눈빛이 매우 날카로웠다. 그의 눈도 조금 있으면 사냥개의 그것으로 변할 것이다. 오타니처럼 말이다.

젊은 형사의 이름은 시로이시白石였다. 그에게 들은 이야기로는, 아소 교코의 알리바이가 결국 성립되지 않았던 모양이다. 학생 대 직원 대항 장애물경주에 나가기는 했지만 오다가 증언한 대로 집합 시간에 늦게 나타난 듯했다. 그 당시의 행동에 대해 해명은 했지만 증인이 없어서 알리바이가 성립되지 않았던 것이다.

"손을 씻으러 갔었답니다. 그것도 15분이나요. 그게 수상하다고 단언할 수는 없지만 시간이 너무 많이 걸리긴 했죠."

시로이시의 말투가 조금 초조해 보였다. 아소가 범인이라고 단정하는 것 같기도 했다. 젊기 때문일지도 모른다.

"그런데 무라하시 선생님 사건 땐 아소 선생님한테 알리바이가 있었지요?"

나는 저녁놀로 길어진 내 그림자를 보면서 물었다. 그러자 시로이시가 고개를 갸웃거렸다.

"그게 문젭니다. 상황만으로 보면 동일범이 한 짓인 것 같은데, 만약 공범이 있다고 가정하면 그게 누굴까 하는 의문이 또 생기니까요. 뭐, 일단 지난번 사건에 얽매이지 말고 두 번째 사건에 대해서도 용의자를 계속 좁혀갈 방침입니다."

아소가 자백만 하면 모든 의문이 풀린다—시로이시의 말투는 그런 느낌을 주었다. 그가 아소의 자백을 기대하고 있는 것은 당연할지도 모르지만, 나는 조금 전 그녀가 한 말이 신경쓰였다.

'진실은 다른 곳에 있다.'

나는 이 말이 허풍도, 속임수도 아니라고 생각했다. 그럼 '진실'은 도대체 어디 있는 걸까. 아소는 진실을 알고 있을까.

S역 앞에서 시로이시와 헤어졌다. 그가 화통한 목소리로 "조심하세요" 하고 인사했다.

나는 전철 안에서 지금까지 일어났던 사건을 다시 한 번 정리해보았다. 워낙 여러 일이 있었기 때문에 나도 모르게 중요한 점을 간과하고 있을지도 모른다.

우선 나는 2학기가 시작되고 나서 생명의 위협을 받았다. 다음으로 9월 12일, 무라하시가 교원용 탈의실에서 독살되었다. 게다가 탈의실은 밀실이었다. 이 사건으로 다카하라 요코가 의심을 받았지만 결정적인 증거는 없었다. 게다가 나중에 호조 마사미가 밀실 트릭을 밝혀냈다. 그런데 요코는 밀실 트릭을 꾸밀 상황에 있지 않았다는 이유로 일단 경찰의 수사망에서 제외되었다.

그리고 9월 22일, 축제 도중 다케이가 살해되었다. 나 대신 죽은 것이다. 범인은 가장행렬에 사용할 술병을 독이 든 병과 바꾸었는데, 다행히 사친회 임원인 혼마의 증언으로 범행 시각이 대폭 좁혀졌다. 독이 든 병을 넣어두었던 봉투는 창고의 골판지 상자에 버려져 있었는데, 이 골판지 상자를 쓰레기통으로 쓴다는 사실을 알고 있었던 사람은 교사들뿐이라 당연히 교사들이 의심받게 되었다. 거기에 나의 증언까지 덧붙여지면서 아소 교코가 의심을 받게 되었다. 이것이 현재 상황이다.

이렇게 생각해보니 우선 확실히 말할 수 있는 것은 범행 방식이 아무래도 정확하지 않다는 점이었다. 가령 무라하시 사건 때에는 범인이 실로 치밀하게 행동했다. 유류품은 거의 없고 무라하시 당사자의 행동조차 명확하지 않았다. 그에 비해 다케이 사건에서는 좀 이상하다 싶을 정도로 어설프게 움직였다. 내가 기적적으로 운이 좋았기 때문에 무사했다 하더라도, 무대장치가 화려해 범인 입장에서는 위험했고 범행 순서조차 적나라하게 드러나지 않았던가. 두 번째 범행이 얼마나 조잡하게 이루어졌는지 다 보일 정도였다.

범인은 아소 교코일까? 만약 아니라면 대체 누구일까? 그 사람은 나와 무라시에게서 어떤 공통점을 발견했기에 죽이려고 하는 것일까?

그런 식으로 생각에 잠겨 있다가 정신을 차리고 보니 어느새 전철이 플랫폼에 도착해 있었다. 나는 서둘러 내렸다.

역 밖으로 나오자 날이 벌써 어두워져 있었다. 길에는 사람이 별로 없었다. 특히 이 지역은 상점이나 가로등이 적어 더 한산하게 느껴진다. 한참 걷다 보니 인가도 점점 적어지고 작은 공장이 보였다. 한쪽은 주차장이다. 나는 주차장에 나란히 주차된 차를 따라 그 길을 지나려고 했다.

그런데 갑자기 자동차 엔진 소리가 들렸다. 소리는 뒤쪽에서 점점 다가왔다. 나는 알아서 지나가겠지 하고 습관적으로 길 가장자리로 갔다. 아니, 굳이 이런 생각을 할 필요도 없었다.

그런데 직감적으로 뭔가 이상한 느낌이 들었다. 그리고 다음 순간, 한밤중에 사람 곁을 지나가는 차치고 속도를 너무 낸다고 생각했다. 아무래도 이상하다 싶어 뒤를 돌아보니 상향등을 켠 승용차 한 대가 맹렬한 기세로 나를 향해 돌진해왔다. 차와 나 사이의 간격은 불과 몇 미터 정도밖에 되지 않았다.

나는 순간적으로 몸을 날렸다. 아마 몇 초 차이밖에 나지 않았을 것이다. 차는 바닥으로 넘어진 내 머리 바로 옆을 통과했다.

급히 일어났지만 상대방도 재빠르게 행동했다. 끽 소리를 내며 유턴하더니 다시 전속력으로 나를 향해 달려오는 것이 아닌가. 상향등 빛이 정면으로 비치자 눈앞이 하얗게 변하면서 아무것도 보이지 않았다.

나는 순간 오른쪽으로 피할지 왼쪽으로 피할지 망설였다. 판단을 조금 늦게 하는 바람에 왼쪽 옆구리가 사이드미러에 부딪혔다. 격렬한 통증이 엄습했다. 나는 무심코 웅크렸지만 상대방이 유턴도 하지 않고 전속력으로 후진하는 바람에 얼굴을 찡그리면서 다시 일어서야 했다. 나는 아픈 옆구리를 누르면서 간신히 차를 피했다.

차는 나를 향해 또다시 돌진해왔다. 운전석을 살피려고 했지만 빛 때문에 똑바로 쳐다볼 수가 없었다. 차종은 가까스로 판별했지만 몇 명이 타고 있는지조차 파악할 수 없었다.

그러는 사이에 발이 삐끗했다. 마치 과격한 트레이닝을 받고 있는 것 같았다. 옆구리에서는 그 이상으로 통증이 일고 있었다. 옆에는 철망이 둘러져 있어서 도망갈 수도 없었다.

물론 상대방은 거기까지 계산해 이 장소를 선택했겠지만.

"앗!"

나는 비틀거리며 손으로 간신히 땅바닥을 짚었다. 차는 금세 내가 있는 곳까지 쫓아왔다.

'타이밍이 안 맞는군.'

온몸의 핏줄이 당겨오는 듯했다.

그때 나와 차 사이에 커다란 그림자가 재빨리 끼어들었다. 내 눈에는 그것이 순간 거대한 맹수처럼 보였다. 운전자도 틀림없이 놀랐을 것이다. 갑자기 핸들을 꺾어 옆으로 미끄러지더니 그 괴물 같은 그림자 바로 앞에 멈춰 섰다. 나는 검은 그림자를 올려다보았다. 오토바이였다. 차에 쫓기느라 오토바이 소리를 듣지 못했던 것이다. 오토바이 운전자를 보고 나는 더욱 놀랐다. 검은 셔츠를 입은 사람은 다카하라 요코였다.

"요코, 어떻게 여기에……."

그때 차체가 기울어졌던 차가 힘껏 액셀러레이터를 밟았다. 하지만 이번에는 나를 공격하지 않고 반대 방향으로 전속력으로 달아났다.

"다치신 데는 없어요?"

요코는 이 상황과 전혀 어울리지 않는 냉정한 목소리로 물었다. 나는 옆구리를 누르면서 일어선 다음 주저하지 않고 요코 뒷자리에 걸터앉았다.

"부탁 좀 하자. 저 차를 쫓아가."

헬멧 밑으로 보이는 요코의 커다란 눈동자가 더욱 커지는 것이 보였다. 뭔가 말하려는 것 같았다.

"빨리 쫓아가, 어서! 놓친단 말이야!"

나는 크게 소리질렀다. 그러자 요코는 망설이지 않고 액셀 러레이터를 밟았다.

꼭 따라잡아야 된다고 말하려는 순간 등 뒤에서 누군가가 잡아당기는 듯한 속도감을 느꼈다. 나는 엉겁결에 요코의 허리를 잡았다.

오토바이는 밤길을 내달렸다. 하반신에 약한 진동이 느껴졌다. 큰길로 나가자 백 미터쯤 앞에 조금 전 차의 꼬리등이 보였다. 좀처럼 간격이 좁혀지지 않는 것을 보니 상대방도 엄청나게 속도를 내고 있는 것 같다.

"차가 조금만 더 막히면 따라잡을 수 있을 거예요."

헬멧 속에서 요코가 외쳤다. 하지만 이런 상황이어서 그런지 몰라도 오토바이의 속도가 느리게 느껴진다. 요코는 2차선 도로를 질주했다.

나는 요코의 어린 대나무처럼 탄력 있는 허리에 매달려 어떻게든 번호판을 확인하려고 애썼다. 하지만 운전자가 번호판에 뭔가를 씌웠는지 아무리 살펴도 보이지 않았다.

"저쪽은 한 명이네요."

요코가 말했다. 운전자 혼자 있다는 뜻이겠지만 시트 안에 일행이 숨어 있을지도 모른다. 이윽고 전방에 신호등이 나타 났는데 이미 노란색 등으로 변하고 있었다. 기회라고 생각한 것도 잠시, 상대방 차는 빨간 신호로 바뀐 것도 무시하고 교 차로로 돌진했다.

우리가 탄 오토바이가 교차로에 도착하자 반대편 신호가 파란색으로 바뀌면서 차들이 지나가기 시작했다. 상대방은 이미 보이지 않았다.

"젠장, 재수가 없으려니까."

내가 토해내듯 말하자 요코는 나와 대조적인 침착한 목소 리로 말했다.

"어쨌든 이쪽으로 쭉 달려볼게요. 그쪽도 어디로 갈지 몰 라서 갈팡질팡하고 있을지 모르니까요."

신호가 파란색으로 바뀌자 오토바이는 더욱 크게 엔진 소 리를 내면서 출발했다. 다시 한 번 머리 뒤에서 누군가가 몸 을 당기는 것 같았다.

요코는 그대로 직진했다. 양쪽으로 샛길이 몇 개 나 있어 서 그때마다 잠시 망설였지만 그럴 시간이 없었다. 그 사이 에 오토바이는 자동차 전용도로로 들어섰다. 배기음이 한층 커졌고, 속도계 바늘도 빠르게 올라갔다.

바람이 정면으로 불어서 눈을 뜰 수가 없었다. 어떻게든 따라잡아야 한다고 말했지만 요코가 그 소리를 들었는지는 확실하지 않다. 게다가 범인이 계속 직진했다고 확신할 수도 없는 노릇이다. 이쪽으로 왔다면 벌써 차종 정도는 확인할 수 있었을 테니까.

나는 고개를 숙이고 있었기 때문에 자세한 상황은 모르지만 교통량은 비교적 줄어든 것 같았다. 후방으로 멀어져가는 불빛이 많은 것을 보니 차들을 꽤 많이 추월한 듯하다.

"⋯⋯."

요코가 뭐라고 말했지만 잘 들리지 않아 고함을 지르며 되물었다. 곧 속도가 점점 느려진다는 것을 느낄 수 있었다. 눈도 뜰 수 있었고 주변 풍경도 조금씩 시야에 들어왔다.

"어떻게 된 거야?"

"더는 안 되겠어요. 여기까지가 한계예요."

요코는 오토바이를 왼쪽으로 기울이더니 빨려들 듯 옆길로 들어섰다.

"왜 안 된다는 거야?"

"계속 직진하면 고속도로가 나와요."

"뭐 어때? 여기까지 왔는데 어디든 못 가겠어."

"안 돼요. 그 차림으로 톨게이트를 통과할 수 있을 거라고 생각하세요?"

요코의 말을 듣고서야 내 차림이 적절하지 않다는 것을 알아차렸다. 아무래도 양복 차림에 헬멧까지 없으면 다른 사람들 눈에 너무 많이 띌 것이다. 그렇다고 여기까지 와서 나는 내리고 요코에게 무작정 쫓아가라고 할 수도 없는 노릇이다.

　내가 분한 마음을 감추지 못하자 요코는 여전히 냉정한 목소리로 말했다.

　"차종은 세리카 더블엑스예요. 이것만 해도 중요한 단서 아니에요?"

　"그건 그렇지만…… 힘들게 여기까지 왔는데 아까워서."

　요코는 나의 불평에는 대꾸도 하지 않고 오토바이를 돌렸다. 정신없이 달리는 사이에 상당히 변두리까지 와버렸다. 왼쪽으로는 논밭이 펼쳐져 있었다. 그 풍경을 보면서 우리는 조금 전과는 완전히 다른, 좁고 고즈넉한 길로 돌아갔다. 우리 옆에는 드라이브를 즐기러 온 듯한 커플이 있었다. 물론 그들은 남자가 운전했지만.

　우리는 먼지가 섞인 풀 내음을 맡으면서 밤길을 달렸다. 간간이 샴푸 향기가 헬멧 틈으로 새어나왔다. 갑자기 요코가 여자라는 사실을 의식하면서 손바닥에 땀이 고이기 시작했다. 어느 정도 달렸을까, 나는 잠시 쉬었다 가자고 제안했다. 조금만 더 가면 금방 도착할지도 모르지만 요코와 이야기를 나누고 싶었기 때문이다.

요코는 아무것도 묻지 않고 속도를 줄였다. 그러고 나서 바싹 말라가는 강을 낀 다리 위에 오토바이를 세웠다. 강 양쪽으로는 제방이 끝없이 이어져 있었다. 제방을 따라 시선을 돌리자 가로등이 보였다.

나는 오토바이에서 내린 다음 다리 난간에 양팔을 걸치고 강을 내려다보았다. 요코도 다리가 끝나는 지점에 오토바이를 세우고 헬멧을 벗은 다음 천천히 다가왔다. 지나가는 차는 거의 없고 전철 소리가 메아리치듯 가끔 들려왔다.

"오토바이는 처음 타봤다."

나는 강을 바라보면서 말했다.

"덕분에 좋은 경험 했구나. 기분도 정말 좋고."

"그렇죠?"

요코도 내 옆에 다가와서 먼 곳을 바라보았다. 나는 요코의 옆모습을 보며 말했다.

"진짜 위험한 상황이었는데 도와줘서 고맙다. 네가 조금만 더 늦게 왔으면 어떻게 됐을지 모르겠구나. ……그런데 너한테 물어보고 싶은 게 있어."

"어떻게 알고 왔냐고요?"

"그래. 뭐, 평소 자주 오는 곳이라면 이해하겠다만."

그러자 요코는 크게 한숨을 쉬더니 진지한 얼굴로 말했다.

"하여튼 선생님은 빙빙 돌려가며 말씀하시는 건 알아줘야 돼요."

그러고는 말을 이었다.

"선생님한테 말씀드리고 싶은 게 있었을 뿐이에요. 그래서 역에서 기다리고 있었는데, 사실 기다리면서도 계속 말할까 말까 망설였어요. 그 사이에 선생님이 가시는 걸 봤고요. 그냥 다음에 하자 싶어 돌아갔는데, 다시 생각해보니까 아무래도 오늘 말해야겠다 싶더라고요. 그래서 따라갔는데……."

"우연히 보게 된 거구나?"

요코는 고개를 끄덕였다. 쇼트커트로 짧게 자른 머리가 강바람에 날린다. 피부에 닿는 공기가 차가운 걸 보니 벌써 가을인가 보다.

"그래서…… 나한테 하고 싶다는 말이 뭐지?"

요코는 한순간 망설이는 듯 보였지만 이내 마음을 다잡고는 내 눈을 바라보았다.

"무라하시 선생님이 살해된 날, 제가 탈의실 근처에 있는 걸 누가 봤다고 했죠? 형사가 물었을 때는 그냥 지나가기만 했다고 말했는데 사실은 그게 아니었어요. 저는 그때 무라하시 선생님을 미행하고 있었어요."

"미행? 왜……?"

"제대로 설명하기 좀 어려운데……."

요코는 머리카락을 쥐어뜯는 시늉을 했다. 이 복잡한 사정을 어떤 식으로 설명해야 할지 몰라 안타깝다는 뜻이었다.

"그때 전 무라하시 선생님을 죽이고 싶을 만큼 싫어했어요. 그 선생님은 마치 쥐가 갉아먹은 것처럼 머리카락을 잘리는 게 저희한테 얼마나 괴로운 일인지 모르거든요. 전 어떻게든 복수하려고 생각했어요. 그래서 무라하시 선생님이 여자애들을 성폭행한다는 소문을 내려고 했고요. 그날 수업이 끝나고 집에 갔다가, 학생수첩을 두고 와서 다시 가지러 온 학생을 무라하시 선생이 교실에서 성폭행하려고 했다, 만약 이런 소문만 퍼지면 강간교사라는 딱지가 붙었을 텐데."

"학생수첩? 아, 그러고 보니……."

그날 요코는 일단 귀가했다가 학교로 다시 돌아왔다. 오타니가 그 사실을 지적했을 때 요코는 학생수첩을 학교에 두고 가서 가지러 왔다고 증언했다. 즉흥적으로 지어낸 거짓말이 아니라 요코가 꾸민 계획의 일부였던 것이다.

"일단 무라하시 선생님이랑 5시에 3학년 C반 교실에서 만나자고 약속을 했어요. 당연히 아무한테도 말하지 말라고 미리 입막음을 시켰고요. 그러고 나서 집에 갔다가 5시 전에 다시 학교로 온 거예요. 그런데 3학년 C반 교실로 가기 전에 무라하시 선생님을 봤어요. 선생님이 주변을 두리번거리면서 학교 뒤편으로 가더라고요. 망설이긴 했지만 일단 따라갔어요. 어차피 강간이 꼭 교실에서만 일어난다는 법은 없으니까

요. 장소에 상관없이 소동이 일어났을 때 무라하시 선생님이
절대 해명할 수 없도록 줄거리를 다 짜두었거든요."

"호오, 무슨 말이지?"

그렇게 묻자 요코는 장난스럽게 웃었다. 오랜만에 보는 표
정이었다.

"사람들이 몰려왔을 때 만약 선생님 양복 주머니에서 콘돔
이 나왔다면 어떻게 됐을까요?"

"그런……."

나는 가벼운 충격을 받았다.

"점심시간에 미리 넣어놨어요. 그게 나오면 선생님이 뭐라
고 변명해도 안 통할 테니까."

"그랬구나……."

나는 그제야 첫 번째 사건 현장에서 발견됐던 콘돔의 실체
를 알게 되었다. 결국 콘돔은 무라하시 살인사건과 직접적인
관계가 없었던 것이다. 하지만 경찰은 이 콘돔 때문에 무라
하시의 여자관계를 조사했고, 그 결과 현재 아소 교코가 의
심을 받기에 이르렀다.

"그래서, 미행한 결과는 어떻게 됐니?"

"선생님이 탈의실로 들어가시기에 저는 뒤로 돌아가서 탈
의실 안을 살폈어요. 환기구에서는 탈의실 안이 안 보여서
그 밑에 귀를 대고 있었는데, 선생님 목소리가 들리더라고

요. 누가 또 있는 것 같긴 했는데 상대방 목소리는 전혀 안 들렸고요. 그러다가 안이 조용해졌다 싶었는데……."

요코는 순간 몸을 부들부들 떨었다. 얼굴이 심하게 경직되더니 이윽고 흥분한 목소리로 말했다.

"무슨 신음소리가 들렸어요. 희미하긴 했지만 분명히 신음소리였어요. 1~2분 정도 지났는데 갑자기 무서워져서 움직일 수가 없더라고요. 그 사이에 문이 열렸다가 닫히는 소리가 났고, 누가 나가는 것 같았어요."

이때 무라하시가 죽었구나. 요코는 그 순간 현장에 있었던 것이다.

"그래서 말인데요, 제가 선생님한테 진짜로 말하고 싶은 건 지금부터 하는 얘기예요."

요코는 깊이 생각한 듯한 눈으로 나를 보았다.

"뭔데?"

"탈의실에서 누군가 나가고 나서 한참 있다가 환기구로 안을 들여다봤어요. 그랬더니……."

요코는 거기까지 말하고 나서 대단한 이야기를 하려는 것처럼 입을 다물었다. 물론 일부러 그런 효과를 의도하지는 않았겠지만.

"그랬더니, 뭐?"

"버팀목이…… 세워져 있는 게 보였어요."

"응, 나도 시체를 발견했을 때 환기구로 들여다봤으니까 알아. 그래서?"

그러자 요코는 내 얼굴을 빤히 보더니 물었다.

"뭐 느껴지는 것 없으세요?"

"무슨 말이니?"

요코는 천천히 입을 떼었다.

"놀랍지 않아요? 전 뒤에 있었는데 여자 탈의실은 열쇠로 잠겨 있었어요. 범인은 남자 탈의실 출입구로 나간 거예요. 버팀목을 받쳐놓고."

6장

1

9월 25일 수요일, 7시 기상.

잠을 제대로 이루지 못하는 날이 계속되었다. 특히 어젯밤은 습격을 받은 탓에 도저히 편히 쉴 수 없었다.

요코의 오토바이를 타고 습격당했던 현장으로 돌아온 나는 일단 요코를 집에 보내고 가까운 공중전화로 S경찰서에 연락했다. 오타니 일행이 10분 만에 달려와서 현장검증과 사정 청취를 실시했다.

나는 요코와 있었던 일은 말하지 않았다. 오토바이로 추적했다는 사실도 당연히 숨길 수밖에 없었다. 나는 그 일만 빼고 나머지는 있는 그대로 말했다. 요코와 함께 있었다고 말하면 왜 우리가 함께 있었는지도 추궁할 것이 뻔하기 때문이다. 그렇게 되면 요코가 강간극을 계획했다는 사실도 말해야 한다. 더 이상 요코를 이번 사건에 휘말리게 하고 싶지 않았다.

오타니는 내가 습격을 당하고 나서 경찰에 신고할 때까지 왜 40분이나 걸렸느냐고 물었다. 그래서 나는 범인을 쫓아가려고 택시를 잡았는데 도중에 놓치는 바람에 이곳저곳 돌아다니느라 시간을 허비했다고 대답했다. 조금 어설프다고 생각했지만 오타니는 딱히 의심하는 것 같지 않았다. 그보다 내 주변에 경찰을 붙이지 않은 점을 몹시 아쉬워했다.

현장에서 특별히 이렇다 할 물건은 발견되지 않은 것 같은데 오타니는 차의 타이어 흔적에서 뭔가 알 수 있을지도 모르겠다고 말했다. 하지만 차종이 빨간 세리카 더블엑스였다는 내 증언이 더 큰 도움이 된 것 같다.

"범인도 초조했나 봅니다. 쓸데없는 흔적을 남긴 걸 보면."

오타니는 느긋한 태도를 보이며 말했다. 이것으로 진짜 범인을 알아낼 수 있다면 무척 다행스러운 일이다. 그런데 내 신경을 곤두서게 만드는 것이 또 하나 있었다. 조금 전 요코가 한 말이다.

'범인은 남자 탈의실 출입구로 나갔다.'

이 말은 중요한 의미를 지닌다. 지금까지 사람들은 범인이 탈의실 안에 있는 칸막이벽을 넘어 여자 탈의실 출입구로 빠져나갔다고 생각하고 있기 때문이다. 비상키가 있을 가능성이나 마사미가 생각해낸 밀실 트릭도 모두 이 전제조건 덕분에 성립했다. 따라서 이 전제가 무너진다면 이러한 추리는 아예 처음부터 뒤집어진다.

범인은 도대체 어떻게 버팀목을 세웠을까? 무라하시 본인이 세웠다고 생각하기는 어렵다. 요코의 말대로라면 범인은 무라하시의 신음소리가 그치고 나서 나갔기 때문이다. 아마 범인은 무라하시가 완전히 죽었다는 것을 확인하고 그 자리를 떠났을 것이다. 그렇다면 탈의실 밖에서 일을 꾸몄다고 생각할 수밖에 없는데, 오타니가 말했듯이 밖에서 버팀목을 세우는 일은 아무리 생각해도 불가능하다.

그런데 범인은 불가능을 가능으로 만들었다. 도대체 어떤 방법을 썼을까? 솔직히 이 사실도 아직 오타니에게 말하지 않았다. 나는 어떻게든 요코의 일을 숨기고 설명할 방법이 없는지 고민하고 있었다.

"어제부터 무슨 생각을 그렇게 열심히 해요?"

아침식사 도중 내가 몇 번이나 젓가락질을 멈추자 유미코가 걱정스럽다는 듯이 물었다. 나는 유미코에게 어제 사건과 관련해서 아무 말도 하지 않았다. 괜히 걱정거리만 안겨줄 것이 뻔하기 때문이다. 하지만 내 표정에서 뭔가 눈치를 챘는지 유미코는 몇 번이나 물었다.

"무슨 일 있었어요?"

"아니, 아무것도 아니야."

나는 그렇게 둘러대고 서둘러 자리에서 일어났다. 평소보다 빨리 출근한 나는 곧장 탈의실로 갔다. 탈의실은 최근 2주 가까이 아무도 이용하지 않아서인지 몹시 지저분했다. 창고로 쓰던 예전으로 돌아간 것 같았다.

나는 조심스럽게 남자 탈의실 문을 열고 안으로 들어갔다. 곰팡내가 코를 찌른다. 내가 움직일 때마다 주변에 있던 먼지가 풀풀 날리는 듯한 기분이 들 정도였다.

탈의실 중앙에 서서 주위를 둘러보았다. 환기구, 로커, 칸막이벽 그리고 출입구……. 이것들을 어떻게 사용하면 장치를 만들 수 있을까? 게다가 무대장치처럼 복잡해서도 안 된다. 재빨리 만들 수 있고 흔적도 남기지 않아야 한다.

"그런 방법이…… 있을 리가 없잖아."

나는 혼잣말로 중얼거렸다. 나도 모르게 그런 말이 나올 정도로 이 트릭의 벽은 두터웠다.

1교시 수업은 3학년 C반.

어제 오늘, 나를 보는 학생들의 눈이 지금까지와 다르다는 것을 알아차렸다. 어떤 시선인지 한마디로 표현할 수는 없지만 관심이라고 볼 수도, 그렇다고 호기심이라고 볼 수도 없었다. 내가 도대체 범인에게 무슨 원한을 샀을까 상상하며 재미있어하는 듯했다.

나는 바늘방석에 앉아 있는 것 같다고 생각하면서 수업을 시작했다. 학생들과 교사 사이에 팽팽한 긴장감이 감돌고 있기 때문일까. 이런 날은 수업을 진행하기가 한결 수월하다. 어떻게 보면 아이러니한 일이다.

나는 출석부를 확인한 다음 학생 몇 명에게, 앞에 나와 연습문제를 풀어보라고 시켰다.

"요코, 앞에 나와서 한번 풀어봐."

요코는 네, 하고 약간 허스키한 목소리로 대답하면서 일어섰다. 노트를 든 채 내 쪽은 바라보지도 않고 곧바로 칠판 앞으로 걸어나가는 모습이 요코다웠다. 하얀 블라우스에 남색 스커트 차림의 뒷모습이 평범한 여고생으로밖에 보이지 않았다. 아마 다른 사람들은 요코가 라이더 셔츠를 입고 한밤중에 고속도로를 질주한다는 사실을 상상도 할 수 없을 것이다.

나는 어제 요코에게 충격적인 사실을 전해 들은 뒤, 마음을 어느 정도 진정시키고 나서 이런 질문을 했었다.

"그건 그렇고, 왜 이제 와서 그 얘기를 해줄 마음이 든 거야? 그동안 계속 나를 피하기만 했잖아."

요코는 이 질문을 받자 말하기 어렵다는 듯 고개를 돌렸다. 하지만 금세 억양 없는 목소리로 대답했다.

"그게 그렇게 의미 있을 거라고는 생각을 안 했거든요. 그런데 마사미가 밀실 트릭 푸는 걸 보고 형사나 선생님들이 동의하시니까 더 숨기면 안 되겠다 싶었어요. 어쨌든 마사미가 잘못 추리한 덕분에 제 알리바이가 성립됐으니까, 무라하시 선생님을 죽인 진짜 범인은 안 잡혀도 상관없다는 생각이 들었거든요. 그런데……."

요코는 머리카락을 쓸어올리며 말을 이었다.

"범인이 마에시마 선생님 목숨을 노린다는 걸 알고 불안해졌어요. 내가 진실을 말하지 않으면 범인은 계속 안 잡힐 거고, 언젠가 정말로 선생님이 살해되는 건 아닐까 싶어서요."

"하지만……."

나는 말문이 막혔다. 입을 열긴 했지만 무슨 말을 해야 할지 몰랐다.

"그동안 선생님을 피했던 건 사실이에요. 그러니까, 선생님은 저를 안 도와주셨잖아요. 그때 신슈도 같이 안 가주셨고요. 그날 제가 무슨 생각으로 역에서 선생님을 기다렸는지 아세요? 아실 리가 없죠. 선생님한테는 제가 그냥 학생일 뿐이니까."

요코는 마치 강을 향해 소리치듯이 말했다. 요코가 내뱉는 한마디 한마디가 바늘처럼 내 마음을 찔렀다. 그 고통을 견

디기 힘들어서 나는 "그땐 미안했어" 하고 볼썽사나운 신음소리를 내며 중얼거렸다.

"그래도, 역시 안 되는 건 끝까지 안 되네요."

요코의 말투가 갑자기 부드러워졌다. 나는 깜짝 놀라서 요코의 옆모습을 바라보았다.

"선생님이 살해당할지도 모른다고 생각하니 안절부절못하겠더라고요……. 보기 흉하다는 건 알고 있지만, 어쩔 수 없었어요. 바보 같지만요……."

나는 고개를 숙이고 요코에게 해줄 수 있는 최선의 말이 무엇인지 찾았다. 하지만 결국 침묵만 지킬 수밖에 없었다.

나는 수업이 끝난 후 교감에게 불려갔다. 교감은 경찰이 교직원들의 자가용을 조사하고 있는 것 같은데 혹시 아는 게 있느냐고 물어보았다. 귀찮아서 모르겠다고 했지만 수사가 벌써 시작된 모양이구나, 하는 생각에 내심 긴장이 되었다.

쉬는 시간에 복도에서 게이와 마주쳤다. 게이는 연습을 할 수 없어서 유감이라며, 평소의 그 아이답지 않게 언짢은 기분을 감추려 들지 않았다.

"게다가 사방에서 낯선 사람들이 기분 나쁜 눈초리로 여기저기 어슬렁거리기나 하고, 학교에 오는 게 싫어졌어요."

게이가 말하는 낯선 사람은 형사다. 전날 있었던 습격사건을 조사하는 팀도 있지만, 피에로 사건의 단서를 찾기 위해 형사 몇 명이 교내를 돌아다니며 조사하고 있었다.

"사건이 해결될 때까지 기다려야지. 조금만 더 참자."

말은 그렇게 했지만 내 목소리도 개운하지 않았다. 사건이 해결되는 날이 정말 오긴 오는 것일까?

2

9월 26일 목요일.

출근해서 교무실로 가던 도중 아소 교코가 체포되었다는 소문을 들었다. 한 학생이 "빅뉴스, 빅뉴스!" 하며 떠들고 다녔던 것이다. 나는 서둘러 교무실로 갔다. 그런데 문을 열자마자 그 소문이 유언비어가 아니라는 사실을 알게 되었다.

교무실 분위기는 매우 우울하고 답답했다. 내가 들어서자 분위기가 더 경직되는 것 같았다. 교사들은 시선을 내리깔고 시치미를 뗀 채 자기 자리로 갔다. 내 자리로 가는 동안 누구 하나 입을 열려고 하지 않았다.

하지만 내가 자리에 앉으려고 하자 후지모토가 답답한 분위기를 깨려는 듯 매우 또렷한 목소리로 말했다.

"마에시마 선생님, 소문 들으셨어요?"

주위에 앉아 있던 몇 명이 그 이야기를 듣고 움찔한 것 같다. 나는 후지모토를 바라보았다.

"방금 전에 복도에서…… 학생들이 말하는 걸 들었어요."

"역시…… 애들은 정보가 빠르단 말이야."

그는 마지못해 웃는 것 같았다.

"학생들 말로는 체포……라고 하던데요."

"아니, 체포는 아닙니다. 그냥 참고인으로 간 거지요."

"그래도……"

"실질적으로는 체포된 거나 다름없겠죠?"

호리가 옆에서 끼어들었다.

"글쎄요. 그 말은 좀 지나친 것 같은데요."

"그럴까요?"

"잠깐만요."

나는 후지모토에게 자세히 설명해달라고 말했다.

후지모토의 말에 따르면 오늘 아침 일찍 S경찰서의 오타니가 전화를 걸어와, 아소가 참고인으로 출두해서 조사를 받아야 한다고 전한 모양이다. 교감인 마쓰자키가 그 전화를 받았는데 너무 놀라 큰 소리로 대답하는 바람에 마침 그 자리에 있던 학생까지 알게 된 것이다.

"왜 일이 갑자기 이렇게 됐는지 잘 모르겠어요. 그래서 우리도 그냥 자기 식대로 상상하고 있었지요."

후지모토의 말에 호리가 고개를 움츠렸다.

"그런데…… 정말 아소 선생님이 범인일까요?"

나가타니도 의자를 이쪽으로 돌렸다.

"마에시마 선생님, 뭔가 짚이는 게 있으시죠?"

내가 아무 대답도 하지 않자 오다가 자기 자리에서 차를 마시면서 물었다.

"마에시마 선생님한테는 없어도 상대방한테는 있을지도 모르죠. 뭐니 뭐니 해도 여자라는 동물은 집념이 강하니까."

"어머, 남자들 중에도 그런 사람은 많아요."

호리가 그렇게 말하는데 문이 열리고 교감이 들어왔다. 야위어 보일 정도로 힘이 없는 표정이었다. 발걸음도 축 늘어져 있었다.

종이 울렸지만 아침조회할 분위기가 아니었다. 교감으로서는 교사들이 모두 모인다 해도 이 상황에서 무슨 말을 해야 할지 알 수 없을 것이다. 구리하라도 교장실에 틀어박혀 있었다. 아마 불쾌한 얼굴로 줄담배를 피우고 있을 것이 틀림없다.

나는 다른 사람들의 질문에 건성으로 답하고 다른 생각에 빠져 있었다. 오타니 형사 일행이 엄청난 집념과 직감으로 무엇을 확보했기에 아소에게 출두하라는 지시를 내렸을까? 첫 번째 사건이 발생했을 때 아소는 완벽한 알리바이가 있었다.

오타니는 이 사실을 어떻게 해석하고 있을까? 그리고 지난번에 그녀가 언급한 "진실은 다른 곳에 있다"는 말이 떠올랐다. 이런 일들이 머릿속을 어지럽게 맴도는 바람에 도저히 수업을 진행할 수 없었다.

간신히 수업을 끝낸 후 나는 교감에게 가서 아소 교코의 일을 넌지시 물어보았다. 그는 약간 귀찮다는 내색을 하며 말해주었는데, 전반적인 사항에 대해서는 후지모토보다 딱히 더 많은 걸 알고 있는 것 같지 않았다.

신경이 곤두선 채 2~3교시가 지났다. 그리고 4교시 수업을 진행하고 있는데 오다가 찾아와서, 귓속말로 형사가 왔다고 전했다. 나는 학생들에게 자율학습을 시키고 교실에서 나왔다. 여느 때 같으면 등 뒤에서 학생들의 환호성이 들렸을 텐데 오늘은 달랐다. 마치 쉿, 하고 다들 한자리에 모여 비밀 이야기라도 하는 것처럼 조용조용하게 수군대는 소리가 들렸다.

응접실에서 오타니와 마주앉은 것이 이번으로 몇 번째일까?

"수업하시는 중에 죄송합니다."

넥타이를 하지 않은 회색 양복 차림의 오타니가 머리를 숙였다. 전형적인 형사 스타일이다. 그리고 한 사람이 더 있었다. 젊은 형사였다. 오타니의 눈이 충혈되어 있었다. 얼굴에는 기름기가 돌았다. 아소 교코라는 용의자를 잡고 나서 수사에 활기를 띠게 된 것일까.

"아소 선생님한테 출두해달라고 요청한 사실은 알고 계시죠?"

"알고 있습니다."

나는 고개를 끄덕였다.

"그저께 제가 습격당한 사건이랑 아소 선생님이 관련 있을지도 모른다고 생각하는데⋯⋯."

"아니요. 그런 건 아닙니다."

오타니가 고개를 젓자 나는 깜짝 놀랐다.

"아닙니까?"

"네, 아소 선생님한테 출두하라고 한 건 전혀 다른 이유 때문입니다."

"그럼 무슨⋯⋯."

"조금만 더 기다려보시죠."

나의 강한 의욕을 꺾으려는 듯, 오타니는 느긋한 동작으로 주머니에서 수첩을 꺼냈다. 수첩을 넘기는 손도 침착했다.

"어제, 우리 형사 중 젊은 친구 하나가 학교 소각장에서 뭔가를 발견했습니다. 장갑입니다. 하얀 면장갑."

소각장은 수사중이라는 명목으로 축제 이후 한 번도 불을 피우지 않은 상태다. 듣고 보니 어제도 형사가 소각장을 휘젓고 다녔던 것 같다.

"그 장갑에 그림물감이 약간 묻어 있었습니다. 우리 형사가 이 장갑에 주목하길 잘했지요."

"그림물감?"

나는 기억을 더듬었다. 이번 사건과 그림물감 사이에 무슨 관련이 있을까? 하지만 오타니는 태연하게 말했다.

"그 마술상자 말입니다. 벌써 잊으셨습니까?"

오타니의 말을 듣자마자 뭔가가 떠올랐다. 그렇다. 그러고 보니 그 마술상자는 그림물감을 칠해 만든 것이었다.

"그런데 그 장갑이 범인 것이라고 단정할 수는 없잖습니까?"

나는 반론을 제기했다.

"아마 그 장갑은 축제 때 응원전을 했던 학생 중 하나가 쓴 것일 텐데요. 그 학생이 마술상자를 만졌을지도 모르고요."

하지만 오타니는 내 말을 듣다가 고개를 흔들었다.

"그 장갑을 자세히 조사했더니 안쪽에서도 빨간 칠 같은 게 마른 상태로 검출됐습니다. 아주 소량이긴 하지만요. 뭐 짐작가시는 것 없습니까?"

"빨간 칠······?"

나는 깜짝 놀랐다.

"네, 매니큐어입니다. 이렇게 되면 장갑은 학생 것이 아니라는 말이 되지요. 요즘은 화장하는 학생들도 있긴 하지만, 그래도 빨간 매니큐어를 바르는 경우는 별로 없으니까요."

"그래서 아소 선생님을······."

"어젯밤에 아소 선생님이 쓰는 매니큐어를 수거해냈습니다. 수사관 얘길 들어보니 그때 아소 선생님의 불안해하는 얼굴을 보고, 이 여자가 진짜 범인이라고 확신했다던데……. 그건 아무래도 좋습니다. 어쨌든 장갑에 남아 있던 것과 비교했더니 일치한다고 나왔습니다. 그래서 오늘 아침에 호출한 겁니다."

오타니가 아소 교코를 어떤 식으로 추궁했을지는 대체로 짐작이 갔다. 우선 아소의 그날 행동을 상세하게 확인했음이 틀림없다. 그때 아소는 마술상자에 다가갔다는 사실에 대해서는 한마디도 하지 않았을 것이다. 오타니는 그 말을 확인한 다음 장갑을 꺼냈을 테고. 그림물감과 매니큐어, 절대 있을 수 없는 모순이 만난 셈이다. 아소가 이 점을 어떤 식으로 둘러댔을까.

"글쎄, 변명은 안 했습니다. 단념한 건지 모르겠지만, 몇몇 부분만 빼고 거의 대부분은 사실대로 말했습니다."

아소 교코가 자백했다―나에게는 놀라운 이야기지만 오타니는 담담하게 말을 이었다. 그의 말투에 눌려서인지 내 기분도 담담해졌다. 더욱이 이러한 상황에서도 오타니는 아소를 "아소 선생님"이라고 부르고 있었다. 그것이 신경쓰였다.

"무슨 말씀이십니까?"

나는 조급한 마음을 억누르면서 물었다. 그러자 오타니는 평소처럼 거드름을 피우듯 담배를 입에 물더니 후 하고 우윳빛 연기를 잔뜩 뱉어냈다.

"병은 아소 교코 선생님이 바꿨지만, 마에시마 선생님을 죽이려고 한 범인은 전혀 다른 사람이라는 겁니다."

"그런……."

'바보 같은' 뒷말은 속으로 삼켰다. 아소가 죽이려고 하지 않았다면, 도대체 그녀는 왜 그런 일을 했단 말인가?

"범인한테 협박당했다고 하더군요."

"협박?"

나는 놀라서 되물었다.

"아소 선생님이 왜 범인한테 협박을 당하죠?"

"그건…… 사실 더 이상 말하면 안 되는데, 그래도 마에시마 선생님이니까 말씀드리겠습니다."

오타니는 머리를 긁적이면서 말을 이었다.

"전에 선생님이, 아소 선생님이랑 무라하시 선생님이 특별한 사이는 아닐까 하고 얘기하신 적이 있지요? 그 추측이 맞았습니다. 올해 봄부터 따로 만나고 있었던 모양입니다."

역시 생각대로였다.

"그리고 아소 선생님이 교장 선생님 자제분과 혼담을 앞두고 무라하시 선생님과의 관계를 정리하려고 했던 것도 사실이었습니다. 그건 금방 짐작이 되는데 무라하시 선생님은 그걸 받아들이지 않았다는군요. 아소 선생님은 미혼 남녀끼리 그저 가볍게 만나는 관계 정도로 생각했는데, 무라하시 선생님은 진심이었던 겁니다."

K와 같은 경우다. 아소는 이런 식으로 여러 남자에게 상처를 주었을 것이다.

"게다가 무라하시 선생님이 두 사람의 관계를 밝힐 수 있는 증거를 가지고 있었다고 하더군요. 그래서 아소 선생님도 어떤 식으로든 무라하시 선생님을 설득하지 않고는 견딜 수 없었다고 했습니다."

"증거요? 그건 또 뭡니까?"

"일단 들어보세요. 무라하시 선생님이 항상 그 증거물을 가지고 다녔던 모양입니다. 탈의실에서 죽었을 때도 가지고 있었던 것 같고요. 그런데 현장에서는 발견된 게 전혀 없었습니다. 콘돔이 그럴싸한 증거라고 할 수도 있겠지만, 두 사람의 관계를 증명할 물건이라고 보기는 힘드니까요. 이게 무슨 뜻이겠습니까?"

"범인이 가져갔다는 겁니까?"

내가 조심스레 물어보자 오타니는 고개를 크게 끄덕였다.

"그렇겠죠. 그러니 당연히 아소 선생님은 당황했을 겁니다."

"아, 그러고 보니……"

언제였던가, 후지모토가 아소에게 이상한 질문을 받았다

고 이야기한 적이 있다. 혹시 무라하시의 소지품이 도둑맞지 않았느냐는 것이었다. 왜 아소가 그런 것을 물어보는지 석연치 않았는데 이제야 납득이 갔다.

내 이야기를 듣고 오타니도 만족스럽다는 듯 가슴을 뒤로 젖혔다.

"아소 선생님 진술을 증명할 게 또 하나 늘었군요."

여기까지 들으니 그 다음은 나도 상상이 되었다. 즉, 아소는 그 약점 때문에 범인에게 협박당했을 것이다. 그리고 협박 내용은 병을 몰래 바꾸라는 지시였을 것이다.

"축제 당일 아침, 협박장을 책상 서랍에서 발견했다고 합니다. 술병을 어떤 식으로 바꿔야 하는지 순서가 자세하게 나와 있고, 만약 그대로 안 하면 무라하시 선생님의 주검에서 발견된 물건을 공개하겠다는 식으로 쓰여 있었습니다. 아소 선생님이 진술한 대로 본인 방에서 발견했지요. 아, 맞다. 여기 복사본이 있습니다."

오타니는 그렇게 말하면서 양복 안주머니에서 반듯하게 접은 흰 종이를 꺼냈다. 펼쳐보니 대학 노트 크기였다. 오타니는 그것을 내 앞에 내려놓았다. 지렁이가 기어가는 듯한 글이 빼곡하게 적혀 있었다. 보는 순간 읽을 마음이 사라지는 것 같다.

"필체를 숨기려고 왼손으로 썼거나 오른손에 장갑을 몇 겹 끼고 쓴 것 같습니다."

협박장을 보고 무심코 얼굴을 찡그리는 나에게 오타니가 설명했다. 협박장에는 다음과 같이 쓰여 있었다.

이 내용을 절대 다른 사람에게 보여서는 안 됩니다.

당신은 오늘 여기 나와 있는 대로 행동하십시오.
1. 양궁부에게서 눈을 떼지 마세요. 양궁부 학생들은 행사 시작 전, 동아리방에 있는 도구들을 미리 몇 군데로 이동시킬 것 입니다. 그때 마에시마 선생의 소도구 가운데 하나인 술병을 어디에 두었는지 알아두십시오.
2. 아래 세 가지 지시를 따르기 전에 반드시 장갑을 착용하십시오.
3. 1에서 조사한 장소로 가서 술병을 들고 나온 다음, 1학년 건 물 1층에 있는 창고에 가서 소품용 병과 바꾸십시오.
4. 진짜 소품용 병은 사람들 눈에 띄지 않는 곳에 버리면 됩니 다. 대신 봉투는 다른 곳에 버려야 합니다.
5. 이 작업이 끝나면 빨리 자기 자리로 돌아가십시오. 이 작업 을 절대, 아무도 봐서는 안 된다는 점을 명심하십시오. 물론 말도 하면 안 됩니다. 만약 이 지시대로 행동하지 않으면 지 난번 무라하시 선생의 소지품에서 나온 증거물을 공개하겠 습니다. 참고하시라고 그 복사본을 첨부합니다.

당신의 장래와 학교에서의 입장을 생각해서 불이익을 받는 일 이 없도록 하십시오.

"범인은 절대로 만만치 않은 놈입니다."

내가 다 읽고 얼굴을 들자 오타니는 한숨을 쉬면서 말했다.

"사람을 시켜서 살인을 한다……. 이 정도면 거의 전문가 수준이라 직접적인 단서를 찾기가 매우 힘듭니다. 술병과 봉투에 협박장까지, 어느 정도 실마리가 보이긴 하지만 결정적으로 범인한테 접근하길 기대하기란 힘듭니다."

나는 협박장을 보고 범인이 꽤 머리가 좋다는 인상을 받았다. 오탈자가 전혀 없고 지시도 잘 정리되어 있었다.

"범인이 무라하시 선생님 소지품에서 가지고 간 게 뭡니까? 이제 그만 가르쳐주셔도 되지 않습니까?"

천하의 아소 교코가 절대 공개하지 못하게 하려는 물건이 대체 뭘까? 설령 그 물건이 이번 사건과 관련이 없다 하더라도 궁금했다. 하지만 오타니는 고개를 가로저었다.

"사실 아직은 그걸 잘 모르겠습니다. 아까 제가 아소 선생님이 일부는 제외하고 전부 말했다고 했지요? 그 '일부'가 이겁니다. 협박장에 '그 복사본을 첨부했다'고 적혀 있는데, 그건 일찌감치 처분한 것 같습니다."

"그럼 아소 선생님이 하는 얘기를 전적으로 믿을 수는 없는 것 아닙니까?"

모든 것이 아소가 꾸며냈을지도 모른다는 생각이 들었던 것이다.

"아니, 이 이야기는 믿어도 좋을 것 같습니다. 그저께 밤, 마에시마 선생님이 습격받았을 때 아소 선생님은 자기 방에 있었다는 사실이 확인됐으니까요."

"호오……."

"이 알리바이는 확실합니다. 그날 우리 형사 중 한 명이 계속 아소 선생님을 감시하고 있었으니까요. 사실 무라하시 선생님 사건 때도 알리바이는 완벽하게 있었습니다. 그것 때문에 훨씬 전부터 협박장을 준비했다고 생각하기는 힘들지요."

나는 아소의 '진실은 다른 곳에 있다'는 말을 떠올렸다. 그 말이 이런 의미였구나.

"그럼 실제로 행동한 사람은 아소 선생님이지만 진짜 범인은 따로 있다는 거군요. 그렇군요. 그럼 마에시마 선생님 사건은 범인의 의도를 한 번 더 생각할 필요가 있습니다."

나는 힘없이 고개를 가로저었다.

"그 점에 관해서는 한번 더 생각해보겠지만, 형사님들 조사 결과는 어떻습니까?"

"글쎄요. 일단 수사는 진행하고 있는데……."

그는 이 점에 대해서는 명확하게 말하지 않았다.

"어쨌든 단서가 적은 편은 아니니까, 최선을 다해 알아보고 있습니다. 그리고 마에시마 선생님은 앞으로 각별히 주의하세요. 아소 선생님의 자백으로 범인이 초조해하고 있을 테니 조만간 또 표적이 될 겁니다."

조심하겠습니다, 하고 나는 머리를 숙였다.

"그런데…… 아소 선생님 죄는 어떻게 되는 겁니까?"

"어려운 문제입니다."

오타니는 난감한 표정을 지었다.

"협박 때문에 어쩔 수 없이 한 일이라 정상참작의 여지는 있지만 협박장을 보낸 사람이 무라하시 선생님을 죽인 범인과 같다고 밝혀진 이상, 아소 선생님에게 마에시마 선생님이 방해되는 존재였다는 건 사실입니다. 그러니 이 상황을 어떻게 해석하느냐가 제일 중요합니다."

"무슨 말씀이신지?"

나는 다시 묻긴 했지만 오타니가 무엇을 말하고 싶어하는지 알 수 있었다.

"아소 선생님에게 미필적고의가 있었는가가 중요합니다. 예를 들어서 조금은 적극적인 의지, 그러니까 혹시 마에시마 선생님이 죽었으면 좋겠다는 마음이 작용하지는 않았을까 하는 의문이 생기지요. 이러면 우리도 판단하기가 어렵습니다."

아소는 정말 내가 죽어도 상관없다고 생각했을까? 오타니의 말에 기분이 우울해졌다.

3

9월 28일 토요일, 방과 후.

오늘부터 동아리 활동이 다시 시작되었다. 학생들은 지금까지 울적했던 기운을 다 쏟아내려는 듯 운동장을 이리저리 뛰어다녔다. 각 동아리 지도교사들도 어두운 분위기에서 벗어나 상쾌한 얼굴을 하고 있었다.

양궁부 또한 다시 훈련을 시작했다. 현 대회까지 앞으로 일주일밖에 남지 않았다. 따라서 남은 기간 동안 저돌적으로 연습시킬 수밖에 없었다.

"이런저런 이유로 망설이고 있을 여유가 없어. 기본을 지키고 크게 쏘기만 하면 돼. 잔재주로 속이려고 하지 마. 연습 땐 잘될지 몰라도 시합에서는 절대 안 통하니까."

원진圓陣에서 오랜만에 게이의 목소리가 울렸다. 목소리에 힘이 실려 있었다. 게이의 설명을 듣는 부원들의 적당히 긴장한 모습도 보기 좋았다. 이 분위기가 실전에서도 이어지면 좋으련만.

"선생님, 부탁합니다."

게이가 설명을 끝내고 나서 나에게 말했다. 부원들이 일제히 나를 바라보았다.

나는 침을 삼킨 뒤, 입을 열었다.

"자기가 엄청나게 부족하다는 사실을 잊지 마라. 본인이 얼마나 미숙한지 알고 대회에 도전하는 거니까, 겉모습 같은 건 신경쓰지 마. 내가 지금 할 수 있는 게 뭔지, 그것만 계속 생각하면 부담감이나 망설임도 없어지는 법이야."

"알겠습니다!"

양궁부 전원이 한 목소리로 말했다. 나는 볼에 홍조를 띠면서 고개를 끄덕였다.

지금까지 하던 대로 연습이 시작되었다. 나는 부원들 뒤에서서 자세를 확인했다.

"저희가 연습하는 걸 선생님이 지켜보시면 다들 대회에 나갔을 때처럼 긴장해서 더 열심히 하지 않을까요?"

게이는 자신의 이런 생각을 나에게 이야기한 적이 있다.

연습이 시작되고 한참 지났을 무렵, 나는 궁도장 근처에서웬 남자가 계속 이쪽을 보고 있다는 사실을 알아차렸다. S경찰서의 젊은 형사 시로이시였다.

최근 2~3일간 형사들은 나의 일거수일투족을 감시하고 있었다. 가끔 형사들이 보이지 않을 때도 있었지만, 그 사실을 잊을 만하면 어김없이 시야에 들어오곤 했다. 출퇴근할 때나 학교 내에서는 말할 것도 없고 내가 어디에 있든 그들의 그림자가 곁에 있었다.

이 정도면 범인도 쉽게 나를 노리지 못할 것이다. 하지만 경찰 수사는 전혀 진척되지 않는 듯했다. 가끔 듣는 이야기에 따르면 습격사건의 범인이 누구인지 전혀 감을 잡지 못한다고 한다.

물론 천 명이 넘는 학생들의 가족 중에 그 차를 가진 사람이 있을 수도 있다. 하지만 조사를 거듭해도 이번 사건과 관계가 없는 사람들뿐이었다. 특히 범인이 학생이라고 가정하면 운전할 수 있는 공범자가 있어야 하니, 수사가 점점 오리무중에 빠질 것이라는 의견이 많았다. 더욱이 교직원 중에는 세리카를 타고 다니는 사람이 없었다.

술병을 숨겨둔 봉투에 관해서는 공개수사를 하는 것 같았다. 하지만 어디서나 쉽게 구할 수 있는 물건이라는 사실을 알았을 뿐 용의자 후보를 좁히기에는 무리가 있었다. 범인이 워낙 신중해서 이 정도 결과는 예상할 수 있는 일이었다.

그보다 나는 형사들이 여전히 잘못 추리한 밀실 트릭에 집착하고 있는 것 같아서 신경이 쓰였다. 아직까지 열쇠 가게를 돌아다니며 탐문하는 걸 보니, 아무래도 범인은 여자 탈의실 출입구로 빠져나갔다고 생각하는 것 같다.

나는 요코에게 들은 이야기를 오타니에게는 끝내 말하지 않았다. 그 사실을 밝히려면 요코가 꾸민 강간극까지 언급해야 하기 때문이다. 그 이야기를 하지 말라는 소리는 안 했지만, 나는 도저히 말할 수 없었다. '나'이기 때문에 요코가 이

야기해준 거라고 생각했다. 다른 사람이 아닌 나이기에 털어
놓은 것이다. 아마 상당한 용기가 필요했을 것이다. 따라서
내가 다른 사람에게 그 이야기를 한다는 것은 요코를 배신하
는 거라고 생각했다. 게다가 나는 이미 지난번에 그녀의 기
대를 저버린 적이 있다.

밀실 수수께끼만큼은 나 스스로 풀어야 한다─나는 그렇
게 결심했다. 그런 생각을 하고 있는데 어느새 게이가 다가
왔다.

게이는 시로이시를 힐끔 바라보더니 그 아이답지 않은 표
정을 지으며 말했다.

"아무래도 너무 무리하게 와달라고 부탁드렸나 봐요."

"별소리를 다 하는구나."

"그래도…… 사실은 빨리 가고 싶으시죠?"

"어디 있건 상관없어. 오히려 분위기가 이렇다 보니 여기
더 오래 있고 싶구나. 적당히 건성건성 지도해서 미안하긴
하지만."

그러자 게이는 가볍게 고개를 저었다.

"선생님이 와주시기만 해도 힘이 난다고 말씀드렸잖아요."

나는 게이와 잠깐 이야기를 나누고 나서 오랜만에 부원들
이 슈팅하는 모습을 관찰했다. 게이는 여전히 정확한 자세로
시위를 당겼다. 하지만 몸이 뒤로 젖혀지는 버릇은 고쳐지지

않았다. 일단 자세부터 바로잡아야 하는데 너무 점수에만 집착하는 것 같아 마음이 편치 않았다. 이 상황에서는 충고를 한다 해도 들리지 않을 것이다.

에미의 실력이 부쩍 향상된 것을 보고 나는 깜짝 놀랐다. 전에는 활을 당기기만 해도 중심을 못 잡고 몸이 흔들렸는데, 지금은 시위를 충분히 잡아당긴 후 천천히 과녁을 겨누는 여유까지 느껴졌다.

이전부터 기본에 충실한 자세를 유지하고 있었기에 그것만으로 적중률이 수십 배는 향상된 것 같았다. 게이와 짝을 지어 연습한 성과일까?

에미가 쏜 화살이 과녁 중심에 꽂히는 것을 보고 나는 무심코 "좋았어" 하고 말했다. 에미는 눈을 내리깐 채 꾸벅 머리를 숙였다.

"에미 녀석, 컨디션이 최고구나."

나는 유달리 탄도가 낮은 화살을 쏘는 가나에에게 작은 목소리로 이야기했다. 가나에는 다듬어지지 않은 1학년 때의 습관을 아직도 고치지 못한 채 활을 쏘고 있었다.

"맞아요. 저도 점심시간에 혼자 연습하곤 했는데, 에미는 하루가 다르게 실력이 늘더라고요. 무슨 비결이라도 있냐고 물어봐도 별 대답을 안 하네요."

가나에는 재빨리 땀을 닦으면서 대답했다.

"저게 정신력의 힘이야. 어디까지나 양궁일 뿐이라고 생각하면 저렇게 쏠 수 있게 돼. 저것도 일종의 재산이지."

"저도 그렇게 생각은 하는데……."

"가볍게 보는 거랑은 달라."

나는 웃으면서 그 자리를 떴다.

연습을 시작한 지 한 시간 정도 지났을까. 얼굴에 뭔가 차가운 것이 닿았다. 빗방울이 점차 굵어지더니 사격장이 검은 점으로 메워졌다.

부원 몇 명이 아이, 이게 뭐야 하는 소리를 내뱉으며 원망스러운 듯 하늘을 올려다보았다. 그 기분을 잘 안다. 모처럼 단체연습을 하는데 다 망쳤잖아, 하는 심정일 것이다.

"신경쓰지 마. 비가 와도 시합은 열리니까."

게이가 엄한 목소리로 말했다. 분명히 그녀가 말한 대로다. 비가 온다고 해서 양궁부 훈련이 중단되는 일은 거의 없었다. '비나 안개 등으로 과녁을 제대로 보기 힘든 경우 시합을 중단한다'는 규정이 있긴 하지만, 예외 중에서도 예외라고 생각하는 편이 좋을 것이다.

비를 맞으면 몸이 차가워져서 근육이 굳어지고, 평소보다 더 강한 집중력이 필요하다. 게다가 화살이 물을 머금으면 반발력이 격감하기 때문에 당연히 탄도도 약해진다. 체력과 기술이 모두 요구되는 것이다.

비가 쏟아지자 학생들의 실력 차이가 명백하게 드러나기 시작했다. 게이는 약간 흐트러지긴 했지만 금방 안정된 점수를 확보했고, 가나에의 힘있는 양궁은 비의 영향을 비교적 적게 받았다. 에미는 빗속에서도 꾸준히 좋은 성적을 유지했다. 하지만 다른 부원들은 탄도가 안정되지 않았고 화살이 계속 과녁을 빗나갔다.

그 상태가 한참 이어지다가, 게이는 부원 한 명이 쏜 화살이 과녁을 크게 벗어나는 것을 보고 연습을 중단시켰다. 이 상태에서 연습을 계속하면 자세가 망가질 뿐 아니라 감기에 걸릴 우려도 있기 때문에 나도 찬성했다.

나는 옷을 갈아입은 후 체육관 구석에서 웨이트트레이닝을 하기로 했다. 트레이닝복은 여벌이 없기 때문에 양복으로 갈아입고 그대로 체육관으로 향했다.

실내에서 하기에 가장 좋은 훈련은 '활 튀기기(화살을 메기지 않고 활을 당기는 일)'다. 테니스나 야구에서 타격훈련을 할 때 실제로 배트를 휘두르는 것을 장려하듯 양궁에서는 이것이 매우 좋은 연습이다.

나는 벽에 기대어 부원들이 활 튀기는 모습을 한참 바라보다가, 게이에게 나가보겠다고 말하고 체육관을 나섰다. 체육관 내에는 농구부나 배드민턴부도 땀을 흘리며 연습하고 있었다. 실내에 학생들의 열기가 가득 차서 머리가 멍해지는 것 같았다.

복도로 나오니 시로이시가 긴 의자에 걸터앉아 신문을 읽고 있었다. 그는 나를 보더니 당황해서 일어나려고 했다.

"잠깐 바람 좀 쐬려는 거니까 신경쓰지 마세요."

내가 그렇게 말하며 말리자, 그는 자리에서 일어나지 않고 내가 나가는 것을 가만히 배웅해주었다.

비가 엄청나게 쏟아지고 있었다. 사람 그림자는 찾아볼 수 없고, 교내 전체가 흑백사진처럼 색을 잃고 있었다. 심호흡을 한 번 하자 콧구멍으로 서늘한 바람이 들어왔다.

나는 문득 오른쪽에서 인기척을 느껴 시선을 돌렸다. 하지만 아무도 없었다. 기분 탓인가?

'맞아, 그때…….'

지난번에도 비슷한 일이 있었다. 그때는 기분 탓이 아니었다. 요코가 옆에 서 있었기 때문이다. 요코는 우산을 쓰고 교원용 탈의실을 바라보고 있었다. 혹시 요코가 자기 나름대로 밀실 트릭을 생각하고 있었던 것은 아닐까? 당시 마사미의 추리가 틀렸다는 사실을, 요코만큼은 알고 있었다. 하지만 요코는 남에게 그 사실을 말할 수 없었다.

나는 우산 통에서 우산을 꺼내 쓰고 천천히 걷기 시작했다. 그리고 체육관 뒤로 돌아가 그날 요코가 그랬던 것처럼 탈의실을 바라보았다. 체육관 안에서 여러 동아리 부원들이 움직이는 소리와 구령을 붙이는 소리가 새어나왔다. 하지만 그 소리는 어느 먼 곳에서 들려오는 것 같았다. 탈의실 주변은 고요한 분위기에 휩싸여 있었다.

'내가 생각해볼 수 있는 건 모두 생각했어.'

오늘까지 도대체 몇 번이나 이 문제와 맞서 싸웠던가. 여자 탈의실 출입구를 지나지 않고 빠져나가는 방법. 이제는 꿈에서도 나올 정도였다. 안에 직접 들어가서도 생각해보았다. 하지만 아직 그럴듯한 아이디어가 떠오르지 않았다.

시간이 얼마나 흘렀을까. 나는 등에서 차갑고 오싹한 한기를 느끼고 정신을 차렸다. 그만 갈까? 그렇게 생각하고 돌아서려 했지만, 곧 발길을 멈추었다. 한번 해보고 싶은 것이 떠올랐기 때문이다.

나는 무라하시가 살해됐다는 소식을 처음 접했을 때를 떠올린 다음, 그때와 똑같은 행동을 취해보았다.

우선 문에 손을 대었다. 하지만 꼼짝도 하지 않았다. 그래서 뒤로 돌아가 환기구로 안을 들여다보았다.

그렇다, 그때처럼 환기구로 들여다보자.

환기구는 내 키로 간신히 들여다볼 수 있는 위치에 있었다. 아마 요코는 발돋움을 해야 겨우 들여다볼 수 있을 것이다.

나는 사건 당일처럼 안을 들여다보았다. 먼지로 가득 찬 곰팡내가 여전히 코를 찔렀다. 어둑어둑한 실내에서 입구가 희미하게 보였다. 그날은 버팀목이 특히 도드라져 보였던 것이 기억났다. 오타니 형사는 그 버팀목을 밖에서 세우기가 불가능하다고 말했다. 순간 내 머릿속에 섬광이 지나갔다. 어쩌면 우리는 중대한 실수를 범하고 있는 게 아닐까?

불과 1~2초 사이에 내 기억력과 사고력이 백 퍼센트 가동되었다. 어지러웠고, 가벼운 구토 증세도 느꼈다. 하지만 그 직후, 내 머릿속에서는 이 밀실 수수께끼를 풀 대담한 추리가 완성되고 있었다.

'아니, 그럴 리가 없어.'

나는 고개를 저었다. 내 의지와 상관없이 성립된 추리를 도저히 받아들일 수 없었다. 그럴 리가 없다. 뭔가 잘못된 것이다. 나는 그 자리에서 도망치듯 허둥지둥 달렸다.

4

10월 1일 화요일.

'점심시간 옥상에서.'

4교시가 시작되기 전, 요코와 복도에서 스쳐 지나가다가 넘겨받은 쪽지에 이렇게 쓰여 있었다. 요코가 나를 부른 것이 올봄 이후 두 번째다. 설마 이번에도 함께 여행가자고 권하지는 않겠지.

우리 학교는 학생이 옥상에 올라가는 것을 금지하고 있다. 그래서 평소에는 잘 드나들지 않지만 가끔 학생들이 옥상에서 비밀 이야기를 한다는 소문은 들어서 알고 있었다.

점심식사를 마치고 내가 옥상에 올라갔을 때도, 학생 세명이 한쪽 구석에서 뭔가를 이야기하고 있었다. 학생들은 나를 보더니 혓바닥을 살짝 내밀고 고개를 움츠리면서 내려갔다. 어쩌면 자신들을 발견한 사람이 나라서 다행이라며 가슴을 쓸어내리고 있을지도 모르겠다.

요코가 아직 오지 않았기 때문에, 나는 철책에 기대어 교내를 바라보았다. 건물의 형태나 배치 상황이 손에 잡힐 듯보였다. 이 학교로 부임하고 나서 이런 식으로 학교 전체를보는 것은 이번이 처음이었다.

"선생님답지 않네요."

갑자기 뒤에서 나를 부르는 소리가 났다. 깜짝 놀라 뒤돌아보니 남색 스커트에 회색 블레이저를 입은 요코가 서 있었다. 오늘부터 동복으로 바뀐 것이다.

"뭐가?"

"옥상에서 학교를 내려다보는 게 선생님답지 않다고요. 시간 때우기용이라도 그런 취미는 별로예요."

"나다운 게 뭔데?"

그러자 요코는 약간 고개를 갸웃하더니 말했다.

"선생님이 먼저 와서 기다리는 게 선생님답지 않아요. 선생님은 언제나 사람을 기다리게 하잖아요."

나는 대답할 말이 떠오르지 않아 그저 하늘만 올려다보았다.

"무슨 일로 불렀니?"

혼란스러운 감정을 숨기기 위해 그렇게 묻자, 요코는 잠시 바람을 쐬더니 흐트러진 머리카락을 정리하면서 물었다.

"수사는…… 어떻게 되고 있어요?"

"어떻게……라, 나도 잘은 모르지만 아직 범인이 안 잡힌 건 분명해."

"세리카 더블엑스 건은 어떻게 됐어요? 경찰이 조사하고 있죠?"

"조사하고 있는 것 같긴 한데, 아직 별다른 성과는 없나 봐. 이상하긴 하지만."

"그후에 범인이 또 노리지는 않았나요?"

"없어. 형사가 찰싹 들러붙어서 따라다니니까 범인도 어떻게 할 수 없겠지."

"그럼 진전이 없다는 거예요?"

"그런 셈인가?"

나는 하늘을 향해 한숨을 쉬었다. 요코는 잠시 뜸을 들이다 말했다.

"그 사건이 있고 나서 생각해봤는데 뭔가 기억나는 게 있어요."

약간 망설이는 듯한 태도에 나는 요코의 옆모습을 바라보았다.

"뭔데?"

"아마추어의 생각일 뿐이라고 하실지도 모르겠지만……."

요코는 단서를 달았다.

"무라시 선생님이 살해됐을 때, 현장은 밀실이었잖아요. 그런데 왜 밀실이어야 했을까요?"

"음……."

요코가 무슨 말을 하려는지 그 의미를 알 수 있을 것 같았다. 나도 생각했던 일이다.

"단순히 생각하면 자살로 위장하기 위해서가 아닐까."

"그래도 범인의 행동을 조합해보면 그건 아닌 것 같아요. 탈의실 양쪽 칸막이벽 윗부분을 그야말로 누군가가 넘어간 것처럼 꾸몄다거나, 로커 일부를 적셔놨다거나……."

"그럼 밀실 트릭을 잘못 해석하도록 하는 게 목적이었다는 거야?"

"전 그렇게 생각해요."

요코는 딱 잘라 말했다.

"범인은 아무리 완벽하게 자살로 꾸며도 언젠가 경찰이 눈치챌 거라고 생각했던 거예요. 그러니까 좀 다른 식으로 위장했다…… 이렇게 생각할 수도 있잖아요?"

"그래, 무슨 말인지 알겠어. 충분히 납득이 가는구나."

나는 요코에게, 오타니가 탈의실 옆에서 발견한 작은 쇠사슬은 조사하지 않고, 마사미처럼 밀실 트릭 풀기에 도전했다는 이야기를 해주었다. 아마 범인은 그 쇠사슬을 일부러 떨어뜨렸을 것이다.

"문제는 왜 범인이 그런 가짜 트릭을 준비했느냐 하는 거야. 밀실 트릭이 어떤 식으로든 깨져버렸으니까, 경찰은 이번 일을 살인사건으로 보고 본격적으로 수사를 시작할 거야. 범인 입장에서는 달갑지 않은 상황이겠지."

"그래도 범인은 그때 진짜 유리한 입장이 됐잖아요."

요코의 말투에 자신감이 서려 있었다.

"유리한 입장?"

"네. 그 트릭 덕분에 진짜 범인이 용의자 대상에서 벗어났으니까요."

그 말을 듣고 나는 마사미가 풀었던 밀실 트릭을 떠올려보았다. 분명 이러한 내용이었다.

1. 호리가 여자 탈의실 출입구 자물쇠를 열고 안으로 들어간다(이때 자물쇠는 열린 채로 철문에 걸려 있었다).

2. 범인은 출입구로 몰래 다가와 미리 준비한 가짜 자물쇠와 살짝 바꾼다(4시경).

3. 호리가 탈의실에서 나와 가짜 자물쇠로 문을 잠근다.

4. 범인은 무라하시가 오기 직전 가짜 자물쇠를 열고 남자 탈의실에서 범행을 저지른다(5시경).

5. 범인은 남자 탈의실 출입구에 버팀목을 세운 후 칸막이를 넘어 여자 탈의실 출입구로 빠져나간다.

6. 여자 탈의실 출입구를 진짜 자물쇠로 잠근다.

아니라는 사실을 알고 나서도 버리기에는 아까운 트릭이다. 게다가 범인은 이것을 '초석'으로 사용했다. 도대체 무엇 때문에? 무슨 목적으로?

"생각해보세요. 저는 이 잘못된 추리 덕분에 알리바이가 생겼잖아요. 범인이 이걸 의도했을 거라는 생각, 안 드세요?"

"……그런가?"

나는 그제야 요코가 한 말의 의미를 파악할 수 있었다. 알리바이 공작이었던 것이다. 이 잘못된 트릭대로 실행하려면 범인은 호리가 탈의실에 들어간 3시 45분경부터 그 근처에 숨어 있어야 한다. 그러니 범인에게는 이때 알리바이가 없는 셈이 된다. 요코는 4시에 집에 있었기 때문에 알리바이가 성립했다.

"그때 범인이 어디에 있었는지는 확실해요. 그러니 그 점을 이용해 경찰 수사망에서 벗어날 수 있었던 거예요."

"그렇군. 듣고 보니 정말 훌륭한 추리구나. 네가 이 정도로 생각해낼 거라고는 정말 짐작도 못 했어."

괜히 듣기 좋으라고 한 말이 아니었다. 마사미나 오타니가 잘못된 트릭을 생각해낸 것이 단순한 우연이었다고 생각하지는 않지만, 그것이 알리바이를 만들려던 계획의 일부였을 줄이야……

"이 트릭으로 저한테 알리바이가 생겼기 때문에 생각하기 쉬웠어요."

요코는 보기 드물게 수줍은 표정을 지었다.

"그래도 경찰이니까 분명 이 정도는 알아차리고 있을 거예요. 무라하시 선생님이 살해됐을 때 제가 본 것, 형사한테 다 말씀하셨죠?"

요코는 홀가분한 말투로 물었다. 하지만 내가 대답을 망설이자 금방 목소리가 험악해졌다.

"말 안 하셨어요? 어째서요?"

나는 시치미를 떼듯 먼 산을 보면서 대답했다.

"괜찮아. 다 생각이 있으니까."

"괜찮긴 뭐가 괜찮아요. 제가 왜 선생님께 사실대로 말했는지 모르시는 것도 아니면서."

요코는 거칠게 말하다가 뭔가 짐작한 듯 고개를 끄덕였다.

"제가 꾸민 연극을 말하기 싫어서 그러셨어요? 그건 신경 쓸 필요 없어요. 어차피 다들 절 그렇고 그런 애라고 생각하는데. 그것보다 진짜 범인을 찾는 게 더 급하잖아요."

"……."

"왜 아무 말씀도 안 하세요?"

나는 어떤 대답도 할 수 없어서 잠자코 있었다. 분명 경찰에게 말하지 않았던 것은 요코가 꾸민 연극을 발설하고 싶지 않기 때문이다. 하지만 그 뒤에 요코의 연극보다 더 큰, 도저히 입을 뗄 수 없는 사태가 발생했다.

범인이 꾸민 진짜 밀실 트릭을 내가 풀었을지도 모르기 때문이다. 나는 지난주 토요일, 빗속에서 트릭의 비밀을 알아차렸다. 충격적인 순간이었다. 그 생각을 잊으려고, 애써 떨쳐내려고 온갖 노력을 기울였지만 마음속에 싹튼 의혹은 내 의지와 상관없이 맹렬한 기세로 뿌리를 뻗어나갔다.

'이 사건은 내가 직접 밝히겠어.'

그때 나는 이렇게 결심했다.

요코는 의심스럽다는 듯 나를 올려다보았다. 아마 내 얼굴은 틀림없이 고뇌에 차 있었을 것이다. 나는 가까스로 더듬거리며 말했다.

"나를…… 믿어. 내가 어떻게든 해볼 테니까. 너도 그때까지는 조용히 있어줄래? ……부탁한다."

요코 입장에서는 이유를 알 수 없는 제안이었으리라. 하지만 요코는 더 이상 묻지 않았다. 단지 얼굴을 찡그린 나를 도와주려는 듯 희미하게 웃으면서 고개를 끄덕였다.

이날 밤, 오타니가 우리 집을 방문했다. 여느 때라면 느슨하게 풀었을 넥타이를 꼭 매고 나타난 그에게서 나름대로 예의를 갖추려 애쓴 기색이 느껴져 인상적이었다.

"근처에 왔다가 들렀습니다."

오타니는 대단한 용건은 아니라고 거듭 강조했다. 나는 현관 앞에서 괜찮다고 사양하는 그를 설득해 거실로 데리고 들어갔다. 거실이라고 해봐야 세 평 정도 되는 공간에 탁자가 놓여 있을 뿐이지만.

"참 쾌적한 집이네요."

오타니는 듣기 거북한 인사치레를 했다.

유미코는 형사의 갑작스러운 방문에 꽤 당황한 모습이었다. 어색한 손놀림으로 차를 내오고 나서 어디에 있어야 할지 갈팡질팡하더니, 같이 있어도 괜찮다고 했지만 결국 침실에 틀어박혔다.

"아직 자제분은 없으시군요. 결혼은 언제 하셨습니까?"

"3년 전입니다."

"그럼 이제 슬슬 준비하셔야겠네요. 너무 늦게 낳으면 여러 가지로 문제가 있으니까요."

오타니는 우리 집을 둘러보며 생활수준을 품평이라도 하 듯 사건과 관계없는 이야기를 늘어놓았다. 유미코가 없는 게 다행이라고 생각했다. 그녀 앞에서 아이 이야기를 하는 것은 금기니까.

"저기…… 오늘은 무슨 일로?"

나는 재촉하듯 말을 꺼냈다. 대단한 일이 아니라고 했지만 역시 신경이 쓰인다. 그러자 오타니는 바짝 긴장해서 방석 위에 정좌한 채 말했다.

"그럼 얘기를 꺼내기 전에 약속 하나만 해주시겠습니까? 오늘은 제가 형사로서가 아니라 남자로서 말씀드리겠습니다. 그러니까 선생님도 피해자가 아니라 한 남자로서…… 아니, 가능하면 교사로서 들어주셨으면 합니다. 괜찮겠습니까?"

그는 의연하게 말했지만 왠지 애원하는 듯한 울림도 느껴 졌다. 그의 본심을 명확하게 파악하진 못했지만 나로서는 거 절할 이유가 없었기에 "알겠습니다" 하고 승낙했다.

오타니는 유미코가 가져온 차를 한 모금 마시더니 단호한 목소리로 물었다.

"선생, 여고생들은 어떤 경우에 사람을 미워할까요?"

나는 순간 이 사람이 농담을 하나, 하고 생각했다. 하지만 여느 때와 달리 그의 겸허한 자세에서 이것이 진지한 질문이라는 것을 알아차렸다. 나는 조금 망설이면서 대답했다.

"갑자기 어려운 질문을 하시네요. 그건 도저히 한마디로 설명할 수 없습니다."

오타니도 표정을 조금 누그러뜨리면서 고개를 끄덕였다.

"그렇겠지요. 사실 성인들 같으면 그렇게 복잡한 문제도 아닙니다. 예를 들어서 세상에 별의별 사건이 다 생기지만 신문 사건사고란에 나오는 기사들은 거의 성, 돈, 욕심, 이 세 가지 때문에 발생하는 겁니다. 그런데 여고생 같은 경우는 이유가 좀 다를 것 같아서요."

"그렇겠지요."

나는 즉석에서 대답했다.

"오히려 그런 것들은 학생들과 제일 거리가 먼 사항이 아닐까 싶습니다."

"그럼 뭐가 가장 중요하겠습니까?"

"글쎄요……. 저도 딱히 이거라고 확신할 수는 없지만 애들한테 제일 중요한 건 아름다운 것, 순수한 것, 거짓이 없는 것이라고 생각합니다. 그게 우정일 수도 있고 사랑일 수도 있죠. 자기 몸이나 얼굴일 수도 있고……. 좀더 추상적으로 말하자면 추억이나 꿈을 제일 소중하게 여기는 경우도 상당히 많습니다. 반대로 말하자면, 이런 것들을 부수려고 하는 사람, 빼앗으려고 하는 사람을 가장 증오한다는 뜻도 되겠지요."

나는 한마디 한마디를 곱씹으면서 말했다. 이야기하는 도
중 제자들 몇 명의 얼굴을 떠올리기도 했다.

"역시…… 아름다운 것, 순수한 것, 거짓이 없는 것……이
군요."

오타니는 정좌한 채 팔짱을 끼었다.

"도대체 무슨 일입니까? 무슨 얘길 하고 싶으신 겁니까?"

그러자 오타니는 찻잔에 입을 한번 댔다가 대답했다.

"뭐, 그전에 수사가 어느 정도 진행되고 있는지 들어보세
요. 오늘은 요즘 정황도 알려드릴 겸해서 온 거니까요."

그러고는 이야기를 시작했다. 그는 사건의 전모를 완전히
파악한 듯 수첩에 두세 번 정도 눈길만 주고 수사 진행 상황
을 거의 순서대로 이야기했다. 그 내용을 요약하면 다음과
같다.

1. 무라하시 독살사건에 대해서

유감스럽게도 범인의 유류품 중 딱히 이렇다 할 만한 것은
발견되지 않았다. 유일하게 나온 물건은 작은 쇠사슬인데, 이
건 슈퍼마켓에서도 살 수 있기 때문에 이걸로 범인을 파악하
기란 거의 불가능하다고 말할 수 있다. 지문도 마찬가지다.
탈의실 내부나 문 등에서 몇 개 검출되긴 했지만 당시 탈의실
을 썼던 사람의 것 말고는 모두 오래된 데다 범인의 지문이라

고 생각되는 것은 발견되지 않았다(이 내용은 당시 탈의실 이용자 가운데에는 범인이 없다는 점을 전제로 한 것이다).

다음으로 수사관이 목격자를 찾아냈다. 이것도 거의 실효는 없는 상태지만 여학생 한 명이 탈의실 부근에서 다카하라 요코를 봤다고 증언했다. 요코는 그냥 지나갔을 뿐이라고 진술했지만 아직 확인되지는 않았다.

아직 많은 것이 밝혀지지 않은 상태라 오타니는 살해동기를 파악하는 데 힘을 쏟았다. 그는 무라하시가 학생지도부 부장이었다는 사실을 바탕으로, 최근 몇 년 동안 어떠한 형태로든 징계받은 학생을 철저히 조사했다. 그는 여기서도 다카하라 요코의 이름을 발견하고 사정 청취를 했다. 그 직후 밀실 트릭이 밝혀졌고 요코의 알리바이도 성립되었다.

이 트릭에서 수사본부는 다음과 같이 범인을 추정했다.

우선 (1)탈의실 상황이나 호리의 문단속 습관 등을 알고 있고, (2)4시 전후(자물쇠를 바꾼 시각)와 5시 전후(무라하시의 사망추정시각)에 알리바이가 없으며, (3)트릭을 실행하기 위해 가짜 자물쇠를 준비한 자로 (4)무라하시에게 원한을 갖고 있는 자.

이 네 가지 항목을 기초로 수사관들은 세이카 여고의 학생과 교직원 천여 명을 모두 조사했지만 유감스럽게도 이렇다 할 만한 인물은 떠오르지 않았다. 오타니는 요코에게 공범이 있을 거라는 추리를 버릴 수 없었지만, 이것도 짐작일 뿐이었다. 그리고 피에로 살인사건이 발생한 것이다.

2. 다케이 독살사건에 대해서

수사초기 단계에서 원래 범인이 노린 사람은 나라고 밝혀졌기 때문에, 무라하시와 나의 공통점을 찾아내는 식으로 살해동기를 조사했다. 내가 아소 교코를 용의자로 지목하고 여러 가지 우여곡절을 겪은 후, 아소가 범인에게 협박당하고 있다는 사실이 밝혀지기까지의 경위는 다시 언급할 필요가 없을 것이다.

문제는 진짜 범인을 체포하기 위해 어떻게 수사할 것인가 하는 점이다.

범인의 유류품으로는 바꿔치기한 술병과 그것을 넣어둔 봉투, 아소 앞으로 보낸 협박장, 이 세 가지다. 당연히 지문은 전혀 검출되지 않았다. 병과 봉투, 협박 내용을 적은 편지지 등은 모두 시중에서 살 수 있는 흔한 물건이라 입수 경로로 범인을 좁혀가기란 거의 절망적이다.

또 이 사건을 실제로 벌인 사람은 아소여서, 범인의 행적을 조사하는 것도 불가능하다. 단지 수사본부가 주목한 것은 범인이 언제 봉투에 병을 넣어 창고에 숨겼으며, 아소의 서랍에 언제 협박장을 넣었나 하는 점이었다. 이 점은 상당히 치밀하게 조사했지만 결국 범인으로 생각되는 사람을 보았다는 정보는 얻을 수 없었다.

3. 자동차 습격사건에 대해서

차종을 알아냈으니 조사하기 매우 수월할 거라고 생각했다. 우선 우리 학교 전교생과 전체 교직원의 자가용을 조사한 결과 직원 중에는 해당 차종을 소지한 사람이 없었고, 학생 중에는 열다섯 명이 해당되었다(오타니는 해당 차종이 스포츠용 레저 차량이라 중년 남성이 타기에는 적합하지 않다고 했다).

경찰 조사 결과, 이 열다섯 대 가운데 내가 증언한 '빨간' 차는 넉 대였고, 이 넉 대는 모두 그날 밤 알리바이(라는 말도 이상하긴 하지만)가 있었다. 나를 습격한 차가 렌터카이거나 지인에게 빌린 차일 가능성도 있지만, 이 점에 대해서는 현재 조사중이다.

이 사건에서 가장 주목할 만한 것은 범인이 운전할 수 있거나 운전할 수 있는 공범자가 있다는 점이므로, '학생의 단독범행'이라는 생각은 재검토해야 한다.

말을 너무 많이 해서 목이 마른지 오타니는 남아 있던 차를 한꺼번에 마셨다.

"범인이 교활한 건지 우리가 허술한 건지, 어쨌든 지금으로서는 우리 수사가 범인의 정체를 밝히는 데 큰 도움이 안 된다고 생각하실 것 같습니다. 아무리 수사해도 모든 것이 도중에 막혀버리는군요. 꼭 미로 같습니다."

"형사님답지 않게 약한 말씀을 하시네요."

나는 부엌에서 포트를 가져와 주전자에 뜨거운 물을 부으면서 말했다. 미로. 이 표현이 맞을지도 모른다. 밀실 트릭이 그 예다. 범인이 유도한 미로에 꼼짝없이 걸려들어 그 안에서 허우적대고 있는 것이다.

"이거 서두가 길어졌습니다만……."

오타니는 손목시계를 보더니 고쳐 앉으면서 말했다. 나도 등을 쭉 폈다.

"우리가 최선을 다하고 있다는 건 아실 거라고 생각합니다. 다만 우리가 하는 수사에 아주 중요한 요소가 빠져 있고, 그 때문에 결정적인 첫걸음을 내디딜 수 없다는 건 확실합니다. 무슨 말인지 아시겠습니까? 제일 중요한 건 동기입니다. 그런데 아무리 조사해도 아무것도 나오지 않아요. 무라하시 선생님의 경우는 그분 입장에서, 그러한 점이 전혀 없는 것도 아니었지만, 문제는 바로 마에시마 선생님 당신입니다. 저희 나름대로 선생님 주변을 꽤 조사해봤는데 평판이 양호하더군요. 아무래도 선생님이 학생들한테 지나치게 간섭하지 않아서 그런 것 같습니다. 별명은 기계고요. 어떤 학생은 선생님이 워낙 쿨한 분이라 좋다고 하더군요. 선생님은 교사가 아니라 양궁부 고문으로 임용된 거라고 말하는 사람도 있었습니다."

"요즘 애들은 선생님을 신뢰하거나 기대하지 않으니까요."

"그렇지요. 그런데 재미있는 이야기가 하나 있습니다."

오타니는 잠시 뜸을 들이고 말했다.

"사실은 선생님이 인간적인 분이라고 말한 학생이 한 명 있었습니다. 기억이 잘 안 나실 수도 있는데, 작년 산행 때 다리를 삔 학생이 있더군요. 그때 선생님이 그 학생을 업고 산을 내려오셨다고 들었습니다. 심하게 다친 건 아닌데 선생님이 '산을 내려올 때 잘못된 자세로 걸으면 다리 모양이 이상해진다'고 말씀하셨다고요. 저한테 이 얘기를 해준 학생은 자신이 '기계'이니 학생만큼은 인간으로 봐주신 게 아닐까 하고 말하더군요."

산행이란 일종의 소풍 같은 것이다. 듣고 보니 그런 일이 있었다. 누군가를 업고 산을 내려왔던 기억이 났다. 내가 그때 누굴 업었지? 그렇게 생각하자마자 당시 상황이 선명하게 떠올라서 나는 그만 앗 하고 소리를 지를 뻔했다. 그렇다. 그때 다리를 삔 학생은 다카하라 요코였다.

나는 그제야 왜 요코가 나에게 특별한 마음을 가지고 있는지 알게 되었다. 요코는 나의 그 작은 행동 하나로 다른 결점을 모두 덮어주었던 것이다.

"그때 일이 생각나셨군요."

내가 순간적으로 어떤 표정을 지었는지는 모르겠지만, 오타니가 알아맞히는 바람에 얼굴이 화끈거렸다.

"저는 마에시마 선생님이 누군가에게 표적이 될 이유가 없다고 생각했는데, 실은 이 이야기를 듣고 다시 추리를 해보았습니다. 아주 사소한 계기로 선생님을 다시 보고 호의를 가진 사람이 있다면, 당연히 그 반대도 있을 수 있다. 그러니까 아주 작은 일로 선생님을 미워할 수도 있지 않을까……하고 말입니다."

"당연히 있을 수 있겠지요."

이래서 여고의 교사 노릇이 어려운 것이다.

"그럼 그런 일이 살인으로 연결될 가능성이 있다고 생각하십니까?"

오타니는 진지한 눈빛으로 물었다. 너무 어려운 문제다. 하지만 나는 내 생각을 그대로 이야기했다.

"있다고 생각합니다."

"역시."

오타니는 뭔가가 생각났다는 듯 지그시 눈을 감았다

"요컨대 아까 말씀하셨던 아름다운 것, 순수한 것, 거짓이 없는 것을 빼앗긴 경우라면 충분히 그럴 수 있을 겁니다. 그래서 말인데, 만약 그런 이유 때문이라면 우정의 차원으로 범행을 도와줬다고 생각할 수도 있지 않겠습니까?"

"공범……이라는 말씀입니까?"

오타니는 천천히 고개를 끄덕였다.

"저도 법이나 사회 규제를 어길 만큼 강력한 우정이 청소년들의 마음을 흔드는 경우가 있다는 걸, 몇 번 경험해봐서 압니다. 이번 수사에 이렇게 진전이 없는 것도 대충 그런 이유 때문일 거라고 생각합니다. 목격자나 증인이 거의 없는 걸 봐도 그렇습니다. 이 많은 학생 중에 적어도 한 명은 반드시 뭔가를 알고 있을 텐데, 일부러 그것을 가르쳐주지 않는 겁니다. 그럼, 학생들은 범인이 누군지 알고 있으면서 일부러 감싸는 건 아닐까요? 말하자면 아무도 범인이 체포되기를 바라지 않는 것입니다. 전 범인의 절실한 괴로움을 본능적으로 알고 있기 때문이라고 생각합니다. 이것도 일종의 공범이지요. 저는 세이카 여고 전체가 진실을 숨기고 있다고 생각합니다."

화살이 심장을 찌르는 것 같았다. 내 안색이 나쁘다는 것을 스스로도 느낄 수 있었다.

"마에시마 선생님, 선생님한테 달려 있습니다. 범행 동기를 밝혀낼 수 있는 사람은 선생님밖에 없습니다."

"아니요."

나는 고개를 가로저었다.

"제가 그런 추리를 할 수 있다면 벌써 말씀드렸겠지요."

"한 번만 더 생각해보세요."

오타니는 보는 사람의 가슴이 울릴 만큼 절박한 목소리로 말했다.

"아까 선생님이 말씀하신 게 핵심이라면, 이 사건은 이런 식으로 해석하면 됩니다. 선생님이랑 무라하시 선생님이 누군가에게 아름다운 것, 순수한 것, 거짓이 없는 것을 빼앗았고, 그 때문에 미움을 사게 됐다고 생각해보세요. 답은 선생님 기억 속에 있을 겁니다."

그 말을 듣고도 나는 머리를 쥐어뜯을 수밖에 없었다. 오타니가 조용하게 말을 이었다.

"지금 당장 대답하라고는 하지 않겠습니다. 하지만 저희로서는 지푸라기라도 잡고 싶은 심정입니다. 꼭, 생각해봐주시기를 부탁드립니다."

그는 그렇게 말하고 자리에서 일어섰다. 그야말로 몸이 무거워 보였다. 나도 일어섰다.

마음이 몹시 무거웠다.

5

10월 6일 일요일, 시민 운동장. 날씨 맑음.

"바람이 세서 좀 꺼려지네요."

게이가 양궁도구를 매만지면서 말했다. 그러면서도 하얀 모자가 바람에 날아갈까 봐 손으로 누르고 있었다.

"그건 생각하기 나름이야. 바람 때문에 전체 선수들 점수가 내려가면 우리한테도 기회가 생기는 셈이니까."

가나에는 날씨에 성적이 좌우되지 않을 만큼 자신 있는 모양이다.

"그렇게는 안 될걸. 상위권 애들은 바람이 좀 분다고 해서 흐트러지지는 않으니까. 그래도 중위권 애들 입장에서는 바람이 달갑지 않긴 해."

두 사람은 대회에 몇 번 참가해본 만큼 여유가 있어 보였다. 둘 다 이번이 고등학생으로 출전하는 마지막 기회인데, 긴장감이 전혀 느껴지지 않는다. 1학년은 그렇다 치고, 편하게 할 수 있는 2학년들이 오히려 더 긴장한 것 같았다.

선수 전원은 준비를 마치고 운동장 구석에 모여 체조를 한 다음, 원을 만들었다. 나도 원 안으로 들어갔다.

"여기까지 와서 걱정해봤자 아무 소용없어. 그저 과감하게 쏘면 돼. 평소 연습한 것들을 마음껏 보여주길 바란다."

게이의 말이 끝나자 나도 한마디 했다.

"여기서는 다른 말 하지 않으마. 다들 최선을 다하길 바란다."

우리는 학교 구호를 외치고 흩어졌다. 이것을 마지막으로 오늘 경기가 끝나기 전까지는 전원이 모일 일은 없다. 문자 그대로 고독한 싸움이 시작되는 것이다.

경기는 50미터와 30미터 득점을 더해 겨룬다. 2분 30초 동안 화살 세 개를 쏘고, 이것을 50미터에서 열두 번, 30미터에서 열두 번 반복한다. 합이 72개로, 720점이 만점이다.

이번 대회에 참가한 사람은 여자만 백 명 정도 된다. 이중 전국대회에 나갈 수 있는 사람은 겨우 다섯 명이다. 게이는 작년에 7위였다. 그런 만큼 게이에게는 이번 출전이 기회인 셈이다.

"점수를 얼마나 올릴 수 있을까……."

가나에의 양궁 케이스에 걸터앉아서 예전 점수를 기록한 노트를 보고 있는데, 게이가 다가와서 말했다.

"어제 연습은 어땠니?"

나는 노트를 확인하면서 물어보았다.

"뭐, 그냥 그랬어요. 선생님 눈에는 어땠을지 모르겠지만."

게이의 말에서 은근히 나를 비난하는 분위기가 느껴졌다. 무리도 아니다. 최근 2~3일간 동아리 연습에 제대로 참가하지 못했기 때문이다. 수업이 끝나면 곧바로 귀가하다가 오늘

대회를 맞이한 것이다.

"너희들을 믿는다."

나는 노트를 두고 자리에서 일어나 본부석으로 걸어갔다.

'너희들을 믿는다.'

이 말의 또 다른 의미를 게이는 이해했을까.

본부석에서는 곧 시작될 경기를 대비해 하나하나 꼼꼼하게 체크하고 있었다. 특히 기록계에 신경을 썼다. 1점을 다투는 경기인 만큼 아주 작은 실수도 큰 영향을 주기 때문이다.

이번 대회의 득점은 상대 선수들끼리 기록한다. 보통 개인전에서는 두 사람이 한 과녁을 같이 쓴다. 즉, 같은 과녁을 쓰는 선수끼리 상대방의 득점을 기록하는 것이다. 물론 이것만으로는 기록이 공정하다고 할 수 없다. 꽂힌 화살이 몇 점인지를 둘러싸고 화살을 쏜 쪽과 기록하는 쪽의 의견이 충돌하는 경우가 있기 때문이다.

예를 들어 화살이 꽂힌 위치가 10점과 9점의 경계라고 했을 때, 아주 조금이라도 경계선에 걸려 있으면 높은 점수를 기록하기로 규정되어 있지만, 가끔 어느 쪽이라고 판단할 수 없는 상황이 발생하기도 한다. 이런 상황에서 사수는 당연히 높은 점수를, 상대방은 낮은 점수를 주장하게 된다. 이때 중재하는 사람이 적심계, 즉 심판이다. 심판은 꽂힌 화살을 보고 그것이 몇 점인지 공정하게 판단한다. 사수도 상대편도 심판의 판단에 반론을 제기할 수 없다는 것은 말할 필요도 없다.

기록하는 사람은 두 번에 한 번, 여섯 개의 합계점을 본부석에 보고한다. 기록계는 그것을 득점판에 기록하고 중간 결과 등을 발표한다.

"아, 마에시마 선생님!"

본부석 텐트 밑에서 R고등학교의 이하라井原가 말을 걸어왔다. 키가 작고 뚱뚱하지만 옛날에는 양궁 선수로 명성을 날렸던 만큼, 거무스름한 얼굴에 왠지 긴장한 기색이 엿보였다.

"세이카 여고는 올해 최강 멤버만 나온다는 얘기가 있던데요."

3년 연속 전국대회에 출전했다는 자신감 덕분인지 이하라는 우리 학교 소식부터 물었다. 나는 애써 웃으면서 손을 내저었다.

"지금까지 중에서 제일 나은 것뿐입니다."

"아뇨, 아뇨. 스기타 게이코 학생이 있잖아요? 올해 전국대회 출전은 이미 따놨을 거라고 생각하는데요. 아사쿠라 가나에 학생 실력도 볼 만하지 않습니까?"

그는 이렇게 말하면서 다가오더니 주변을 휙 둘러보고는 목소리를 낮추었다.

"솔직히 세이카 여고는 올해 기권하지 않을까 하는 얘기가 들리던데, 동아리 활동 하는 데 별다른 영향은 없었습니까?"

신문이나 텔레비전에서 사건을 접해 알고 있을 것이다. 하지만 원래 표적이 된 사람이 나였다는 사실까지는 모를 것이다. 만약 이 사실을 안다면 어떤 반응을 보일까 생각하니, 걱정스러운 표정을 짓는 그의 얼굴이 우스꽝스럽게 느껴졌다.

나는 이하라에게 적당히 맞장구치다가 운영위원들에게 인사를 하러 갔다. 다들 경기 이야기는 하지 않고 "걱정이 크시겠습니다" 하며 흥미롭다는 듯 눈을 반짝였다.

"저는 잘 모르겠습니다."

나는 이 말 한마디만을 던지고 황급히 그 자리에서 빠져나왔다.

경기는 9시쯤 시작되었다. 50미터 시범 경기에서 화살을 세 개씩 쏜 후 1회 경기가 시작되었다. 개인전의 경우, 같은 학교 출신 선수들은 서로 떨어져서 쏘도록 배려하고 있다.

나는 가나에가 서는 자리 뒤쪽에 앉아서 관전하기로 했다.

가나에가 잽싸게 세 개째 화살을 쏘는 모습이 보였다. 가나에는 화살을 쏜 뒤 고개를 약간 갸웃거리며 쌍안경으로 결과를 확인했다. 그리고 침울한 얼굴로 돌아왔다.

"9점, 7점…… 마지막은 6점이에요. 힘을 너무 줬나?"

"22점인가? 뭐 그럭저럭이구나."

나는 고개를 끄덕여 보였다.

"30초 전."

방송이 흘러나왔다. 이즈음에는 거의 모든 선수가 화살을 다 쏘고 제자리에 돌아온다.

"보세요, 여느 때처럼…… 그렇죠?"

가나에가 가리키는 쪽을 보니, 게이가 마지막 하나를 유연하게 메기고 있었다. 주변에는 아무도 없었다. 시간이 지나서 발사하면 세 개 점수 가운데에서 최고득점이 취소된다.

"어쩔 수 없는 녀석이군."

그렇게 중얼거렸을 때 게이가 예리하게 화살을 쏘았다. 퍽하고 과녁에 꽂히는 소리. 동시에 떠들썩해지면서 박수가 터져나오는 것을 보니 결과가 좋은가 보다. 게이는 혀를 내밀고 슈팅 라인에서 나왔다.

12시 10분, 50미터 경기가 종료되고 40분간 휴식시간이 주어졌다.

여자 1위, R고의 야마무라 미치코山村道子. 2위, T여고의 이케우라 마요池浦麻代……. 4위, 세이카 여고의 스기타 게이코…….

거의 기대했던 결과였다. 게이는 만족한 듯 웃으면서 샌드위치를 먹었다.

"가나에도 8위를 했으니까 꽤 괜찮아. 3위만 제치면 되니까."

"그렇긴 한데 30미터는 요새 컨디션이 안 좋아. 실수만 안 하면 좋겠어. 그보다 에미가 굉장하지 않니? 1학년 중에 14 위라니, 내가 알기론 양궁부가 생긴 이래 처음이야."

"그건…… 우연이에요. 오후엔 안 될 거예요, 분명히."

에미는 모기 목소리로 겸손하게 말했지만, 아무리 최근 컨 디션이 좋았다고 해도 그 컨디션을 실전에서 유지한다는 것 은 경이적인 일이었다. 어디서 저런 정신력이 나오는 걸까 싶 을 정도로 가냘픈 체구임에도 말이다.

30미터 경기에 들어가서도 세 명의 컨디션은 떨어지지 않 았다. 대신 이쯤 되면 상위권 선수들이 크게 실수하는 일이 없기 때문에, 순위가 많이 오를 거라는 기대는 할 수 없다.

"이대로 가면 겨우 6위네요."

후반에 접어들자 가나에의 목소리에도 기운이 빠졌다.

"나머지가 전부 10점이 나오면 역전할 수 있어."

"그런 그렇지만……. 근데 선생님, 게이는 어떻게 하는지 안 보셔도 괜찮아요? 아까 5위로 떨어지는 것 같던데……."

이미 알고 있었다. 지금까지 5위였던 선수는 30미터에서 역 전을 잘하기로 유명했다.

"그 녀석은 괜찮아. 내가 본다고 해서 어떻게 되는 것도 아 니고."

"그래도 선생님, 오늘은 계속 제 뒤에만 계시고 게이는 전혀 안 보셨잖아요. 무슨 일 있으세요?"

"아무것도 아냐. 쓸데없는 생각하지 말고 경기에만 집중해."

내 목소리가 엄해졌기 때문에 가나에는 더 이상 아무 말도 하지 않았지만, 분명히 오늘 내 모습이 이상하게 보였을 것이다. 하지만 지금은 이럴 수밖에 없다.

"앗, 그보다 화살을 바꿔야겠네."

가나에는 화제를 바꾸듯이 화살집을 열고 새 화살을 꺼냈다. 지금 쓰고 있는 화살 끝부분이 빠질 것 같았다.

"좋았어……. 그럼, 열심히 하겠습니다!"

가나에는 밝은 목소리로 말하고 화살집을 열어둔 채 사격장에 갔다. 나는 가나에의 화살집을 들여다보다가 그 안에서 뭔가를 발견했다. 내가 준 마스코트 화살이었다. 내가 준 것이니 가나에가 가지고 있어도 이상한 일은 아니다. 문제는 그 화살에 쓰여 있는 번호였다.

보통 선수들은 자기 화살에 일일이 번호를 붙인다. 각각의 화살 상태를 확인해, 경기에서 가장 좋은 것을 쓰기 위해서이다. 나는 그 번호가 신경쓰였다. 가나에는 그 번호의 마스코트 화살을 가지고 있을 수 없기 때문이었다.

'왜 가나에가 이 화살을…….'

나는 그 의미를 생각했다.

대단한 의미는 없을지도 모른다. 하지만 왠지 가슴이 격

렬하게 두근거린다. 이 화살이 어쨌다는 말인가. 이 28.5인
치짜리 화살이……. 순간 뭔가가 심장을 움켜쥔 듯했다. 숨
쉬기가 어려웠고 두통이 엄습해왔다.

　28.5인치…….

　마음속에 강풍이 휘몰아쳤다. 나는 숨죽인 채 짙은 안개가
바람에 쓸려 서서히 걷히는 것을 느끼고 있었다.

7장

1

10월 7일 월요일, 하늘은 잿빛 그림물감을 바른 듯했다. 지금 나에게 아주 잘 어울리는 날씨다.

3교시는 수업이 없다. 나는 수업을 하러 가는 교사들 틈에 섞여 교무실을 나섰다. 양호실은 교무실 바로 아래층에 있다. 양호교사는 시가志賀라는 여선생으로 항상 흰 가운에 금테 안경을 끼고 있는데, 그 이미지 때문에 올드미스라고 놀림을 받고 있다. 실제로는 초등학교 1학년 여자아이를 둔 어머니지만.

내가 들어갔을 때 다행히 시가는 혼자였다. 책상에 앉아 있던 그녀는 내가 들어서자 몸을 돌리며 물었다.

"웬일이에요? 숙취해소 약이라도 필요해요?"

그녀는 나보다 한 살 많은 탓에 늘 이런 식으로 말했다.

"아뇨. 중요한 일이 있어서 왔습니다."

나는 복도에 인기척이 없는 것을 확인하고 급히 문을 닫았다.

"네? 무슨 일인데요?"

그녀는 이렇게 말하며 침대 옆에 있던 동그란 의자를 가지고 왔다. 약품과 오데코롱이 섞인 향이 콧구멍을 스쳤다.

"뭔데요? 중요한 일이라는 게……."

"네, 실은……."

나는 침을 한 번 삼켰다. 그리고 신중한 말투로 가슴속에 담아둔 이야기를 꺼냈다.

"상당히 오래전 이야기군요."

시가는 다리를 꼬면서 말했다. 그 행동과 말투가 왠지 모르게 의도적인 것 같아서 마음에 걸렸다.

"그때, 우리가 모르는 곳에서 무슨 일이 있었던 것 아닙니까? 선생님이랑 애들밖에 모르는 뭔가요."

"글쎄, 좀 이상한 질문이네요."

시가는 배우처럼 과장되게 손을 펴고 고개를 저었다.

"난 선생님이 무슨 말을 하시는지 전혀 모르겠어요. 애들은 또 누구예요?"

"우리 애들 말입니다."

나는 한 명 한 명 이름을 댔다. 그러면서 시가의 표정이 변하는 것을 바라보았다. 그녀는 곧바로 대답하지 않고 책상 위에 있던 핀셋을 만지작거리거나 창밖으로 시선을 돌렸지만, 이윽고 입가에 미소를 지으며 물었다.

"왜 이제 와서 그 일을 신경쓰는 거예요?"

나는 시가의 눈에 초조한 기색이 어리는 것을 놓치지 않았다.

"필요해서요. 그렇게 말할 수밖에 없네요."

"그래요?"

시가의 얼굴에서 웃음이 사라졌다.

"마에시마 선생님이 그렇게 정색을 하고 말씀하시니 말할 수밖에 없겠네요. 그 사건이…… 두 선생님이 살해된 사건과 관계가 있었군요. 나는 그때 사건이 이번 살인사건과 관련 있다고 생각하진 않지만."

"그때 사건……?"

나도 모르게 깊은 한숨을 쉬었다.

"역시, 뭔가가 있었군요."

"있었지요. 하지만 내 가슴속에 영원히 묻어둘 작정이었어요."

"말씀해주시지 않겠어요?"

"사실은 그냥 돌아가셨으면 좋겠지만……."

시가의 어깨가 크게 들썩였다. 한숨을 깊이 들이쉰 것이다.

"무슨 근거로 그때 무슨 일이 있었냐고 물어보러 오셨는지는 묻지 않을게요. 하지만 선생님이 생각하신 그대로예요. 그때, 무슨 사건이 일어나긴 했어요. 얼핏 보면 별로 중요하지 않은 일이라고 생각할 수도 있지만, 실은 대단한 사건이었죠."

시가는 그 '사건'에 대해 자세히 말해주었다. 분명 그것은 황당한 내용이었다. 지금까지 아무도 모르고 있었다는 사실이 이상할 정도였다. 시가는 어째서 그 사건을 자신만 알고 있었는지도 말해주었다. 물론 그 이유는 충분히 납득이 갔다.

나는 그녀의 이야기를 듣고 놀람과 동시에 깊은 절망감에 휩싸였다.

차라리 내 짐작이 빗나갔으면 좋겠다고 여기면서 완성해나갔던, 내 마음속에 몽글몽글 남아 있던 추리가 완벽하다 싶을 정도로 분명하게 맞아떨어졌던 것이다.

"내 얘기가 기대에 부응했나요?"

시가는 고개를 약간 돌리면서 물었다.

"선생님이 알고 싶은 일의 본질이 뭔지, 난 상상도 안 되지만요."

"아니요, 괜찮습니다."

나는 우울한 기분으로 머리를 숙였다. 마음속에 앙금 같은 것이 가라앉았다.

"명탐정의 추리가 맞아떨어진 것치고는 안색이 그다지 좋지 않네요."

"그렇군요."

나는 몽유병 환자처럼 서 있었다. 그리고 나답지 않게 불안한 발걸음으로 문을 향해 걸어갔다.

나는 일단 문에 손을 댔다가, 다시 뒤돌아보고는 시가 선생을 불렀다.

그러자 그녀는 금테 안경을 손가락으로 밀어올리며 조금 전에 보였던 부드러운 표정으로 말했다.

"괜찮아요. 이 얘긴 아무한테도 안 할 거니까."

나는 가볍게 인사하고 양호실을 나섰다.

4교시 수업이 시작되었다.

나는 50분 동안 교과서에 실린 연습문제와 준비해온 프린트물의 문제를 풀게 했다. 불평하는 학생들의 목소리가 낮게 울렸다. 하지만 나는 개의치 않고 50분 동안 줄곧 창밖을 바라보며 머릿속으로 열심히 뒤엉킨 실을 풀었다.

종이 울리자 프린트물을 모은 다음 학생들의 인사를 받고 교실을 나섰다. 그때 등 뒤에서 누군가가 "뭐야, 저 인간" 하고 불만스럽게 말하는 소리가 들렸다.

점심시간이 되자 나는 도시락을 반만 먹고 서둘러 자리에서 일어났다. 후지모토가 뭐라고 말을 걸어왔지만 대충 맞장구를 치고 받아넘겼다. 내 대답이 의외라고 생각됐는지 이상하다는 표정을 지었다.

나는 건물을 나섰다가 교정이 이미 예전의 화려함을 되찾았다는 사실을 알아차렸다. 학생들이 잔디에 앉아 담소를 나누는 모습은 한 달 전과 비교했을 때 전혀 바뀐 것이 없었다. 바뀐 부분이라면 학생들의 교복과 단풍이 물들기 시작했다는 것…… 정도일까.

나는 학생들 곁을 지나 체육관으로 걸어갔다. 학생들 몇 명은 나를 발견하고 곧바로 수군거리기 시작했는데, 어떤 내용일지 대충 상상이 되었다.

나는 체육관 앞에 도착해 힐끔 왼쪽을 보았다. 건물 맞은편에 탈의실이 있다. 이번 사건 때문에 몇 번이나 찾았던 곳이다. 하지만 이제 그럴 필요가 없다. 진실은 이미 밝혀졌으니까.

체육관 안으로 들어가 계단을 오르자 어슴푸레한 복도가 나왔고, 맞은편에 방이 두 개 있었다. 하나는 탁구장, 하나는 검도장이다. 검도장 문이 살짝 열려 있고 안에서 불빛이 흘러나왔다. 입구 근처에 가니 안에서 사람의 기척이 느껴졌다. 죽도를 휘두르고 마루를 치는 소리가 들린다.

나는 천천히 문을 열었다. 넓은 도장 한가운데에 누군가가 죽도를 휘두르며 연습하고 있었다. 죽도를 휘두를 때마다 머리카락이 나부끼고 검도복이 흔들린다. 예리하고 절제가 느껴지는 흔들림이었다.

마사미는 점심시간에도 도장에서 죽도를 휘두른다. 그녀다움을 상징하는 소문 중 하나지만, 그 소문이 사실이라는 것을 확인하고 나니 대단하다는 생각이 들었다. 검도부원이 들어왔다고 생각했는지 문을 여닫는 소리를 듣고도 연습을 계속했다. 그러다가 자신을 바라보는 시선을 느꼈는지 연습을 멈추고 내 쪽을 돌아보았다.

어머, 하고 말하듯이 마사미는 눈을 크게 떴다. 조금 수줍게 웃는 얼굴에서 부동의 수석, 검도부 주장과는 또다른 분위기가 느껴졌다.

"할 얘기가 있어서 왔어."

내 목소리가 넓은 도장에 울렸다. 긴장한 탓일까, 목소리 톤이 높았다. 마사미는 조용히 걸어와 죽도를 넣더니, 갑자기 내 앞에서 정좌한 다음 "네" 하고 나를 올려다보았다.

"그렇게 긴장할 필요는 없어."

"이게 편해서 그래요. 선생님도 앉으세요."

"아, 그래."

왠지 마사미에게 기세가 꺾인 듯해서 나도 책상다리를 했다. 마루의 냉기를 느끼면서 참 이상한 애라고 생각했다.

"저, 그러니까……."

나는 작게 심호흡을 했다. 마사미는 냉정한 얼굴로 내 말을 기다리고 있었다.

"다른 게 아니라 그 밀실 트릭 말인데."

"모순이라도 있다고 말씀하시려는 거예요?"

마사미는 숨도 한 번 들이쉬지 않고 내 말을 받아쳤다.

"아니, 그런 건 아니야. 네 추리는 훌륭했어."

그렇죠, 하고 말하려는 듯 마사미는 고개를 끄덕였다. 자신감에 찬 얼굴을 보고 나는 다시 말을 이었다.

"다만, 납득 안 가는 부분이 있어."

그 말에 마사미의 얼굴색이 약간 변했다.

"뭔데요?"

"그건…… 네가 사태를 너무 자세하게 파악했다는 거야."

그러자 마사미는 후훗 하고 웃었다.

"무슨 말씀인가 했더니, 선생님이 평소 잘하시는 방법으로 칭찬해주시는 거죠?"

"아니, 그런 게 아니야. 내 말은 네 추리가 어색할 정도로 날카로웠다는 뜻이야."

"어색할 정도로요?"

마사미는 내 말을 따라하고 나서 이번에는 헛 하고 콧소리를 냈다.

"무슨 의미예요?"

불쾌하다는 뜻이 확실히 담긴 말투였다. 지금까지 항상 1등이었고 교사들조차 자기를 한 수 위로 대해주는데, 자신이 한 완벽한 추리를 트집 잡는다는 것은 마사미의 자존심에 상처를 입히는 일일 것이다. 나를 바라보는 마사미의 시선이 마룻바닥처럼 차갑게 변했다.

"이 사건과 관련해서 넌 어디까지나 제3자였어. 네가 이 사건과 관계가 있다면, 그건 혐의를 받고 있던 요코랑 중학교 시절부터 친구였다는 사실뿐이야. 그러니 이 사건에 대해 얻을 수 있는 정보도 당연히 적었겠지. 그런데도 넌 훌륭한 추리를 전개했어. 다른 사람들, 심지어 사건 관계자조차 아무리 머리를 짜내도 떠오르지 않는 트릭을 말이야. 이게 어색하지 않은 거면 뭐겠니?"

하지만 마사미는 미동도 하지 않았다.

꼿꼿이 정좌한 채 오른손을 들더니 눈앞에서 검지를 세우고 침착하게 대답했다.

"남자 탈의실 출입구로 빠져나가는 게 불가능하다는 사실, 이거 하나만으로도 충분해요. 여자 탈의실 출입구를 단속하는 방법이나 탈의실 구조는 얼마든지 조사할 수 있으니까요."

"분명 추리하는 데 필요한 사항은 얻었을지도 몰라. 그런데 제대로 된 추리를 하려면 주변 사정까지 파악해야지. 가령 호리 선생님의 사소한 버릇 같은 것. 넌 그걸 알고 있었던 게 아니라 추리했다고 했어. 과연 그게 가능할까? 나는 보통 사람이라면 도저히 불가능하다고 보는데."

"보통 추리력으로는 불가능하겠죠."

"그럼 네 추리력은 보통이 아니라는 소리니?"

"선생님 말씀대로라면 그렇게 되나요?"

"난 아니라고 생각하는데."

"뭐가요? 그럼 제가 한 게 추리가 아니면 뭐라고 생각하시는데요?"

마사미는 초조함을 억누르듯 낮은 목소리로 천천히 물었다. 등을 똑바로 펴고 손은 무릎 위에 얹은 채 검은 눈동자가 나를 빤히 바라보고 있다. 나는 그녀의 승부욕에 가득 찬 눈동자를 보며 말했다.

"그걸 너한테 듣고 싶은 거야."

2

방과 후.

대회 다음날은 연습이 없다. 그래서 사격장은 텅 비어 있었다. 옆 운동장에서 다른 운동부의 훈련 소리가 들려왔지만, 이곳만큼은 기이한 고요함에 젖어 있었다.

나는 사격장을 가로질러 동아리 방에 들어가, 내 양궁 도구를 꺼냈다. 활을 조립하고 가슴받이, 팔꿈치 보호대, 화살집 등을 몸에 걸쳤다. 그리고 슈팅 라인에 서자, 마치 금속으로 된 심을 넣은 것처럼 심신이 반듯해지는 것을 느낄 수 있었다.

드디어…….

이상하게 마음이 가라앉는다. 이미 돌이킬 수 없는 상황에 나 자신을 몰아넣었다는 사실을 깨달았기 때문인지도 모른다. 나는 깊이 숨을 쉬고 가볍게 눈을 감았다.

그때 바스락, 하고 잡초 밟는 소리가 났다. 뒤를 돌아보니 교복 차림의 게이가 사격장 옆을 지나 동아리방 쪽으로 가고 있었다. 그녀는 살짝 손을 흔들면서 "일찍 오셨네요" 하고 말을 걸었다. 나도 손을 들어 대답했지만 딱딱한 표정을 제대로 숨겼는지는 모르겠다.

게이는 무거운 듯 가방을 껴안으면서 방으로 들어갔다. 쾅 하고 문 닫히는 소리가 움찔할 정도로 마음속 깊이 스며들었다.

"오늘, 수업 마치고 나서 다른 일이 있니?"

5교시 수업이 끝난 후, 나는 게이를 불러서 물어보았다. 특별히 다른 일은 없다고 말했기 때문에, 그러면 함께 활을 쏘지 않겠느냐고 제안했다.

"오, 웬일이세요? 선생님이 그런 걸 먼저 말씀하시고. 저 야 물론 좋죠. 전국대회에 대비해서 1 대 1 코치도 해주시는 거죠?"

전날 있었던 현 대회에서 결국 게이는 5위를 차지했다. 가 나에는 8위, 에미도 13위로 좋은 성적을 거두어 세이카 여고 의 체면을 세워주었다. 무엇보다 지금 내 입장에서 좋은 일 이었다.

"물론이야. 대신 다른 사람은 없었으면 좋겠는데."

자연스럽게 말할 생각이었는데 말투가 어색해졌다. 하지 만 게이는 신경쓰지 않는 것 같았다.

"그럼 수업 끝나고 봬요."

게이는 대답하고 나서 교실로 돌아갔다.

주사위는 던져진…… 걸까? 나는 게이의 등을 보면서 생 각했다.

나는 닫힌 문을 바라보았다. 과연 이 방법이 옳은 것인지 판단이 서지 않았다. 이렇게까지 할 필요가 있을까. 이대로 그냥 가만히 있으면서 시간이 흐르기만을 기다렸다가, 옛날 에 이런 사건도 있었지, 하고 떠올려도 상관없지 않을까 하 고 생각했다. 지금 여기서 내 방식을 관철해봤자, 아무도 구 원받거나 기뻐하지 않는다. 그런 식으로 생각하니 마음이 한층 더 무거워졌다. 오늘은 그냥 먼저 가버릴까 하는 생각도 들었다. 반면 진실을 알고 싶다는 기분이 강하게 든 것도 사실이었다.

이윽고 동아리방 문이 열리더니 트레이닝복을 입은 게이가 나타났다. 게이는 한 손에 활을 들고 허리에 찬 화살집을 찰락찰락 울리면서 이쪽으로 걸어왔다.

"단둘이 활 쏘는 것 오랜만이네요. 저 긴장돼요."

익살부리듯 목을 움츠리는 게이에게 나는 "우선 50미터부터 자유롭게 쏘자" 하고 말했다. 우리는 짚단에 과녁을 붙이고 50미터 라인에 섰다. 게이가 과녁을 기준으로 오른쪽에 섰기 때문에 내 자리에서는 게이의 뒷모습이 보였다.

우리는 화살을 쏘기 시작했다. 거의 말을 하지 않는 가운데 각각 화살을 여섯 개씩 날렸다. 기껏해야 몇 번 "나이스 슈팅" 하고 말한 정도다.

"대회 다음날 연습을 안 하는 건 별로 좋은 생각이 아닌 것 같아요."

게이는 화살을 주워 슈팅 라인으로 돌아가면서 말했다.

"대회에 나가면 아무래도 자세가 흐트러지잖아요. 그런 건 하루라도 빨리 고치는 게 좋다고 생각하거든요. 그러니까 대회 다음날은 연습하고, 그 다음날 쉬는 게 더 낫지 않아요?"

"생각해볼게."

나는 건성으로 대답했다. 그러고 나서도 몇 번이나 이런 말을 반복했다. 나는 활은 별로 쏘지 않고 게이를 지도해주는 척했지만, 사실 내 머릿속에는 한 가지 생각만 가득했다.

어떻게 말을 꺼낼까.

드디어 50미터의 마지막 기회.

"어제보다 기록이 잘 나올 것 같아요."

게이는 점수 기록 노트를 주머니에 넣으면서 밝은 목소리로 말했다. 나는 "잘됐네" 하고 대답했지만, 만약 게이가 뒤돌아보면 긴장한 내 모습을 보고 이상하게 여길 것이다.

게이는 화살을 메기고 천천히 활을 잡아당겼다. 그리고 서서히 당겼다. 진지한 옆모습이 보인다. 활이 정지했다 싶더니 클리커가 찰칵 하고 울리면서 화살이 순식간에 발사되었다. 슝 하며 공기를 가르는 소리가 나더니 이어서 픽 하고 과녁에 꽂혔다. 화살의 그림자가 해시계 바늘처럼 과녁 중심에 드리워졌다.

"게이야, 나이스 슈팅!"

"고맙습니다."

게이는 기분이 좋은지 두 번째 활시위에 화살을 메겼다. 1학년 때는 왜소했던 게이의 등이나 어깨가 지금은 꽤 튼실해 보인다. 3년 동안 몸도 마음도 어른이 되었구나, 하고 순간적으로 엉뚱한 생각을 했다.

게이가 다시 활을 잡아당기는 낌새를 보였다. 호흡을 가다듬고 예리한 시선으로 과녁을 바라보았다. 지금이야, 나는 생각했다. 왠지 지금 말하지 않으면 영원히 못할 것 같은 기분이 들어서 나는 과감하게 게이를 불렀다.

"게이야."

활을 당기려던 게이가 멈칫했다. 마음의 긴장이 풀리는 것을 알 수 있었다. 게이는 몸을 이완한 다음 물었다.

"왜요?"

"가르쳐줬으면 하는 게 있어."

"네."

게이는 앞을 향한 채 다음 말을 기다리고 있었다. 내 입술은 불과 몇 초 사이에 바짝바짝 마르고 있었다. 입술을 침으로 적시고 숨을 고른 후, 중얼거리듯 말했다.

"무섭지 않았니……? 사람을 죽이는 게?"

이 말의 의미가 게이에게 제대로 전달되었는지 어떤지는 확실하지 않다. 어쨌든 게이가 반응다운 반응을 보이기까지는 시간이 약간 걸렸다.

게이는 후 하고 굵고 긴 숨을 토했다. 그것이 첫 번째 반응이었다.

"무슨 말인지 잘 모르겠는데요."

게이는 여느 때와 같은 리듬으로 말하더니 되물었다.

"그러니까, 지금 살인사건에 대해서 말씀하시는 거예요?"

"그래. 살인사건에 대해서야."

"이야, 그럼 제가 범인이라는 뜻이네요."

게이는 명랑한 목소리로 농담하듯 말했다. 얼굴은 잘 보이지 않았지만, 표정도 익살스러울 것이 틀림없다. 게이는 그런 학생이다.

"너한테 동의를 구할 생각은 없어. 단지 진실을 알고 싶을 뿐이야."

내 말에 게이는 잠시 입을 다물었다. 어떻게 받아칠까 궁리하는 것 같기도 하고, 엉뚱한 질문에 망설이는 것 같기도 했다.

게이는 대답 대신 천천히 활을 당겼다. 그리고 좀 전과 똑같이 단번에 쏘았다. 바람을 가르며 적중하는 소리. 하지만 화살은 과녁의 중심에서 왼쪽으로 비껴나 있었다.

"말해주세요. 왜 제가 범인이에요?"

게이는 긴장을 푼 자세 그대로 멈춰 선 채 물었다. 그 느긋한 말투가 놀라운 뿐이었다.

"그 밀실을 만들어낼 사람은 너밖에 없으니까. 그러니 네가 범인이라고밖에 생각할 수 없어."

"별 이상한 소릴 다 하시네요. 마사미의 추리를 보면, 누구나 꾸밀 수 있는 트릭이었잖아요? 그 이야기를 해준 사람은 선생님이었어요."

"그 트릭이 사실이라면 분명 누구나 할 수 있지. 그런데 사실은 그게 함정이었어. 실제로는 그런 트릭을 안 썼으니까."

게이는 다시 침묵했다. 충격받았다는 기색을 감추기 위해서라고 나는 생각했다.

"재미있는 발상이네요. 대담하기도 하고. 그럼 제가 어떤 트릭을 썼다는 거예요?"

여유 있는 말투로 대답했지만, 내 말을 받아들인다는 것 자체가 이번 사건과 아주 관계가 없지는 않다고 증명하는 셈이다.

나는 절망감을 느끼면서 이야기를 시작했다.

"이 트릭을 알아차린 건, 범인이 남자 탈의실 출입구로 빠져나갔다는 확신을 얻었기 때문이야. 네가 모르는 증인이 나타났거든. 그 사람은 사건이 일어났을 때 탈의실 뒤쪽에 있었는데, 여자 탈의실 출입구로는 아무도 안 나갔다고 증언했어. 이 증언이 사실이라면, 마사미의 추리는 성립하지 않지. 결국 범인은 남자 탈의실 출입구로 나간 거야. 자, 이렇게 되면 밀실 트릭의 핵심은 한 가지로 좁혀져. 바깥에서 버팀목을 세우는 게 가능한가 하는 점이지. 경찰은 꽤 오래전부터 이 점에 대해 검토해왔는데 대답은 '노'야. 현장에서 발견된 막대기에는 어떤 장치를 한 흔적이 없었고, 막대기의 길이,

두께, 형상, 상태 같은 걸 조사해봐도 밖에서 조작해 버팀목을 세우기란 불가능해."

"그 견해가 틀렸다는 말이네요."

목소리가 약간 잠기긴 했지만 침착한 말투는 여전하다. 나는 게이에게 보이지 않는다는 것을 알면서도 고개를 저었다.

"경찰의 견해는 틀리지 않았어. 그런 만큼 나도 골머리를 썩었고. 그런데 실은 경찰이나 나나 전혀 의미 없는 시행착오를 반복하고 있었던 거야. 그 버팀목을 바깥에서 세우기는 불가능하지만 다른 막대기라면 어떨까 하는 점은 검토하지 않았던 거지."

게이의 등이 경련을 일으키듯 움찔했다. 그러나 게이는 그 사실을 숨기려는 듯 일부러 큰 소리로 되물었다.

"다른 막대기라뇨? 그게 무슨 말이에요?"

"예를 들어 실제로 사용한 게 더 짧은 막대기였다고 하면 어떨까? 발견된 막대기는 문에 받치면 바닥과 45도 정도 되는 길이라 버팀목으로 쓰기에는 힘들어. 원격조종하기도 무리고. 그런데 만약 각도가 0도에 가까운 막대기라면, 힘도 별로 들지 않고 바깥에 장치할 수도 있지 않을까?"

마치 물리수업 같다. 게이는 내 얘기를 어떤 기분으로 듣고 있을까? 다만, 게이의 어깨가 살짝 떨리고 있다는 건 알 수 있었다.

"그거야. 그런 막대기가 있으면 가능할지도 모르지만 실제로 세워져 있던 건 그 막대기였어요. 선생님도 보셨잖아요."

"봤지. 그때 네가 말해서 환기구로 들여다보니까 분명 그 막대기가 세워져 있는 게 보였어."

"그럼……."

"끝까지 들어봐. 분명 그 막대기가 보이긴 했지만, 다른 버팀목이 세워져 있지 않았다고는 단언할 수 없지."

"……."

"왜 그러니?"

게이가 말문이 막힌 듯 숨을 멈추자 내가 물었다.

"아무것도 아니에요. 그래서요?"

"말하자면, 이런 방법은 어떨까? 우선 범인은 막대기 두 개를 준비했어. 하나는 살인현장에서 발견된, 바깥에서 원격조종을 못 하는 막대기. 이걸 1번 막대기라고 하자. 또 하나는 길이나 탄력 면에서 모두 원격조종을 할 수 있는 막대기야. 이걸 2번 막대기라고 해보자. 범인은 범행을 하고 나서 우선 2번 막대기에 튼튼한 실이나 철사를 감고, 그 끝을 문과 벽 사이로 넣어서 밖으로 꺼내. 그리고 사람이 겨우 지나갈 정도로 문을 열고 2번 막대기를 문에 받친 다음, 밖으로 나와서 문을 닫는 거야. 이때 2번 막대기는 버팀목에 가볍게 세워져 있겠지. 그 다음에 미리 준비했던 실이나 철사를 이용해서 문을 꽉 고정하는 거야. 1번 막대기는 문을 고정하려고 준비한 게 아니니까 그냥 둬도 돼. 그리고 마지막으로 실이나 철사를 자르는 거야."

시체를 발견했을 당시, 환기구에서 어슴푸레한 실내를 들여다보았을 때 문에 굵고 긴 버팀목이 세워져 있던 것이 하얗게 눈에 띄었다. 사실 그것은 1번 막대기, 즉 사람의 시선을 끌기 위한 미끼였던 것이다.

"대단한 상상력이네요."

게이는 일부러 고개를 크게 저었다. 그 시원시원한 동작이 마치 몸부림치는 것처럼 보였다.

"그래도 출입구에는 그 '1번 막대기'를 세운 흔적이 또렷하게 남아 있었어요. 그건 어떻게 되는 거예요?"

"간단해. 그런 건 미리 걸어두면 되지. 그런데 2번 막대기를 세운 흔적은 남기면 곤란하니까, 그 끝에 가죽이나 옷감 같은 걸 감아둬야 했겠지."

"호…… 귀에 걸면 귀걸이, 코에 걸면 코걸이네요."

게이는 화살집에서 세 번째 화살을 꺼내 신중한 손놀림으로 메겼다. 나는 저러면서 마음을 안정시키고 있을 거라고 생각했다.

"그래도 중요한 문제가 남아 있어요. 선생님이 말하신 게 사실이라면, 탈의실 문을 부수고 들어갔을 때 그 2번 막대기

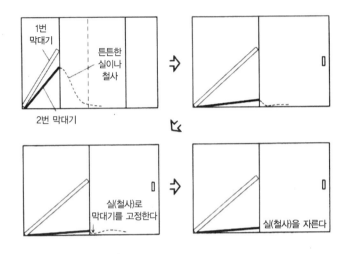

1번 막대기

2번 막대기

튼튼한 실이나 철사

실(철사)로 막대기를 고정한다

실(철사)을 자른다

가 발견됐을 텐데요."

드디어 올 것이 왔구나, 나는 작게 한숨을 쉬었다.

이 트릭에서 가장 중요한 문제가 이 점이고, 밀실을 꾸민 사람이 게이라는 걸 증명하는 셈이 된다. 그런 만큼 게이도 당연히 이 사실을 방패막이로 삼을 것이라고 예상했다.

"분명히 그게 난관이었지. 내가 탈의실 안에 그런 물건이 없었다고 증언했으니까. 그런데 문을 부수고 안으로 들어갔을 때 제일 먼저 본 건 무라하시 선생님의 주검이었어. 그러니 그 사이에 범인이 증거품을 치워버리면, 당연히 내 눈에는 안 보이지. 그럼 그걸 치울 수 있었던 사람은 누굴까? 유감스럽게도 게이…… 너밖에 없어."

게이는 얼어붙은 것처럼 움직이지 않았다. 어떤 표정으로 이 이야기를 듣고 있는지도 모르겠다. 하지만 나는 계속 밀어붙였다.

"물론 넌 이렇게 말하겠지. 그렇게 긴 막대기를 숨겨서 들고 나가는 건 불가능하다. 당연히 내가 의심할 것이다……라고. 보통 때라면 그렇겠지만 넌 가지고 있어도 전혀 어색하지 않은 물건을 두 번째 버팀목으로 골랐던 거야."

게이는 얼굴을 약간 들었다. 뭔가 말하려는 듯 숨을 멈추었지만 역시 입이 떨어지지 않는 모양이다.

"괜히 뜸 들일 필요는 없지. 그래, 화살이야. 화살집 안에 넣으면 아무도 모르니까. 그런데 네 화살은 너무 짧았어. 트릭에 쓴 건 내가 준 28.5인치 마스코트 화살이었겠지. 센티미터로 바꾸면 72.4센티미터. 실험해봤더니 그 정도는 탈의실 문에 빗장을 걸 수 있는 거의 최소 길이였어. 그러면 아주 작은 힘만으로도 문을 고정할 수 있을 뿐 아니라, 빗장을 걸었을 때 화살이 문틈 사이로 비집고 들어갈 수 있기 때문에 멀리서는 알아보기 어렵다는 장점도 있지. 어둑어둑한 방구석에 가느다란 블랙샤프트 화살이 가로놓여 있어도 색깔 때문에 알아보기 어려웠을 거야. 게다가 이번 경우는, 사람들의 시선을 끌 수 있게 1번 막대기라는 미끼가 있었으니까."

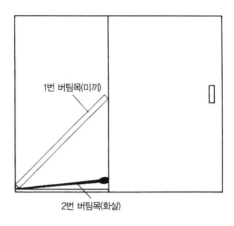

1번 버팀목(미끼)

2번 버팀목(화살)

　나는 단숨에 말하고 나서 게이의 반응을 기다렸다. 혹시 단
념하고 모든 것을 고백할지도 모른다고 기대했던 것이다. 또
한 더 이상 게이를 궁지로 몰고 싶지 않아서이기도 했다.

　"증거는 있어요?"

　하지만 게이는 감정이 실리지 않은 목소리로 툭 내뱉었다.

　"추리로는 훌륭하네요. 버팀목이 두 개라…… 정말 재밌어
요. 그런데 증거가 없으면 소용없다는 것 알고 계시죠?"

　상당히 충격을 받았을 텐데 아직도 이렇게 되받아칠 수 있
다니, 나는 솔직히 혀를 내둘렀다. 그렇지만 이 정도의 정신력
이 없으면 살인을 저지른다는 것 자체가 불가능했을 것이다.

　"증거는 있어."

나는 게이에게 지지 않을 정도로 냉정하게 말했다.

"네가 지금 가지고 있는 마스코트 화살 번호를 보렴. 12라고 적힌 게 있을 거야. 그런데 내가 너한테 준 화살은 분명 3번이었어. 그리고 3번 화살은 무슨 이유에서인지 가나에가 가지고 있더라. 어떻게 된 거지? 난 이렇게 추리했어. 우선 밀실 버팀목으로 사용한 건 12번 화살이야. 3번은 물론 네가 가지고 있었고. 그런데 시체를 발견하기 직전에 3번 화살을 내 양궁 케이스에 돌려놓고, 문을 부수는 순간 12번 화살을 빼서 네 화살집에 넣었던 거야. 그러고 나서 12번 화살과 3번 화살을 한 번 더 바꿔야 했지만, 넌 그러지 않았어. 아마 내가 화살 번호까지 기억하고 있을 거라는 생각은 안 했겠지. 그러던 중 가나에가 마스코트 화살을 달라고 해서 3번 화살을 줬던 거야."

어제 현 대회에서 'KANAE'라고 적힌 화살이 3번이라는 걸 보았을 때, 나는 지금까지 간과해왔던 가설을 더 이상 무시할 수 없었다. 그리고 그것을 계기로 모든 수수께끼가 도미노처럼 풀렸던 것이다.

"그렇군요……."

게이는 다시 화살을 메기면서 말했다.

"그래도 그건 어디까지나 추리일 뿐이에요. 저한테는 무죄를 증명할 증거물이 얼마든지 있거든요. 우선 저는 그날, 동아리에서 계속 선생님이랑 같이 있었잖아요."

게이는 활을 크게 잡아당기며 과녁을 향해 겨누었다. 근육이 바싹 긴장해 있다. 나는 그 긴장이 정점에 달하는 순간을 가늠해 중얼거렸다.

"네 역할은 밀실을 만드는 거였으니까. 무라하시 선생님을 죽인 사람은 바로 에미야."

이때 타닥 하고 격렬한 소리가 나면서 게이의 활시위가 눈앞에서 튕겨나갔다. 화살은 단숨에 평소와 반대 방향으로 휘어, 게이의 손을 크게 벗어났다.

3

게이가 활시위를 당기는 동안 나는 잠자코 먼 곳을 바라보았다. 그러자 궁도장 그늘에서 시로이시가 나를 감시하고 있는 모습이 보였다. 그는 이쪽을 보면서 늘어지게 하품을 하고 있었다. 오늘도 '이상 없음'이라고 보고하겠지만, 이쪽에서 무슨 이야기를 하는지 알면 깜짝 놀라리라.

"자, 됐어요. 계속 이야기해보세요."

게이는 다시 슈팅 라인에 섰다. 이런 상황에서도 화살을 쏠 작정인가 보다.

'아마 나한테 얼굴을 보이고 싶지 않겠지. 게다가 고집도 세니까.'

나는 생각했다. 그리고 바싹 마른 목을 의식하면서 천천히 입을 열었다.

"너의 공범자라기보다 그 사람이 직접 죽였으니까 그냥 주범이라고 하는 게 낫겠지? 당연히 여러 가지 근거가 있으니까 그 사람이 에미라고 단정한 거야. 이중 버팀목의 비밀을 파악하고 나서 그 사람이 양궁부 내에 있을 거라고 확신했던 건 사실이야. 그 이유는, 우선 너한테 완벽한 알리바이가 있었고, 그날만 네가 유독 연습 도중 휴식시간을 늘렸기 때문이지. 넌 누구보다 연습에 엄격한데, 평소 10분 정도 되는 휴식시간을 그날만 5분 이상 연장했었지, 아마? 말하자면 그 15분 동안 공범은 무라하시 선생님을 죽인 다음 아까 내가 말한 장치로 탈의실을 밀실로 만들고 온 거야. 처음에는 10분 만에 갔다올 예정이었는데, 공범이 돌아오지 않았기 때문에 자연스럽게 5분 더 늘렸던 것 아니니?"

게이는 아무 대답도 하지 않고 과녁을 뚫어지게 바라보았다. 마치 다음 이야기를 재촉하듯 자세 또한 바꾸지 않았다.

"그런데 너희들이 어째서 밀실에 집착했는지 궁금했어. 내 생각에는 알리바이를 만들기 위해서였을 거야. 너희들의 최대 목표는 경찰이 엉터리 밀실 트릭을 추리하도록 만드는 거였겠지. 너희가 꾸민 트릭에 따르면, 범인은 비상키를 바꾸려고 호리 선생님이 탈의실을 쓰는 4교시 전후에 탈의실 근처에 숨어 있어야만 했어. 그러면 그때 연습을 하는 양궁부 전원은 혐의에서 벗어나니까. 물론 너희들은 이 트릭으로 경찰을 유도하려고 몇 가지 함정을 파두기도 했어. 그게 칸막이를 넘어간 것처럼 가장한 흔적이고, 출입구 근처 로커를 물에 적셔서 쓸 수 없게 만든 거고, 똑같은 열쇠에 걸려 있던 쇠사슬을 일부러 떨어뜨린 거였어. 그런데 이걸 알아챘다고 해서 경찰이 추리를 잘못할 거라는 보증은 없지. 그래서 넌 함정 트릭을 확실하게 주장해줄 사람을 준비했어. 그 사람이 바로 호조 마사미야."

갑자기 게이는 딸꾹질 비슷한 소리를 냈다. 활을 잡은 손에 힘이 들어갔다는 것을 알 수 있었다. 그런 게이의 모습을 보니, 이제 이런 짓은 그만하고 싶다고 생각했다. 나는 사디스트가 아니니까.

하지만 나는 진실을 밝히기 위해 계속 말을 이었다. 나 스스로도 충동을 억제할 수 없었다.

"내 생각에, 너희가 처음 세운 계획대로라면 함정 트릭을 공개하는 건 네 역할이었을 거야. 그런데 마사미가 친구인 요코의 혐의를 밝히려고 필사적이라는 말을 나에게 전해 듣고, 마사미한테 그 역할을 맡기기로 한 거야. 좀 전에 마사미랑 이야기하면서, 그걸 확인했지."

검도장에서 정좌한 채 마사미가 똑 부러지게 내뱉던 말이 떠올랐다.

"호리 선생님이 문단속할 때의 버릇을 이야기해준 건 게이 예요. 그런데 저한테 직접 말한 게 아니라, 제 옆에 있던 애 한테 말하는 걸 우연히 들었을 뿐이에요. 해명하고 자시고 할 것도 없이 백 퍼센트 제가 추리한 거라고요."

"우연히 들은 게 아니라 네가 들려준 거겠지. 거기다 넌 자 존심 강한 마사미의 성격으로 미루어볼 때, 누군가에게 힌트 를 들었다는 말은 안 할 거라고 예상했어. 그래서 마사미는 자 신의 추리를 토대로 함정 트릭을 발표했고, 그게 유력한 추리 로 받아들여진 거야."

내가 말을 멈추자 게이는 "계속하세요" 하고 중얼거렸다. 오싹할 정도로 낮은 소리였다.

"이렇게 해서 난 무라하시 선생님을 죽인 범인이 너랑 양 궁부원 중 한 명이라고 추리했어. 그러면 피에로 살인사건도 똑같은 셈이 되지. 아소 선생님을 협박해서 병을 바꿔치기하 는 건 정말 소름이 끼칠 정도로 훌륭했어.

그런데 살해동기만큼은 도저히 모르겠더군. 너희들과 무 라하시 선생님 사이에는 어떤 갈등이 있을 수 있어도, 너희 가 나한테 살의를 품을 일은 절대 없다고 믿거든. 그런데 피에로는 살해됐어. 이 사실은 인정해야 해. 왜 그랬을까? 기억을 하나하나 떠올리면서 생각해봤지. 하지만 답이 안 나오더구나. 그러는 사이에 다른 의문이 생겼어. 왜 하필 가장행렬처럼 큰 무대에서 죽였냐는 거야. 그래서 이렇게 생각해봤지. 너희들이 나를 죽일 이유는 없지만 피에로를 죽일 이유는 있었을 거라고……. 순간, 무서운 생각이 들었어."

나는 한 박자 쉬었다가 천천히 말했다.

"너희들이 노린 건 내가 아니야. 불행한 희생자라고 생각했던 다케이 선생님이 진짜 표적이었던 거야."

이 대담한 추리를 들으면서도 게이는 얼어붙은 것처럼 가만히 있었다. 하지만 목덜미가 붉게 물들어가는 것을 확실히 알 수 있었다.

"피에로 역할을 바꾸기로 한 건 네가 다케이 선생님한테 살짝 귀띔했기 때문이야. 선생님이 나한테 역할을 바꾸자고 제안하면서 엄청 자신 있는 것처럼 말하더라고. 양궁부 가장행렬이 어떤 식으로 진행되는지도 모르는 사람이 어째서 그렇게 자신만만했을까? 그때 의심을 했어야 했는데. 다케이 선생님은 네가 도와줄 거라고 믿었기 때문에 그런 태도를 보였을 거야. 그리고 축제 전부터 가장행렬과 관련해 어떤 교사가 무슨 역할을 할지 상당히 소문이 나 있었는데, 나는 그것도 너희들이 한 짓이라고 생각해. 이유는 첫째, 많은 사람들이 피에로 살인사건을 떠올리게 하기 위해서, 둘째는 다케이 선생님한테 피에로를 바꾸자고 말할 구실을 만들기 위해서였을 거야."

게이는 뒤돌아보는 척했지만 바로 얼굴을 돌렸다. 거친 숨소리가 들리는 것 같았다.

"여기서 난 몇 가지 기억을 떠올렸어. 2학기가 시작되고 나서 몇 번이나 죽을 뻔했던 점 말이야. 플랫폼에서 밀려 선로에 떨어질 뻔하고, 감전사할 뻔하고, 머리 위에서 화분이 떨어지고……. 나는 그때마다 간신히 살아났고 그걸 행운이라고 생각했지.

그런데 너희는, 살해될 뻔한 건 나고 다케이 선생님은 아무 상관없는 피해자라는 상황을 만들었지. 하지만 단순히 그렇다고 보기엔 너희가 꾸민 방법에 진심이 너무 담겨 있었어. 실은 여기에 이 사건들의 최대 핵심이 숨어 있었던 거야. 너희들은 범행을 하려고 여러 가지 트릭을 생각해냈지만, 제일 신경쓴 건 범인이 노린 사람이 무라하시 선생님과 다케이 선생님이 아니라 무라하시 선생님과 나라고 착각하게 만드는 거였어. 그렇지?"

게이는 아까처럼 화살집에서 화살을 꺼내 활시위에 메기려 했다. 하지만 손이 어긋났는지 화살은 게이의 발밑으로 떨어졌다. 게이는 바로 주우려고 했지만 도중에 무릎이 꺾이더니 슈팅 라인에 주저앉았다. 그리고 천천히 내 쪽을 돌아보며 말했다.

"역시 선생님은 기계예요."

게이의 얼굴에 희미하게 미소가 떠오르는 것을 보고, 나는 온몸에서 힘이 쭉 빠져나가는 것을 느꼈다. 그와 동시에 공허함을 느끼면서 게이 쪽으로 손을 뻗었다. 게이는 내 손을 잡고 일어섰다.

"오늘 여기로 부르실 때부터 각오는 하고 있었어요. 선생님이 요즘 저를 피하시는 것처럼 보였거든요. 그래도 솔직히 말해서, 이렇게까지 자세히 알아내셨을 거라고는 생각도 못했어요."

나는 손을 잡은 채 게이의 눈을 바라보면서 이야기를 계속했다.

"너희가 노린 건 무라하시 선생님과 다케이 선생님이야. 그런데 두 선생님을 그냥 단순하게 죽여서는 안 됐어. 두 분의 공통점을 파악하면 금방 너희들이 용의자로 지목될 수 있으니까. 그럼 두 분의 공통점이 뭐였을까? 처음엔 아무리 생각해도 음습한 무라하시 선생님과 밝고 쾌활한 다케이 선생님 사이에 공통점이 없다고 생각했어. 그런데 유일한 공통점을 발견했지. 이번 여름에 갔던 단체합숙에서 두 분이 같이 야간순찰을 했던 거야. 분명…… 그날 밤이었지, 게이."

"맞아요."

게이는 고개를 끄덕이면서 대답했다.

"그날 밤, 분명 무슨 일이 일어났어. 그걸 조사하려고 당시 동아리 일지를 봤다가 그 다음날 에미가 연습에 빠졌다는 걸 알게 됐지. 일지에는 생리 때문이라고 적혀 있었는데, 실은 손목을 삐었기 때문이라는 걸 뒤늦게 알게 됐어. 에미가 상당히 오랫동안 압박붕대를 감고 있었기 때문에 난 이 점을 주목했어. 손목 부상이랑 무슨 관계가 있는 건 아닐까 해서. 아니, 과연 단순하게 삐기만 한 건지도 의심스러웠지. 그래서 시가 선생님한테 여쭤봤어. 만약 시가 선생님이 손목을 치료했다면 뭔가 알고 계시지 않을까 해서. 결과는 예상대로…… 아니, 그 이상이었어."

조금 전, 시가가 이야기한 내용은 다음과 같았다.

"그날 밤, 12시쯤이었나? 스기타 게이코가 남들 몰래 제 방으로 찾아왔어요. 같은 방에 있는 에미가 기분이 안 좋다고 하는데 좀 봐달라고요. 그래서 급히 갔는데, 방에 들어가자마자 깜짝 놀랐어요. 방 안에 피 묻은 천이랑 종이가 흐트러져 있었거든요. 에미는 방 한가운데에서 손목을 누른 채 웅크리고 있었어요. 게이코는 실수로 우유병을 깨뜨렸는데 그 파편에 손목을 베인 것 같다, 괜히 소문이라도 날까 봐 거짓말을 했다고 했어요. 그래서 응급처치를 했는데, 이 일은 제발 비밀로 해달라고 둘이 부탁하더라고요. 뭐 상처가 심한 것도 아니고 일부러 소란을 피워봤자 좋을 것도 없다고 생각해서 잠자코 있기로 한 거예요."

하지만 이 이야기를 한 후, 시가는 주저하듯 말했다.

"그런데 제 직감으로는, 에미가 자살하려고 했던 것 같아요. 그 상처는 면도칼 같은 걸로 그은 거였거든요. 사실 그대로 놔두면 안 되지만 옆에 게이코도 있고 해서, 일단 하룻밤 푹 자게 할 생각이었어요. 제 방에 와서도 에미가 좀 걱정되긴 했지만 특별히 이상하다 싶은 건 없었기 때문에 안심하고 있었는데……."

그날 밤, 내가 모르는 곳에서 학생이 자살을 시도했다. 이것은 내 예상을 훨씬 웃도는 충격이었다. 그리고 이 사실을 알고 나서 이번 사건의 발단이자 게이의 공범(주범이라고 해야 할지 모르겠지만)이 에미라는 걸 확신했던 것이다.

"범인이 무라하시 선생님과 다케이 선생님을 진짜 표적으로 삼았다면, 경찰은 곧바로 합숙 때 두 분이 같이 순찰했던 사실을 주목했을 거야. 그리고 합숙 때 있었던 사건을 철저히 조사했을 거고. 그 경우 시가 선생님이 자살시도 이야기를 할 거라는 건 누가 봐도 뻔하지. 그럼 당연히 너랑 에미한테 의혹이 쏠릴 건데 너흰 그게 두려웠던 거야. 그래서 생각한 게, 범인이 노리는 사람은 다케이 선생님이 아니라 나라는 걸 보여주자는 거였어. 미리 여러 가지로 손을 썼다가 피에로 사건이 터진 거고. 누구라도 속았을 거야. 그리고 너희의 계획은 성공적이었어, 지금까지는."

게이는 검은 눈으로 나를 가만히 바라보며 이야기를 듣고 있다가, 내가 이야기를 끝내자 슬쩍 시선을 돌리며 혼잣말처럼 중얼거렸다.

"에미가 살려면 그 두 사람이 죽을 수밖에 없었어요. 그래서 저도 도와줬던 거예요."

"……."

"무라하시 선생님을 그 탈의실에서 죽인 건, 선생님이 추리하신 대로예요. 알리바이를 만들고 경찰 수사에 혼선도 주려고 그동안 읽었던 추리소설에서 힌트를 얻었는데, 안 들킬 자신은 있었어요. 그날 에미가 무라하시 선생님 윗도리 안주머니에 따로 좀 만났으면 좋겠다는 메모를 넣어뒀나 봐요. 선생님을 불러낸 시각이 5시여서 저도 그 시간에 맞추려고 동아리 연습시간을 조정해서 5시부터 쉬기로 한 거예요."

남자 교직원들은 더울 때 윗도리를 로커에 넣어두는 경우가 많다. 로커룸은 교무실 옆에 있고 누구든 자유롭게 드나들 수 있다. 남의 눈을 피해 메모를 건네기에 좋은 방법이라고 생각했다.

"그래도 저는 무라하시 선생님이 안 올 수 있다고 생각했어요. 메모에 자기 이름을 안 썼으니까 이상하게 생각할지도 모르잖아요."

분명 에미의 메모만 봐서는 무라하시가 가지 않았을지도 모른다. 하지만 그날은 이미 요코가 무라하시와 만나기로 약속한 상태였다. 그 약속도 '5시'였다. 그는 메모를 보고 요코가 약속 장소를 변경했다고 착각한 것이다.

게이가 말을 이었다.

"솔직히, 에미가 하얗게 질린 얼굴로 왔을 때는 저도 다리가 후들거렸어요. 그래도 어쩌겠어요. 이제 빼도 박도 못하는데. 밀실을 만든 건 선생님 추리대로니까 설명할 필요 없겠네요."

"청산가리는 어떻게 된 거야?"

내가 묻자 게이는 약간 주저하더니 대답했다.

"에미가 전부터 가지고 있었어요. 걔가 아는 사람 중에 사진사가 있는데, 거기서 갖고 왔대요. 사진 발색할 때 청산가리를 쓴다는 것, 알고 계셨어요? 올해 봄에 가져왔는데 그 이후로 사진사를 만난 일이 없어서 거기까지 꼬리 잡힐 리는 없을 거라고 생각했어요."

"올봄?"

나는 되물었다.

"청산가리가 왜 필요했지?"

415

"모르시는군요."

게이는 내 질문이 어이없었는지 이렇게 말했다.

"사람을 쉽게 죽일 수 있는 약이 있으면 저라도 가지고 싶을 거예요. 그게 언제 필요할지 모르잖아요. 자기가 쓰게 될지도 모르고."

게이는 작은 목소리로 "저희는 그런 세대예요" 하고 중얼거렸다. 그 목소리에 나는 얼음을 삼킨 것처럼 오싹해졌다.

"무라하시 선생님은 자기를 부른 사람이 에미라는 걸 알고 놀랐던 모양이에요. 그래도 얌전하고 평소 모범생이었으니까 안심했겠죠. 에미가 권한 주스를 이상하게 생각하지 않고 마신 걸 보면."

자신을 부른 사람이 문제아인 요코라고 생각했는데 1학년인 에미였다니. 무라하시가 왜 안심했는지 알 수 있을 것 같았다.

"이렇게 해서 첫 번째 계획은 성공했는데 이 과정에서 뜻밖에 횡재를 한 거예요. 에미가 무라하시 선생님한테 쓴 메모를 찾으려고 양복을 뒤지다가 사진 한 장을 발견했거든요. 폴라로이드 사진이었는데 뭔지 아세요? 아소 선생님이 찍혀 있었어요. 침대에서 자고 있는 사진. 그런데 차마 그 사진 이야기는 못 하겠더라고요. 저희는 금방 두 분이 깊은 사이라는 걸 알게 됐죠. 그 사진은 무라하시 선생님이 아소 선생님을 몰래 찍은 것이고요."

나는 그제야 상황을 이해할 수 있었다. 무라하시는 그 사진을 미끼로 아소를 협박하면서 관계를 유지하려고 했던 것이다.

"이걸 두 번째 계획 때 써먹어야겠다고 생각했어요. 굉장히 큰 모험을 해야 하는 게 있었거든요. 눈치채셨죠? 병을 바꿔치기하는 거요. 동아리방에서 마술상자를 들고 학교 건물 뒤로 옮길 때는 다른 동아리 애들이 보기 때문에 당연히 못 바꾸잖아요. 그러면 병을 바꿀 시간이 오후 경기 때밖에 없는데, 저렇게 큰 병을 갖고 있으면 사람들 눈에 띄기도 쉽고 누가 보기라도 하면 그걸로 끝장이고……. 그래서 아소 선생님을 이용하기로 했어요. 협박장이 있다는 건 알고 계시죠? 축제 전날 에미 반이 교무실 청소 담당이었기 때문에 몰래 아소 선생님 책상서랍에 넣었대요. 피에로 살인은 이런 식으로 꾸민 거예요. 아소 선생님이 그렇게 빨리 체포될 줄은 몰랐지만 어쨌든 결과도 대성공이고……. 경찰은 범인의 표적이 마에시마 선생님이라고 믿고 있는 것 같아서 우리가 의심받을 일은 없겠다 싶었어요. 에미는 행복하게 학교를 다닐 수 있고, 저도 안심하고 졸업할 수 있을 거라고 생각했어요."

게이는 애써 냉정하게 이야기했지만, 감정이 북받치는지 갑자기 앞을 보고 천천히 화살을 메겼다. 그리고 활을 쏘려 했지만, 어깨가 살짝 떨리기 시작했다. 생각대로 몸이 굽혀지지 않는 것 같았다.

나는 게이의 어깨에 손을 얹은 다음 귓가에 대고 물었다.

"어째서 사람을 죽였니? 이제 가르쳐줘도 되잖아?"

게이는 두세 번 크게 심호흡을 하고 숨을 고르더니 조금 전처럼 또박또박한 말투로 대답했다.

"그날 밤, 저랑 선생님이랑 식당에 있었죠? 그때 에미가 우리 방에서 자고 있었는데 걔 말로는, 누가 방을 훔쳐봤대요. 문이 살짝 열리더니 밖에서 사람 기척이 느껴졌다고. 당황해서 문을 닫으려고 보니까, 무라하시 선생님과 다케이 선생님이 복도를 걸어가고 있었대요."

"방을 훔쳐보다니……."

나는 망연자실해서 게이의 어깨에서 손을 뗐다.

"그게…… 사람을 죽인 이유니?"

"선생님들 입장에서는 대단한 일이 아니라고 생각할지도 몰라요. 솔직히 요즘 여고생들 중에는 성매매를 하는 애들도 있다고 생각하시니까요. 그래도 그거랑 이건 차원이 달라요. 사실 저도 성매매를 생각했던 적이 있긴 했지만, 누가 훔쳐본다거나 몰래카메라로 찍을지도 모른다고 생각하니 너무 싫었어요. 그건 뭐랄까, 꼭 우리 마음속에 흙 묻은 발로 들어오는 거랑 같은 거예요."

"하지만…… 꼭 그분들을 죽여야 했니?"

"그래요? 만약 에미가 자위를 하고 있을 때 누가 훔쳐봤다면요?"

"무슨 그런……."

게이의 말에 나는 가슴이 칼에 찔리는 것처럼 날카로운 통증을 느꼈다.

"에미는 창피하고 분한 나머지 자살을 시도했어요. 전 그걸 혼낼 수 없었어요. 저라도 그랬을지 모르니까요. 제가 방에 들어갔더니 에미가 피를 흘리면서 죽여달라고 부탁했어요. 저 선생들이 이 세상에 있는 한, 자기는 도저히 살 용기가 안 난다면서……. 전 에미를 위로하진 않았어요. 무슨 말을 해도 안 들릴 테니까. 그냥 에미의 어깨를 안고 죽지 말라고 애원하기만 했어요. 에미가 울음을 그칠 때까지 몇 시간이라도 기다릴 작정이었거든요. 그렇게 해서 에미는 자살 생각을 접은 거예요."

그날 밤 그런 엄청난 사건이 있었을 거라고는 꿈에도 생각하지 못했다. 다음날 게이가 아무 내색도 하지 않았기 때문이다.

"그런데 에미의 불행은 그걸로 끝이 아니었어요. 아니, 그게 시작이었죠."

게이는 나지막하게 외치듯이 말했다.

"2학기가 시작된 지 얼마 안 됐을 때 에미가 전화를 했어요. 지금 청산가리를 가지고 있는데 마실 거라면서요. 너무 놀라서 무슨 일이냐고 물었더니, 에미가 울면서 '이젠 못 참겠다'고 하더라고요. 뭘 참을 수 없었는지 아세요? 에미는요, 그 두 선생님이 자기를 보는 시선을 견딜 수 없었던 거예요. 에미 말로는, 그 선생님들이 자길 보는 눈이 다른 애들을 볼 때랑 전혀 달랐대요. 그날 밤의 기억을 떠올리는 눈이었다고……. 그 사람들 머릿속에서 자기가 어떤 식으로 농락당할지 생각하면 미칠 것 같다고요. 에미는 매일같이 눈으로 강간당하는 기분이라고 했어요."

"눈으로 강간당한다……."

"그렇게 범하는 방법도 있는 거예요. 그래서 전 에미가 다시 죽겠다고 결심한 심정도 이해할 수 있었어요. 사실 그때 수화기 너머로, 에미가 당장이라도 독약을 마실 것 같은 분위기가 느껴졌거든요. 그래서 제가 그랬어요. 죽어야 할 사람은 네가 아니라 그 사람들이지 않냐고. 에미가 자살하는 걸 막으려고 임시방편으로 한 말이었지만 솔직히 반은 본심이었어요. 제 말에 에미가 생각을 바꿨고 그렇게 하기로 결심한 거예요."

하지만 두 분이 정말 '눈으로 강간'을 했는지 여부는 확실하지 않잖아?

나는 그렇게 말하려다 입을 다물었다. 어쨌든 에미는 그렇게 믿었던 것이다. 이 아이들에게 중요한 건, 그 사실이다.

게이는 활을 당겨 다섯 개째 화살을 쏘았다. 지금까지 쏜 것 중에서 가장 날카로웠다. 화살은 거의 직선에 가까운 포물선을 그리며 과녁 한가운데에 명중했고, 이미 거기 꽂혀 있던 화살과 부딪치면서 탁 하는 쇳소리를 냈다.

"계획은 제가 세웠지만, 전 에미한테 말했어요. 이 계획을 실행할지 말지는 너한테 달렸다고. 내가 도와줄 수 있는 건 탈의실 문을 부순 다음 버팀목 대용으로 쓴 마스코트 화살을 다시 챙기는 일뿐이라고요. 그런데 에미는 기어이 성공했어요. 일단 성공하고 나니까 점점 아무렇지 않아졌어요."

그러고 보니 최근 몇 주 동안 에미가 변했다. 그래, 양궁부―. 그녀가 그런 흔들림 없는 의지에 도달한 것도 이상한 일은 아니다.

"두 가지만 물어봐도 돼?"

"그러세요."

"축제가 끝나고 나서 차로 날 습격한 것도 너희들 짓이니? 그건 정말 진심인 것 같았는데."

게이는 순간 뭔가를 망설이는 것 같았다. 하지만 이윽고 쿡 하고 웃었다.

"글쎄요. 전 모르겠는데, 아마 에미가 한 짓이 아닐까 싶네요. 피에로를 죽이고 나서도 최소한 한 번은 마에시마 선생님을 노리는 척하라고 말했었거든요. 그런데 차로 하다니, 대담하네요. 아는 사람한테 운전을 부탁했나?"

그로 인해 일을 망치지 않았으면 좋겠는데, 하고 게이는 불안한 듯이 말했다.

"그럼 마지막 질문이야."

나는 침을 삼키고 다시 입을 열었다.

"동기는 알겠어. 이해하도록 노력해볼게. 그런데 사람을 죽이는 게 무섭진 않았니? 자기가 파놓은 함정에 걸려 사람이 죽어가는 걸 보고 아무것도 느낀 게 없어?"

게이는 고개를 갸웃했다. 약간 망설이는 듯했지만 이내 또박또박 말했다.

"저도 에미한테 물어본 적이 있어요. 무섭지 않았냐고. 그랬더니 에미는 가만히 눈을 감고, 16년간 살면서 기쁘거나 즐거웠던 일을 떠올린 다음 합숙 때 있었던 일을 가만히 곱씹으면 이상하다 싶을 정도로 침착하게 살의가 생긴다고 했어요. 전 그 기분을 알아요. 저희한테는 목숨을 걸고서라도 지켜야 하는 게 있거든요."

그리고 게이는 뒤를 돌아보았다. 그 얼굴에 악의는 느껴지지 않았다. 여느 때처럼 명랑한 게이의 모습이었다.

"다른 질문은 없지요?"

나는 그 당돌한 기세에 눌려 등을 펴면서 대답했다.

"없어."

"그래요? 그럼 이야기는 여기까지 해요. 참, 아까 약속하신 대로 지도해주세요. 화살은 이거 한 개밖에 없으니까."

게이는 그렇게 말하고 천천히 활을 들어올렸다. 활시위 당기는 것을 보고 나는 몸을 돌려서 걸어갔다.

'너희들에게 가르칠 건 이제 없어.'

내가 속으로 이렇게 중얼거리는데 픽 하고 화살이 날아가는 소리가 들렸다. 한가운데에 명중한 것이 틀림없다. 하지만 나는 돌아보지 않았다. 게이도 나를 부르지 않았다.

이렇게 사건은 끝났다.

4

"여보세요. 아, 유미코? 나야……. 응, 술 한잔 하고 있어. M역까지 나올래? 아니, 혼자야. 그냥…… 기분이 좀 그래서. ……형사? 없어. 다들 철수했어. 지금? H공원이야. 그래, 바로 옆이네. 응, 집도 보여. 아, 조금만 더 쉬다가 들어갈게……. 걱정하지 마, 이제 괜찮으니까……. 뭐라고? 뭐 어때, 어쨌든 걱정하지 마. 그럼……."

공중전화 부스 문을 몸으로 밀면서 나오자, 차가운 바람이 뜨거워진 볼을 스쳤다. 나는 어슬렁거리다 가까운 벤치에 쓰러졌다. 현기증에 두통 그리고 구토까지. 이 지긋지긋한 술 같으니.

나는 옆으로 앉아서 한참 동안 공원을 바라보았다. 평일 밤이라 그런지 아무도 없다. 오줌 누는 아이 동상이 있을 뿐, 공원에는 우울한 분위기마저 감돌았다.

술을 너무 많이 마셨다. 이런저런 일들을 모두 잊고 싶어서 진탕 알코올을 위에 쏟아부은 것이다. 이 사건 때문만은 아니다. 교사가 되고 나서 일어난 일들은 하나같이 모두 잊고 싶은 것뿐이다.

"시시해."

소리내어 말해보았다. 내 삶을 향해 뱉고 싶은 말이다. 갑자기 졸음이 쏟아져 견딜 수 없다. 눈을 감으니 머리가 아프고 가슴속에선 화가 치밀어올랐다. 최악이다.

몸의 균형을 잃지 않도록 조심하면서 일어서니 기분은 조금 나아졌다. 비틀대며 걸어갔다. 이렇게 걷는 게 갈지자 걸음이구나 하고 자조하기도 했다.

집 쪽을 바라보면서 공원을 나서는데 차 한 대가 좁은 길로 들어왔다. 강렬한 전조등 빛에 눈앞이 아찔하다. 아니, 눈보다 위에 더 강한 자극을 주었다. 조금 비틀거리다가 공원

울타리에 부딪혔다.

차는 바로 내 앞에서 멈추었다. 하지만 전조등을 끄려고 하지 않았다. 이상하다고 생각하는 사이에 문이 열리더니 한 남자가 내렸다. 등 뒤로 전조등 빛이 비쳐서 얼굴은 보이지 않았다. 게다가 선글라스까지 쓴 것 같았다.

남자가 다가오는 것을 보자, 나는 알 수 없는 공포에 휩싸였다. 울타리를 더듬으면서 옆으로 가려고 했다. 그런데 그 순간 남자가 나를 덮쳤다. 나보다 키가 한 뼘 정도 컸다.

그는 나의 복부에 일격을 가했다. 그와 동시에 배에서 뭔가가 마비되는 듯한 열기를 느꼈다. 목구멍에서 "윽" 하는 소리가 새어나온 것 같다. 그리고 숨을 쉴 수 없을 정도로 강렬한 통증이 몰려왔다.

남자는 튕겨나가듯 내 몸에서 떨어졌다. 손에 칼 같은 것을 들고 있었다. 아무래도 저걸로 찔렸나 보다. 그 순간 갑자기 무릎에서 힘이 빠지더니 그대로 길바닥에 쓰러졌다. 배를 움켜쥐니 미끈미끈한 감촉이 느껴졌다. 그리고 비릿한 냄새가 코를 자극했다.

"세리자와芹澤 씨, 빨리요."

내가 길에 쓰러져서 버둥대고 있는데 차 안에서 여자 목소리가 들렸다. 그 소리에 나는 아픔을 잊을 정도로 충격을 받았다. 목소리를 숨기려는 듯했지만, 그것은 분명 유미코의 목소리였다.

유미코가…… 어째서?

남자가 차에 타자 문 닫는 소리가 들렸다. 곧바로 시동을 거는 것이 아스팔트로 전해졌다. 전조등 빛이 엉킨다 싶더니, 차는 방향을 바꾸어 왔던 길로 나가기 시작했다. 나는 차가 멀어지는 것을 보고 뭔가 생각해냈다. 본 적이 있는 차다. 세리카…….

차가 떠난 후에도 나는 벌레처럼 꼼지락거렸다. 소리를 지르려 했지만, 숨 쉴 힘조차 없었다. 손발은 마비되었고, 과다 출혈로 몇 번이나 넘어졌다.

순간적으로 의식이 오락가락했다. 하지만 의식이 돌아오는 짧은 틈을 타서 나는 다시 냉정을 되찾았다.

분명 세리자와 씨라고 했다. 확실하지는 않지만, 내 기억이 맞다면 세리자와는 유미코가 일하는 슈퍼마켓의 점장이다. 몸집이 크고, 마흔 살이 조금 못 되었던가…….

그런가……. 유미코가 그 남자와…….

지난번 차로 습격당했던 것은, 유미코에게 누군가가 내 목숨을 노리고 있다고 말한 직후였다. 그들 입장에서 보면 그때가 나를 죽일 절호의 기회였을 것이다. 내가 죽으면 지금까지 나를 노린 여러 사건의 연장선에서 수사할 것이고, 틀림없이 그동안 나를 노렸던 사람이 죽였을 것이라고 생각할 테니까. 그렇다. 그 습격만큼은 게이와 전혀 관계가 없었던 것이다.

나는 항상 누군가가 나를 노리고 있다고 생각했다. 하지만 이용당했을 뿐이었다. 그 사실을 알게 된 날 이런 식으로, 그것도 아내가 나를 노릴 줄이야. 이 얼마나 아이러니한 일인가.

유미코가 나를 죽일 이유가 있었을까?

나는 고통 속에서 생각해보았다.

있었을 것이다. 그것이 내 솔직한 심정이었다.

나는 유미코가 원하는 걸 준 적이 없었다. 아니, 주기는커녕 빼앗기만 했다. 자유, 즐거움 그리고 아이까지. 아무리 꼽아도 끝이 없을 정도다. 유미코가 원하는 것을 주는 남자가 나타났다면, 내 존재가 거추장스럽다고 생각하는 게 당연할지도 모른다.

뭔가에 빨려 들어가듯 의식이 희미해졌다.

하지만 이렇게 죽을 수는 없다. 여기서 내가 죽는다 해도 남는 것은 아무것도 없다. 유미코를 살인범으로 만들 뿐이다.

나는 아스팔트 위에서 누군가가 지나가기를 간절히 기다렸다. 기다리는 것이라면 얼마든지 할 수 있다.

아무래도 기나긴 방과 후가 될 것 같다.

구로카와 히로유키黑川博行
- 일본 미스터리 작가

　나는 어느 텔레비전 요리 프로그램에 초대 손님으로 출연
했다가 그곳에서 히가시노 게이고 씨를 처음 만났다. 녹화를
시작하기 전에 잠깐 이야기를 나누었는데, 젊고 키가 컸으며
옷차림도 근사했다. 얼굴이 비교적 크다는 것 외에는 나보다
모든 것이 나아 보였다. 나는 여성 스태프에게 메이크업을
받은 후 조심조심 스튜디오로 들어섰다.

　녹화가 시작되자 게이고 씨는 '마를 갈아서 얹은 두부'를
만들었다. 마를 갈아서 두부에 얹고 빻아둔 마를 첨가한 다
음, 반디 나물과 메추리알로 장식해서 전자레인지에 데우는
간단한 요리였다. 색이 예쁘지 않았고 별로 맛있을 것 같지
도 않았다. 그래서 내가 이겼군, 하고 생각했다.

　내가 만든 요리는 양파 대신 파를 넣은 볶음밥이라 사실

특별할 건 없었다. 이틀 전, 텔레비전에 자주 소개되는 요리를 친구에게 벼락치기로 배운 것으로, 사실 나도 이날 처음 만들었던 것이다. 그래서인지 빨간 매운고추를 통째로 프라이팬에 넣은 다음 맛을 보니 입에서 불이 나는 것 같았다. 숨이 탁 막혔다. 진짜 아니군.

드디어 고정 출연자가 고상한 몸짓으로 볶음밥을 시식했다. 조금 뜸을 들이더니 "여름에 딱 맞겠네요. 찌르르한 맛이 식욕을 확 돋우는 것 같아요" 하고 말했다. 맛있다는 말은 하지 않았다. 나는 게이고 씨가 만든 요리를 먹어보았다. 반디나물과 두부의 담백한 맛이 훌륭하게 어울려 제법이었다. 아니, 정말 맛있었다. 나는 집에서 먹을 반찬 목록에 이 요리를 추가하기로 했다. 결국 나는 요리에서도 게이고 씨에게 진 것이다.

녹화가 끝난 뒤 회식 자리가 이어졌다. 우리는 낯을 별로 가리지 않았다. 게다가 둘 다 오사카 출신이라 그런지 죽이 잘 맞았다. 회식이 끝난 뒤에도 신주쿠로 나가서 아침까지 술을 마셨다. 그 이후로 우리는 내가 도쿄에 가거나 게이고 씨가 오사카에 올 때마다 만나서 술을 마시는 사이가 되었다. 서로 도움이 될 법한 이야기는 별로 하지 않는다.

우리는 어디까지나 술친구니까.

Q: 소설은 왜 쓰나요? 에도가와 란포江戶川亂步 상에는 어떻게 응모했죠?

A: 제가 다니던 회사 월급이 너무 짰거든요(정말 게이고다운 대답이다). 응모는 세 번 했는데. 적어도 다섯 번은 도전하려고 했죠(『방과 후』로 수상하기 바로 전년도에 응모한 작품은 최종심사까지 올라갔다).

Q: 양궁을 소재로 삼았더군요.

A: 언젠가 한 번은 쓰려고 생각하고 있었어요. 양궁은 올림픽 종목이고 우리나라 선수가 은메달을 땄는데도 인기가 없잖아요. 개인적으로 유감스러웠어요(그는 대학교 4년 동안 양궁부에서 활동했고, 3학년 때는 주장을 맡기까지 했다).

Q: 밀실 트릭은 어떻게 구상했어요?

A: 어려운 질문인데요. 간단하게 대답할 수 있는 문제가 아니거든요(묻는 사람이 졸지에 바보가 됐다).

Q: 『방과 후』를 다 쓰고 나서 느낌이 어땠어요?

A: 반응은 있었는데, 수상하지 못하면 그것도 운일 거라고 생각했어요(역시 솔직하다).

서론은 이 정도로 하고 본격적으로 인터뷰를 진행했다. 작품에 대한 세부적인 내용은 어디까지나 작가로서 내 견해일 뿐이라는 점을 미리 밝혀둔다.

우선 『방과 후』의 가장 큰 장점은 구성이 정확하다는 것이다. 또한 별로 중요하지 않은 것처럼 기술한 몇몇 부분이 여러 가지 복선이 되어(책을 읽는 동안은 그것이 복선이라고 알아차리지 못하지만) 서로 얽히면서 작품의 완성도를 높인다는 점이다.

　"선생님, 여고생들은 어떤 경우에 사람을 미워할까요?"
　"애들한테 제일 중요한 건 아름다운 것, 순수한 것, 거짓이 없는 것이라고 생각합니다. 그게 우정일 수도 있고 사랑일 수도 있죠. 자기 몸이나 얼굴일 수도 있고……. 좀더 추상적으로 말하자면 추억이나 꿈을 제일 소중하게 여기는 경우도 상당히 많습니다. 반대로 말하자면, 이런 것들을 부수려고 하는 사람, 빼앗으려고 하는 사람을 가장 증오한다는 뜻도 되겠지요."

오타니와 마에시마가 나눈 이 짧은 대화가 사건의 동기를 파악하는 데 결정적인 단서로 작용하고 있다.

　"그건…… 우연이에요. 오후엔 안 될 거예요, 분명히."
　에미는 모기 목소리로 겸손하게 말했지만, 아무리 최근 컨디션이 좋앉다고 해도 그 컨디션을 실전에서 유지한다는 것은 경이적인 일이었다. 어디서 저런 정신력이 나오는 걸까 싶을 정도로 가냘픈 체구임에도 말이다.

작가는 이 짧은 대사에도 부연 설명을 덧붙임으로써 여리고 가냘픈 소녀가 어떻게 살인을 저지르게 되었는지 필연적으로 설명하고 있다. 유미코의 행동을 묘사한 부분도 마찬가지다.

현관으로 갔을 때 또다시 전화벨 소리가 들렸다. 나는 고개를 절레절레 흔들며 다시 들어갈까 말까 망설였다. 그런데 유미코가 나를 부르지 않기에 그대로 문을 열고 밖으로 나갔다.
그런데 아파트 계단을 내려오는 동안 방금 걸려온 전화가 계속 신경 쓰였다. 전화를 받은 유미코의 목소리가 유난히 작아서 들리지 않던 것이다.

작가는 이런 식으로 작품 곳곳에 복선을 깔아두었지만, 독자들은 책을 읽는 동안 이것이 복선이라고 눈치채지 못한다. 또한 이 작품에는 액션과 추리 그리고 사건이 단계적으로 해결되는 과정이 반복해서 등장하는데, 이러한 요소들이 추리소설을 읽는 재미를 더하며 독자들을 긴장시킨다.
이 작품의 또다른 장점은 참신한 트릭이다. 복잡하게 얽힌 살해동기나 밀실 장치도 그렇지만, 나는 '초석 트릭'에서 매우 감탄하고 말았다. 트릭 그 자체만으로도 충분한 가치가 있으니 그것을 초석으로 삼기에는 아깝다는 생각이 들 정도였다.

세 번째는 치밀함. 나 역시 고등학교 교사로 재직한 경험이 있지만 학교의 각 부서, 교사와 학생의 관계 등을 묘사하는 일은 쉬운 일이 아니다. 하지만 이 작품은 그야말로 현실을 고스란히 반영하고 있다. 특히 축제 장면 등은 놀라울 정도로 적확하게 묘사해, 작가가 이 작품을 쓰면서 얼마나 치밀하게 취재했는지를 알 수 있었다.

네 번째는 등장인물들의 캐릭터. 나는 특히 다카하라 요코가 매력 있다고 생각했다. 조금 비뚤어지긴 했지만 누구보다 순수한 그녀를 통해, 나는 한편으로는 어른이면서 한편으로는 아직 아이인 여고생의 심정을 잘 이해할 수 있었다.

다섯 번째는 이야기 전개방식. 우리 작가들로서는 복선을 설정하는 방법도 그렇지만, 어느 부분에서 추리가 어긋났는지 발견하고 사건 해결의 단서를 어떤 식으로 제공할 것인가가 매우 중요하다. 많은 작가들이 이 부분에서 골치를 썩는데 『방과 후』는 이러한 부분을 아주 매끄럽게 처리하고 있다.

그만 갈까? 그렇게 생각하고 돌아서려 했지만, 곧 발길을 멈추었다. 한번 해보고 싶은 것이 떠올랐기 때문이다.

나는 무라하시가 살해됐다는 소식을 처음 접했을 때를 떠올린 다음, 그때와 똑같은 행동을 취해보았다.

우선 문에 손을 대었다. 하지만 꼼짝도 하지 않았다. 그래서 뒤로 돌아가 환기구로 안을 들여다보았다.

그렇다, 그때처럼 환기구로 들여다보자.

나는 특히 이 부분의 전개가 뛰어났다고 생각했다. 이야기가 매우 자연스럽게 흐르기 때문이다. 결론에서 모든 의혹을 하나씩 밝혀내는 부분도, 그저 장황하게 대사를 나열하는 것이 아니라 양궁 연습을 하면서 진행시킨다는 점이 돋보였다. 역동적이기 때문이다. 사건 관련자 전원을 한자리에 모으고 명탐정이 하나씩 의혹을 풀어나가는 방식은 너무나 진부하다.

『방과 후』는 히가시노 게이고의 데뷔작이자 제31회 에도가와 란포 상 수상작이다. 그는 이후 『졸업』 『백마 산장 살인사건』 『학생가의 살인』 『11문자의 살인』 등 의욕적으로 작품을 발표해왔다. 그는 작품마다 새로운 배경과 등장인물, 작풍을 선보이지만 근저에 있는 프로의식만큼은 변하지 않는다.

만날 때마다 술과 유쾌한 농담을 건네는 히가시노 게이고. 겉모습만으로는 별로 작가답지 않은 그의 내면 어디에 이러한 자질과 재능이 꿈틀대고 있는 것일까?

알면 알수록 신비로 가득 찬 사람이다.

| 옮긴이의 말 |

『방과 후』는 현재 국내에서도 많은 팬의 사랑을 받고 있는 히가시노 게이고의 데뷔작이자 1987년 에도가와 란포 상을 수상한 청춘 미스터리 소설로, 밀실 트릭을 이중으로 장치해 꽤 수준 높은 상상력을 자랑하는 작품이다. 주인공은 여고 수학교사 마에시마다. 그가 어쩔 수 없이 교사가 된 상황이나 될 수 있는 한 귀찮은 일에 휘말리지 않으려고 하는 현대인의 전형적인 모습은 상당히 현실감 있게 다가온다.

그런 주인공을 둘러싸고 두 번의 살인사건이 발생한다. 첫 번째는, 교내 탈의실에서 학생지도부 교사가 청산가리를 마시고 살해된 것이다. 선생님과 단둘이 여행을 가고 싶다며 유혹하는 문제아, 전교 1등을 놓치지 않는 미소녀, 얌전한 얼굴과 달리 남자관계가 복잡한 여교사 등 범인 후보가 잇따라 밝혀지는 가운데, 축제의 가장행렬에서 두 번째 살인사건이 발생한다. 이 작품의 핵심은 살해동기라고 할 수 있다. 독자들 중에도 과연 이러한 동기로 사람을 죽일 수 있을까 하는 의문을 가지는 경우가 있을 것이다. 하지만 여고생의 순수한 감수성을 느낄 수 있다면 이해 못 할 일도 아니다.

저자는 어느 인터뷰에서 '이런 이유로 사람을 죽일 수 있는가'라는 질문을 받을 때마다, 아직 순수함을 간직하고 있는 여고생들 입장에서는 충분히 그럴 수 있다고 생각한다는 점을 밝힌 바 있다.

"고작 그 정도 이유로 사람을 죽였다고?"

성인이라면 웃고 넘어갈 수도 있는 일을, 감수성 예민한 여고생들은 그야말로 필사적으로 고민하는 경우가 있다. 그런 의미에서 범인의 동기를 충분히 이해한다면 작가의 관찰력과 통찰력에 감탄하지 않을 수 없을 것이다.

밀실이나 운동장 한가운데에서 발생한 살인사건이라는 색다른 요소도 있지만, 역시 히가시노 게이고 작품의 최대 매력은 범인의 '살해동기'가 아닐까? 여고생의 심리를 이토록 예리하게 파악하는 남성 작가가 과연 몇이나 되겠는가?

한편 작가는 엔지니어 출신답게 원자력 발전이나 뇌 이식 같은 과학을 소재로 한 작품을 많이 쓴 것으로도 유명하다. 이 작품에서는 양궁이라는, 그리 일반화되지 않은 스포츠를 소재로 삼아 주목받았는데, 이것은 그가 대학 시절 양궁부 주장을 맡았던 경험을 살린 것이다. 작가의 이러한 다채로운 경험이 그의 작품 소재를 더욱 폭넓게 하는 뿌리가 아닐까 생각한다.

히가시노 게이고는 학창 시절, 책에 흥미를 느끼지 못하던 학생이었다고 한다. 그러다가 고등학생 때 고미네 하지메小峰元의 『아르키메데스는 손을 더럽히지 않는다アルキメデスは手を汚さない』(1970년대 학원을 무대로 젊은이의 우정과 반항을 그린 전설의 청춘 미스터리. 1973년 제19회 에도가와 란포 상 수상작)를 읽고 미스터리에 심취했다고 한다. 이 작품은 "이 책을 읽지 않았다면 작가가 되지 않았을 것이다"라고 말할 정도로 히가시노 게이고가 추리 작가를 목표로 하는 계기가 되었다. 고미네 하지메의 소설이 복간되었을 때, 책 띠지에 이런 히가시노 게이고의 글이 실렸을 정도니 말 다했다.

'이 한 권이 책을 싫어했던 내 고등학교 시절을 바꾸었다.'

이러한 그의 독서 취향이 쌓이고 쌓여, 작가는 오늘날 독자들의 사랑을 한 몸에 받는 주옥같은 작품들을 쓰게 되지 않았을까? 어른도 아이도 아닌, '경계선'에서 남의 시선을 의식하는 여고생의 심리나 인물을 정확히 묘사해낸 히가시노 게이고. 다음번에는 그가 어떤 작품으로 한국 독자들을 놀라게 할지 기대된다.

2007년 7월
구혜영

기시 유스케 걸작선

크림슨의 미궁 기시 유스케 지음 | 김미영 옮김 | 420쪽

살아남기 위해서는 오직 지옥으로 변해버린 핏빛 황무지를 벗어나야 한다!

어느날 크림슨(심홍색) 빛 황무지에서 눈을 뜬 후지키는 자신이 왜, 어떻게 이곳에 오게 되었는지 전혀 기억하지 못한다. 후지키는 자신의 의지와는 상관없이 게임기에서 지시하는 대로 아홉 명의 플레이어 중 한 사람이 되어 목숨을 건 서바이벌 게임을 시작한다.

검은 집 기시 유스케 지음 | 이선희 옮김 | 474쪽

검은 집에 들어온 사람, 그 누구도 살아남지 못한다

제4회 일본 호러소설 대상 수상작. '인간의 마음보다 더 무서운 것은 없다'는 사실을 확실히 보여주는 소설. 절묘한 구성력과 복선의 묘미는 숨 가쁘게 페이지를 넘겨가는 가운데 등골을 서늘하게 한다.

푸른 불꽃 기시 유스케 지음 | 이선희 옮김 | 532쪽

잘 짜인 피륙처럼 빈틈없는 일본판 '죄와 벌'

고등학교 2학년생 슈이치는 홀로 된 어머니와 하나밖에 없는 여동생을 끔찍이 사랑한다. 그러던 어느날 어머니의 전 남편인 소네 다카시가 찾아오면서 평화로운 가정은 위기를 맞게 되는데…….

천사의 속삭임 기시 유스케 지음 | 권남희 옮김 | 624쪽

'천사의 속삭임'은 과연 죽음의 전주곡인가

이상 행동을 보이다 자살하는 사람들이 늘어난다! 희한한 방법으로 스스로 목숨을 끊는 이들의 공통점은 모두 아마존 탐험대에 참가했던 멤버들이라는 것. 과연 아마존에서 무슨 일이 있었기에 그들은 자신들이 가장 두려워하던 방법으로 기꺼이 죽어갔을까?

13번째 인격 기시 유스케 지음 | 김미영 옮김 | 416쪽

한 소녀가 상상조차 불허하는 공포의 막을 올린다!

1995년 1월 17일, 6,000명의 목숨을 앗아간 한신대지진이 일어났다. 유카리는 한신대지진의 이재민을 돕는 자원봉사자로 나섰다가 13개의 인격을 가진 다중인격자, 치히로를 만난다. 그런데 치히로의 인격들 중 유독 13번째 인격에게서 유카리는 섬뜩한 공포를 느낀다.

새우와 고래가 함께 숨 쉬는 바다

방과후

지은이 | 히가시노 게이고
옮긴이 | 구혜영

펴낸곳 | 도서출판 창해
펴낸이 | 전형배
출판등록 | 제9-281호(1993년 11월 17일)

2판 1쇄 인쇄 | 2014년 4월 3일
2판 1쇄 발행 | 2014년 4월 10일

주소 | 서울시 마포구 토정로 222(신수동 448-6)
        한국출판협동조합 A동 208-2호
전화 | 02-333-5678
팩스 | 02-707-0903
E-mail | chpco@chol.com

ISBN 978-89-7919-685-6 03830

ⓒCHANGHAE, 2013, Printed in Korea